放蕩の果て

自叙伝的批評集

福田和也

草思社

放蕩の果て　自叙伝的批評集　目次

第一部

放蕩の果て

第二部

思惟の畔にて

放蕩の果て

自叙伝的批評集

第一部

放蕩の果て

私の独学ことはじめ

午後四時を過ぎた青山霊園は人影がなく、静かであった。

六月の日は長く、梅雨の晴れ間——といっても今年の関東は晴れの合間に雨が降っているような状態ではあるが——の空は明るく、霊園の木々は歩道に涼しい影をつくっていた。

何度か墓参りをさせていただいたことはあるのだが、すぐに場所を忘れてしまう。乃木坂駅に近い、適当な入口から入ったので相当迷うだろうと思ったが、驚いたことにその入り口のすぐ近くに、目指す江藤淳先生の墓はあった。

黒い御影石に「江頭家之墓」と彫られている。

墓の後ろの、恐らく佐賀県の県木の楠であろう二本の木は淡黄色の小さな花をつけていた。

私は鎖をはずして墓所内に入り、墓の前で手を合わせ、目を閉じた。

今年（二〇一七年）の七月二十一日で、江藤淳先生が逝かれて十八年になる。もうそんなに経つのかと、改めて思った。

私が物書きの道に入ることができたのは、江藤先生のお蔭である。

一九八九年、二十九歳のときに、私は処女作『奇妙な廃墟　フランスにおける反近代主義の系譜とコラボラトゥール』を出した。

この処女作を、私は知りうる限りの著名人に送った。自分の仕事を、その仕事を成し遂げた自分を認めてもらいたかったのだ。

しかし、刊行から一か月が経っても、これといった反応はなかった。本を送った方の中でただ一人葉書をくださったのが江藤先生だった。それは大変嬉しいことであったが、自分が期待する手応えのないことに、私は落胆を通り越して困惑していた。今振り返ると、私は何と世間知らずだったのかと思う。

その頃私は『諸君！』に書きたいと思っていた。素人の目から見ても、誌面に活気があり、やや猥雑なほどのエネルギーを発散していて、是非自分もそこに参画したいと思ったのだ。

そこで私は文藝春秋に勤めていた、大学の一年後輩に頼んで、『諸君！』編集部鈴木洋嗣氏に引き合わせてもらい、いくつかの企画を提案した。

それからしばらくして、諾否を聞くために編集部に電話をした。鈴木氏が出て、「校了中だったので連絡が遅れたけれど、実は江藤淳先生から編集長に福田和也という面白い人がいるから是非書いてもらうべきだ、という電話があって、不思議な偶然に驚いているんですよ」と言った。

銀座の和光の前の公衆電話ＢＯＸだった。多少なげやりな気分でいた私は、鈴木氏の言葉を聞いた途端、恥ずかしい話ではあるが、落涙してしまった。

もしもあのとき、江藤先生が推してくださらなかったら、私は物書きになれたのだろうか――。

この問いは、これまで何度となく自分の中で繰り返し、先生の恩を忘れないようにしてきた。

先生が亡くなった後も、先生に対して恥ずかしいものを書いてはならないと自戒し続けてきた。

気がつくと、物書きの仕事を始めて二十八年がたっていた。

雑多に本が詰め込まれている家の書庫には自著が並んでいるが、刊行年代順に整理されているわけではなく、どこかに紛れてしまった本もあるため、一体これまで自分が何冊の本を出してきたのか正確な数は把握できていない。

恐らく、単行本だけで百冊は超えているだろう。文庫化されたものや共著を含めると、百五十冊くらいだろうか。

肩書きが文芸評論家ということもあり、文学に関連した本がいちばん多いが、評伝も多く、昭和天皇をはじめ、石原莞爾、乃木希典、山下奉文、原敬、岸信介、松下幸之助などがまとまっていて、さらに評伝以外の歴史の本、政治、社会、国家をテーマとした本、書評、音楽、映画、美術、食、酒、対話術、恋愛術、人生論……自分で見てもあきれるほど多岐にわたっている。

興味の赴くままに原稿を書いてきた結果である。

しかし、いつまでも同じように仕事をし続けることはできない。

三十年ほど前まで企業の定年は五十五歳だった。人が十分に働ける年齢は五十五歳と考えられていたのだ。今は六十歳、あるいは六十五歳まで引き上げられたが、五十五歳という年は今でも人生におけるターニングポイントと見ていいだろう。

現在私は五十六歳。

初心にたち返り、これからの仕事について考えたいと思い、江藤先生の墓参りを思い立ったのだが、墓参りの帰途、そもそも自分は何に対して興味を持ち、どうやって興味を深めてきたのだろうという疑問が浮かんだ。

今後の仕事の仕方や方向性を考えるためにも、自分の興味の原点を振り返ってみたいと思う。


私の母の旧姓は丹宋という。

九州の佐賀県、鹿児島県に見られる姓で、江戸時代、佐賀小城藩にこの姓の藩士がいたという記録が残っている。

母は佐賀県の出身だが、祖父の仕事の関係で幼少期を満州で過ごした。家の前で祖父母、母、母の兄弟姉妹が集合している満州時代の写真がある。家は石造りの瀟洒な洋式住宅だ。祖父は小さな銀行のようなものをやっていて――後年私はそのことを満州国版の紳士録で確認した――かなりいい暮らしをしていたらしい。

終戦の一年前に祖父は満州を引き揚げて佐賀に戻った。戦争の先行きに不安を感じてのことだったと聞いている。よくそんなことができたものだと思うが、その英断のお蔭で、丹宋一家は財産を失うことなく、家族全員そろって佐賀に戻ることができたのだった。

満州に嫌な思い出のない母は、息子である私に満州での暮らしを、いつも楽しそうに語った。部屋の中央にあった大きなペチカ、肉のたくさん入った温かいスープ、上質の服と靴、たくさんの使用人……満州で乗馬を覚えたというのが、母の自慢話の一つである。

繰り返し語られる話によって母の記憶は私の中に移植され、一度も訪れたことのない満州がいつしか私にとって、故郷のような近しい場所になっていった。

物書きとなり、石原莞爾の取材で私は初めて満州を訪れた。三十五歳のときだった。

目抜き通りである長春大通りの大きさに目を見張った。

パリの凱旋門から延びるシャンゼリゼ通りやベルリンのブランデンブルク門から延びるウンターデンリンデンよりも広く、大きい。

この大通りは満州国時代に日本がつくったものである。

当時の日本人たちの国威を示そうという強い意志を感じた。

一方、父は昭和七年に佐賀県で生まれた。

生まれて間もなく東京の親戚の家に養子に出された父は、その事実を知らされることなく東京で育った。

父の養父は東京で製麺機製造工場を営んでいた。

戦時中は養父が出征してしまい、養母と二人、苦しい生活を強いられたようだが、戦争が終わると養父は無事に戻り、父は京華中学校に入学した。二年上には、後に作曲家になる武満徹がいた。

昭和二十三年に京華学園高等学校が設立され、父はそのまま進学した。自分が養子である事実を知ったのは高校生のときだったという。

養父の希望で早稲田大学商学部に入ったものの、商売に興味のない父は真剣に高校の社会科の教師になることを考えた。しかし、養母の説得により、家業を継ぐことを決心した。

戦時中、実の息子でもない自分のわがままを聞いて、苦しい家計のなか、着物を売ってまで自転車を買ってくれた養母に、父は言葉にし尽くせないほど感謝をしていたのだ。

父と母は同郷の佐賀県出身者の紹介で見合いをし、昭和三十四年に結婚。製麺機工場のある東京都北区田端に所帯を持った。

翌年、私が生まれた。

家は工場に隣接していたが、その場所は『驢馬』の同人たちが住んでいた、いわゆる「田端の高台」ではなく、かつて「下田端」と呼ばれていた隅田川の河原につながる低地だった。

周囲はそこら中に空き地があり、コンクリートの塊や錆びた鉄材が放り出してあった。レンガ造りの大きな苛性ソーダ工場から、異様な臭いと獣の叫びのような軋みが途切れることなく流れてきた。

通りの向こうには立ち呑みの酒屋が並び、夜勤明けの鉄道員たちが、昼間から酒を飲んで騒いでいた。一軒だけあった魚屋は、どぶ川をまたいだ板橋の上に建っていて、店主は腸や尾を濁った水に投げ捨てていた。

夕方になると、父が呼ぶところの職工たちが工場の前に数人ずつ固まって座り、煙草をふかし、酒を呑んだ。父は彼らの威勢を恐れて、祭りの時期になると、家族旅行をした。

そうした場所で私は中学の途中までを過ごした。

祖父は母に工場の仕事を強いることはなかった。母は簿記学校に通う代わりに、子供の頃から親しんでいた書道を習い、私と妹の教育にいそしんだ。

生来負けん気の強い母は、私の幼稚園の友達の母親に触発され、私に小学校受験をさせることを思い立った。

幼稚園児の私に、親が決めたことに抗う術はなく、教育センターなる場所に通い、体操をしたり、絵を描いたり、面接の練習をしたりした。

年長組ともなると、字を読めるようになり、本を読み始めた。本は教育的にいいと思ったのだろう。近所の南進堂という本屋で、母は私が欲しいという本は何でも買ってくれた。

『めばえ』『たのしい幼稚園』といった学習雑誌はこの頃からあり、いろいろな付録がついていて、友達の間では人気だったが、私は見向きもしなかった。そんながきの本なんか読めるかと思っていたのだから、小さい頃からませていたのだ。

それで何を買ってもらったのかというと、男の子の定番の車と電車の絵本だ。しかし、父が趣味で当時日本ではめずらしかった、イギリスのコーギー、マッチボックスのミニカーやドイツのメルクリンの鉄道模型などをコレクションしていたので、そっちのほうが俄然魅力があった。

外出の予定のない日曜日に父は、居間の絨毯の上に線路を組み立て、ドイツ連邦鉄道の機関車、客車、貨車を走らせた。HOゲージという世界標準の鉄道模型は、線路幅十六・五ミリ、1／87スケールなので、かなりのスペースを要する。椅子やテーブルを隅に寄せ、居間いっぱいに広がる線路を美しいフォルムの車体が走る姿は壮観だった。

今で言うところの「鉄ちゃん」だった父のお蔭で、私は開業間もない新幹線に乗ることもできた。東海道新幹線の開業は昭和三十九年十月一日。私が乗ったのはそのわずか二週間後の十月十五日である。

四歳だった私は、父、叔父、いとこととともに、東京から新大阪まで新幹線に乗り、在来線に乗り換えて奈良ドリームランドに行った。この日のために、大きな水色のバスケットも買ってもらい、大はしゃぎしたのを覚えている。

当時、「ひかり」の二等車で、東京～新大阪間が運賃一一八〇円、超特急料金一三〇〇円の合計二四八〇円。大学卒の初任給が二万円そこそこの時代であるから、かなりの高額だ。

ひかり号の車内の様子がどうだったかはほとんど記憶にない。ただ、思っていたほど速くないな、という印象を抱いたことだけは覚えている。

子供の私は、夢の超特急が走り出したら、外の景色は飛ぶように通り過ぎて、あっという間に新大阪に着く、と思っていたのだった。

さて、本に話を戻すと、母は南進堂で日本の童話やアンデルセン、グリム、イソップなどの本をどんどん買ってくれた。毎週、家まで本を届けてくれる店員があきれるほどの冊数だった。

そうした物語はそれなりに面白くはあったけれど、私が童話の世界に没入していくことはなかった。

今思うと、私は夢やファンタジーというものをそれほど必要としていなかったのかもしれない。

その頃読んだ本で印象に残っているのは、『いやいやえん』（文・中川李枝子　絵・大村百合子）だ。

ちゅーりっぷ保育園に通う、しげるという主人公の男の子は保育園の約束を守らず勝手なことをして、親や先生を困らせてばかりいる。

しかし、私はしげるに共感した。いやなことを「いやだ」と言って、何が悪いんだ、しげるのほうが正しいじゃないかと思った。

とはいえ、しげるの言い分が通らないだろうとも思っていた。実際本の中で、しげるは約束を守らなかったために、おおかみに食べられそうになったり、山の中で木にはさまって動けなくなったり、「いやいやえん」という約束事のない保育園に入れられたりする。

話自体は他愛なく、絵も無邪気な雰囲気なのだが、私はこの本にそら恐ろしいものを感じた。

世の中には誰がつくったのかは分からないが、常識というものがある。人の周囲には常識からはずれないよう、人を監視する目があって、人はそうそう自分勝手に生きることはできないのだ。そうした認識からくる恐怖だったように思う。

母の頑張りのお蔭で私はお茶の水女子大学附属小学校に入学することができた。

すると、ますます母の買う本の冊数が増えた。

『トム・ソーヤーの冒険』『ハックルベリィ・フィンの冒険』といった少年冒険小説や『ロビンソ

ン・クルーソー』『小公子』『小公女』『フランダースの犬』『家なき子』『宝島』など世界の名作が次々に家に届けられた。

学年が上がるに従って興味が広がり、コナン・ドイルの探偵小説や江戸川乱歩の怪奇小説も読むようになった。

とにかく本を読むことが好きだったので、かたっぱしから読んだけれど、相変わらず私は物語に耽溺することができないでいた。

それよりも野口英世、二宮金次郎、リンカーン、エジソン、シュバイツァー、キュリー夫人、ナイチンゲール、モーツァルト、ベートーヴェンといった世界の偉人の話を子供向けにまとめた伝記を好んだ。

こういう人間がいて、実際にこういうことをしたという事実が面白かった。人間というものに興味があったのかもしれない。

とくに野口英世は何度も読んだ。というのも、私の母方の祖母は何故か将来私が偉い人物になると信じ込んでいて、「和也ちゃんの伝記はそのうち野口英世の横に並ぶようになる」と言って、わざわざ佐賀から野口英世の本を買ってきてくれたからだった。

祖母は私が物書きになる前に亡くなった。私が書いた本を渡したら、さぞ喜んでくれたことだろう。

小学校中学年までに読んだ物語でいちばん面白かったのは、フィンランドの作家トーベ・ヤンソンの「ムーミン」シリーズだ。

ムーミン谷に住む妖精たちの話だが、とにかくキャラクターが面白い。

主人公のムーミントロールは好奇心が強く、谷で起こるあらゆる奇妙な出来事や人を柔軟に受け入れる。彼の好奇心と許容がこの物語の中心となる。

ムーミンパパは冒険好きで哲学的思考を好み、パパに寄り添うムーミンママはいつも冷静沈着。人は過ちから多くのことを学ぶものだと達観している。

ハーモニカを吹き、釣りをしながら世界中を旅する、放浪詩人のスナフキンは気楽に過ごしているようでいて、人生について深く考えている。

いじわるそうなつりあがった目をしたちびのミィは怒りっぽく、口は荒いけれど、実は親切な心を持っている。私のいちばん好きなキャラクターだ。

おばさんにいじめられたことが原因で姿が見えなくなってしまったニンニという女の子に対し、ムーミンやパパとママは慰めたり元気づけたりするが、ミィは容赦なく言う。


「それがあんたのわるいとこよ。たたかうってことをおぼえないうちは、あんたには自分の顔はもてません」

（『ムーミン谷の仲間たち』講談社文庫）


彼女はどんなに混乱する状況でも動じず、人生はもっと混乱していたほうが刺激的でいいとすら思っていて、それは私の考えに通じていた。

この物語は架空の妖精を主人公にしながら、人間社会を描いている。物語の中では多様な人間性が否定されることなく存在している。

もちろん小学三年生の私がそこまで認識できたわけではないが、寓話ではおさまりきらないトーベ・ヤンソンの世界の大きさに惹かれたのだと思う。

NHKのテレビ番組「日本史探訪」が始まったのは、昭和四十五年。私が小学校四年生のときだった。

日本史の出来事や人物をテーマとして取り上げ、歴史家や作家をゲストに迎えて彼らの独自の視点に沿って現地取材をし、その内容を放送するという番組で、私は毎週かかさず見るようになった。

さらに番組の影響で、当時、『毎日新聞』に連載されていた山岡荘八の小説『伊達政宗』を読み始めた。

当時、父の工場が『毎日新聞』に広告を出していた関係で、家では『毎日新聞』をとっていたのだ。

政宗は父と弟を殺して伊達家のリーダーとして立ち、武将としての足場を固める。早い時期から鉱山の開発に目をつけ、財源を確保するという先見性を持ち、豊臣秀吉が天下統一事業を進めるなか、何度も滅亡の危機に遭いながら、派手好きの秀吉の趣向に合わせた奇抜なパフォーマンスで乗り切っていく。人間としての面白さが際立っていた。

「日本史探訪」のゲストの常連に作家の海音寺潮五郎と司馬遼太郎がいた。

海音寺は昭和のはじめから小説を書き始め、『天正女合戦』『武道伝来記』他で昭和十一年、第三回直木賞を受賞、戦後は『武将列伝』『悪人列伝』などの作品により、史伝文学の復興者として高く評価されたが、番組が始まる前年、昭和四十四年四月一日、「今後一切、新聞・雑誌からの仕事は受けない」という引退宣言を発表していた。

マスコミの力を借りないと本が売れないことへの不満が理由といわれたが、後に本人はライフワークである長編史伝『西郷隆盛』、五部作『日本』の執筆に集中したかったからだと述懐している。

一方司馬遼太郎は戦争から復員後、産経新聞社に入り、記者の仕事をしながら小説を発表。昭和三十五年に、伊賀の忍者を描いた『梟の城』で直木賞を受賞したのを機に執筆活動に専念する。その後、坂本龍馬を描いた『竜馬がゆく』、織田信長と斎藤道三を主人公にした『国盗り物語』で評価が高まり、「日本史探訪」が始まったときには、日露戦争を題材にした『坂の上の雲』を『産経新聞』に連載し話題を呼んでいた。

番組第一回目の「織田信長」にこの二人が一緒に出演していて、司馬遼太郎がわりに常識的な発言をするのに対し、海音寺潮五郎がずばずば勝手なことを言っていたという記憶がある。

この番組は後に角川書店から単行本にまとまり、その後、文庫も出た。文庫版で調べてみたところ、二人はこんなことを言っていた。

司馬　信長というのは近世の開き手なんです。近世という重い扉を信長が開いた。近世の扉が重いというよりも、その扉を開けることを拒んでいる中世の力の方が強いわけですが、その中世の力を打ちくだいて、まず打ちくだいてから、近世の扉をギイーと開けようとしたところに、信長の大きな意義があったと思います。

海音寺　ぼくは気違いだと思います。狂気の素質が相当あったんじゃないか。信長のおやじの信秀、これはまあ相当の人ですがね。しかし信長の弟の信行、信長の子どもの信忠、信雄、信孝、みんなアホウですよ。信長の叔父たちも凡庸人ですよ。その中で、信長一人だけがあんなふうに偉かったっていうのは、これはやっぱり血統的に見て、一種の狂い咲きだと思います。結果的に近世を開いた人であることは否定しませんがね。

（『日本史探訪10　信長と秀吉をめぐる人々』角川文庫）

後に二人が親しいことを知った。昭和三十五年の直木賞選考の際、選考委員だった海音寺は司馬を推し、大御所、吉川英治の反対するところをねばり通して、『梟の城』が受賞作に決まった。以来、二人は親交を深め、親子ほどの年の差があるにもかかわらず、親友のようなつき合いを続けたという。

小学校四年から六年にかけて、私は二人の代表作を読んだ。

海音寺が歴史を素材に面白い小説を仕立て上げるエンタテイメントに徹しているのに対し、司馬は史実を丹念に追いながら人間の本質に迫っていく。

私は、同じ歴史小説とはいえ、まったく傾向の異なる小説を読みながら、歴史への興味を深めていった。

父方の祖父は工場を父に譲ると、祖母とともに隠居暮らしを始めた。家は上野駅のすぐ側の繁華な場所にあって、上野公園にも近かった。私は小学校の電車通学に慣れていたこともあり、一人で電車に乗っては、ちょくちょく祖父の家へ出かけていった。

私が行くと祖父はいつも、「和也、散歩に行こう」と、誘った。祖父の散歩コースはたいてい、上野公園をつっきって、東京国立博物館に行き、展示を見て帰ってくる、というものだった。

祖父はお茶を嗜む趣味人で湯河原の別荘には茶室もあった。そのため、常設展の茶器などを熱心に見ていた。

薄暗い展示室のガラスの中に収まった地味な茶碗にどうしてそんなに夢中になるのか、私にはさっぱり分からなかった。

けれど、ここを我慢すれば、帰りにアメ横でおもちゃを買ってもらえることが分かっていたので、おとなしく従った。

そんなある日、祖父が「おや、これはいいものがある」と、ことさら熱心に見入っていたものがあった。

それは蓋が盛り上がった金色の入れ物で、真ん中に海苔のような黒い帯がついていて、子供の私の目には四角い大きな金色のおにぎりのように見えた。

「これは、本阿弥光悦の舟橋蒔絵硯箱といって……」

祖父は説明をはじめたが、聞いた先から忘れてしまった。

けれど、その鈍く光る金色の入れ物の、静かにこちらを圧倒してくる存在感だけは私の中に残った。

あるとき「日本史探訪」で、本阿弥光悦が取り上げられた。

光悦は永禄元（一五五八）年、京都の上層町衆の家に生まれた。書や作陶に優れた才能を見せ、鷹峯に職人を連れて移り住み、芸術活動と風流の生活を送った。

番組では、陶芸家の加藤唐九郎と歴史家の奈良本辰也がゲストとなって光悦の生涯を追い、作品とともに彼の芸術活動について、それぞれの意見を述べていた。

興味を持った私は、あの金色のおにぎり、「舟橋蒔絵硯箱」について調べてみた。

蒔絵は、器物に漆で模様を描き、その上に金、銀、錫などの細かい粉末を蒔きつけて付着させる、奈良時代から始まった日本独自の漆工芸である。

「舟橋蒔絵硯箱」は外側の全面を金粉で蒔き、鉛版の橋を斜めに渡し、『後撰和歌集』に収められた源等の「東路乃　さ乃ゝ　かけて濃三　思　わたる　を知人そ　なき」を銀文字で散らしている。

「舟橋」という文字がないのは、鉛版の橋の図がその文字を表しているから、ということだった。

私は一人で東京国立博物館に足を運んで、もう一度、舟橋蒔絵硯箱を見た。

硯箱の蓋がどうしてこんなに盛り上がっているのか、不思議だったけれど、全体的にのびやかな雰囲気が伝わってきた。

楽しんでつくったのだろうという気がした。

加藤唐九郎は光悦について、番組の中でこんなことを言っている。

「あのね、ばか律儀で、ばか正直な人間では、光悦のようなおおらかな仕事はできないと思いますね。人間のりこうな面と、ばかな面とが入りまじってなければ、ああいうものはできないと思いますね。

何かこの道一筋なんて、変なカチンカチンになっちまっていく世界には、ああいうものは出てこないと思うんです。

光悦の仕事は、カチンカチンの仕事は一つもないですけれどもね。光悦なんてのは、非常に格の高さを持ってるが、ぐっと幅が広くて、ずるいところが平気で見過ごして行けるような人だったと思うんです。それでなきゃ、あんな大きさは出てこないと思いますね」

（『日本史探訪14　江戸期の芸術家と豪商』角川文庫）

おもちゃ目当てにつき合っていた散歩で、私は日本の美術史に残る名品に触れていたわけだ。

人間を、時代を映した名品は言葉にならない言葉で私に訴えかけてきた。

そうした経験が、後に美術を見る目を開かせてくれたように思う。

映画を積極的に見るようになったのは中学時代だった。

父の知り合いに映画関係者がいて、定期的に父に映画の券を送ってくれたので、それを利用して、友達と映画を見に行った。

家庭用ビデオなどまだ普及していない時代である。映画館の大きなスクリーンで映画を見ることは最高の楽しみの一つになった。

よく見たのはアメリカ映画だ。『ゲッタウェイ』『ジョニーは戦場へ行った』『スティング』『ペーパー・ムーン』『アメリカン・グラフィティ』『エクソシスト』『タワーリング・インフェルノ』『ジョーズ』『ガルシアの首』……当時話題になった映画はだいたい見た。

中でもサム・ペキンパーのスローモーションで撮った暴力シーンは衝撃的だった。暴力ってこんなに美しいものだったのかと思った。

血気盛んな中学生だった私は、この頃から暴力の持つ求心力にとりこまれていったように思う。

私が中学に入った年、昭和四十八年は一月から『仁義なき戦い』が公開された。

戦後に広島で実際に起こったやくざの抗争を描いたドキュメンタリーを映画化したものだが、映画では人物の名前を変え、笠原和夫によって大幅に脚色された。

監督は深作欣二、主な出演者は、菅原文太、松方弘樹、田中邦衛、金子信雄、梅宮辰夫らである。

正月封切りの第一作に始まり、四月には『広島死闘篇』、九月には『代理戦争』、翌年に『頂上作戦』、『完結篇』と、二年間の間に五作が公開され、大ヒットを記録した。

さすがにリアルタイムで見ることはできなかったけれど、高校に入ってから私はこのシリーズに夢中になった。

お茶の水女子大学附属小学校・中学校を経て、私は慶應義塾高等学校に進んだ。この高校は自由な校風で、といっても真面目な生徒ももちろんいるのだが、私などは朝のホームルームでの出席確認が終わるや、学校を抜け出して映画を見に行くこともしばしばだった。

あるとき、映画評論家で作家の小林信彦が『われわれはなぜ映画館にいるのか』の中で『仁義なき戦い』を激賞しているのを読み、友達と一緒に池袋文芸坐のオールナイトでやっていた『仁義なき戦い』五部作を見に行った。

最初から終わりまで、のべつ拳銃が発砲され、血しぶきが飛んでいる、敵も味方もおかまいなく標的になり、狙い、狙われるという暴力の偏在の中で構成された物語は圧倒的だった。

それで任侠映画を見るようになったのだが、高倉健や鶴田浩二出演の作品はたるかった。任侠ものの、タメにタメていく流れが鬱陶しく、田舎臭いものに思われた。

そこで今度は中島貞夫に行った。

最初に見たのは『実録外伝・大阪電撃作戦』だった。

実際の抗争事件をはじめから終わりまで描いて、高いテンションが張り詰めきっていた。いきなり、目黒祐樹の目張りがとんでもなく、虎の刺青をした渡瀬恒彦が暴れまくり、小林旭が貫録を見せる。その小林を、松方と渡瀬が、まさしく獣のように追いかける。車につかまった渡瀬が五〇〇メートル引きずられるシーンはスタントではなく本人がやっている。成田三樹夫も、この作品がいちばん恐ろしいのではないだろうか。

『暴動島根刑務所』では、囚人たちが制裁として全裸の兎とびを強いられる。その場面から暴動へ、そして看守らの敗北へとひとつながりに流れていく。

大暴動シーンでは半裸、全裸の男たちがとっくみ合い、こちらで酒盛りが行われ、あちらで看守が私刑を受け、同性愛者たちが抱き合い、炊事場では食えるだけの飯を食いまくる、その混沌に私は陶酔に近い感動を覚えた。

深作は『仁義なき戦い』で、親分のだらしなさやチンピラ生活の味気なさを容赦なく描くことで、従来の任侠映画を清算した。

中島貞夫はそこからさらに、暴力の横溢のなかにおける、ならず者の祝祭というテーマを具現化し、展開した。

高校時代一緒に映画を見に行った友達は、クラスメイトの伊藤彰彦君だった。

彼とは実にいろいろな映画を見た。フェリーニもヴィスコンティもトリュフォーも見たけれど、いちばん行ったのは、今はもうなくなってしまった、任侠映画専門の名画座「新宿昭和館」だ。

その頃の昭和館、特に午前中は、仕事にあぶれた労働者のたまり場みたいになっていて、女性は一人もいないし、若者もいない。異様な臭いがたちこめていて、トイレに行くのにも勇気がいるようなところだった。

伊藤君は現在、映画研究史家・作家として活躍しており、今年（二〇一七年）の二月に『無冠の男　松方弘樹伝』を上梓した。

一月に七十四歳で亡くなった松方が病に倒れる前に行ったインタビューを中心にまとめた本だが、伊藤君のやくざ映画に対する並々ならない思いが溢れている。

芝居を見始めたのも中学からだった。

きっかけは三島由紀夫だ。中学に入ってから私は、『わが友ヒットラー』、『サド侯爵夫人』など、彼の戯曲を好んで読むようになった。

当時、新宿の紀伊國屋ホールで三島の芝居が上演されていたので見に行った。

三島の戯曲はストーリーが分かりやすく、展開は劇的なのだが、構成が緻密ですかすかした感じがない。さらに、人物が立ち上がってくる、精彩に富んだ台詞に魅了された。

芝居を見ているうちに今度は自分で戯曲を書いてみたくなった。

三島の戯曲の見よう見まねで、中学三年生のときに「イム」という戯曲を一本書き上げた。「イム」とは「無意味」を意味し、内容は架空の国で起きるクーデター活劇である。この戯曲は文化祭で私の演出によって上演された。

つかこうへいが「紀伊國屋ホール七〇〇円劇場」を始めたのは昭和五十一年三月のことだ。

慶應大学在学中から演劇活動を始めたつかは昭和四十九年に劇団つかこうへい事務所を創立。早稲田大学や青山のVAN99ホールなどで公演を行っていたが、五十一年からホームグラウンドを紀伊國屋ホールに移した。

最初の公演は『熱海殺人事件』。つか原作のこの作品は昭和四十八年十一月、文学座アトリエで初演され、翌年、岸田戯曲賞を受賞した。

『熱海殺人事件』の上演でつかのファンは増えたが、紀伊國屋ホールの公演で一気に火がついた。公演中は毎日、当日券を求めて並ぶ長蛇の列が紀伊國屋ビル四階のホールの入口から店内の階段を伝って地下の食堂街まで延びたという。

その翌月、私は慶應義塾高校に入学した。つかの芝居を見ないわけがない。

同年七月の『熱海殺人事件』の公演に、紀伊國屋ホールまで足を運んだ。

紀伊國屋ホールで上演される芝居の入場料は普通、一八〇〇円から二五〇〇円なのだが、この公演は七〇〇円だった。つかが「映画より安い値段」にこだわり、当時の封切り映画料金の一〇〇〇円より安い七〇〇円に設定したのだ。高校生はさらに安く、四〇〇円だった。

『熱海殺人事件』の登場人物は警視庁の警部・木村伝兵衛、伝兵衛の下に赴任してきた刑事・熊田、木村の愛人の婦人警官・水野、熱海殺人事件の容疑者・大山の四人。

警部の木村は自分が担当するには大山があまりにしょぼすぎるという理由で、取り調べをしながら事件の真相を改竄し、大山を極悪犯人に仕立て上げていく。

尊大で独善的、人間として明らかに欠陥のある木村の生き生きとした立ち居振る舞い、エネルギーの横溢に私はしびれた。

あまりの面白さに、翌日当日券に並んでもう一度見た。

これをきっかけに、つか芝居の追っかけとなり、『ダウンタウン昭和を唄う』、『戦争で死ねなかったお父さんのために』、『ヒモのはなし』など公演がかかると必ず見に行った。

「つかブーム」の真っただ中で、その勢いをリアル体験することになったのだ。

つかの芝居には人間が人間を生きている迫力があった。

唐十郎の状況劇場にはまる友人もいたけれど、私はそっちの方向にはいかなかった。一度は見たが、思わせぶりで大仰なパフォーマンスが性に合わなかった。


私の洋楽ことはじめは、ミッシェル・ポルナレフだ。

中学生のときにラジオの洋楽専門番組で彼の『シェリーに口づけ』を聞き、「Tout Tout Pour Ma Chérie, Ma Chérie♪」という軽快なリフレインが気に入った。

本に対しては寛容だった両親もレコードとなると、そうはいかなかった。とくにLPレコードは値段が高いので滅多に買ってもらえない。

そこで私は文京区の小石川図書館でレコードを借りるようになった。この図書館は当時も今も、都内の公共図書館の中ではレコード所蔵数がいちばん多く、洋楽ジャンルも充実している。

当然ミッシェル・ポルナレフのベスト盤のLPもそろっていて、私は全部借りて、聴いた。

何故ビートルズやビーチ・ボーイズではなく、ミッシェル・ポルナレフなのか？　と聞かれても、自分ではよく分からない。

この頃の日本ではフレンチポップスが流行っていて耳にすることが多かったので、その影響もあるだろうし、シャンソンの要素とロックの要素をあわせ持つ、ポルナレフの曲に新しさを感じたのだろう。

「Holidays, oh holidays～」とポルナレフの『愛の休日』を口ずさんできどっていた私がやがて、パンクロックへと傾倒していったのには理由があった。

私は小学生の頃から死を恐れていた。死について考え始めると、どうしようもなくなった。死というのは、死ぬのが怖いと思っているこの自分がなくなってしまうことだ、と考える自分がなくなってしまうことだ、……という無限の連鎖。

その恐怖から逃れるために中学生から酒を呑み始めた。といっても、サイドボードに入っている父のウィスキーをこっそりちびちび呑む程度ではあったのだが。

高校に入ると、周囲が普通に呑んでいるので、私も普通に呑むようになった。

同級生の青井浩君（現丸井グループの社長）はプログレッシブ・ロックが好きでＥＣＭを聴いて、哲学書を読んでいた。こういう友達はいなかったので、驚いたし、刺激も受けた。

彼の影響でプログレを聴くようになった。

キング・クリムゾンの『レッド』には痺れたし、初期のジェネシスはすごいと思ったけれど、音楽との一体感が感じられなかった。

中学三年生のときに、父が逗子に家を建てた。区画整理された住宅街に建つ新しく瀟洒な家で、初めは別荘として使っていたが、やがて本邸となった。父は引っ越すとすぐにクルーザーを買い、週末は家族そろって海に出た。

それまで住んでいた田端での生活とのあまりの違いに、私は快適さを感じるよりもむしろ不安になった。

死についての恐怖は依然として続いていた。

学校からの帰途、逗子の商店街でサントリーのいちばん安いウォッカを買い、カバンに押し込んで帰宅した。

そして、自室でストレートのウォッカを呷りながら聴くのはいつの間にか、イギー・ポップ、デッド・ケネディーズ、ジョニー・サンダース、ザ・ジャム、バズコックス、セックス・ピストルズといった、パンクロックになっていた。

酒を呑み、彼らの知的な匂いのまったくない音楽を聴いている限り、私は死の恐怖から逃れることができたのだった。

Now I wanna be your dog
Now I wanna be your dog

（『I wanna be your dog』Iggy Pop）

セックス・ピストルズのボーカル、ジョニー・ロットンはアナーキストを標榜したが、セックス・ピストルズを知る前から私は松田道雄の本で、バクーニンとクロポトキンという名前を知り、幸徳秋水からハーバート・リードまでを一緒くたにして、アナーキズムを信奉するようになっていた。

本の話に戻そう。

中学、高校時代、私は日本の近代文学もかなり読んだ。夏目漱石、正岡子規、森鷗外、島崎藤村、芥川龍之介、志賀直哉、永井荷風、谷崎潤一郎、川端康成、太宰治、獅子文六……。

中学生のときに読んでいちばん好きだったのは、芥川龍之介の『河童』だ。芥川は神経質で精神を病んでいるが故の諧謔がいい。

「第二十三号」と呼ばれる精神患者の男は病院の院長や周囲の人に、自分が河童の国に迷いこんだときの話をする。

河童の世界は人間の世界とは価値観が逆で、例えば男が人道とか正義とか人間世界における真面目な話をすると、河童たちはげらげらと笑い出す。

また男が産児制限の話をすると、チャックという河童の医者は大口を開けて笑い、「両親の都合ばかり考えるのは手前勝手だ」と言い、河童の国では生まれる前に胎児に話しかけ、生まれたくないと答えれば、すぐに中絶手術が施されるのだと説明する。

河童の国の恋愛では雌が積極的に雄を追いかけ、ラップという学生の河童は雌に抱きつかれたショックで寝込んでしまい、嘴が腐ってしまう。

私は読みながら、河童さながらげらげらと声を上げて笑ってしまった。こうしたシュールでブラックな笑いは日本文学にはめずらしく、新鮮だった。

他の作家の小説も面白いと思うものはあったけれど、夢中になるほどではなかった。

世界文学では、シェークスピアは性に合わず、二、三冊でやめてしまった。ドストエフスキーは『罪と罰』を読み、その長さ、というより物語の中での時間の経過の遅さに辟易した。

トーマス・マンは『魔の山』を読んで面白かったので、『ブッデンブローク家の人びと』『トニオ・クレーゲル』『ヴェニスに死す』と続けて読んだ。ヘミングウェイの小説はひととおり読んだが、アメリカ文学ではヘンリー・ミラーが好きだった。

フランス文学は、モーパッサン、ロマン・ロラン、ビクトル・ユゴーなどを中学時代に翻訳で読み、あまりぴんとこなかったのだが、高校に入ると日仏学院でフランス語の勉強を始めた。ただなんとなくかっこいいからというくだらない理由だった。

大学でフランス文学を選んだのも、それがいちばん惰弱で、遊芸に近いと思われたからだった。こういう研究をしたいというはっきりとした目的もなかった。

楽しいと思うことをただ楽しむこと、快楽と陶酔に忠実であることが自分にとって唯一の誠実さであるように思われた。

そんな私の目を開かせてくれたのが、市倉宏祐先生だった。当時先生は専修大学で教鞭をとっておられたが、三田で倫理の授業をもっていらしたのだ。

現代思想に関心の高い青井君に誘われて二年生から受けることにした。テキストは、ドゥルーズ＝ガタリの『アンティ・エディップ』だった。

仏文の授業で講読といえば、ただ横のものを縦にするだけ。しかし、市倉先生の授業は違った。一語一語を、徹底的に解釈していく。前に定冠詞だった言葉が次に不定冠詞で出てくるのは何故か、というだけで徹底的に議論する。

『現代思想』なんかで読みかじったような話をすると、そういう議論がこの文章のどこから出てくるのかと言って、吊るしあげられた。

言及されている概念や、哲学上、精神分析上の議論についても半端なことを言うと、徹底的にやられた。

悔しくて、毎週授業には精神分析やら哲学やら、関係のありそうな本をボストンバッグに詰め込んで持っていった。

いい修業をさせていただいた。お蔭で、私は真剣にフランス語とフランスの現代哲学に向き合うことができたのだった。

大学三年に上る春休み、短期の語学留学でパリに行った。

ヴィザとダイナースの家族カードに支えられたパリでの生活は快適であり、語学学校で知り合った外国人たちとフランス語で、日本では表立って口にするのも恥ずかしい、「エクリチュール」や「エピステーメー」といった言葉や、新奇な概念を並べた会話をすることで、私は初めて、フランス文学を学ぶ悦しさを味わった。真面目にフランス文学の勉強をしようという気持ちにもなった。

しかしある日、国立図書館の近代作家の自筆原稿が所蔵されている部屋で、日本人留学生たちが競うように、プルーストの草稿やゲラの一字一句をチェックしているのを見て、愕然とした。

文学の研究において草稿への参照は研究の基礎であり、前提として欠かせない作業である。わざわざパリまで来ている留学生にとっては、特権的な研究であることも分かる。

けれど、私は目の前の光景に、日本人がフランス文学を研究する限界を見た気がした。

フランス人と同じことをしていたのではだめだ。フランス人がいちばん嫌がることをやってやろう。

そう決意した私は、第二次世界大戦中のヴィシー政権下において、ナチスに加担したフランス文学者たち――ドリュ・ラ・ロシェル、ブラジャック、ルバテら――の研究を始めた。

それが形になったのが、『奇妙な廃墟　フランスにおける反近代主義の系譜とコラボラトゥール』であり、この本が江藤淳先生の目にとまって、私は物書きの道に入ったのである。

江藤淳氏の死に際して痛切に感じたこと

『文學界』(平成十一年八月号)に江藤淳氏の「幼年時代」が掲載された。

旧い遺品の中から見つかった母親の手紙——それはちょうど自分が生まれた頃に書かれたものだった——を頼りに、氏が四歳のときに亡くなった母親の記憶を呼び起こし、母親がいかに生き、自分の中に何を残したのかを問う文章は、抑制した中にも溢れ出る情念があって、数多ある氏の文章の中でも、出色にいいものであった。

そこには死者と通底する時間感覚があり、学生時代に書いた「夏目漱石」や「マンスフィールド覚書」などにもつながるように思えた。

この前年の十一月に氏は、妻を亡くしていた。

子供がないこともあって、精神的に近い夫婦であるということは身近に接していて、よく分かった。

氏は、千軍万馬来ようとも、わが妻さえ居れば恐れるに足らずという気持ちでいたに違いない。だからこそ、妻を亡くしたショックは自身の想像をはるかに超えるものであった。

妻の葬儀の直後、重い感染症を患い入院。二か月の間に二度の手術を受け、翌年一月のはじめに退院したものの、今度は「自分が意味もなく只存在している」という一種異様な感覚に襲われ、このままでは気が狂うと思った氏はとにかく書かなくてはと、妻の死について書き始めた。「妻と私」が『文藝春秋』（平成十一年五月号）に掲載されるや大きな反響を呼び、七月には単行本が刊行された。

そこには、妻が突然、転移性の脳腫瘍と診断されてから九か月後に亡くなるまでの生と死の時間、夫婦間の深い交情が綴られていた。

妻の死と真正面から向き合い、「妻と私」を書き上げたことで、江藤氏は狂気を免れ、自分の生を一歩踏み出したかのように見えた。

一人暮らしを心配した石原慎太郎氏が紹介した住み込みの手伝いの女性を気に入り、「手伝いの人は素晴らしい人で、久々にわが家にいる気がする。頑張って再起を期す」と、石原氏宛ての手紙にも書いている。

そうして書かれた「幼年時代」に私は江藤氏の復活を見て、心の底から悦んだのだった。

平成十一年七月二十一日。その日は親しくしている乃木坂のイタリアンレストランで食事をしていた。そこに、江藤氏の死を知らせる電話が入った。このときは自裁については知らされず、私は病状の急変による死だと思っていた。

出版社が用意してくれたハイヤーで鎌倉に向かった。西御門谷戸の江藤邸の手前で降り、細い道を進むと、地面から轟音が響いてきた。夕方、鎌倉の山に降った豪雨が、ゆっくりと地表から深部へと浸透し、漸く暗渠に流れ込んだのであろう。

自宅に入り、初めて自裁されたことを知った。

信じられなかった。「幼年時代」のようないい文章を書いていて、どうして死んでしまうのか。まだ連載は始まったばかりではないか。

江藤氏の批評家としてのすごさは、氏の持っている私情というか、自分が生きていくということにかかわる感情を率直に述べることが、世間の常識や正義とは関係のないところで批評になっていることだと、私は考えている。

母親への私情が溢れる文章の先に、どのような批評が現れてくるのか、私は見たかったのだ。いい文章を書くだけでは人は生きられないのか——。

これが江藤氏の死に際して私が痛切に感じたことであり、今にいたるまで私自身への問いにもなっている。

今年（平成二十九年）六月、久しぶりに氏の墓参りをした。

江頭家の墓は青山霊園の中の、広瀬中佐の墓所に打ち続く、海軍関係者ばかりが占める一角にある。

佐賀県の県木、楠に囲まれた墓石の前で手を合わせ、黙とうした。黙とうしながら、改めて件の問いについて考えた。

妖刀の行方
——江藤淳

令和最初の日の五月一日は前の晩、大晦日気分で大酒を飲んだため、少し遅く起きると、雲間から陽が差していた。しかしやがて空全体を雲が覆ってしまい、午後には雨が降り出した。

雨の中、銀座に出た。

大連休まっただなかの銀座の街は人で溢れていた。人の波を縫いながら向かった先は、トラヤ帽子店だった。新しいパナマ帽が欲しかったのだ。

トラヤ帽子店は大正六年に神保町に開店した老舗である。昭和五年に銀座に店を出したが、東京大空襲で閉店。戦後、銀座店を再開し、昭和三十五年から現在の銀座二丁目店で営業を続けている。

私が初めてこの店で帽子を買ったのは三十歳前後のときで、トラヤオリジナルのパナマ帽を買った。最近はもっぱらボルサリーノを愛用していたが、昨年まで被っていたパナマ帽が灼けてしまったので、今年は新調しようと思っていたのだ。

別に急ぐこともなかったのだが、令和初日の行為として、帽子を買うというのはふさわしいように思えたのだ。

店主は私の前に三つの帽子を並べた。

一つはトラヤオリジナル、一つはボルサリーノ、一つはノックスだった。

いつもだったら、ボルサリーノかトラヤオリジナルを選んだことだろう。しかし、その日私が買ったのはノックスのパナマ帽だった。

ノックスは一八三八年にアメリカで誕生したハット・ブランドである。リンカーン、ルーズベルト、ロックフェラーらが愛用したことで知られ、アメリカの成功者が被る帽子というイメージが定着している。

普段は手を伸ばすことのないアメリカ製の帽子を選んだのは、被ったときの軽さが気に入ったこともあるが、平成から令和への改元に際し、江藤淳さんについて考えることが多かったせいかもしれない。

彼の初期の評論に「エデンの東にて　世界と自分に関する二つの対話」（一九六九年）がある。

江藤さんがロックフェラー財団の研究員としてアメリカのプリンストン大学に留学し、その後同大学の客員助教授となって日本文学史を教えていたのは一九六二年から六四年だが、六八年にプリンストンを再訪した彼はニューヨークで湘南中学の同級生であるKと再会する。

それからウィーン、パリ、ロンドンを経てベイルートに行き、日本航空の支店で記者会見を行って帰国する。

「エデンの東にて」はこのときの経験をもとに書かれている。
パン・アメリカン・ビルディングにオフィスを持つ日本の大手商社に勤めるKは江藤さんを「武蔵」という日本料理屋に連れていく。そこでのKの話はいきなり剣呑だ。

「おれがばかみたいに一生懸命にやってるのは、おれだけじゃない、うちの連中がみんな必死になって東奔西走してるのはな、戦争をしているからだ。日米戦争が二十何年か前に終ったなんていうのは、お前らみたいな文士や学者の寝言だよ。いいか、完全にナンセンスな寝言だぞ。これは、経済競争なんていうものじゃない。戦争だ。それがずうっと続いているんだ。おれたちは、それを戦っているんだ。今度は敗けられない。おれは勝とうとは思わないよ。このアメリカっていう国の経済力は、想像を絶しているからな。しかし、なあ、少くとも、もう一度敗けたくはないさ。そう思うだろう」

さらにKは戦後の日本の技術力は戦前の海軍の遺産によっているということを、塩化ビニールの例などを上げて力説する。
Kの言葉に心を揺り動かされながら江藤さんは、「結局人類は、生存しつづけるために社会を構成し、国家を組織し、交易したり戦争したり革命を起したりして来たにすぎない。そして生存しつづけるために、それとほぼ等量の、しかし決してそれを超えることはない『死』を必要とするところから、『正義』の観念が生れる」ということを改めて認識する。

ベイルートでは記者会見を通じて知り合った、レバノン共和国最初の婦人代議士であるマダム・ミルナ・Bの別荘に招待される。

優雅なアフタヌーン・ティーの時間を過ごしながら、マダム・ミルナは自分たちの国の上を古代から現代まで、アッシリア、バビロニア、ペルシア、アレクサンダーのマケドニア、ポンペイのローマ、回教徒たち、十字軍の騎士たち、マメルーク、オットマン・トルコ、フランス、アメリカといった文明が通り過ぎていったことを語る。

やがて聖書にも出てくる山に日が沈み、そのとき、江藤さんはこう考える。

……人間が絶滅したのちでも地中海にはこのように荘厳な日没があり、マウント・レバノンには十二月のはじめに初雪が降るだろうというようなこと、そのときはじめて人間は生存しつづけるというくびきから解放され、政治から自由になり、国家からも権力からも相対化されずに済むだろうというようなこと、そういうことがいいたかった。それまで人間は『希望』にかり立てられ、やがて疲労し、『正義』を唱え、やがてそれにも倦み、殺し合い、傷つけあいながら生存しつづけるだろう。『平和』は決してエデンの東にはないだろう。マダム・ミルナが待たないのは、すでに彼女の上に六千年の疲労が堆積しているからであり、私があるものの到来を待っているのは、私にまだ『希望』に蝕まれる部分がのこっているからだ。つまり私がまだ若い民族のひとりだからだ。

江藤さんは、政治、外交の具体的な事物について論じるときも、余人がよく意識することのできない、長い歴史、それも文明論的な歴史意識の下で論じる。

「エデンの東にて」は、江藤さんの遠大な文明観と、それに比しての人間の小ささの認識、にもかかわらず他者に対して抱く強い責任感と使命感のあり様を鮮やかに描きながら、江藤さん自身の相貌をも短いながら描き尽くしている。

江藤淳を呼ぶのに、まず第一に「文芸評論家」である。ついで、その文芸と隔てる形で、「評論家」とも云う。これは必然的な呼称である。必然というのは、近代日本において、文芸評論家であることの、必然である。

文芸評論が政治と密接な関係を有するのは、日本にのみ限られたことではない。中国においては宋代から文章に対する批評と政治的言説は結びついていたし、ヨーロッパ、特にフランスでは、古典主義時代から批評は強い政治的意味を持つようになった。十九世紀ロシアでは、政治論評が文学を隠れ蓑とするようになり、その伝統がむしろ文芸こそが政治的であるという逆転としてマルクス主義批評において結実してきた。

一方日本では文芸評論と論壇的な文章は別のものとして互いに独立し、独立した二つのジャンルに相関したり影響しあったりするようなものではなく、むしろ同一のものだった。

小林秀雄がドストエフスキーを論じつつ、支那事変についても論じざるを得なかったのは、このような事情によっている。『夏目漱石』において、近代日本においては、小説家は文明批評家にならざるを得ないことを見抜いた若き江藤淳は、同時に文芸評論が、そのままわが国の存立にかかわるクリティクにならざるを得ない宿命を使命として担ったのである。

帽子を買った私は、ゴールデンウィーク中でも、夕方の四時という時間でも開いている、しかも場所は銀座という有難いバーに立ち寄った。

行き場のない男たちで込み合っているかと思ったら、意外にも客は一人もおらず、バーテンダーがグラスを拭いていた。

ジャックダニエルのロックを頼むと、「めずらしいですね。バーボンですか」と言われた。

「今日はアメリカンな気分なんだ。買った帽子もアメリカ製」

私はトラヤの箱から買ったばかりのパナマ帽を取り出して被ってみせた。

「お似合いですよ」

この状況では、そう言わざるを得ないだろう。

「今日から令和ですね」

ロックグラスを私の前に出しながら、バーテンダーは言った。

「そうだね。僕は平成元年からものを書き始めたから、三十年余り書いてきたことになる。後半の十年は結構厳しかった。これからはもっと厳しくなるだろう」

髙村薫氏が「小説の現在地とこれから」の中で、「現代の日本においては、小説そのものについての『論』、もしくは特定の小説についての『作品論』が一般にそれほど求められていない」と言い、その理由として、かつて小説の占めていた位置の多くがマンガ、アニメ、映画、種々のゲーム、

YouTubeやインスタグラムなどにとってかわられ、わざわざお金と時間をかけて小説の何たるかを深く知る必要がなくなったことと、昨今の小説は読めばおおむね内容が分かるものばかりなので評論家が説明するまでもない、ということを上げていたが、まあ、そういうことなのだろう。

世紀をまたいだ頃から世界は大きく変わり、その変化には拍車がかかっている。

「エデンの東にて」の中でKは道を歩きながら、「いいか、ここがマディソン・アヴェニューだ」と言う。マディソン・アヴェニューぐらい知っていると言う江藤さんにKはこう説明する。

「そんなことはわかってる。とにかくおれたちは、いまマディソン・アヴェニューを歩いてるんだ。その帽子屋がノックスの店だ。おれたちは、いま、マディソン・アヴェニューのノックスの店の前を並んで歩いている。おれは今に出世して、支店長にでもなってまたニューヨークに来るかも知れない。お前もそのころまたニューヨークに来るかも知れない。しかし、おれもお前も、これきりもう来ないかも知れない。そう思ったら、ちょっと口に出していってみたくなったんだ」

江藤さんは恐らくその後、何度もニューヨークを訪れたことだろう。彼がそこで見たのは、ノックスが象徴するような、強く輝けるアメリカの姿であったはずだ。

江藤さんは一九九九年七月二十一日に自裁した。

つまり彼は二十一世紀の世の中を知らない。二〇〇一年九月十一日のニューヨークにおける同時多発テロを知らないのだ。

もしも江藤さんが崩壊するワールドトレードセンタービルを見ていたら……。

そんなことを考えていたら、頭上の帽子が急に重みを増したように感じられた。

∴

今年は江藤さんが亡くなって二十年ということで、いくつもの関連書が刊行されているが、出色は平山周吉氏の『江藤淳は甦える』だろう。

平山氏は元『文學界』の編集長であり、江藤さんの絶筆となった「幼年時代」の原稿を、自裁した当日に受け取っている。

私も彼が編集者時代にお世話になったことがあるが、とにかくねばり腰では定評のある人だった。その力は今回の本の中で遺憾なく発揮されている。親族をはじめ中・高時代の恩師や友人、担当編集者、教え子を取材し、生まれ育った場所に足を運び、手紙や写真を発掘し、さらにそれらを未刊行も含めた著作と根気強く照合している。

『新潮45』に連載中から読んで、平山氏だからこそできる仕事と思っていたが、二年半の連載で書けたのは三十章までで、あとの十五章は一年をかけて書き下ろしたというのだから、その胆力には恐れ入る。

八〇〇ページに近い大部の書となった本を一気に読んで、改めて分かったことがあった。江藤さんは自己に関して虚飾している部分が多々あったが、その虚の部分も含めて江藤淳であったということだ。

死後、江藤さんが自分の誕生日を一年偽っていたことが判明した。平山氏はそれを病気が理由で小学校の課程に七年をかけた恥を隠すためだったとし、さらに敬愛する祖父を偉大な存在にするため、祖父の年齢を漱石と同じにしたことや、ＧＨＱによる検閲を追及した『閉された言語空間』を発表したことで命を狙われたという話がつくり話らしいということも明らかにしている。

　こうした虚飾を自らまといながら、江藤さんは果敢に戦後を生きていった。

　二十代前半の彼の瑞々しい言葉と犀利な認識は、日本文学においては島崎藤村、北村透谷以来の若さの魅力に溢れていた。

　選ばれてアメリカの大学に赴き、成果を上げて帰国した後は、進歩派から保守派への転向の道を辿りながら自らの批評を確立していった。

　平山氏は虚実が統合された江藤淳の内からその人間に迫っていく。あたかも人体の中に入り込み病巣を探っていく内視鏡のように。

　こうしたことが出来たのは、彼がかつて編集者だったからかもしれない。編集者は活字になる前の原稿の段階で著者とやりとりをする。これは著者にとってときに、原稿を書く以上にきつい。

　私も何度も経験しているが、言葉の選び方一つで、自分のこれまでの人生や思考が問われるのだ。どうしてこんなことを他人から言われなければならないのかとやりきれない思いにとらわれたことも少なくない。

　編集者には著者が被っている厚い鎧を破り、内部へと深く切り込んでいく性が備わっているように思う。

　しかしながら平山氏自身が次のように書いているように、平山氏は長く江藤さんの担当をしていたわけではない。

江藤淳という批評家の、もともと一読者ではあった。出版社に入ったものの深い関係があったわけではなかった。淡い関係なら四半世紀近くあったが、どちらかというと読者として終始した。江藤さんの六十六年七ヶ月の生涯の最後の四ヶ月間だけが、「文士と担当者」という関係となった。

結果論に過ぎないけれど、もしも平山氏が長く江藤さんの担当をしていたら、近過ぎるゆえに遠慮が出て、この本は書けなかったかもしれない。

一読者として敬意を持ち続けてきた著者の絶筆（しかもその連載は始まったばかりだった）をさほど親しくしていたわけでもない自分が受け取った。その宿命が平山氏をして『江藤淳は甦える』を書かせたのだ。

この本を読んで認識したもう一つは江藤さんと自分との重なりである。

日本を代表する大評論家と自分を比べるのもおこがましい話ではあるが、弟子のたわごととしてご容赦いただきたい。

まずは佐賀。

江藤さんの祖父、江頭安太郎は佐賀の出身であった。そもそも江頭は佐賀に多い姓である。佐賀中学、海軍兵学校、海軍大学校と首席を続け、海軍中将となり未来の海軍大臣と言われながら四十七歳の若さで急死したこの祖父を江藤さんは敬愛し、一族の出身地である佐賀に対して特別な思いを抱いていた。

私の両親もまた佐賀の出身である。父は生まれてすぐ親戚の家に養子に出され、東京で育ったが、旧姓丹宗の母は一族全て佐賀生まれの佐賀育ちである。

私は東京で生まれ東京で育ったので、佐賀に住んだことはないが、親戚が佐賀に集中しているので、子供の頃から佐賀に行く機会は多く、自分のルーツに佐賀の土地があるのを忘れたことはない。

次に演劇との関わり。

江藤さんは日比谷高校時代、近代劇研究会に所属し、演出家として活躍しているが、私も中学の頃から芝居の脚本を書いていた。一年生で『ロミオとジュリエット』、二年生でギリシャ神話を題材にしたオリジナル戯曲を書いて文化祭で上演し、高校時代から大学一年までの間に六つの戯曲を書き、そのうちの三つを上演した。

大学も慶應大学で同じだが、進学した状況はかなり異なる。

江藤さんの通っていた都立日比谷高校では、慶應の文科に進むことは恥といってもいいほどだった。

現に進学の報告をしに高校の教員室に行ったとき、江藤さんは教師からこう言われている。

「君、慶應の経済かね？　なに文科？　君も案外伸びなかったね」

一方私は大学にそのまま進める附属高校に入ろうと思って、高校から慶應に入り、大学の文学部に進んだ。

大学院での挫折。

江藤さんは慶應大学文科二年に英文科に進んだ時点で、文学部の教授を目指すことを決めた。しかしながら主任教授、西脇順三郎との確執と、『三田文学』に掲載された「夏目漱石論」が本になって出版されたことに始まるジャーナリズムでの活躍がその道を阻むことになる。

大学を卒業してすぐ江藤さんは大学の同級生の三浦慶子さんと結婚した。月額六千円の奨学金以外収入がなかったため、叔父が経営する海城高校の非常勤講師になろうとしたが、大学院内規でアルバイトに教職に就くことは禁止されているという理由で大学が許してくれなかった。さらに慶應の英文科は江藤さんに、ものを書いているのであれば大学院を辞めるよう勧告した。「学問をするためには、大金持の子弟でなければならないのか」と憤慨した江藤さんは自ら大学院を辞めた。彼に大学院を辞めるよう勧告した「慶應の英文科」とはすなわち、西脇順三郎である。

以降、江藤さんは批評の仕事に専念することになる。

大学からフランス文学を学び始めた私もまた、フランス文学者を目指していた。学部生のときから、フランス・ファシズムの文学者たちの研究を始め、この研究は自分がやらなければならない重要なものと自負しており、周囲も認めてくれていると信じていたのだが、博士課程に進む試験で落とされてしまった。

冷静に考えてみれば、自分のテーマがフランスとフランスの知的世界を構成する価値観と対立をよぎなくされていることは明らかであり、それが受け入れられないのは当然だった。

実のところ学問、研究という地味で息の長いことを続けていくだけの素養が自分にあるのかという疑問は常にあった。そこへ教授たちから「学者に向いていない」と言われたものだから、他の大学院を受け直す気にもなれず、学者の道を断念してしまった。

結婚においても類似点があり、江藤さんは大学を卒業し、修士課程に進んだ年に大学の同級生と結婚しているが、私は修士を終えたところで大学の同級生と結婚し、所帯を持った。

大学時代から『夏目漱石』で注目されていた江藤さんは大学院を辞めた後は、次々に依頼がくる原稿を書いて生計を立てることができたが、私の場合、大学院を辞めてしまっては何もすることがなかった。

しかし、結婚が決まっていたので何とかするしかなく、父親に泣きついて、彼が経営する製麺機を作る会社に入れてもらった。

営業を担当し、表面的にはそつなくこなしているように見せたけれど、つめの甘いところだらけで、大きな失敗をして同僚や顧客に迷惑をかけ、いづらくなって三年で辞めてしまった。

とにかく自分にできることは、大学時代から続けている研究をまとめ上げることだと思い、それを書くだけの生活に入った。当時の生活を支えてくれたのは、父親からの援助だった。

平成元年十二月、私は七年をかけて書き上げた『奇妙な廃墟　フランスにおける反近代主義の系譜とコラボラトゥール』を上梓した。

これは何度も書いたことだけれど、私はこの本に添え状をつけて多くの著者に送ったが、葉書をくれたのは江藤さん一人だった。

さらにその後、江藤さんは『新潮』と『諸君！』の編集長に、「福田和也という面白い人がいるから是非書いてもらうべきだ」と推薦してくださった。

私の処女作が江藤さんの目にとまったのは、おこがましい言い方ではあるが、問題意識の通底があったからだと考えている。

『奇妙な廃墟』は、戦後フランスの文学史でほとんど抹殺されたナショナリストの文学者たちを扱っていたが、彼らの抹殺の理由の根本は、ドイツの占領下における彼らの対独協力と、フランスが現実には敗戦国であるにもかかわらず、「レジスタンス」という神話を作りあげて戦勝国の一陣に滑り込んだ、ドゴールの天才的手腕ゆえの欺瞞だった。

対独協力者たちは、敗戦を「現実」として受け止め、ドゴールのようにロンドンに逃げることのできない数千万の国民を守るために、宿敵ドイツとの交渉のテーブルについたが、単身ロンドンで祖国の不敗を唱えたドゴールは彼らを裏切り者と呼び、フランスの抵抗とは関係なく、米ソの力でドイツは倒れ、ドゴールはフランスが無力だからこそ、その勝利、精神の勝利を声高に叫ばなければならなかった。

フランスが勝利した、フランスの知的伝統としてのヒューマニズムがファシズムに対して勝利をしたという虚構を守るために、ナショナリストたちは文学史から抹殺され、知識人の間では、極めて強い否定のニュアンスを帯びなければ、その名前を発するのは憚られるようになった。

戦後フランスの知的枠組みが持っていた欺瞞のあり方と、当時江藤さんが進めていた占領下検閲の下での言論統制の問題は、緊密な関係を持っていた。

江藤さんは『閉された言語空間』等において、占領下にＧＨＱが推進した検閲の指針、つまり戦争の意義を認めることや戦死者を賛美することの禁止、憲法成立の実態とその内容への批判の禁止などの基準が、占領解除後も日本の言語空間を規制していることを詳しく検証している。

いわば無意識な政治規範と化したイデオロギーを批判する江藤さんの仕事は、戦後フランス思想を見えない形で規定している占領下の記憶とその抹殺という私のテーマと、第二次世界大戦後今日まで続いている言論の世界的な衰退傾向として一括しうるものだったのだ。

しかし今回平山氏の本を読んで、あのとき江藤さんが私を認めてくれたのは、お互い知るよしもなかった、人生の重なりから生じる共鳴があったのかもしれないと思った。

∴

今年の梅雨は日照時間が異常に少なかった。

神奈川近代文学館に行った六月中旬のその日も、雨は降っていなかったが、空はどんよりとした雲に覆われていた。

みなとみらい線の元町・中華街駅からアメリカ山公園を抜けて外国人墓地の横を通り、坂を上って、港の見える丘公園に入る道は緑が多く、吸い込む空気がしっとりと湿っているように思われた。ちょうどバラの季節でイングリッシュローズの庭は見事な花盛りだった。大佛次郎記念館横の三叉路を左に曲がり、霧笛橋を渡って、文学館に到着した私を江藤さんの写真が迎えてくれた。

五月十八日から七月十五日まで、この文学館では「没後20年　江藤淳展」が開催されていたのだ。

平日とあって観覧者は少なく、館内はひっそりしていた。

展示は、第一部「江藤淳登場　——前半生」、第二部「江藤淳の仕事　——後半生」の二部構成になっていたが、私が強い興味を持ったのは第一部のほうだった。

展示の最初には五歳の頃に父親と一緒に撮った写真と母、廣子さんの写真があった。母親の写真は、限定版『一族再会』の中におさめられていることを、平山氏が江藤さんの教え子の山田潤治氏から聞き出して発掘し、『江藤淳は甦える』の見返しにも使われている。カバーのソデをめくると母親がいるという趣向で手がこんでいる。

目元の涼しい美人で、江藤さんが終生母に執着し続けた気持ちが分かる気がした。

自筆のノートや手紙も展示されていて、中に日比谷高校時代の「行動特徴」というノートがあった。

日比谷高校三年生の秋に、教師が与えたと思われる様々な観点から自己分析を試みたノートである。

展示されていたのは「あとがき」の部分で、次のようなことが記されてあった。

「江頭淳夫氏は、このノートを呈出してから二三日たって、こんなことを思いついた。彼はその時風呂にはいっていた。風呂にはいっている時とか、顔をあらっているようなときにはえてしていい考えがうかぶものである。公衆浴場のもうもうと湯気のたちこめたなかで——その湯気は天窓からさしこむ夕日の赤い光をうけて、幾千の粒になって光っていたが——彼のすきな庶民的生活感にひたりながら（江頭氏は自分の本質が元来貴族的なものだと知っているので、公衆浴場などをかえって愛しているのだった）江頭淳夫氏は、あの黒と茶を多くつかった陰さんなポートレイトを書き直すことを計画していたのだ。

彼は、その時、幸福であった。その幸福感の大部分を、快い入浴と、適当な空腹感に負うていたにせよ、とにかく幸福であった。あのノートを書いた夜、江頭氏をとらえていた哲学的憂愁は、彼の痩せてはいるが、日本人としては脚の長い、均整のとれた身体にこびりついていた、すこしばかりのアカといっしょに流されてしまった。」

このノートの存在は平山氏が『新潮45』の連載中に見つけていて、「あとがき」の全文を載せているが、自筆を見て思うことがあった。

私は江藤さんから何度か手紙や葉書をもらっているが、その字とほとんど変わりがない。高校生のときの字なのだから、そんなに稚拙であるわけもないのだが、大人の字である。書いてある内容も、自分を客体化した紛れもない批評である。

『夏目漱石』を読む度に私は、これを書いた二十三歳の江藤さんが完璧な大人であることに驚いた。果たしてこの人に修業時代というものがあったのだろうかと考えたものだが、なるほど高校時代からすでに「江藤淳」は目覚めていたのだということが分かった。

恐らくこの自己を客体化する視線が後年、「～と私」の一連の随筆につながっていったのだろう。江藤さんの文業の中で白眉とすべきものは、と問われたら、私は迷いなく「～と私」という体裁を持ったプライベートな随筆と答えるだろう。

その理由は、彼の文飾と才知の粋が凝らされているからではない。あるいはまた、父母の眷属を語り、あるいは日々の生活について語ることで、もっとも内深い奥から来る親しい声音を聞かせてくれるからでもない。

これらのジャンルにおいて、江藤さんがもっとも批評的であるからである。批評的であるということ、つまりはどのような図式や教説の助けも借りず、自分がこうでしか在り得ず、このようにしか考え得ないというその宿命的確信と絶望において、云うべき事、語らなければ何一つ語られなかったのと同じだというような致命的な言葉を発しているということである。

「戦後と私」において江藤さんは云う。祖父たちが作りあげた帝国が崩壊する様を見、父の階層的没落を目のあたりにし、早世した母親の思い出がしみついた土地が無残な歓楽街へと変身する様に直面して、誰が戦後は民主主義の時代であり、平和の、人権の、経済的繁栄の獲得であると云おうと、自分にとっては喪失の、深い悲しみの季節にほかならないと。それは、時代の「正義」に対すれば、一片の「私情」に過ぎない。だが、この「私情」以外に一体何が真実で、確信であり得るだろうか。

江藤さんは四歳半のときに母親を亡くした。戦争によって父、あるいは父祖に由来するような秩序と保護を失った、さらに戦火は母親との思い出のつまった家を焼き尽くした。

江藤さんを早く大人にしたのも、彼の批評を揺るぎない決定的なものにしているのも、こうした喪失の深さであることは間違いない。

ところが、私には喪失がない。

生まれたのは戦後であるし、工場を営んで羽振りのよかった父親は私に厚い庇護を与え続けてくれたし、母親は元気で毎日ベンツを運転してダンス教室に通っていた。

喪失のない私はただ遊蕩に身を任せていた。

私が通っていた慶應の附属高校はカリキュラムに柔軟性があり、私のように文系科目でしか成績をかせげない生徒も卒業できる仕組みになっていて、出席に多少の融通が利いたので、昼間から映画館や芝居小屋に通う毎日だった。

夜は夜で六本木のディスコで女の子たちと遊び、そこから男同士で西麻布のバーに流れて、無粋な飲み方をしたり騒いだりした。

ただ放蕩は自由でもなければ幸福でもなかった。私にとっては一種の徒刑であり、捕囚にほかならなかった。

私の批評はそうしたところから始まっている。

江藤さんによく言われたことがある。

「君の批評文は和歌で書かれている、しかし批評というのは俳句でなければいけないんだ。情感をぎりぎりに排して、的確に対象を捉え、そして皮肉で刺すのが批評であって、和歌のように調べと情感に流されては批評にならない」

けれど、結局私は江藤さんのように批評を論理と骨格によって作ることができず、感覚と気分によって構成することしかできなかった。それが放蕩者で不良の私の批評だった。

そうした批評を面白がってくれる人がいた。

久世光彦さんもその一人だ。

拙著『甘美な人生』（文庫版）の「解説」で久世さんはこんなことを書いてくれた。

「私にとって興味があるのは、こんな面白い顔をしていて、この人が割合ほんものの不良であるところだ。身過ぎ世過ぎのためのポーズではなく、懐を探れば、晒に巻いた古いドスが出てきそうな、真正の不良ではないかと思われるのだ。たぶんこのドスは、元を辿れば昭和のはじめ、中也が死の床で小林秀雄に預け、小林は落ち着かないまま仏壇の裏に隠し、晩年あまり深い考えもなく江藤淳に譲り、江藤淳は怖くて、たまたまニコニコ遊びにきていた福田和也に手渡してしまったに違いない、伝説の妖刀であった。そして、福田和也の中に狂暴な衝動が目覚めた。あるときから、福田和也の文章に、妙に妖しい自信が現れた謎は、一本の不吉なドスの行方を尋ねることでしか、解けない」

確かに、私は江藤さんから妖刀を譲り受けた。いい気になって、振り回していた時期もあった。しかし、この十年ほど妖刀の姿を見ていない。というより、妖刀の存在すら忘れていた。気になって、そこらじゅうを探してみたのだが、見つからない。妖刀のほうで私に愛想をつかし、他の人のところに行ってしまったのかもしれない。

一体、今妖刀は何処にあるのだろう。

誰か知っている人がいたら、教えてもらえないだろうか。

食うことと書くこと

上野のガード下のモツ焼き屋は満席だった。

男も女も、ビール、ホッピーを呷り、燗酒をすすり、モツ焼きをかじり、煮込みをつついていた。

まだ夕方の五時。しかも平日だ。

楽しそうで、いいね。

思っていると、人ごみを縫うようにして、澤口がやってきた。図体がでかいうえに、全体に凄みのような気をまとっているから、目立つ。

「何だ。もういっぱいか！」

二人で近くの二号店に移動した。本店の三倍のスペースがある二号店も、しかし、いっぱいだった。

「すごいねえ。用心のために六時の約束を五時に変えたのにねえ」

私が言うと、店内を見回していた澤口が「仕方ねえ。羊肉を食わせる店でも行くか。まあまあ、食える」と、先に立って歩き始めた。

案内された店はこぢんまりとした中華料理屋だった。

我々以外に客はおらず、四人掛けのテーブル一つを陣取ると、ホッピーセットを注文した。三分と間をおかず、ピーナッツ、豆苗和え、昆布といったお通しと一緒に焼酎の入ったグラスとホッピー壜が運ばれてきた。

三月に入り、日が長くなった。五時とはいえ、外はまだ明るい。明るいうちから飲む酒は格別だ。ホッピーが喉元を過ぎ、焼酎の刺激と清涼飲料水の後味を残していった。

澤口は明日が誕生日で五十八歳になるらしい。

だからといって、誕生日祝いのために会ったわけではない。親友とはいえ、男二人で誕生日を祝うような趣味は私にはない。

飲みたくなると、どちらからともなく電話をして、場所と時間を決め、会って、飲む。ここ数年、そういう関係が続いている。

澤口が注文した羊肉の串焼き四本がきた。中国東北部の伝統料理だ。金属製の長い串に刺し、あぶり焼きした羊肉にかじりつくと、肉の脂とスパイスの香りが口中に拡がった。かなり辛い。ホッピーを飲む。

口に残った羊肉の匂いと味がある記憶を呼び覚ました。

長春——。

一九九五年二月、某雑誌で連載していた石原莞爾の評伝の取材のため、私は中国吉林省の長春にいた。

マイナス二十度の戸外を歩いて一軒の料理屋に入ったとき、そこは羊肉の強烈な匂いに満ちていた。

暖かさにほっとしたのも束の間、激しい頭痛に襲われた。見ると、同行の編集者も頭を押えている。

急激な温度差で、二人とも頭の血管が膨張したのだ。

痛みがおさまるには、しばらく時間がかかった。ようやく食事ができるようになった我々に店が出してくれた羊の煮込み料理は、まさに胃の腑を直撃した。

歯ごたえのある羊肉を咀嚼し、臭みを存分に味わって飲み下したときの、肉がそのまま自分の肉になっていくような充実感。

出された酒もまた強烈だった。

コーリャンを原料に作られた白酒はアルコール度数が三十八〜六十度と高い、中国の蒸留酒だ。液が透明なので白酒と呼ばれるが、焼酒、火酒という異名もある。異名からして辛そうだが、実は甘い。長く熟成された酒なので甘さがまろやかで、変な後味はなく、香りだけが残る。

飲むうちに、酒による高揚が血液を通して全身に行きわたっていった。

口に入るものが命に直結していくような感覚は、日本での食事ではなかなか経験できないものだった。

石原莞爾は明治二十二年、山形県鶴岡町に生まれた。父の啓介は巡査で、家は貧しかった。十人の兄弟姉妹の中の三男だが、長男、次男、三女は生まれて間もなく亡くなり、五男は一歳余りで死んだ。貧しさのためである。

莞爾は幸運にも早世を免れ、陸軍幼年学校、陸軍士官学校、陸軍大学校と進み、大正八年、陸軍歩兵連隊の大尉となった。

士官学校在学中に軍人としての自覚が高まるにつれ、精神的な支えを求めるようになった。その過程で、社会主義といったイデオロギーや、キリスト教、神道などを遍歴した後に、田中智学と出会った。

立正安国会の創設者である田中の膝下、法華への帰依を深めると同時に、法華経の思想としての大規模なスケールが、不断に石原の軍事的な思考を刺激し続け、軍事史の研究と信仰の融合の中で、最終戦争というヴィジョンを得るにいたる。

決戦戦争と持久戦争が交互に弁証法的な発展を繰り返し、ついには最終形態を迎える。戦争発達の極限に達するこの最終戦争で戦争も国家の対立もなくなって、世界が一つになるというものだ。

石原の考えによれば、この戦争は空軍による徹底した殲滅戦争になって短い期間で終結するという。闘うことになるのは日本を含む東亜とアメリカであり、両者が太平洋を挟んだ人類最後の大決戦を行った結果、東洋の王道と西洋の覇道の、いずれかが世界統一の指導原理たるべきかが決定されるのだ。

この最終戦争への第一段階として、石原は満蒙領有論を唱え、満州事変を指導し、結果、満州国は成立した。

昭和七年三月九日、翌週に新京と改称される長春の街は、歓声に沸いていた。

市街地の上を低く飛ぶ飛行機が、新国家の国旗の色にちなんだビラを投下する度に群衆はどよめき、「五族協和」「普元同慶」「王道楽土」といったスローガンを大書した花電車や、飾りつけられたトラックが通れば、大声をあげた。

関東軍幹部や満鉄関係者、溥儀の側近、東北三省の実力者たちといった、新国家の指導者たちを乗せた自動車が通ると、満州国旗、日章旗、黄旗が打ち振られた。

満州事変の首謀者であり、関東軍の参謀であった石原莞爾は、満州国建国の日を、当然のことながら長春で迎えている。

大式典の後の晩餐には恐らく羊肉と白酒が振る舞われたに違いない。しかし、石原がそうした祝いの食事や酒に興じることはなかっただろう。

そもそも石原は下戸である。士官学校時代から酒はほとんど飲まず、南京豆や身欠きにしんを好んでかじっていたらしい。

貧しい家の生まれということ、法華の影響ということもあるのだろう。石原は生涯にわたって、食に贅沢を求めず、一日二食、一物全食を旨としていた。

一物全食とは、サツマイモなど野菜は皮も食べる、魚は骨まで食べるという意味だ。主食は雑穀で、山菜も好んで食べたという。

石原は食を節制し、自分を追いつめることで、思想的な高みに到達しようとした。

満州国の建設は、石原にとって、アメリカとの対決に備えるための第一段階にすぎなかった。やがて最終戦争の日がやってくる。そのときは、男の兵隊が戦場で闘うだけでなく、老若男女全て、さらには日本の山川草木の全てが戦争の渦中に入る。全国民が、国の損害に耐え忍ばなければならなくなる。

国民はこの惨状に堪え得る鉄石の意志を鍛練しなければならず、それには思想に裏付けされた「一日二食、一物全食」が必要であると考えていた。

こうした食生活が民族の生命を永遠ならしめるとともに、直観力を養い、さらには謙虚な人格を養うことになると信じていたのである。

食の悦びは生きる悦びにつながる。

しかし、ひとたび食の煩悩にとりつかれると、食への欲求は際限がなくなり、自分ではコントロールできなくなる。

人間も国も、食によって滅ぼされかねない。

食とはそれほど強大なものなのだ。

澤口が注文した串焼きの牛のハツモトとホルモンが二本ずつ運ばれてきた。

食えるだろうか――。

料理を前に臆することなど、かつてはなかった。

それがどんな食材にしろ、運ばれてくる先から手を伸ばし、期待をもって口に入れ、期待以上の興奮や悦びが得られたときには、自然に体が震えた。さらにそこに酒が入ったときの幸福感。

それが今はどうだ。

食えるだろうか——などと誤魔化しても仕方がない。私は食えない。二本の羊の串焼きを胃に押し込むだけで精いっぱいなのだ。

目の前のハツモトとホルモンは私の口に入ることなく、皿の上で冷え、表面にたぎっていた脂は固まり、無機質な物体と化してゴミ箱行きとなるだろう。

寄る年波だ。

体が受けつけないのだから、仕方がない。

今のほうが健康的なのだ。

いくら言い訳を並べても、じくじくとしたわだかまりは解消されない。

昔は気持ちが悪くなるまで食べないと満足できなかった。あの欲求は何処に行ってしまったのだろう。

食欲が減退し、体がやせ衰え、活力が失われているという現実に、私はどう抗えばいいのだろう。抗う術はあるのだろうか。

私の心を見透かすように、澤口が冷ややかな視線をこちらに向けている。

視線から逃れようとコップに残っていたホッピーを飲み干すと、すかさず澤口が言った。

「お姉さん、ホッピーの焼酎、追加して」

∴

澤口知之《のりゆき》と知り合ったのは、一九八八年のことだ。

その頃私は、父親が経営する製麺機製造会社の営業として働きながら、大学院時代から持ち越しているテーマ、フランスの対独協力作家――コラボラトゥール――についての本を書いていた。

仕事で五反田を歩いていたら、イタリアの旗が立った店を見つけた。店名は「イル・クアードロ」。イタリア語で「額縁」、あるいは「四角四面」といった意味だ。

ソープランドのすぐ横という奇妙な立地だったが、外から見た雰囲気がよさそうだったので、入ってみることにした。パスタマシンも営業品目に入っていたから、売り込みができるかもしれないという下心もあった。

昼の時分どきを過ぎていたので店内はそれほど混んではおらず、店の奥の四人掛けのテーブルに通してくれた。

メニューには、前菜、パスタ、セコンド全て、かなりの種類の料理が並んでいた。今と違って、本格的なイタリアンレストランが少ない時代だ。

興味のおもむくまま、ランチセットではなくアラカルトで注文した。前菜は覚えていないが、フジッリという小さく厚いらせん状のショートパスタと仔牛肉のシチュー、オッソブーコを食べたことを記憶している。

料理が決まったところで、ワインリストを持ってやってきたのが澤口だった。彼はこの店のソムリエだったのだ。

相撲取りみたいなソムリエだな――。

その頃私は今よりも二十キロ以上体重があったので、かなり太ってはいたのだが、私よりもさらにでかいという印象があった。

昼からアラカルトを注文する客は少ないのだろう。私は彼の興味をそそったらしかった。

食前酒のスプマンテの後に、いきなりバローロを薦めてきた。しかも一本だ。

イタリアワインの多くは酸が強くタンニンが弱いので、早飲みに向いている。

ピエモンテ州産のバローロはネッビオーロ種という葡萄から造られているのだが、この葡萄は頑強なタンニンを有していて、長期の熟成によってその本領が発揮される。イタリアワインの中ではめずらしいタイプだ。

フランスの高級ワインに匹敵する品質を売りにしているだけに、値段は二十人分のランチ代くらい。

ただ初対面でいきなりこうしたワインを薦めてくる澤口の意趣が面白かったので、即決した。

グラスに鼻を近づけた途端、強く個性的なブーケがたちのぼってきた。それに、微妙なニュアンスのアロマをあわせ持っているのが面白く、文句のない一本だった。やや料理が負けている感はあったけれど。

フジッリを食べ終え、オッソブーコにかかる頃には店内の客もほとんど引けていた。

気がつくと、澤口が私のテーブルに座っていて、「このワインいいでしょ」などと話しかけてくる。

変なやつだと思いながらも、嫌な感じはしない。図々しいのに愛嬌がある。

彼と、酒の話、食い物の話、音楽の話、映画の話に興じることになった。

澤口がショットグラスに酒を入れて、飲み始めた。

一口飲ませてもらうと、強烈な薫香をもったウイスキーだった。

「ラガヴーリン。アイレイ・モルトですよ」

昭和が間もなく終わろうとする年で、日本はバブル景気のまっただなか。五反田の、初めて入ったイタリアンレストランの、遅い午後の光の差す店内で、バローロを飲み、澤口と話をしながら私は、強烈な祝福の予感を感じていた。


翌年、私の最初の著書『奇妙な廃墟　フランスにおける反近代主義の系譜とコラボラトゥール』が国書刊行会から上梓され、この本がきっかけとなって、私は物書きの道に入ることになった。

澤口はイル・クアードロを辞め、二度目のイタリア料理修業へと旅立った。

一九九二年に帰国した彼は、九三年、乃木坂に「ラ・ゴーラ」というイタリアンレストランを開き、オーナー・シェフとなった。「ラ・ゴーラ」とはイタリア語で「喉」を意味する。

澤口がイタリアに旅立つ際、私は自分の著書と、ほぼ全冊そろった『星岡』を進呈した。『星岡』は北大路魯山人が経営していた会員制の料亭「星岡茶寮」の機関誌だ。創刊号から二十一号まではタブロイド判の八頁だて、その後の号は週刊誌に近い判になっている。

イタリアで修業中、澤口は私の著書と『星岡』をむさぼるように読んだという。

∴

北大路魯山人が、東京の麹町区永田町二丁目に星岡茶寮を開いたのは大正十四年のことだった。その四年前の大正十年、魯山人はすでに「美食倶楽部」という会員制の食堂を発足させていて、自ら厨房に立って料理を作るとともに、料理を盛る器を自身で制作していた。

美食倶楽部が関東大震災で罹災したため、知人の料亭に仮寓して営業を再開したが、建物のしつらいにしろ食材にしろ満足できなかったため、新しい料亭を創建したのである。

政財界の大物たちが高い会費を惜しまず、こぞって星岡茶寮の会員となったのは、魯山人が作る料理故であった。

魯山人の料理は食道楽から始まっている。つまり、自分の食べたい物の延長線上に彼の料理はあった。

料理人ともなると、自分が食べたい、食べたくないにかかわらず、客に出すべき料理を作らなければならない。料理の根本において、星岡茶寮は他の料亭とは異なっていた。

コース料理は、前菜、椀刺、台の物、煮物、酢の物、強肴、留椀と順序は決まっていたが、内容は日によって大きく変化した。

度々登場した「山海佳肴盛」という盛鉢料理は、そのときどきによって、鱸の丸揚げ、鯛の皮作り、越前のバイ貝や甘蝦、里芋の田楽、鴨やつぐみなどが大きな平鉢に色目鮮やかに盛られて供された。

鼈料理も名物で、魯山人は石川県や福岡県から鼈を買い集め、ふんだんに使った。鼈料理は京都の大市が有名だが、料理修業時代にその店の鼈スープを取り寄せて薄め、自己流にアレンジして出したところ、大市よりうまいと客が絶賛したという逸話も残っている。

生まれる前の年に実父に死なれ、母親に捨てられ、養家を転々とし、虱だらけの着物しか着られなかった子供は、自分の中に味覚の才能を見出し、それを自ら育てていった。

自分の食べたい物をどこまでも追求した結果、魯山人は自分にしかできない料理を創造するに至った。その型にはまらない料理が多くの客を引きつけた。

魯山人は篆刻家であり、書道家であり、画家であり、陶芸家でもある。だが、そうした芸術的才能の下に、料理の才能を置こうとはしなかった。料理の才能を芸術の域まで高めようとしたのだ。

実際、一日のうちで、料理を作り、食べている時間がいちばん長かったという。

料理は一過性のものである。

そのとき手に入る食材を用いて調理し、一皿が仕立てられる。その一皿を味わえる時間も人間も限られる。一度作られた料理が美術品のように何世紀も保存されることは不可能であるし、一度作られた一皿を完全に再現させることすら不可能だろう。

料理を他の芸術作品と同列に並べるのは難しい。

ただいえるのは、魯山人が自分の料理で篆刻、書、画、陶器などの作品に劣らない感動をつくり出そうとしたということだ。

そのために魯山人が重視したのは器だった。

『星岡』創刊号（昭和五年十月）に掲載された魯山人の談話筆記「料理と器物」の中に次のような文章がある。

料理の美と容器の美は両立して、初めて最善の馳走といふ事になる次第である。（中略）食器の鑑別が充分に行届いてゐて、深い心入れになる真実の料理には真剣味がある。真剣の料理は一種の芸術的生命を有する、かくして芸術的作品の器物とはじめて調和の美を得るに至るものである。

星岡茶寮では一般に売られている器は一切使わず、全て料理のために新たに制作されたものであった。

魯山人は料理を作りながら、料理に合う器を考え、器を作りながら、器に合う料理を考えた。彼の代表作である俎板皿もこうして生まれた。

自ら料理を作る一方で、魯山人は食い続けた。

うまい店があると聞けば足を運び、金に糸目をつけず、食いたい物を食いまくる。人を家に呼んでは、贅をこらして自ら腕を振るう。日常の食事には料理番がいて、夕食ならば、五品は軽くたいらげた。

七十歳を過ぎても、毎日ビールを小瓶で十七、八本、来客があるときは二十三、四本を飲んだ。

美食三昧の生活を送りながら、古希を超えるまで大きな病気はしなかったと、自慢するほど健康を保ち続けた。実は健康には異常に気を遣っていて、毎月の検診を欠かさなかったという。

魯山人は昭和三十四年十二月、ジストマによる肝硬変のため死去した。七十六歳だった。

ジストマとは田螺、鯉、鮒などを介して人間の肝臓に寄生する吸虫である。

魯山人は田螺好きだった。家の近所の田んぼでとれた田螺を生のまま酢味噌で和えて食べることもあり、料亭でもゆがいた田螺をちょくちょく所望した。

毎月、検診を受けていたにもかかわらず、この病源をつきとめることができなかった。

魯山人は食のために生き、食のために死んだ。

∴

「福田、お前、ほんとに食わなくなったなあ」

澤口が私の顔と皿に残ったホルモン串を交互に見ながら言った。

「会う度に痩せていくじゃねえか。お気に入りのロロピアーナのコートもぶかぶかだしよ。今日の昼はクリームタルトとコーヒーだけ？　それじゃあ、思考が停止するぜ。だいたいお前、『悪女の美食術』っていう本に書いてたじゃねえか。『昼食を菓子パンですませるのは人間性の放棄だ』って」

そろそろくる頃だと思っていた。私は黙ってホッピーを飲む。

澤口の説教は続き、ヴァルター・ベンヤミンの言葉が登場した。

「食事のことでかつて羽目をはずしたことのない人は決して食事を経験したことがなく、これまで食事をしてきたとはいえない。節度を守ることでせいぜい食事の愉しみくらいは知るだろうが、食事に対する貪欲さ、食欲の平坦な道から逸脱してむさぼり喰らうという原始の道筋を知ることはない」（「とれたての無花果」）

澤口はラ・ゴーラで私のために料理を作りながら、この言葉を何度も思い返したのだそうだ。

前にも書いたが、私が物書きとしての仕事を始めたのは、一九八九年に『奇妙な廃墟』を出したことがきっかけであった。二十九歳のときだった。

初めのうちは、原稿の注文が増えるのがうれしくて、かたっぱしから引き受けていた。その頃はまだつき合いも広くなく、大学の仕事も非常勤であったから、時間はいくらでもあった。

それまでに読んだり、考えたり、調べたりしてきたことの蓄積を勢いよく放出し、デビューから四年で、月に百枚の原稿を書けるようになった。

初めて百枚を書いた月は、かなり消耗した。こんなことはとても続けていられない。体を壊すか筆を荒らすかのどちらかだろうと思った。

選択は二つに一つ。

書く量を減らすか、もっとたくさん書けるようにするか。

私は後者を選んだ。

注文が来るのならば、来るだけ書きたい。書いていくことで、もっといろいろなことが書けるようになるに違いない。まだまだ書きたいことはたくさんあるのだし、とても量など調節している場合ではない。

ちょうどその頃、澤口のラ・ゴーラがオープンした。

私は週に三度は店に顔を出し、彼の作る料理を食べ、大酒を飲んだ。他の店で食べても、満足が得られないと、澤口の店で食べ直し、大酒を飲んだ。何回かに一回はへべれけになって、訳が分からなくなった。

彼の作る料理は前菜にしろ、パスタにしろ、魚料理にしろ、肉料理にしろ、塩が強烈だった。これじゃあ塩辛くて食えない、の一歩手前の絶妙な味つけはほとんど中毒のように、私を引きつけた。その味が酒を促し、飲むワインの量も半端ではなかった。

この頃の私の肉も血もエネルギーも、全ては澤口の料理によってつくられていたといっても過言ではない。

食って飲んで酔っ払い、翌朝起きて原稿を書く。夜になれば、また食って飲む。朝がくれば、起きて原稿を書く。

そうしたことを続けているうちに私は、月に三百枚の原稿を書くまでになっていた。

食って飲むことと書くことが一体となっていたのだ。

澤口もまた、尋常でない毎日を送っていた。

ラ・ゴーラは夜のみの営業だったが、昼過ぎには店に入って仕込みを始め、夕方六時に開店してから夜中の一時、二時くらいまでは厨房に立ち続け、それから街にくりだして朝まで飲み、家に帰ってシャワーを浴び、市場に行って仕入れをし、帰宅して二、三時間寝たらまた店に行って、仕込み……。

二人してパワーもエネルギーも全開の生活を送りながら、私は原稿を書き、澤口は料理を作った。

途中、それぞれにつまずきはあったけれど、四半世紀はお互い勢いに身を任せて突っ走り続けた。

澤口は諸事情により、ラ・ゴーラを閉め、二〇〇三年、同じ乃木坂にアモーレという店を開いた。

しかし、体調をくずし、二〇一二年に休業。それから四年がたった現在も休業状態は続いている。

だからこそ、私のことを心配してくれるのだろう。

追加注文した羊肉のクミン炒めが運ばれてきて、テーブルの中央に置かれた。強烈な匂いがたちのぼってくる。

羊肉をはさんで、お互い無言のままホッピーを飲んだ。

澤口が肉を小皿に取り分けて、私の前に置いた。

やはり無言のままだったが、目は明らかにこう言っていた。

「食えよ。食わないと、書けなくなるぜ」

かつて、私の中には一つの循環ができていた。

食って飲むことによる気分の高揚と、そこから得られるエネルギーが頭を回転させ、言葉を呼び寄せ、大量の原稿を生んでいた。

原稿に向かっていると、これまでに読んだ本、人と交わした会話、あるいは子供の頃の記憶などから、言葉はどんどんやってきて、私は整理をつけるだけでよかった。

今、その循環は完全に断たれている。

言葉はどこからもやって来ず、私は言葉を探し、追いかけている。探しても見つからないときもあり、追いかけてもつかまらないときもあって、月に一〇〇枚の原稿も書いてはいない。ただ言葉をつかまえたときの手ごたえはある。

この感触は言葉が向うからやってきてくれていたときには、感じられなかったものだ。

∴

東京の国立西洋美術館で始まった「カラヴァッジョ展」を見に行った。日伊国交樹立一五〇周年の企画で、現存する真筆六十余点のうち、十一点を集めているという。

カラヴァッジョの人生は壮絶だ。

一五七一年にミラノに生まれ、十二歳から四年間、同地の画家シモーネ・ペテルツァーノの徒弟として修業をした。

一五九五年頃ローマに出て、絵で生計を立てるようになるが、生活は苦しかった。

そのうちに日常生活の素材を写実によって描いた風俗画がローマの美術通たちに受けるようになる。

デル・モンテ枢機卿という当代随一の美術通に認められたカラヴァッジョは一六〇〇年、サン・ルイージ・デイ・フランチェージ聖堂の壁画『聖マタイ伝』三部作を完成させ、大好評を博した。二十八歳のときである。

成功をおさめ、大きな仕事が舞い込むようになったのも束の間、一六〇〇年十一月には、画学生のジロラモ・スタンパーニを棍棒と剣で襲撃、翌年十月には画家のトンマーゾ・サリーニに剣で斬りかかるなど、傷害事件を起こす。

当時のローマは夜間の剣の所持は厳しく取り締まられていたにもかかわらず、カラヴァッジョは常に剣を持ち歩き、傷害事件を起こしては逮捕・拘束を繰り返していた。

一六〇六年五月には、娼婦の元締めのラヌッチョ・トマッソーニを殺害し、ローマから逃亡。ナポリ、マルタ島、シチリアなどを転々とし、ローマに帰ることを望みながら、一六一〇年七月、ポルト・エルコレの地で熱病に倒れ、死亡した。三十八歳だった。

全展示の中間あたりに『バッカス』があった。

ふくよかな赤味を帯びた顔の若者が葡萄の葉の冠をかぶり、白いシーツをまとい、右肩をはだけた姿で、ワインの注がれたグラスを左手で掲げている。

バッカスはローマ神話に登場する酒神だが、この絵のバッカスは酩酊した顔といい、うっすらと肉のついた体といい、人間的で、酒や果物と一緒に自らを捧げようとしているように見える。

この絵を初めて見たのは、三十年以上も前のことだ。

製麵機製造会社の営業の仕事でフィレンツェを訪れた際、ウフィツィ美術館でこの絵と遭遇した。一目見て、頽廃の気に覆われたバッカスが自分であるように、私には思えた。

子供の頃から不眠に悩まされていて、眠るために酒を飲むことを覚えた。中学生のときだった。

高校、大学と、酒は夜遊びに欠かせないものとなった。父親の会社を手伝うようになってからは、高級ワインの味も覚えた。

酒との関わりは年々深まっていき、酒というのは単に味わい、酔うだけのものではなく、自分の生活、人生のなかで特別な存在になるであろう予感があった。

もっといえば、酒と深く関わり、自分の人生を酒に捧げることで、何かを得られるのではないか、という気がしたのだ。

実際、自分にしか書けないものがあると信じ、突っ走り続けた三十代、四十代の、行き場のない激情を受け止めてくれたのが、酒だった。

書くことに対する不安も鬱屈も、大酒を飲んで酔っ払うことで振り払うことができた。

現在、食欲は著しく減退したけれど、酒への欲求は衰えていない。さすがに昔の酒量は飲めないけれど、飲み続けている。三十代、四十代のときよりもさらに深く、酒は私の中に浸透している。

恐らくこれから死ぬまで飲み続けることだろう。

カラヴァッジョの絵を見ているうちに、ローマの街を思い出した。

ローマは内臓料理が有名だ。

とくに下町のテスタッチョ地区はかつて精肉店がたくさんあった場所で、うまい内臓料理を出すレストランがある。

物書きになってからローマは二度訪れたことがあるが、二度ともその地区にある「ケッキーノ・ダル１８８７」で食事をした。

名前の通り、一八八七年創業の老舗レストランで、仔牛のアキレス腱をサラダ仕立てにしたものや仔牛の小腸のトマト煮込み、様々な部位の内臓のロースト盛り合わせなど、めずらしい料理を出してくれ、しかもうまい。

若きカラヴァッジョもきっと内臓料理を食べたことだろう。あんなスタミナのある料理を毎日食べていたら、血気盛んになるのも無理はない。

食堂のボーイの態度が悪いと、アーティチョークの皿を投げつけた、などという逸話も残っている。

しかし、十一点ものカラヴァッジョの絵を見て、改めてその強烈な明暗法と徹底した写実に驚かされた。

誰に教えを請うでもなく、これほど革新的な技法を、二十代の若者がどうやって確立することができたのだろうか。

恐らく、カラヴァッジョの中にはこれが自分の絵だという確信があったのだろう。

もちろん、途中には迷いや試行錯誤もあったに違いない。そうしたものを経た結果、確信が明らかなものとなったのだ。

確信がなければ、いくら迷っても、試行錯誤を重ねても、何も現れてはこない。

要は確信なのだ。それさえあれば、何とかなる。

羊肉のクミン炒めにはまったく箸をつけず、つきだしの豆苗和えをつついている私を、澤口が前よりもいっそう冷ややかな目で見ている。

その目を見返して、私は言った。

「大丈夫だよ。お前だって、アモーレを休業する三か月前に出した店主の口上に、ルキノ・ヴィスコンティの『山猫』の一節を使ってただろ。『変わらずに生きていくには、変わらなければならない』ってね」

澤口がほんの少し口の端を上げた。

多分、笑ってくれたのだと思う。

絵画と言葉

東京の桜はほとんど終わりかけていたけれど、北に進むにつれ、花は勢いを増していった。私の乗った新幹線は、大宮を過ぎると仙台まで止まらない。眠気に誘われて目を閉じると、車窓を流れていく桜が残像となって瞼に映った。

仙台駅には昼の十二時前に到着し、駅からタクシーに乗ると、五分ほどでT病院に着いた。入口で受付をして面会の札をもらい中に入るとすぐ、吹き抜けの広々としたスペースがあり、カフェと売店が並んでいた。まるでショッピングモールだ。

エレベーターに乗り、事前に知らされていた病室に向かった。

個室のドアは空いていたが、カーテンは閉まっていた。カーテン越しに名前を呼ぶと、「どうぞ」と、聞きなれた声がした。

入って最初に目に入ったのは、薔薇の絵だった。

丸い白い花瓶に、白、黄色、やや茶がかった赤の薔薇が活けられている絵。花の形は極端に簡略化されていて、幾何学模様のようではあるが、それは紛れもなく薔薇であり、花の一つ一つが「私は薔薇だ」と主張しているかのようだった。

松田正平――。

私は絵からIさんに視線を移した。

大きなパラマウントベッドの上で半身を起こし、腕に点滴をつけ、ものものしい測定装置に囲まれて、彼はいた。

柔道家で偉丈夫だった体が半分に縮んでしまったように見えた。

「よく来てくださいましたね」

声には張りがあり、口調もしっかりしていた。もっと深刻な状況を想像していたので、少しほっとした。

促されるまま、室内に置かれたソファに腰をかけると、ベッドの上のIさんと対面する形になった。私のすぐ後ろには松田正平の薔薇がある。

「今日は福田さんがいらっしゃるんで、家族に頼んで絵を持ってきてもらったんです。福田さんと一緒に松田正平の絵を見られるなんて、贅沢だなあ」

はしゃいだ声を上げてからIさんは一呼吸おき、「自分でもまだ信じられないんですよ」と、語り始めた。

年が明けて間もなく、階段を上り下りするとき、息切れがするようになった。飲みすぎかなと思っていたら、そのうちに息が切れて、歩くことも困難になってきた。これはおかしいと思い、病院で検査を受けたところ、胸に水がたまっていることが分かった。水を抜き、病理検査をすると、癌細胞が見つかった。さらに精密な検査を受け、すい臓癌と診断された。

「見つかったときには、ステージⅣでした。なすすべなし。こんなことって……あるんですねぇ」

Iさんはまるで他人事のように淡々と語った。悲壮感は感じられなかった。

癌で入院しているとメールで知らせを受けたのが四月一日。四月中に見舞いをと考えていたところ、できるだけ早く来てほしいと連絡があり、十日にでかけることになった。

「お忙しいところ無理を言って、すみませんでした。実は血栓が見つかりましてね。これが肺に飛ぶと、即アウトだそうです。今日かもしれないし、明日かもしれない。それで、せかしてしまいました。生きているうちにお目にかかれて、よかった」

Iさんは整形外科医で、山形県のS市で病院を営んでいる。

私が書くもののファンで、著作はほぼ全冊をそろえていて、雑誌の連載もくまなく目を通してくれていた。

私の馴染みの銀座のバーにまで足を運んでくれ、そこで知り合った。メールのやりとりをしているうちに親しくなり、彼が東京に出てくるときに一緒に食事をするようになった。

「その薔薇の絵は、福田さんのエッセイで松田正平という人を知って、どうしても欲しくなったんですよ」

Iさんの視線が私から私の後ろの絵に移った。

私も振り返って絵を見た。

薔薇を描く線は単純ながら力があり、線が色と一体化して「生」を生み出している。

薔薇たちは、病室の雰囲気を感じ取り、花瓶の中でお互いに顔をくっつけ合い、神妙にしているように見える。

向き直ると、Iさんはまだ絵を見ていた。

薔薇の中に何かを探しているかのような目で。

∴

松田正平の絵はよく「油絵で描いた文人画」という言い方をされる。

確かに、油絵とは思えない透明感のある薄い色と洒脱で奔放な画風は、気韻と風雅に富んだ文人画に通じる。

私は松田の絵が好きで、一枚だけ持っている。葉書大の紙に描かれた「おこぜ」のスケッチだ。ぎざぎざした黒い線によって描き出されたおこぜのとぼけた顔が面白く、見る度ににやにやしてしまう。

松田の油絵は、こうしたスケッチと同じように即興でさらさらと描かれたように見える。しかしながらその絵は、数十年もの間、彼が油絵の本質を探究し続け、試行錯誤を繰り返す中でつかみとった独自の技法によって描かれた、精緻このうえないものなのだ。

大正二（一九一三）年、島根県鹿足郡青原村に生まれ、四歳で山口県厚狭郡宇部村の松田家に養子として引き取られた彼が油絵を描き始めたのは、中学三年生のときであった。

同級生の友人を介して油絵を知り、すぐに市内の文具店で道具一式をそろえたという。

油絵に魅了された松田は中学を卒業後上京し、何度かの失敗を経て、東京美術学校（現在の東京藝術大学）西洋画科に入学。藤島武二の教室で学ぶ。

東京美術学校を卒業後、昭和一二（一九三七）年、二十四歳でパリに留学。

ここで松田は自分の指針とすべき絵画と出合う。

コローだ。

画集で見たドラクロワの絵に惹かれ、ルーヴルではドラクロワの絵を模写するつもりだった松田だが、実際の作品を見て、柔らかい中間色で風景や人物の微妙な美しさを描き出すコローの絵に、油絵の具の自由度を見出したのだった。

コローは一九世紀に活躍したバルビゾン派の画家である。アカデミズムを脱して戸外の自然の真実を追求し、のちの印象派を予告する作風を確立した。

松田は二か月かけてコローの『真珠の女』を模写し、結果、油絵の具の複雑な性格を実感する。

ここから、油絵の具という素材そのものへの探求が始まった。


私が初めて人に読んでもらうことを意識して文章を書いたのは中学三年生のときである。

「イム」という戯曲で、中学校の文化祭で私の演出によって上演された。

内容は架空の国で起きるクーデター活劇である。「イム」というタイトルは「無意味」を意味する私の造語だ。

中学生の自意識がびんびん立っていて恥ずかしい限りだが、私の第一作である。

中学時代、私は『わが友ヒットラー』、『サド侯爵夫人』など、三島由紀夫の戯曲を好んで読んでいた。

三島が自衛隊市ヶ谷駐屯地で割腹自殺を遂げたのは、私が十歳のときだった。彼の長男の威一郎君が同じお茶の水女子大学附属小学校の二年下にいたこともあって、自殺の翌日、校長が全校生徒を校庭に集め演説をぶったのを覚えている。

そうした経験から三島は私にとって、ある意味身近な存在となった。

何故小説ではなく戯曲だったのかといえば、微細なディテールを積み重ね、ニュアンスを表現する小説に対し、戯曲は構図、例えば「対決」を設定し、その大枠の中で、台詞によってドラマを形成していく明晰さが魅力だった。

当時、新宿の紀伊國屋ホールで三島の芝居が上演されていたので見に行き、出だしのヒトラーの台詞、「思ってもみよ、諸君、われらの祖国は、今や屈辱の時を脱して、歩一歩、新らしい独立と建設の時に向って進みだした」を役者が言うのを聞いては、悦んでいた。

三島の戯曲はストーリーが分かりやすく、中学生でもついていくことができた。展開は劇的なのだが、構成が緻密ですかすかした感じがない。それに加えて、人物が立ち上がってくる、精彩に富んだ台詞。

私の処女作「イム」に三島風の台詞が多数挿入されたのは、言うまでもない。

それは私にとって、幼いながらの模倣であった。

絵描きにしろ物書きにしろ、自分がいいと思う画家、作家を倣うところから自分の創造が始まる。

第二次世界大戦の勃発により、留学を二年で切り上げ日本に帰国した松田は東京、神奈川、山口を転々とし、山口県光市で終戦を迎えた。

この間、松田は油絵の具という厄介な素材との格闘を繰り返し、厚塗りの傾向を強めていった。やがてそこに、きりきりとした描線が刻み込まれるようになり、独特の力強い表現方法が成った。

松田の重要なモチーフの一つに、山口県の周防灘がある。瀬戸内海の西の端にあたるこの穏やかな海を、松田が描き始めたのは、光市で終戦を迎えてからのことだ。

食料難のため、松田はキス釣りを始めた。時には四時間も五時間も胸まで海に浸かってねばった。

そのうちに海や空が何ともいえず美しく見えだした。刻々と変わる目の前の風景は、それだけで立派な絵であった。あるとき松田はふと思い立って、いつも目の前に浮かんでいる祝島に渡ってみた。

以後、九十一歳で亡くなるまで、約半世紀にわたって、祝島の家並み、人、魚、港、周防灘を描き続けた。

一九六三年には千葉県市原市鶴舞に土蔵を改築したアトリエを持つのだが、近隣の千葉の海を描こうとはしなかった。祝島の海でないと絵にならないと言い、毎年島に足を運んでは何百枚とスケッチし、その中から気に入った一枚を選び、アトリエで長い時間をかけて仕上げた。

この制作方法はコローに通じる。コローは夏の間戸外で写生し、冬にアトリエで作品を仕上げている。

五〇年代から六〇年代にかけて、松田の周防灘の絵は厚塗りの手法に拠っている。ところが、七〇年代に入ると一転、薄い絵の具を塗り重ね、拭き取っては削るという繊細な表現方法を用いるようになる。

コローの模写から始まった松田の油絵の具への探求は、ここで大きな転換期を迎え、以後、その繊細さは増し、透明感のある色彩は際立ち、誰にも真似ることのできない絵肌を現出するにいたる。長い間、知られざる存在であり続けた松田の才能を見出したのは、美術評論家の洲之内徹である。洲之内は、松田の絵を、誰とも会話をしないモノローグの絵と評している。

「裸の螢光燈で照らされたその古い土蔵の中で、松田さんは誰とも会話しないし、会話を予想していない。話し相手は自分だけ、つまり独り言を言うだけだ。絵を描くことも独り言なのだ。ところで、現代の絵画、現代の小説、あるいは現代の評論から全く失われてしまったのがこの独語性、モノローグの精神ではあるまいか。そして、私がこんなに松田さんの絵に惹かれるのは、このモノローグの精神に惹かれるのだと、実は、先日、松田さんのそのアトリエの中に私自身がいて、ふと気がついたのである。」(『帰りたい風景』)

祝島でスケッチをしながら、松田は海に、島に、空に、雲に語りかけたことだろう。風景は、人間の言葉こそ発しないが、様々な表情で答えてくる。

そこに共鳴が生まれる。

その共鳴が古い土蔵のアトリエの中で繰り返される自問自答によって、松田独自の表現方法へと昇華されていったのではないだろうか。

　第一作後も、私は三島を真似た戯曲を書き続けた。書き続けているうちに、どうしても真似しきれないものがあることに気づいた。真似をしても真似をしても、違うものが出てきてしまうのだった。

∴

　二〇一五年、私は雑誌『ボイス』に、山本周五郎をテーマにした評論を連載していた。最終回に『樅ノ木は残った』を取り上げたので、その取材のため、宮城県の青根温泉を訪れた。宿泊先は「不忘閣」。

　この宿は伊達家の御用達だった「御殿湯」と「青根御殿」を擁している。実際に滞在した伊達政宗が湯の感動と悦びを忘れないようにと、「不忘閣」という名前を付けたといわれている。

　周五郎が『樅ノ木は残った』の取材で滞在した宿でもあり、また『樅ノ木は残った』には「不老閣」という名前で登場している。

　思い立ってIさんを誘ったら、悦んで来てくれた。それから一年もたたないうちにIさんが病に倒れるなどとは、その時は想像も出来なかった。

　夜は私の部屋に食事を運んでもらった。Iさんは京都で買ったという、陶芸家の清水志郎さんのとっくりと酒杯をわざわざ持ってきてくれ、それで二人で酒を飲んだ。

　清水志郎さんは、私が今もっとも注目している陶芸家である。人間国宝清水卯一が祖父、清水保孝が父という陶芸一家で、京都の五条坂に自宅兼ギャラリーを構えている。そこで初めて作品を見てすっかり気に入ってしまい、以来、京都に行ったときは必ず五条坂のギャラリーで彼の作品を買うようになった。

そのことを『エンタクシー』という雑誌に書いたところ、Iさんはすぐに京都に赴き、清水志郎さんの器を買い、その後もずっと買い続けているという。

Iさんは、読むだけでなく、行動するファンである。私がいいと褒めれば、それが本であれば買って読み、映画であれば映画館まで見に行き、レストランであれば行って食事をし、美術品であれば買って自宅に飾る。

東京の有楽町に懇意にしているカメラ屋がある。そこの店主の岡田修一郎さんとは、かつて『エンタクシー』で連載対談をしていた。

その対談で、岡田さんがウィーンのオークションで落札してきたエリオット・アーウィットの写真を話題にしたことがあった。フランス生まれのこの写真家の作品は、人や動物の何ということもない、けれど決定的な一瞬を捉えるフレーミングが見事だ。

Iさんは、その対談を読むと、店まで足を運び、数百万円もする写真を購入してしまった。

「あの写真はさすがに迷いましたね。とにかく一度見なきゃと思って、有楽町の店まで行ったんですよ。そうしたら、二、三人のお客さんがいて、岡田さんと一緒に、まさにそのアーウィットの写真を見ていたんです。間近で見せてもらって、確かに雰囲気のあるいい写真だと思いました。女の子とアヒルが写っているだけの、小さな写真なんですけど、独特の存在感がある。とはいえ、値段が値段でしょう。アーウィットが自分で焼いたオリジナルプリントだといわれても、それだけの金を払う価値があるのかどうか、疑問でした。でも、店にいる間に買う決心がついたんです」

不忘閣の部屋で酒を飲みながら、Iさんは写真を買ったときのことを、やや興奮気味に語ってくれた。

「どうして決心がついたんですか」という私の問いに彼はやや恥ずかしそうな顔をしてこう言った。

「お金を持っている人はたくさんいるでしょう。でも、『エンタクシー』を読んで、アーウィットの写真が岡田さんのところにあることを知って、店まで行って、実際にその写真を買う。ここまで福田和也を追える人間は自分しかいないと思ったんですよ」

その言葉に、私は少なからず動揺した。

長年物書きとしてやってきて、ファンという人たちに大勢会った。彼らは私の言葉に感動してくれ、興奮してくれ、賛同してくれた。

けれど、果たして彼らに私の言葉が届いているのか、心許なかった。

届いているのかもしれないし、届いていないのかもしれない。届いていればいいが、届いていなくても仕方がない。

私はあえてその問題を突き詰めなかった。突き詰めたくなかった。突き詰めることが怖かったと言ってもいい。

Iさんの一日の大半の時間は仕事に費やされる。しかし、仕事を終え、食事をし、風呂に入った後、眠るまでの時間をIさんは、私の本、あるいは私がいいと評価した本を読んで過ごす。

週末には、私のレビューを参考にして映画を見、東京に出てきたときは私の薦めるレストランで食事をし、ギャラリーで絵を買い、写真を買い、ときには京都まで足をのばして器を買う。取材旅行に誘えば、山形のS市から青根温泉まで労を厭わず車を飛ばしてきてくれ、酒の相手をしてくれる。

結婚をしておらず、子供がいないということもあるのだろうが、仕事以外の時間のほとんどを私という存在とともに過ごしていることになる。

私と彼は親戚ではないし、幼い頃からの友人というわけでもない。

私の言葉を介して、私たちは知り合った。そして今、私の言葉が彼の人間性を深く侵食しているのだった。

その事実を、私は不忘閣の一室で突きつけられた。私の言葉が招いた事態を、私はどこまで引き受ければいいのか。

こうした事態を、「イム」を書いて悦に入っていた中学生の私が、どうして想像できただろうか。

∴

「そんなに絵が好きなのなら、どうして自分で描かないのですか?」

画家の野見山暁治さんに聞かれたことがある。質問があまりに率直だったので、私は返答に窮してしまった。

確かに私は絵が好きだ。

いいと思った絵は見るだけでなく、買って、そばに置く。

いちばん最初に買ったのはデューラーのエッチングだった。当時二十八歳で、長女が生まれた祝いというのが名目だったが、結局自分が欲しかったのだ。そのため、ベンツの新車一台分くらいの借金をかかえることになったのだが。

絵は見るのと買うのとでは、大きく違う。

美術館で何億円もする名画を見るよりも、たとえ一万円でも自分でいいと思った絵を自分の金を出して買ったほうが、絵というものの本質に近づくことができる。少なくとも、私はそう考えている。

私は物書きの仕事を始めたごく初期の頃から、絵について書いてきた。それは、身近に絵を置いていたことが影響している。

例えば、長谷川利行。

日本的フォービズムの画家として知られる長谷川は故郷の京都・山科を去り、東京に出ると、放浪生活をしながら、浅草、上野、向島、根岸、日暮里、田端といった東京の下町の風景を描き続けた。

彼の絵には、宿無しの者たちが町を彷徨するときの足の速さがある。

『隅田公園』の夕暮れ、『夜の工業地帯』の夜空、『上野風景』の朝、どの絵も眩むように明るいのは、留まることなく常に立ち去らなければならない者にしか捉えることのできない、一瞬の明るさが描かれているからだ――。

そうしたことを文章に書いたのは、自室に掛けていた長谷川のデッサンがきっかけだった。町を描いたデッサンは無秩序に引かれた線の重なりなのだが、鉛筆の濃さやかすれ具合から、線に込められた勢いが感じられる。鉛筆の切っ先が上下、左右、斜めと、どれだけ速く動いたかが分かる。私はそのデッサンを毎日見ていた。それがなければ、恐らく長谷川利行の絵について書くことはなかったのではないだろうか。

文筆を業とするようになって三十年近くになるが、現在にいたるまで私は絵について書き続けている。

美術評論家でもない私の、そうした文章を読んで、野見山さんは件の質問をしたのだろう。

しかしながら私は、一度として画家になろうと思ったことはない。

絵に関する最初の記憶は幼稚園のときに見た、母親が描いたワニの絵だ。

母親の意向でお茶の水女子大学附属小学校を受験することになった私は「お受験」に向け様々な訓練にいそしむことになった。

その一つに、「ケンケンパー」があった。地面に描かれた○に足を合わせて前に進んでいく。そのとき、線から足をはみださせてはならない。ずぼらな私はそれができず、つい足がはみ出てしまう。

すると、母は○の周囲に、自分が画用紙に描いて切り抜いたワニを何匹も置き、「○からはみ出ると、ワニが和也を食べるわよ」と脅したのだ。

母親の描いた、大きく口を開けたワニの絵は妙にリアルで恐ろしかったのを覚えている。

小学校に入ると、これもまた母親の意向で絵画教室に通うことになった。

絵の具で絵を描くことはそれなりに楽しかったけれど、それ以上に楽しいことはたくさんあった。ミニカーを集めていたし、父親のメルクリンの鉄道模型コレクションを走らせたり、虫捕りに興じたり、近所の子たちと遊んだり……そうした遊び以上に、絵が私を引き付けるということはなかった。

本は、幼稚園の頃は母親に声を嗄らすほど読んでもらい、小学校に入ると自分で読み始めた。始めのうちは子供向けの本を読んでいたけれど、小学校四年生ともなると、大人が普通に読む小説を読み始めた。

最初に読んだのは、山岡荘八の『伊達政宗』だった。「独眼竜」というのがかっこいいという単純な理由だった。

歴史小説なので読めない漢字や分からない言葉などもたくさんあったが、文脈のニュアンスでだいたいのところは理解できた。

本はもともと好きであったのだが、さらにいっそう私を本に近づけたのは、「不眠」であった。

私は寝つきの悪い子供で、眠れない夜、本を読んで過ごすようになった。ベッドに横たわり、小さな電気スタンドを点け、毎晩毎晩本を読んだ。本を読まない日は一日としてなかった。

小説を読み、歴史の本を読み、美術の本を読み、音楽の本を読み、活字が織りなす果てしない世界を思う存分逍遥し、私の頭は休むことを忘れたかのように、あらゆる言葉を吸収していった。

不眠と読書は一体となって、私の人間性の根幹を形成していったのである。

やがて、吸収した膨大な言葉を放出するように、私は文章を書き始めた。

最初の話に戻ると、私こそ、野見山さんに聞いてみたい。

「それほど文章がうまいのに、なぜ物書きを本職にしなかったのですか？」

野見山さんは名文家として知られている。

処女作の『パリ・キュリイ病院』を読んで、驚いた。

この本は一九六一年に「愛と死はパリの果てに」というタイトルで講談社から刊行され、一九七九年「パリ・キュリイ病院」と改題されて筑摩書房から再刊された。

一九五二年、フランス政府私費留学生として渡仏した野見山さんは、五五年、妻の陽子さんをフランスに呼び寄せた。

ところがそれから一年もしないうちに陽子さんは癌を発症して五六年十月、二十九歳で死去してしまう。

『パリ・キュリイ病院』は陽子さんの入院から死までの経過を追想しながら、克明にまとめた随筆である。

「ルクサンブール公園からメトロで、わずかに十分とかからないユニベルシテル病院は、だるい匂配で目の前に拡がっているモンスリイ公園の闇と、大学町《シテ・ユニベルシテル》を包んでいる森の闇とに挟まれて、消灯後の静寂にかくれ屋根屋根の尖塔を夜空に孤立させていた。

パリの外郭を走る大通り《ブールヴァール》は、ポルト・ドルレアンの明るい灯をそれ、ゆっくりと坂を登りおわると、この闇に向って病院の傍をよぎり、そのまま夜のなかへ消えていた。」

　妻が入院している病院の描写だが、風景と心理が一体となった見事な文章だ。それまで文章らしいものを書いたことのない人の文章とはとても思えない。

　絵は画材の取り扱いなど専門的な訓練が必要だけれど、文章は日常に使っている言葉を使うから書けるのだと考えたら、それは全く違う。

　日本語の言文一致は明治初期から運動、実践が行われ、二葉亭四迷、山田美妙、尾崎紅葉らが小説に試み、正岡子規の写生文運動、自然主義文学の興隆により、確立された。

　小説でもエッセイでも、話すように書けばいいのだから、簡単だと思ったら、とんでもない。普通に話していることをそのまま書いても、けして作品にはなり得ない。

　野見山さんの文章の魅力は、風景と心理を一体化させた抒情的な描写である。同じ風景でも、それを見るときの気持ちによって、見え方は変わってくる。自分の感情を風景の中に入れ込み、しかも感情に流されることなく言葉で表現する術を野見山さんは持っている。

　そこには、自分と対象との距離感、言葉のセンス、文章の間など、さまざまなものがかかわっている。

　誰からも文章指導を受けていない処女作で、これだけの文章が書けるのは、才能としか言いようがない。

　私の場合、処女作は一九八九年に国書刊行会から刊行された『奇妙な廃墟』であるが、この本に関しては、編集者から文章について、とくに何も言われなかった。私は大学時代から研究を続けていた「フランスの対独協力者《コラボラトゥール》」について、ただ自分の思う通りに書いただけであった。

幸いにしてこの本が評価され、私は物書きの道に入った。

文章修業はそこから始まった。

最初に書かせてくれた雑誌は『諸君！』であり、私はそこに「遙かなる日本ルネサンス」というタイトルで、湾岸戦争直後の情況を踏まえ、文明論という傾きで日本を捉える試みを行った。

この文章は言葉の使い方、事実の確認、削るべきところ、追加すべきところなど、細かい指摘を受けた。真っ赤になって返ってきたゲラを見て、愕然としたのを覚えている。

当時の私は世間知らずでありながら、というより、世間知らずであるが故に、自分の文章に自信を持っていた。

選び抜いた言葉、考え抜いた表現をそうそう変えられるわけがないと思ったが、指摘はいちいちもっともであり、指摘に従って文章を直していくと、格段に読みやすく、分かりやすくなるのが分かった。しかも自分の言いたかったことに近づいていくのだ。

職業として文章を書くというのは、こういうことなのだと認識させられた。

その次は『新潮』に、「虚妄としての日本」と題して、初めて日本文芸についての文章を書いた。指導をしてくださったのは、当時『新潮』の編集長だった坂本忠雄さんだが、彼の指導はきついなどというものではなかった。

私の文章は一言一句分解され、自分の言葉と表現を徹底的に追求させられた。いちばん大変だったのは、自分の文章を文芸批評たらしめることである。文芸批評は文芸作品の解説になってはだめで、批評自体を作品にしなければならないのだが、そのためにどうすればよいのか、当時の私にはよく分からなかった。

「文章を有機的につなげ、持論を展開させる」などという坂本さんの言葉を聞いても、呆然とするばかりだった。

「虚妄としての日本」は「遙かなる日本ルネサンス」と違い、文章を直せば直すほど迷宮に入り込み、途中自分が何を書こうとしているのかも分からなくなり、文章が書けない苦しさに、死にたいとさえ思った。

それでもとにかく書き上げられたのは、苦しさの中で、「自分の中に揺るぎなく持続する感覚」を実感したからだと思う。

それが何に由来するのか、私には分からなかった。ただその感覚に基づいた文章を書いていけばいいのだということは分かった。

結局私は死ぬこともなく、その後も文芸批評を書き続け、文芸評論家を名乗るようになって、現在にいたっている。

揺るぎなく持続する感覚は今も私の中にある、それが何であるのかはいまだに分からない。分からないから書き続けているのかもしれない。

∴

横尾忠則さんの『言葉を離れる』は衝撃の本だった。

読書の効用や素晴らしさについて書かれた本はあまたあるが、この本には、自分がどれだけ本を読んでこなかったか、読書が自分にとってどれだけ必要でなかったか、について書かれているのだ。

横尾さんは物ごころついてから三〇歳になるまで、中学二年生のときに江戸川乱歩と南洋一郎の少年向けの本を三、四冊読んだきりで、読書とは無縁の生活を送ってきたという。

信じがたい話だが、本人は事実だと主張しておられるし、読書についてはかなり手厳しい意見を述べている。

「普通はどんな目的で読書に親しむのか知りませんが、読書の興味に乏しかったぼくからすれば、どうしてあんなに時間の食われる作業に没頭するのか、面倒臭がり屋のぼくのような性急な性格は本来読書に向いておらず、読書に搦め捕られる時間のことを考えると勿体無いと思っていたのです。人間の眼はあんな抽象的な記号の行列の上を滑らすためにあるのではなく、もっとこの世の美しいものを眺めるために神が与えたもので、そのために肉体が存在しているんですから、他人が見たり聞いたり考えたことに依存などしないで自分の眼と足で自由に出掛けて行って他人が読書で経験した以上の成果を自らの肉体に移植させた方がずっといいんじゃないでしょうかというのが四五歳になるまでのぼくの愚考でもありました」(『言葉を離れる』)

本を「あんな抽象的な記号の行列」と言い切ってしまうのだから、さすがは横尾さんだ。

横尾さんの中では、絵と読書は水と油のような相対関係にある。絵は感覚的、肉体的なものであり、読書は観念的、精神的なものと捉えているのだ。さらに、画家である自分には言語によるコミュニケーションは必要ないと説く。

「言葉を武器にしなければならない職業の場合は適確に言語表現をしなければコミュニケーションが成立しませんが別に言葉でコミュニケーションを必要としない職業の場合は、何もかも読書に依存することはないと思います。ぼくの職業である絵画の場合、キャンバスに描かれた以上の事物を語る必要はありません。音楽家は音楽が全てだし、アスリートはその競技が全てで、表現不可能な部分を言葉で補うというようなことは必要ないのです」（同前）

私が初めて横尾さんの作品に触れたのは、中学三年生に上がったばかりの十四歳のときだった。一九七三年から七四年春にかけて、『週刊プレイボーイ』にカラーグラビア六ページずつを使って連載された時代小説があった。

「絵草紙　うろつき夜太」。

小説を柴田錬三郎が書き、挿絵を横尾さんが描いた。

大人気作家と、当時、時代の寵児ともてはやされていたグラフィックデザイナーにタッグを組ませるだけでも大変なことなのだが、その二人を一年間、高輪プリンスホテルに缶詰めにしたり、挿絵を描くにあたって俳優の田村亮に衣装を着せてポーズをとらせたりなど、数々の逸話を残している連載である。

この連載が本になって刊行されたのが、一九七五年五月。発売されてすぐ、私は入手した。定価は二千三百円もしたので、小遣いでは買えず、母親に買ってもらった。

しかし、内容はシバレン作ということからも分かる通り、濡れ場満載で、しかもその場面が横尾さんの手によって劇的に描かれている。

そんな本をよく母親が買ってくれたと思われるかもしれないが、そこは子供なりの知恵を働かせた。

私の母はとにかく買い物好きで、よく私をつき合わせた。その見返りとして、私は欲しい本は何でも買ってもらえた。

『うろつき夜太』は母親が銀座で靴を五足買った帰りに買ってもらった。新しい靴に気をとられていた母は、「芸術的な本で先生に薦められた」という私の話を鵜呑みにし、内容など、全くのノーチェックであった。

この魅力溢れる本を私は夜通し読み続け、不眠を助長させることになったのだった。

横尾さんの創造も模写から始まっている。

五歳のときに写した『講談社の絵本』の「宮本武蔵」が手元に残っているそうだが、五歳以前から模写は開花しており、幼児特有の殴り書き、自由画、空想画には全く興味がなく、とにかく最初から模写に没頭していたというのだ。

やがて模写は横尾さんの芸術形態として確立されることになる。

一九五〇年代にグラフィックデザイナーとして仕事を始めてから現在にいたるまで、横尾さんは模写の延長として、他の画家の絵を参照した作品を多数制作している。

画家たちの中には、アンリ・ルソー、パブロ・ピカソ、マルセル・デュシャン、ジョルジョ・デ・キリコといった世紀の芸術家たちもいる。

しかし、横尾さんは臆することなく、自ら名画の中に入り込み、名画の名画たる所以を追求する。

そこには一切妥協というものがない。自分が納得するまで、どこまでも追求し続け、ついにはその絵の世界を内から突き破り、自分の絵を誕生させてしまうのだ。

　これについてはご自身で次のように述べている。

「模写は対象の相手を殺すことです。相手を殺すことで自己が生きるのです。生殺し、半殺しではダメです。相手の息の根を止めるだけの技術が必要です」(同前)

　しかしながら、自分は本を読んでこなかった、読書は必要なかった、言葉によるコミュニケーションは必要なかったと公言して憚らない横尾さんの文章表現が何故これほど長けているのだろう。難しい言葉は使わずに、きちんと自分の言いたいことを言う。しかもそれが自分の表現として確立している。人と文とが一体化しているのだ。

　それは恐らく、本人も言っているように、本を読むのではなく、人との交流によって得た知識や体験に拠るものなのだろう。

「そういえばぼくも仕事を通じて実に多くの異ったジャンルの人達と至福の時間を共有してきました。人との交流は何も特別の言葉を交す必要もありません。その人物の存在に接するだけで、その人が発する言葉以上の見えない情報がその人の肉体を介してこちらの肉体にエネルギーと化して伝達されることがあります。会った人の名前を読んだ本のタイトルを並べるように並べることができます。このようなことを思う時、ぼくは多くの人から読書では得られない非常に貴重な体験を得たように思います。そしてこの得難い体験はぼくの無意識の蔵にきちんと整理されて保管され、ぼくが創造の現場に立った時、または人生の岐路に立った時、霧の中からその全貌を現してくれるよう

に思うのです」（同前）

言葉を排除して絵を描き続けてきた横尾さんは、絵は感覚が全てだという。言葉で表現できないものを絵で表現しているのだから、絵の享受者も知識ではなく感覚で把握する必要があると。

絵は私を刺激してくれる。書こうという気持ちにさせてくれる。

だから、私は書く。

絵は描かないけれど、絵についての文章を書く。

∴

Iさんを見舞った後、私は病院と仙台駅の中間くらいのところにあるSという小料理屋に行った。

「何てことない小さい店なんですけど、魚料理はおいしいですよ。酒もそろってます。今度福田さんが仙台にいらしたら、一緒に行きたいと思ってたんだけどなあ」

Iさんは言い、病室から自分の携帯で店に電話をして、予約をしてくれたのだった。

店に行くと、カウンター席に通された。カツオとアオリイカとトリガイを切ってもらい、別にホヤもとって、一ノ蔵という宮城県の地酒を飲んだ。

店主にIさんについて聞かれたので、「T病院に入院中です」と答えると、「あのお元気な方が」と意外そうな顔をした。

刺身の後、キスを焼いてもらい、酒を日高見に変えた。

日高見は昨年、不忘閣でIさんと飲んだ酒だ。一人で飲んでいると、Iさんの「ここまで福田和也を追える人間は自分しかいないと思ったんですよ」という言葉が思い出された。

一時間ほどで店を出るとタクシーで仙台駅に行き、新幹線に乗った。日曜日の十九時前の新幹線はすいていて、静かだった。

うとうとしていると、メールの着信音が鳴った。

Iさんだった。

「今日はお見舞いに来ていただき、ありがとうございました。福田さんと交流でき、豊かな人生を送る事ができ、感謝しています。今日はゆっくり眠れそうです」

私はこう返信した。

「Sの魚も酒もうまかったです。よくなったら、一緒に行きましょう」

私は酔っぱらっていたわけではないし、気休めを言ったわけでもない。本当にそう思ったから、そう書いたのだ。

しばらくして、Iさんから返信がきた。

「ありがとうございます」

見舞いに行って一か月が過ぎた五月十五日、Iさんは逝った。あの病室で。

周防灘と同じく、薔薇もまた、松田正平にとって重要なモチーフの一つであった。しかし、松田は花屋で買った薔薇は描かなかった。自分の好きな品種を庭で育て、花を咲かせ、咲いた花を花瓶に生けて描いた。

かつて松田の家の庭に咲いていた花が松田の絵となり、Iさんを送ってくれたのだ。

三浦朱門の『箱庭』

昨年（平成二十八年）末、父が路上で倒れ、救急車で病院に運ばれた。脳内出血だった。

幸い命に別条はなく、今は都内の病院でリハビリに励んでいる。しかし、認知機能はかなり低下してしまった。私が誰なのかは分かり、話もできるのだが、話の辻褄が合わない。誰かが自分の手帳にいい加減なメモをはさんだ、任命書を書いたのに誰かが持っていってしまったなど意味不明のことを口走るようになった。

年金の管理を任されるようになって初めて、父の財政状況を知り、驚いた。貯金はほぼ底をついている。倒れた翌月、父が一人暮らしをしているマンションに行くと、夥しい数の督促状が届いていた。食品代、クリーニング代、お歳暮代、公共料金、保険料、クレジットカードの未払い金などだ。

五年ほど前から父には毎月送金をしていたのだが、詳しい収支を確認していなかった。

一体どうしてこんなことになってしまったのか、父に聞いても、要領を得ない答えが返ってくるばかりである。

私が物心ついたときから、父には金がないということがなかった。

父が祖父から受け継いだ製麵機工場は戦後の経済成長の波に乗り、経営努力の甲斐もあって着実に収益を生み出していた。

私は中学生の頃から、その金を使って遊んでいた。

古今東西の文芸や音楽、映画、芝居に耽り、語学留学と称してアメリカやフランスに行っては散財した。

そうした私を父は咎めることもなく、求めるままに金を出してくれた。焼け野原の東京で祖父の復員を待ちながら祖母と自分の口を養い、教師になる望みを捨てて工場を継いだ父は、息子である私に未来を与えたかったのだろう。

一方、逗子に家を建て、クルーザーを買い、猟銃の免許を取るなど、父は父で自分の人生を楽しんでいたし、母は母で愛車のベンツを運転して書道教室やダンス教室に通い、楽しそうに暮らしていた。

私の手元には以前父からもらった写真がある。父と母が世界クルーズをしたときの写真だ。タキシード姿の父とドレス姿の母が並んで、シャンパンタワーにシャンパンを注いでいる。それほど昔ではない。十五年くらい前の写真だ。

病院に見舞いに行くと、父は車椅子に座って、食堂にいた。倒れる前から、脚力は弱っていて杖を使っていたのだが、今は病院の中の移動に車椅子が欠かせなくなっている。口を開け、無防備な様子で寝ている父を揺り起こすと、ぱちぱちと瞬きをして、「おお、和也。待ってたよ。いつ来てくれるのかと思ってたんだ」と言って、目に涙を浮かべた。

これがあの父なのだろうか。

何でも買ってくれたけれど、怖かった。口ごたえなど許されたものではなかった。

小学生のとき、私は進学塾に通っていた。その塾は毎週日曜日にテストがあり、結果は自宅に送られてきた。

あるとき父は塾からの封筒を開き、成績表をじっと見ていたかと思ったら、いきなり前にいた私の頬を平手打ちにした。

確かにほめられた成績ではなかったが、何もぶたなくてもいいじゃないかとそのときは思ったものだった。

後から知ったのだが、銀行から手形を落とせるかどうかの最中に息子がふざけた成績をとってきたので頭にきたのだそうだ。

工場を切り盛りして社員を養い、家族を養い、父は社長として、家長として奮闘していた。

目の前で涙を浮かべている父に、かつての力強さはどこにもない。まるで小さな子供が親の助けを求めているかのようだ。

父は八十四歳である。

歳をとるというのはこういうことなのだと思いつつも、何か腑に落ちないものがある。

「お父さん、どうしてこんなにお金がなくなっちゃったの？」

私の言葉に、父はまた目をぱちぱちさせた。何を言われたのか分からなかったのかと思ったが、父は私の目を見ながら言った。

「お金はねえ、自然にだんだんなくなっていったんだ」

∴

今年（平成二十九年）の二月三日、三浦朱門が亡くなった。

九十一歳だった。

三浦は大正十五年一月十二日、東京府豊多摩郡に生まれた。父はダンテの翻訳もあるイタリア文学者の三浦逸雄。朱門という名前は、キリスト教の聖人シモン・ペトロにちなんでいるという。武蔵境、高円寺で育ち、戦後、東京大学文学部言語学科を卒業した後、第十五次『新思潮』に加わり、作家活動を開始する。

『新思潮』に発表した「冥府山水図」で注目され、「斧と馬丁」が芥川賞候補となり、第三の新人の一人として、文壇に登場した。

作家としてスタートしたものの、私が物書きとしての仕事を始めた頃には、文化庁長官、日本文芸家協会理事長などを歴任し、文化人としての存在感が強かった。一方妻の曽野綾子との、夫婦、家族、老いなどをテーマにした共著を数多く刊行していた。

三浦はどんな小説を書いていたのだろう。ふと思い立って、彼の代表作である『箱庭』を読み返してみた。

新鮮だった。

前に読んだときには、時代的な古臭さばかりが気になったが、今回は生々しく強いものの存在を感じた。

小説は、主人公木俣学が部屋のベッドで目覚めるところから始まる。

舞台は戦後二十年がたった、東京の山の手。木俣家は明治生まれの一代で学校を築いた正吾と妻のキヌ、長男の学と妻・季子、娘の香織、次男の修、妻の百合子と息子の武夫、三家族が同じ敷地内にそれぞれ家を建てて住んでいる。

寝起きの学は窓の隙間から、弟の嫁の百合子が庭の手入れをしているのを覗き見する。意図したわけではなく、偶然そういう状況になってしまったのだが、「のぞきたくなるほど美的な体ではない」などと自分に言い訳をしつつ、双眼鏡まで持ち出して百合子のむき出しになった脚を観察する。

　腿には毛は一本もないが、それでも毛穴は一つ一つ小さく隆起している。鮫肌というのはこのことだろうか、と学は考えた。その隆起は日にさらされることのすくないところでは少しずつ赤らんで、膝の裏あたりでは、バラ色の発疹のようにも見える。しかし毛穴の隆起はふくらはぎより下になると、急激にすくなくなり、すべすべした小麦色の肌になっている。

（『箱庭』）

学は自分の娘の香織にも露骨な視線を向ける。

季子はスタンドの明りで雑誌を読んでいた。その隣りに、香織が斜めになって眠っている。暑いのか、膝まであるナイト・ガウンがたくしあがって、下半身が丸出しだった。普段は子供っぽい顔しか見ていなかったが、いつの間にか、腿もたくましくなっているし、白いパンティにつつまれた部分も豊かだった。あと何年かすると、香織も学がはじめて会った時の季子のようになるのだろうか。（同前）

『箱庭』は家族の崩壊というテーマに焦点が当てられることが多いが、私がこの小説に感じたのは、女を前にしたときの男の本能だった。

「第三の新人」は山本健吉による命名で、戦後に現れた三番目の新人作家を意味する。戦後間もなく登場した野間宏、埴谷雄高、本多秋五、平野謙、三島由紀夫、椎名麟三、梅崎春生、中村真一郎らが第一の新人、外地からの引き揚げが遅れた武田泰淳、大岡昇平、堀田善衛らが第二の新人、そして三番目に現れた安岡章太郎、吉行淳之介、小島信夫、庄野潤三、小沼丹、遠藤周作、阿川弘之、三浦朱門と曽野綾子が第三の新人になる。

彼らは兵役に就き、軍務から解放された後にも、長期の療養――結核など――を余儀なくされた世代である。

当初、第三の新人は、けして華やかな存在ではなかった。社会に順応しにくい弱者、小市民のイメージがあり、川端康成や三島由紀夫といった絢爛たる才能を前にすると、湿った匂いが纏わりついていた。

彼らの仕事は、どちらかと云えば地味で、いわゆる職人芸に類するものだったが、また破綻を恐れない度胸らしきものをも、持っていた。

彼らがこぞって芥川賞を受賞したのは、昭和二十八年から三十年にかけてである。

まず、二十八年上半期に安岡章太郎が「悪い仲間」「陰気な愉しみ」で、二十九年上半期に吉行淳之介が「驟雨」その他で、下半期に小島信夫の「アメリカン・スクール」と庄野潤三の「プールサイド小景」が同時受賞し、三十年上半期に遠藤周作が「白い人」で受賞している。

三浦はこの芥川賞ラッシュからはずれ、結局受賞しなかった。「冥府山水図」で芥川龍之介の再来とまで言われた彼にしてみれば、忸怩たるものがあったのではないだろうか。

しかし、それはしかたないことだったかもしれない。三浦の小説は他の第三の新人の小説に比べ、弱者的、小市民的色が薄い。

三浦が曽野綾子と初めて会ったのは昭和二十六年十月。臼井吉見に『新思潮』を紹介された曽野が新宿駅で三浦と落ち合って同人の荒本孝一の下宿に行き、そこで彼女も同人に加わったのだった。

そのときの印象を曽野はこう書いている。

「若い頃初めて出逢った時、三浦朱門という人は、やや変わっている人物に見えました。戦後間もなくで服装にもあまり趣味など活かせなかった時代ですが、ハチミツ色の背広を着て不良っぽい感じででした。しかもやや赤毛で眼の色が茶色で、どことなく真面目な人間とは見えなかったのです」

（『我が家の内輪話』三浦朱門・曽野綾子）

当時三浦に金があったわけではなく、他の人間と同じような服を着るのが嫌だったので、ファッション雑誌の女性編集者のもとに通い、外国の雑誌の翻訳などをさせてもらって、その金で服を買っていたのだという。

第三の新人は才能はあるけれど、金がない。みんなで集まって何をするかといえば、洗面器に水を張って顔をつけ、誰がいちばん長く我慢していられるかを競争したという。恐らく三浦はその遊びには加わっていなかったのではないか。

三浦の父は文化人で反権力者。イタリア語ができて、日大の講師をしたり、翻訳をしたり、雑誌の編集長を務めたり、エッセイや評論を書いて家族を養っていた。

父について、三浦は語っている。

三浦　私が子どものとき、宿題をしていたら、父が変な顔をしたんです。『それは何だ?』『宿題』『先生がやれと言ったのか』『そう』『お前、妙な趣味があるな。やりたいのか』『やりたくないけど』……。そうしたら、『やりたくないことをやるのはドレイだ』と言われて（笑）。宿題をやるなんて、妙な趣味だ、と親が語る家だったんです。（『夫婦のルール』三浦朱門・曽野綾子）

こうした家庭環境で育った三浦は、「第三の新人」という枠でくくられ仲間意識を持ちながらも、あえて異質であろうとしたのではないだろうか。

『箱庭』の主人公・学の父・正吾は高等師範から文理大を卒業後、ある資本家の後援を得て、デューイ理論に基づいた学校「知行学園」を創設した。

ジョン・デューイは十九世紀後半から二十世紀初めにかけて活躍したアメリカの教育学者である。ミネソタ、ミシガン、シカゴ、コロンビア、各大学の教授を歴任し、アメリカの進歩主義運動を推進した。彼の教育理念は協同作業を通して、公共性を持つ生活者を育てるというものであった。「知行学園」は不良や劣等生が自分の打ち込める作業やスポーツを見出して更生していく学校として発展した。

正吾は志を持った教育者である一方、学校の金で自分の土地を手に入れた廉で訴えられたり、学校の慰安旅行先で知り合った芸者を囲い、芸者から移された性病を妻に移したりする俗物でもある。戦後、学校を追放されてしまうが、追放された後も理事として報酬をもらい続け、家を維持する。

季子と結婚したとき、学は翻訳や夜間学校の講師の給料で生活していた。都内に部屋を借りるとばか高い部屋代を払わなければならない。それを倹約するため、母に勧められるまま、母屋の二階で生活を始めたのだが、収入が増えても、父親の地所に家を建てて住み続け、結局父の家を出ることはなかった。生活の自由よりも、経済的な有利を優先させたのだ。学にとっても季子にとっても、親と一緒に暮らすことがそれほど苦ではなかったのだろう。

修は製薬会社の営業マンだ。ドイツに駐在しているとき知り合った百合子と結婚するのだが、百合子の家は金持ちで正吾の家の敷地内に彼らの家を建ててくれた。

修夫婦には経済的問題はない。修は結婚を機に引き抜きを打診してくる商事会社に転職しようか、義父から金を借りて独立しようかなど、いろいろ考えをめぐらせるのだが、結局製薬会社にとどまり、兄にならうように親元で生活を始める。

家長として家を維持する正吾に、三浦は自分の父の姿を重ねていたのだろう。

けれど、もちろん三浦の父が正吾そのままの人物だったというわけではない。三浦本人が語っているが、彼の父は金に対して何の興味もなく、食費や光熱費、交通費など、日常生活の出費にも全く無関心だったという。

∴

私の父は幼い頃から私に厚い庇護を与え続け、あらゆる支援をしてくれた。

中学、高校と放蕩した結果、私は大学でフランス文学を専攻することにした。理由は、それが一番惰弱で遊芸に近いと思われたからだ。当時、フランス文学の代表とされていたサルトルやカミュといった政治的文芸、いわゆる参加の文学はまったく私の視野に入っていなかった。

ところが、大学附属の高校から文学部に進んでみると、フランス文学科は永井荷風が主任教授を務めていた学科とは思えないほど、教授から大学院生にいたるまで、スタッフは堅実で、アカデミックだった。

それに感化されたわけではないけれど、私はフランス文学を真面目に勉強し始めた。遊蕩もそろそろ限界だった。市中の歓楽者にとどまり続ける意志も節操もない私は、フランス文学の研究者になろうと思った。

研究テーマも見つかった。

第二次世界大戦中のヴィシー政権下のフランスにおいて、ナチス・ドイツに協力した「コラボラトゥール」の文学者たちである。

大学二年生の春、私はパリに行った。

正式な資格を持っていたわけでなく、フランス語の修業も十分ではなかったけれど、数通の紹介状は持っており、財布の中にはヴィザとダイナースの家族カードが入っていた。

ある日、私は旧知の大学院生に、国立図書館の、近代作家の自筆草稿が所蔵されている部屋に連れていってもらった。

すると、開館してまだ三十分しかたっていないというのに、室内は日本人の留学生でいっぱいだった。しかも彼らは全員、プルーストの草稿やゲラを抱えて、一字一句をチェックしているのだった。

プルーストの草稿には念入りな書き直しが加えられているし、ゲラには膨大な加筆が施されている。プルースト研究に際して、草稿への参照は研究の基礎であることは分かってはいるが、それにしても、フランス文学研究によってフランス人に負けない業績を上げようと躍起になっている日本人留学生たちの姿は異様だった。

こうした競争の現場では、文学研究がそのまま自己目的化してしまっていて、私たちが何故文芸と拘わるのか、私たちが文芸を読むということは何を意味するのか、文芸とは何なのかといった、常に問い返される問いが忘れ去られているように思われた。

もちろん文学研究といっても、一つの商売なのだから、そんなことをいつまでも考えていられないのは当然である。しかし、それでもこの光景は、文学の価値のすべてを消してしまう異常さを示しているように、私には思えた。

フランス人の一番嫌がることをやってやろう。

留学生を見ながら、私はそんなことを思い立った。やがてそれは「コラボラトゥール」の研究へとつながり、その研究テーマを持って、私は大学院に進んだ。

ロベール・ブラジャック、ピエール・ドリュ・ラ・ロシェル、シャルル・モーラス、リュシアン・ルバテなどコラボラトゥールの作家たちの本や関連書はフランス本国でも入手困難だったけれど、私は日本の古書店の協力を得て、世界中から集められるだけの本を集めた。

数百万円にも及ぶ書籍代もまた、父が出してくれた。

私が何を研究しようとしているのかよく分かっていなかったのだろうが、それにしても何の文句も言わず、よく出してくれたと思う。

ところが、その研究が成就する前に、私は博士課程に進む試験に落ち、大学院を途中でやめることになってしまった。

ちょうどその頃、結婚が決まったのだが、研究者になる道は閉ざされ、就職のあてもない。

結局父に泣きついて、父の会社に入れてもらった。新所帯も父が大田区に所有していたマンションだった。

製麺機会社の営業マンになった私は、日本中を回って注文を取り付けた。営業成績はよく、注文成立の歩合で給料がもらえたので、生活費を引いても結構な金が手元に残った。私はその金で骨董品を買ったり、昼間から一人でフランス料理を食べたりした。

私の営業成績がいいのには理由があった。蕎麦屋、うどん屋、ラーメン屋、スパゲティ屋などを回って機械を売り込むのだが、機械を使う当事者たちが出してくる希望がどんなものであれ、私は「大丈夫です。お任せください」と請け負った。彼らは「そんな夢のような機械ができるのか！」と感動し、こぞって注文をくれた。

しかし、現場が追いつかない。当たり前だ。夢の機械など、中小企業の町工場がそう簡単に作れるわけがない。納期がせまっても機械ができず、社長である父親が取引先を一軒一軒回って謝る羽目になった。

私は父の会社をクビになった。

クビになった私は「コラボラトゥール」の本を書き始めた。収入がないので、生活費は親がかりになった。

二十代後半にもなって、結婚もしているのに、この体たらくだ。

父はあきれながらも金を出し続けてくれた。

私に比べれば、『箱庭』の学や修はまだましだ。彼らは父親の敷地に住んではいるが、きちんとした生業を持っていて、自分の稼ぎで生活を営んでいるのだから。

『奇妙な廃墟　フランスにおける反近代主義の系譜とコラボラトゥール』が一九八九年に国書刊行会から刊行され、私はそれを機に物書きの道に入った。

幸いなことに、原稿依頼は年々増え、大学教員の職も得て、ようやく私は父に頼らず生活していけるようになった。娘と息子が生まれ、家も父のマンションから別のところに引っ越した。

その後、自分でも驚くほどの年収を得るようになっても、私は父の恩に報いようとはしなかった。

かつて父の金で遊んでいた私は、今度は自分の稼いだ金で、文芸、音楽、美術をあさり、いい洋服を着ていい靴を履き、美食を堪能し、毎晩酒を飲むようになった。もちろんそれは、学生時代の遊びと違って、自分の書く物の糧になってはいたのだが、散財であることに変わりはない。

父とは正月に顔を合わせるのがせいぜいで、病気で入院しても、世話は家人や妹に任せきりだった。

それでも父は私が文学賞をとったり、大学で助教授から教授に昇進したり、テレビ番組に出演したりするのを悦んでくれた。

たまに家に行くと、リビングのサイドボードの上には私の写真が飾ってあり、書棚には、私は送ってないのだから自分で買ったのだろう、私の著書が並んでいた。

父が倒れた後、父のマンションに行くと、相変わらず私の写真が飾られていた。三十代半ば、物書きの仕事がのってきた頃の、何かのインタビューの折の写真だ。

今よりも二十キロ以上体重があったので、顔はぱんぱんに張っていて、表情はふてぶてしい。顎に手を添えたポーズなど、いっぱしの文化人を気取っている。
(お前はそんなところで何をいい気になってるんだ)
見ているうちに、私は写真の自分が憎く思えてきた。

∴

『箱庭』が刊行された昭和四十二年、江藤淳の『成熟と喪失 〝母〟の崩壊』が上梓された。この文芸評論は刊行前年の六月から書き始められ、『文藝』に連載された。

二年間、アメリカのプリンストン大学に留学し帰国した江藤は、第三の新人の小説の中に、アメリカに行く前に読んだときには気づかなかった、ある意味を見出す。

エリック・エリクソンの『幼年期と社会』によると、アメリカの青年の大部分は母親に拒否されたという心の傷を負っているという。母親が息子を拒むのは、やがて息子が遠いフロンティアで誰にも頼れない生活を送ることを知っていて、そのための試練を与えているというのだ。

一方日本の母と息子には、ほとんど肉感的なほど密着した母子関係がある。

拒否も保護過剰も成熟の妨げになることに変りはない。現にエリクソンは、母親の拒否がしばしば人格の核の弱い、他人とつながることのできない人間をつくるといっている。保護過剰で育てられた人間がいつまでたっても大人になれないことは常識で考えてもわかる。しかし私はここで育児法の講釈をしようというのではない。ただ日本の母と子の密着ぶりと米国の母子の疎隔ぶりのあいだには、ある本質的な文化の相違がうかがわれるはずだというのである。この特質が文学に影響をあたえないはずはない。そしてもし今日、日本の作家が「成熟」を迫られ、しかも「成熟」の手がかりをつかめずにいるのが実状だとすれば、その原因はおそらくここまで溯らなければきわめられないはずである。

（『成熟と喪失　〝母〟の崩壊』）

治者としての父が消滅したがゆえの母子密着という、かつて日本の近代小説にはなかった現象を第三の新人たちが小説に描き出していることに着目した江藤は、彼らの作品を通し、日本における母と子の関わりを分析していく。

取り上げられている作品は、安岡章太郎の『海辺の光景』、小島信夫の『抱擁家族』、遠藤周作の『沈黙』、吉行淳之介の『星と月は天の穴』、庄野潤三の『夕べの雲』などである。

『海辺の光景』の主人公・信太郎は、戦後、生活無能力者になってしまった父親に代わって、アルバイトをして家計を支える。母と息子にとって父親は「恥づかしい」存在でしかなく、それ故に母子は結びつきを強める、強めざるを得ない。ところが、その母親が狂気に侵されて崩壊していく。母親が最後に意識を回復した瞬間にもらした言葉が「シンチャン」ではなく「おとうさん……」だった事実を受け入れたとき、信太郎は母から解放される。

彼にあれほど豊かな肉感的な世界を約束し、あれほどみずみずしい「自由」をふりそそいでくれた「母」が、今彼の内部から完全に失われた。そしてその深い不毛な喪失感のなかに、「幾百本ともしれぬ杙が黒ぐろと」突き刺さる。「凪は落ちて、潮の香は消え失せ、あらゆるものが、いま海底から浮び上つた異様な光景のまへに、一挙に干上つて見えた」と書いたとき、安岡氏はうたがいもなくこの喪失感のことを語っていた。そしてまた、おそらくはあの罪悪感のことも。それが「成熟」というものの感覚である。といって悪ければ、少くともここに人を「成熟」にみちびく手がかりがある。なぜなら「成熟」するとはなにかを獲得することではなくて、喪失を確認することだからである。（同前）

『抱擁家族』の三輪俊介は妻の時子に自分の母親の役割を押し付け、夫婦関係に母子関係の安息を求める。そうした夫に我慢のならない時子は、アメリカ人のジョージと不貞をはたらく。事実を知った俊介は怒ったり喚いたりするばかりで、妻の気持ちを取り戻すことができない。家の中を立て直そうと、カリフォルニアあたりの高原の別荘のような、完全冷暖房つきの家を新築するが、そんなもので家族を救えるはずもなく、しかも時子の体は癌におかされていく。

奇怪なのは、時子の姦通によって妻と切り離されてしまったはずの俊介が、妙なかたちで依然として時子とつながっていることである。それは彼らが、「夫婦」という倫理的関係であるよりさきに、「母子」という自然的関係を回復しようという欲求で結ばれているからにほかならない。（中略）『抱擁家族』の独創性が、なによりもまず現代の日本の夫婦のあいだに隠されている倫理的関係

と自然的関係の奇妙なねじれ目に、思いもよらぬ角度から照明をあてているところにあることはいうまでもない。（同前）

文学にあらわれた日本の近代の問題を江藤は、これまでの父と子ではなく、母と子、あるいは母性の崩壊の問題としてとらえようとした。

そもそも、そうした新しい近代の問題を提起したのが、一九六〇年代初頭に書かれた、第三の新人たちによる小説だったのだ。

しかしながら、三浦朱門の小説は『成熟と喪失』の対象からはずれている。

『箱庭』は『成熟と喪失』と同じ年に刊行されているので、もちろん対象になるはずはないのだが、もしもこの小説がもっと前に刊行されていたとしても、対象にはならなかったのではないだろうか。

何故なら、三浦の小説には治者としての父が存在しているからである。

∴

木俣家の家長である正吾は家族に尊敬されているわけではない。

とくに妻のキヌは息子たちの前で正吾のことを口汚くののしることもしばしばだった。

「結婚してからは、お母さんはお父さんに人から馬鹿にされないような人になってほしかったから、高等師範に行ってもらったのです。先生をやめて、一年間、受験準備に没頭してもらったんです。その間、生活を支えていたのは、お母さんなんですよ。高師を出て、中学の先生になって、やれやれ、これでお母さんは先生をやめられると思ったんです、お前もうまれたし……そうしたら、お父さんはその中学校をクビになって、仕方がないから、文理大へ行った。女の細腕で子供を育てながら、教師をして、夫を大学にやる。そりゃ並大ていのことじゃありませんよ。今とちがって、そのころ大学といえば、お金持の息子しか行かないころでしたからね。お母さんは朝五時におきて、洗濯して御飯の支度をして、二人分のお弁当を作って、お前をお隣りさんにあずけて、学校へ行ったんです。お昼ごろ雨が降ると、洗濯物がダメになる、と思っても、学校から帰る訳にはいかない。お母さんがそんなに苦労しているのに、悪い遊びをして、変な病気をもらって、お母さんにまでうつして……。堅気の女が、病院へ行って……それも教育者が……とても。」

（『箱庭』）

母親にとって夫は十分に恥ずかしい存在であり、学も修もそれを承知していながら、母親に密着しようとしない。

この小説では江藤が『成熟と喪失』で取り上げた第三の新人の小説と違って、父と息子との距離のほうが母と息子の距離よりも近い。

それは何故なのだろう。

木俣家は月に二度、三家族が母屋に集まって食事会をする。ある日の食事会の席で、正吾と学の間に次のような会話がされた。

「香織の声は季子と同じだなあ。」

　正吾が学と同じことを考えていたのか、いかにも感心したように言う。

「お父さんもそう思いますか。声だけでなく、段々と季子に似てくるんですよ、何年か先のある瞬間において、ぼくが酔っ払った時なんかに、香織に抱きつかんもんですかね。」

「まさか。しかし、そういう例は思ったよりあるんだな。わたしの師範の同期生で北海道へ行ったのが、父と娘の間にうまれた子を教えたといってた。」

「不具なんでしょうかね。」

「いや、結構、普通の子だったらしいよ。戸籍上は祖母の子になっていたが、母親の方がぐれちゃったらしい。」

「息子の嫁になると、タブーというのはずっと観念的になりますね。」　（同前）

　この日の食事会に修は仕事だと言って、参加しなかった。食事会の後、修の家で学は百合子から、修が浮気をしていることを聞かされる。

　慰めているうちに学の雄の本能が頭をもたげ、修との夫婦生活に不満を持つ百合子の投げやりな気持ちもあって、二人は姦通する。

　この小説では男の本能が否定されることなく、自然のものとして存在している。修は浮気に対して何の罪悪感も持っていない。

百合子という妻がいて、武夫という子供までなしながら、日々ナンパを繰り返している。出勤時刻に長蛇の列ができているバス停に車で乗りつけ、BG（ビジネスガール）風の娘の前に車を止めてドアを開け、「お乗りなさい。送りましょう」と声をかけるのだ。

車に乗った娘を今度は昼食に誘う。いきなり夕食だと警戒されるからである。何度か昼食に誘っているうちに、芝居や音楽会に誘う。昼食に誘った娘の半分は、この時から遠ざかっていくが、残った半分と肉体関係を持つのは楽だった。


修はこういうことを、確率の問題だと考えている。最初に乗車拒否する娘をもふくめて、最後まで行くのは、二十人に一人くらいだろうか。修は強引に彼女らを説得しないようにしていた。修が無理をしないでも、自然にテンポよく、そういう関係になる娘は、別れる時がきても、あっさりして、プロの女性より金がかからないだけ得だ、と修は考えていた。（同前）

修はべつに女性を蔑視しているわけではない。ただ自分の本能に忠実に、無理なくナンパを実行しているのである。

一方、正吾は校長時代の慰安旅行で若い芸妓が布団部屋で年増の芸妓たちにリンチされているのを助け出し、自分の部屋に連れてきて、体の関係を持つ。それればかりでなく、東京まで連れてきてアパートにかこう。妓が性病持ちだったため、正吾に移り、それが正吾の妻にも移ることになる。

女の体を所有したいと欲する男の本能は、女を庇護しなければならないという意識、さらには家族を庇護しなければならないという家長の意識に通じる。

木俣家の息子・学と修は、この本能と意識を父の正吾から受け継いでいる。だから父親との距離が近いのだ。

息子たちは母親に同情こそすれ、密着しない。

また、ここには、母親は肉親ではあるけれど、一個の人間としては他人であるというヨーロッパ的個人主義が見られる。これもまた三浦の小説の特徴の一つである。

三浦朱門と曽野綾子はともにカトリック信者である。曽野は幼稚園から大学まで聖心女子学院で、十七歳のときに洗礼を受けているが、三浦が洗礼を受けたのは、昭和三十八年十二月、三十七歳のときである。

そのときのことを三浦はこう語っている。

三浦　私は幼い頃からキリスト教徒だったわけではないんです。神父さんの話を聞いたり、聖書を読んだりして、キリスト教徒になったのでもない。

一九六二年に初めてヨーロッパに行きまして、聖ピエトロ大聖堂、つまりバチカンにある、カトリック教会の総本山を見たんですね。バロック様式の代表的な建築物ですが、全体としてなんだかゴテゴテした印象で、失望したんです。ミケランジェロの聖母子像は、優れているとは思いましたが。

それで日本に帰ってきてから、カトリック信者だった遠藤周作に「とても失望した」と伝えた。

自分の考えるキリスト教とは違ったということを、例を挙げて、いろいろ話したんですね。

そうしたら、もしかしたらあれは私を騙すための最も巧みな嘘だったのかもしれませんが、遠藤はこう言ったんです。「お前は、オレよりもキリスト教のことをわかっている。オレがカトリックを信じているのに、お前が信じていないのはおかしい」と。

私は素直に「そうだな。オレのほうが遠藤より上だ」と思いました。「遠藤よりもキリスト教をわかっていて、遠藤がカトリックであるなら、オレがカトリックでないのはおかしい」と思って、洗礼を受けたんです（笑）。

（『夫婦のルール』）


『箱庭』の刊行は三浦がカトリックに入信した四年後である。

カトリックでは、「父」の実在が実証されている。

カトリック信者となった三浦はこの小説で、素直に父の実在を示したかったのではないだろうか。

三浦は曽野と結婚してすぐ、曽野の母親が持っていた田園調布の家に同居した。曽野の父親はそれを機に家族と別居し、後に離婚した。

三浦の両親が老齢になったため、曽野の家のすぐ横の敷地に引っ越してきて、やがて同じ敷地内で暮らすようになる。

曽野の母、三浦の父と母は三人とも、自宅で介護され、亡くなっている。曽野の母が八十三歳、三浦の母が八十九歳、父が九十二歳と、全員大往生である。

曽野　私はとにかく、親たちを日常性の中で世話したり、見送ったりしたいと思っていました。お皿をガチャガチャ洗ったり、猫を大声で叱ったり。そういう日常の音の中で、亡くなっていくのがいいと思ったんです。（同前）

介護保険などまだない時代である。手伝いの人間はいただろうが、それにしても家族の労力も精神的負担も大変なものがあったに違いない。

しかし、この夫婦はそれをやり遂げた。

三浦は家長として三人の親を送った。

『箱庭』の正吾も最後に家長としての面目を施す。

正吾が癌におかされ余命いくばくもなくなって初めて、学は父が自分の亡くなった後の家族について考えてくれていたことを知る。

家の土地の二百坪を無償で渡すことを条件に、正吾に月八万円の理事の報酬を一生払い続けること、重病にかかったときには、一千万円を限度に治療費を払うことなど、約束を学園ととりつけていたのだ。それ以外に房州にも山林を持っていて、それを売れば、相続税と母親の生活費がまかなえるようになっていた。


「うん。要するに、私から二百坪ただでとるということだ。八万だの、千万だのということは、学園の成り立ちを思うと、当然のことだよ。今、あの土地は坪、十五万だから、私が死んでくれれば、学園は大喜びさ。だから請求書は学園にまわしなさい。二三年は面倒を見てくれるはずだ。そのうちに、どっちかカタがつくだろう。後はお母さんを頼みますよ。」（『箱庭』）

ところが、正吾の死後、百合子は子供を置いて家を出ていってしまう。学との姦通が木俣家というケチくさい家から自分を解放してくれたのだという言葉を残して。

母屋は壊され、家が建っていた土地は学園のものとなる。母親は学の家に同居を始め、学が木俣家の新しい家長となる。

新しい家長が頼りなく見えるのは仕方のないことだ。しかし、いずれ学は学なりの家長となるだろう。

百合子に去られた修は息子の武夫を兄夫婦に預け、マニラに単身赴任する。そして、一人暮らしのアパートに箱庭をつくる。

茶色のビニールの板で田を作り、そこに粟をまいて青田にし、本物そっくりの草や木、農家や鳥居、橋、水車などを置いて日本の模造田園をつくるのだ。

恐らく、その箱庭は修にとって、失われてしまった自分の家なのだ。修はせめて箱庭の家長になりたいのだろう。

学も修も正吾の息子である。彼らは男の本能と結びついた家長の意識を正吾から受け継いでいる。それは消えることなく彼らの中に残り、その下の代へと受け継がれていくことになるのだろう。

七十歳で仕事を辞めた三浦の父は八十歳を過ぎた頃から認知症の症状が出て、それまで全て妻任せの生活をしてきたため、妻の管理下に入る。そんな夫に三浦の母は愛想をつかし、勝手に一人で老人ホームに入ってしまう。

そうした両親をモデルに三浦は昭和六十二年に「家長」という短編小説を書いているが、それは三浦の中に父から受け継がれた家長の意識があったからではないか。

三浦自身、昭和二十八年に曽野綾子と結婚して以来、家長であり続けた。

仕事と家事や子育てに奮闘した二十代を経て三十代に親と同居をはじめ、老いていく親の介護と看取るまでの三十年があり、その後も精力的に文筆の仕事を続け、平成十六年、七十八歳で芸術院院長に選出されて十年勤めあげた。

八十九歳を迎えた平成二十七年の春頃から様々な機能障害を見せるようになり、曽野が介護をするようになった経緯は『週刊現代』の彼女の連載「自宅で、夫を介護する」に詳しい。

しかし、そうした中でも三浦は月刊誌の連載原稿を書き続けた。

九十一歳、家長としての人生をまっとうし、亡くなった。

∴

父が倒れる前日、私は介護施設に父のショートステイの申し込みに行った。

その介護施設には母が入所しており、父が年末年始を母と一緒に過ごしたいと言ったからだ。

施設の相談員から説明を受け、書類にサインをしていると、父が部屋に入ってきた。その日はデイサービスで父も施設に来ていたのだ。

杖をひいてはいたものの、足取りはしっかりしていた。

クリスマスイブで、ケーキを作ったと言って、悦んでいた。

申し込みの手続きを終えた後、父と食事をした。父は蕎麦が食べたいと言ったが、午後四時前という中途半端な時間で、そこそこの蕎麦屋は休憩時間に入っていて、夕方からの営業は五時からだという。

仕方がないので、最寄りの駅近くの、昼夜通しで営業している蕎麦屋に入った。酒はビールと日本酒だけ、つまみはなく、蕎麦だけを出す店で、お世辞にもうまいとはいえなかったけれど、父は天ぷら蕎麦を「うまい、うまい」と言って食べた。

製麵機工場を経営していたこともあって、父は蕎麦にうるさい。いつもだったら一口食べて残してしまいそうな蕎麦だ。

久しぶりに息子に会って、嬉しいのだということが分かった。

ゆでたてなのに何故かのびている蕎麦をすすりながら私は、どうして自分は父のことをこうまで放っておけるのだろうと、つくづく思った。

あれだけ支援をしてくれた父に感謝し、尽くすのが息子としての道理ではないか。

もっとも世間一般の道理などとは無縁の人生を送ってきてはいるのだが。

私は小さい頃から、自分が住むべき場所、自分の家、自分の姿について、何一つ明確なイメージを持っていなかった。

普請道楽の父は何十回も家の増築や改築を繰り返した。それは耐え難いことではあったのだが、その行為を止められなかったのは、私が父に決着をつけさせるような「家」の姿を示すことができなかったからだ。

私は父の金で遊びながら、父の家に不満を持ち続け、いつか自分がこの家の家長になるなどということは考えもしなかった。

父は家長として、息子である私を庇護し支援してくれたけれど、家長意識は私には伝わらなかった。

自分が家族を持った今でも、私には自分が家長だという意識がない。意識がないどころか、家長であることを放棄さえしている。

そんな私に対し、家族は憤っているであろうし、恨んでいるであろうし、憎んでいるかもしれない。

私には自分の過去と現在と未来をつなぐ一貫した意識が欠けている。自分がたどってきた過程と人生の意味を思い描くことができない。

それがどういうことなのか五十代半ばを過ぎた今でも分からない。分からないまま、相変わらず私は文芸、音楽、美術に耽り、酒を飲み、文章を書いて暮らしている。

ただ、決着をつけるときが近づいているような気はする。

蕎麦を食べた後、父をマンションまで送った。

玄関まで送って帰ろうとする私に父は言った。

「お前のような息子はなかなかいないよ。お前は私の自慢だよ」

もう少しうまい蕎麦を食べさせてやればよかった。

Let It Bleed
——料理人・澤口知之

澤口知之が死んだ。

おいおい、冗談だろ。冗談はやめてくれよ。

元マガジン・マガジンの編集者、櫻木徹郎さんと斎場に向かう道々、私は心の中でそうつぶやき続けていた。

だって、あの澤口だ。殺しても死なないようなあいつが何で死んじまうんだ。まだ五十九歳じゃないか。今年の二月には、牛肉のタリアータを食わせてくれたじゃないか。あのときは酒も飲んでたし、煙草も吸ってたじゃないか。

しかし行ってみると、澤口はお棺におさまっていた。でかい図体が縮こまったように見えた。顔が白い。歯も細っている。

ほんとにお前は澤口なのか？

参列者は澤口のお母さんとパートナーのHさんと、櫻木さんと私の四人。本当はお母さんとHさん二人だけで見送る予定だったところを、無理を言って、参列させてもらった。迷惑であることは承知しているけれど、どうしても最期の別れはしなければならない。何しろ相手は澤口なのだから。私の親友なのだから。

係の人に促されるまま、お棺の中に白い百合と菊を入れた。澤口と花、似合わない。似合うわけがない。本人も心の中で苦笑していることだろう。

Hさんがハイライトを一箱、顔のすぐ横に置いた。水色の箱が白い花の中で現代アートのオブジェのように見えた。

それから、香水をふりかけた。澤口が愛用していたカルトゥージア・オード・パルファン。イタリア・カプリ島の修道院で誕生した香水だ。

あの世にもっていくのはハイライト一箱とカルトゥージアの香りだけ。

かっこいいじゃないか。お前らしいよ。

お棺がすぐ近くの火葬場に運ばれ、坊さんがやってきて、お経をあげ始めた。

そうか。澤口の家は浄土宗だったのか。三十年来のつき合いだが、初めて知った。うちは真言宗なんだ。個人的には浄土真宗がいいんだけど。そんなことを私が言ったら、あいつは「俺は時宗がいいね。やっぱ、踊念仏だよな」とか言いそうだ。

おう澤口、何とか言ったらどうなんだ。

読経が終わり、お棺が火葬炉に入れられた。炉の前で合掌する。これでもう、澤口の肉体はこの世からなくなる。そう思っても実感が湧かない。とにかく合掌を続けた。

待合室の席に座り、四人でコーヒーを飲みながら火葬が終わるのを待った。

「前に、澤口から『宮本武蔵が台湾で作った刀の鍔』っていうのをもらったんですよ。へー、宮本武蔵って、台湾に行ったことがあるんだ、って言ったら、『オメエ、なんにも知らねえんだなァ、武蔵が巌流島で小次郎を待たせたのは、台湾経由で舟漕いでたからだぞ』って言われました」

私の話に、お母さんもHさんも櫻木さんも笑った。それからそれぞれに自分の知っている澤口の話を始めた。誰が何を話しても笑わないではいられない。他のテーブルが沈鬱になっている中、私たちのテーブルだけは笑い声が絶えなかった。

「あんなめちゃくちゃで、いい加減なやつはいませんよ」

笑いながら、私は炉の中の澤口を思った。高温のバーナーで一気に炎を吹きかけられ、蒸発するように消えていく澤口の肉体を思った。

∴

私が初めて澤口と会ったとき、彼は五反田のイル・クアードロというイタリアンレストランのソムリエだった。

たまたま五反田を歩いていて見つけた店に一人で入ったら、そこに待っていたかのように澤口がいたのだ。

ランチを食べながら、彼の薦めるバローロを飲んでいると、いつの間にか私のテーブルに座って、話しかけてくる。昼もかなり遅い時間だったので、他に客もなく暇だったのだろう。「夜、来てくれれば、料理もワインもいろいろ出せますよ」と言うので、その日の夜に、もう一度行った。

澤口は悦んで、料理から酒から全てアレンジしてくれた。トリッパ（牛の胃）の煮込みと、カーゼ・バッセのブルネッロ・ディ・モンタルチーノが素晴らしかった。

その晩、澤口は私の家に来て泊まった。私は心が狭いので、一夜にして意気投合なんてことはありえないのだけれど、澤口だけは例外だった。

昨日まで知らなかった人間、昼に知り合ったばかりのソムリエが、一夜にして友達になっていた。私の人生における奇跡といってもいいだろう。

この頃、私は、父親の会社を手伝いながら、どうしても取り組みたいテーマ、自分にしか書けないと思っているテーマについて書いていた。

果たして完成させることができるのか、完成したとして、それは意味のあるものとなりえるのか、何の確信もなく不安ではあったけれど、書くことについては懸命になれた。毎日、毎日、一字ずつ、一行ずつ書いていく。書けば確実に前に進んでいるのだと信じることができた。

当時の私が切実な思いとともに読んだ一冊の本があった。

ヘミングウェイの『移動祝祭日』である。

この作品は一九五七年に書き始められ、六〇年に脱稿、翌年の六一年七月にヘミングウェイは猟銃自殺した。彼にとっては最晩年の作品である。

一九五四年にノーベル文学賞を受賞したヘミングウェイは作家として栄達を極めていたにもかかわらず、生活は幸福なものではなかった。

第二次世界大戦後長いスランプに陥り、一九五二年に『ライフ』に発表された「老人と海」は好評をもって迎えられたけれど、その後はほとんど光明を見出すことはできなかった。

にもかかわらず、作家ヘミングウェイへの世界の関心は高まるばかりで、殺到する取材や講演、原稿依頼に疲労困憊し、重いストレスに襲われていた。強度のうつ病になり、激しい飲酒を重ねるようになった。

そうした中で書かれた『移動祝祭日』は、若きヘミングウェイのパリ滞在を題材とした掌編二十編によって成っている。

イリノイ州のオークパークに育ち、地元のハイスクールを卒業したヘミングウェイは、キャンザス・シティで見習い記者になった。

その年、アメリカは第一次世界大戦に参戦。一九一八年春、大戦も終盤にさしかかった頃、ヘミングウェイはアメリカ赤十字の救急車要員に登録し、イタリア戦線に配置された。十九歳だった。

イタリア、フォッサルタの戦線で迫撃砲の破片を浴びて負傷。療養後、一旦帰国した後にヘミングウェイは『トロント・スター・ウィークリー』の特派員という職を得て、一九二一年二十二歳で、新妻ハドリーとともにパリに向かった。自分の文学的キャリアを打ち立てるという志をもって。

パリでのヘミングウェイの生活は満足に食事もできないくらい貧しかったけれど、余計なものも厄介も不安もない、手ごたえのある時間と味わいに満ちたものであった。その幸福感と充実感が

『移動祝祭日』には漲っている。

この作品は晩年の暗澹とした境涯から、かつての単純な生活を呼び起こし、取り戻すために書かれた、ヘミングウェイにとっての復活の祈りのようなものなのだ。


仕事がうまくいったことを意識しながら、長い階段をおりて行くのは、すばらしい気持だった。私は、何かをやりおえた、と思うまで仕事をつづけるのが常だった。そして、次にどういうことが起るかわかったとき、いつも仕事を止めるのだった。そういうふうにして、その翌日に仕事をどうつづけるかに確信がもてたのだ。けれど、時には、新しいストーリーを始めようとしているけれど、うまくそれを進めることができぬことがあり、そういうときには、暖炉の前に坐り、小さなオレンジの皮をしぼって、焰の先にたらし、それが青い光をパチパチ立てるのを見つめているのだった。また、立上って、外のパリの屋根を見渡し、こう思うのだった。――「くよくよするな。お前は前にもいつもちゃんと書いているんだから、今も書けるだろう。しなくちゃならぬことは、ただ、一つの本当の文章を書くことだ。お前の知っている一番本当の文章を書くんだ」そこで、けっきょく、私は一つの本当の文章を書き、そして、そこから先へ進んでいくのだった。

……

(『移動祝祭日』福田陸太郎訳)


「しなくちゃならぬことは、ただ、一つの本当の文章を書くことだ。お前の知っている一番本当の文章を書くんだ」という言葉は私の心に深く突きささった。

私と出会ったとき、恐らく澤口もまた自分にとっての「本当の文章」を探していたのではないだろうか。

翌年、澤口はイル・クアードロを辞めて、二度目のイタリア修業へと旅立った。三年後に帰国した時、彼は料理人になっていた。

∴

一九九三年三月、乃木坂に「トラットリア　ラ・ゴーラ」がオープンした。

澤口は店主であり、シェフだった。

オープンの日に行って、驚いた。入口をはいってすぐにバーカウンターがあり、その前を通って中に入ると、奥行きのある空間が広がっていた。厨房と客席の間には間仕切りがあるが、横に長い窓があって、そこから双方の様子が見られるようになっている。凝ったつくりにしろ、内装にしろ、インテリアにしろ、とにかく金がかかっていることは一見しただけで分かった。この頃、すでにバブルは崩壊していたにもかかわらず、バブル全盛期を思わせる贅沢なしつらいだったのだ。

さらに店のスタッフが厨房とフロアを合わせて六人もいた。バールを担当する吉澤宏さんを紹介してもらったが、彼は澤口の高校時代からの友人だという。それ以外のスタッフも全員、澤口が自分で声をかけ引き抜いてきた人たちだった。

強力なスポンサーが金を出してくれたという話だが、それだけ澤口は見込まれたということだ。

メニューは前菜、パスタ、セコンド、ドルチェと、それぞれ相当な数がそろっていた。店のコンセプトはイタリア二十州全ての料理を味わってもらうこと。料理に合わせて、イタリア全土のワインもそろえていた。

一九九〇年代初めの日本のイタリアンレストランはまだまだ本格的な料理を出す店は少なく、あったとしても例えばフィレンツェ料理であるとか、ローマ料理であるとか、地方が特化されていた。イタリア料理は地方ごとに際立った特徴があるので、当然といえば当然なのだが、澤口はイタリア全土の料理を出して、イタリア料理というものを日本人に知らしめたいと考えていたのだ。

だから、メニューには、「牛肉のカルパッチョ　ヴェネト州」「リゾット・アッラ・ミラネーゼ　ロンバルディア州」「スパゲティカルボナーラ　ラツィオ州」「ビステッカ・アッラ・フィオレンティーナ　トスカーナ州」「カッサータ　シチリア州」など、料理と州の名前が併記されていた。

店名にも意味がある。普通イタリアでは本格的な料理を出す店は「リストランテ」を冠する。「トラットリア」は「リストランテ」に比べると、大衆的で小さな店を意味する。澤口の店はどう見ても「リストランテ」だったが、あえて「トラットリア」とすることで敷居を低くし、多くの客に利用してもらおうと考えたのだ。

「ゴーラ」はイタリア語で「喉」。

「トラットリア　ラ・ゴーラ」には、「間口は広く、奥は深く」という澤口の思いが込められていたのだ。

初めて澤口の料理を食べたときの衝撃は忘れられない。

とにかく塩気が強い。強いけど、しょっぱいというのとは違う。とにかくインパクトが半端じゃない。

私の父は製麺機を作る工場を営んでいた。パスタマシンも作っていたので、営業の仕事で私はミラノ、フィレンツェ、ローマ、ヴェネツィアといったイタリアの主要都市を訪れていた。本場の料理は何度も食べていたけれど、その料理とも違う。

超一流のもの、最高水準にあるものは、きわめて個性的であると同時に、誤りようのない明確な輪郭を持っている。

その晩食べた、ビステッカ・アッラ・フィオレンティーナの一皿は私の心を動顚させるのと同時に、食事は享楽であり、この世に二つとないほどの快楽だということを改めて認識させてくれた。

それから私は、イタリア料理は澤口の店しか行かなくなった。

時々人に連れられて他の店に行くこともあったけれど、旨い、不味いの問題ではなく、込められているものが、質量が、根性が違う。澤口の料理と比べると、他の店の料理はすかすかで、食い物という感じがしなかった。

澤口の料理の輪郭は明らかに塩味によって作られていた。私はその強烈な塩味をイタリアで料理の修業をする中で身につけたものと思っていた。

しかし、違った。

あるとき、澤口が帰り際に紙袋を渡してくれた。

「うちの母が送ってきてくれたんだけど、食いきれないから、持ってってって」

忙しい息子を気遣って、お母さんがときどきおにぎりや惣菜を送ってきてくれるという。彼のお母さんが料理学校の校長をしていることは知っていた。澤口と違って、折り目正しい味なんだろうなと思いながら食べてみて、驚いた。

海苔を巻いたおにぎりも、イカと里芋の煮物も、塩味が際立っていた。

そうか、澤口の塩味はイタリア経由ではなく、お母さん経由のものだったのだと、合点した。

仙台出身の澤口のお母さんの料理は昔から塩味が強かった。その料理を食べて彼は育った。澤口には弟がいる。食べ盛りの二人の息子のために、お母さんは仕事が忙しいにもかかわらず、毎日毎日、一升の米を炊き、山のようにおかずを作ったという。

「俺は母親の塩分の強い料理で育ってきてるから、最後は塩分で仕上げるんだ」

後にそんなことを澤口は語ってくれた。

澤口の料理には母親から受け継いだ血と塩が流れているのだ。

澤口はイタリア料理とともに、イタリア料理の味わい方も広めようとしていた。

基本は前菜、パスタ、セコンド、ドルチェだ。ドルチェはともかく、セコンドを注文しない客に澤口は苛立った。もちろん直接客に文句を言うわけにはいかないから、スタッフに怒声が飛ぶ。

「お前何で、セコンドの注文とってこねえんだよ。パスタとサラダって、うちはスパゲティ屋じゃねえんだぞ」

スタッフはたまったものではなかっただろう。パスタとサラダだけでいいと言っている客に、無理やり肉や魚を注文させるわけにもいかない。

イタリア料理を食べるのに、なぜ前菜、パスタ、セコンド全てを注文しなければならないのか。

べつにパスタとサラダだけでもいいじゃないか。という客の主張には一理ある。

しかし、私は澤口の言うことが理解できた。

食事には構えというものがある。フランス料理のグランメゾンに行って、前菜とスープだけ注文する客はいないだろう。イタリア料理にも正式の食べ方があること、そうした食べ方をしなければ分からない感動と悦びがあることを、澤口は店に来てくれる客に知ってもらいたかったのだろう。だったら店名を「リストランテ」にすればいいと思うのだが、そこがまた澤口の厄介なところなのだ。

私が澤口の料理にはまっていく一方で、澤口もまた私が書くものを面白がってくれた。

著書はもちろん、あらゆる連載に目を通し、ありがたくも『人でなし稼業』という本の文庫の解説まで書いてくれた。

この本は雑誌『マガジンWoooooo!』の連載を一冊にまとめたものである。

論壇誌や文芸誌で書き始めたばかりの頃、私に一本の電話がかかってきた。

かけてきたのは、当時『マガジンWoooooo!』の編集長だった櫻木徹郎さんで、いきなり「君、面白いから、ちょっと書いてもらいたいんだけどね。うちは田村隆一先生が人生相談をやっているグラビア誌だ」と、おっしゃった。

送られてきた雑誌を見ると、たしかに大詩人の田村隆一先生が青少年の悩みに答える頁はあったけれど、他のページのほとんどは下半身を露わにした女性の写真で占められていた。

「何を書いてもいいから、ガンガンやってくれ。ただし中坊にも分かるようにしろ」という依頼にしびれた私は即座に仕事を引き受け、連載が始まった。

内容は、下世話で罵詈雑言のつまった世相批評。『角川春樹よ、ムショ帰りの大監督に』では「いい作家なんて、みんなバクチか酒か、女か男かクスリに狂ってるじゃないか」、『不景気下の自爆、浪費のススメ』では「貯金は全部酒と一緒に飲んでしまえ」、『自前で国防しなけりゃ始まらない』では「(アメリカの)海兵隊なんてのは、硫黄島でちゃんと皆殺しにしときゃよかった」と、とにかく勝手放題に書きまくった次第である。

その本を澤口はこう解説してくれた。


膨大な知識の蓄積と明晰な認識と驚くべき記憶力で森羅万象を批評の射程距離に置き、文の性格、位置付け、意図などにより文の調子、骨格を変えるアドリブ性の高さ、豊富なバリエーションの中で雑多な話柄を語り、それらを様々な事象をもって説明を加えるといった福田君独得の論法は異常に多作な作家であるにも拘ず、薄味になる事なく高い品質でもって、丁寧に料理されたコンソメスープの様な濃厚さと透明感が在る。

(「俗生俗死」)

∴

二〇〇三年三月、扶桑社から『エンタクシー』という文芸誌が創刊された。

そもそもは私と当時『週刊SPA!』の担当だった壹岐真也のたわごとから始まった雑誌だった。ジャンルにこだわらない、ファンキーな雑誌をつくりたいと思った。文芸あり、音楽あり、美術あり、料理あり。ただ勝負どころはあくまで文章だ。取材、対談ものをがんがんやって、とにかく今、面白い人、ものを、文章で伝えていきたいと考えていた。

同人に柳美里さん、坪内祐三さん、リリー・フランキーさんを招いて、雑誌はスタートした。

私はこの雑誌の特集で、現代美術家の大竹伸朗さんの宇和島のアトリエを訪問し、建築家の磯崎新さんと上海・深圳・香港の中国建築ツアーを行い、陶芸家の吉田明さんの工房で陶芸を習い、立川談志家元と落語談義をし、角川春樹さんを招いて句会を催すなど、かなり好き放題なことをやらせてもらった。しかし、私以上の活躍をみせたのが澤口だった。

創刊号から彼の「口承連載　五臓六腑のマレビト伝」が始まった。

タイトルだけだと何が何だか分からないので説明すると、澤口が歴史上の人物を料理という切り口で語るというものである、

記念すべき第一回はロッシーニ。

「セビリアの理髪師」、「ウィリアム・テル」などの作品で知られるオペラの作曲家ロッシーニは美食家でかつ、自ら創造的な料理を作った。

ロッシーニを冠する料理は多いが、最も有名なのが「トゥルヌド・ロッシーニ」、牛ヒレ肉のロッシーニ風だろう。ソテーした牛ヒレ肉の上にフォアグラとトリュフを載せ、ソースをかける。

ロッシーニの料理について、澤口はこう語っている。

嗜好の黄金律が先ず在って、好物をオーケストラを構成する様に料理全体のバランスと調和が

良く配慮されている。例えば鮑に雲丹にキャビアとか、ホントに好きなものだけ、ロッシーニは先ず重ねてみたんだね。だから、極めて人工的に……。人工的というと、現代だとなんか工場で大量生産とか、その様なイメージを受けるので、他の言い回しをしたほうがいいと思うんだけど、ロッシーニが人工的に作るというのは、手が入って技や芸が加味されながら構成を複雑に作っていくということなんだよね。

だけど料理ってじっくり考えてできるものじゃないから、それが瞬間的に形として成立して、味としても推測できるというのがすごいよね。（「ロッシーニ風は永遠に不滅です。」）

これを読んだとき、私は澤口が言葉を持った料理人であることを確信した。それは単に言葉を知っているということではない。自分が興味をもった対象の核心をとらえ、それを自分の言葉で表現する術を持っているということだ。

しかも澤口はトゥルヌド・ロッシーニを自ら作ってみせた。その写真は『エンタクシー』創刊号の巻末を飾り、まさに欲望の塊のような料理であることを読者に知らしめたのだった。

この連載は十三回続き、古今東西、分野を問わず、エルビス・プレスリー、山本五十六、ヒトラー、田中角栄、毛沢東、岡本太郎、フェリーニらが登場し、澤口の料理談義が展開された。

初めて会ったときから感じていたことではあったが、澤口は歴史を重んじる。料理にしても単にうまく作ればいいというのではなく、その料理の起源、伝統など背景を尊重する。

だから彼の店では創作料理というものは一切出さない。イタリアのそれぞれの州が長い歴史の中で培ってきた料理しか作らないのだ。

　澤口は料理によって自分が世界と、歴史とつながっていることを意識していたのだろう。

　こんな風に書くと何だか立派な人物のようだが、ある意味立派な人物ではあるのだが、一方でとんでもなくめちゃくちゃでもある。

　常に何かで揉めていて、平穏なときが全くない。

　それは恐らく彼の嫉妬深い性格と妄想癖に起因するのではないかと思われる。

　私が取材でブダペストに行くことになって、そのことを澤口は人づてに聞き、人づてに聞いたことが気に入らなかったらしく、しかも勝手に女性同伴であると決めつけて、面倒なことになった。

　いつものように食事をして帰ろうと思ったら、奥の席に座らされて、わけの分からない説教が始まった。

「おめえ、馬鹿じゃねえの。何でブダペストに女を連れていくんだよ。あの街はなあ、夜になると、シャーロット・ランプリング似の娼婦が一メートルおきに立ってるんだぜ」

　私がシャーロット・ランプリングを好きなのを知っていて、言っているのだということだけは分かった。

「それにブダペストに行くんなら、まず俺に言えよ。いろいろ貴重な資料を持ってるんだからよ。まずはこのビデオを見ておくことだな」

　と言って渡されたのが、「川島なお美のワイン紀行　ハンガリー編」。未だにそのビデオは見ていない。

収集癖もとんでもなかった。

ラ・ゴーラの壁には所せましと絵や写真やポスターが飾られていたが、全て澤口の私物だった。修業中にイタリア各地で買い集めたものだという。

マリア・カラスの写真など、私自身が欲しいと思うものもあり、美術品に対する彼の趣味はよかった。

しかし、それだけにとどまらないのが澤口だ。のみの市に行けば必ず、何かしら買い込んでくる。澤口の自宅は、世界中で買い込んだガラクタで溢れかえっていたそうだ。

私も随分と変なものをもらった。最初に書いた、宮本武蔵が台湾で作った刀の鍔をはじめ、盧溝橋の欄干頭と称する擬宝珠（盧溝橋の欄干に擬宝珠はない）、すぐそこまで溶岩が流れてきているのに、一心不乱にドングリを齧っているリスの置き物（伊豆大島の土産物屋で買ったらしい）、アンディ・ウォーホルが使用していたというコカイン壺（底にカタカナで「アンディ」とサインがしてある）などなど。

『エンタクシー』に話を戻すと、そんな澤口が連載だけでおとなしくしているわけがなく、大竹さんのアトリエ探訪も磯崎さんとの建築ツアーも澤口が一緒だった。彼は自分が濃い人間であるにもかかわらず、濃い人間とのつき合いがうまい。すっと懐に入ってしまうのだ。美術の話も建築の話も音楽の話もできるから、話が輪をかけて広がっていく。

大竹さんも磯崎さんもラ・ゴーラの客になり、料理を介してつき合いはさらに深まっていくのだった。

そのうえ澤口は角川句会にまで闖入してきた。

しかも角川春樹さんをしてこう言わしめたのだ。

「俺は今までいろんな俳句を添削してきたけど、こんなことは初めてだ、添削ができない」

角川さんが添削できなかった澤口の俳句を披露しよう。

春乃宵女子寮宴会花電車
白酒や姉が先なら妹は後よ
濡れてすぐひらくはなびら御開帳

私がコメントをする必要もないだろう。

∴

『エンタクシー』が始まって間もなく、諸々の事情から、ラ・ゴーラは閉店した。しかし、協力者を得た澤口は翌年の二〇〇四年、同じ乃木坂に「リストランテ　アモーレ」をオープンさせた。

この店はラ・ゴーラに輪をかけて大変な店だった。スペースは前の店より広いくらいなのに、オープン当初は澤口一人で料理を作り、運んでいた。メニューはなく、澤口が作れるものを作って出し、それを客は文句を言わずに食べる。客全員が人質みたいなものだ。

しかし、料理はうまかった。塩味はいよいよ際立ち、澤口にしか作ることのできない料理を食べようと、客足は絶えなかった。

塩味以外に、澤口の料理の魅力の一つにパスタの固さがある。アルデンテといってしまえば簡単だが、ちょっと固いなと思う一歩手前の絶妙な茹で加減は見事としか言いようがない。

アモーレは完全なオープンキッチンになっているので、澤口が料理を作るところを見ることができた。

多くのイタリアンのシェフがそうであるように、澤口もまたパスタを茹でる度に必ず一本食べて、固さを確認していた。同じ量と水加減、同じ温度、同じ時間なのだから、わざわざ食べなくても分かるだろうと思うのだが、彼に言わせると、「全然違う。食べてみないと分からない」のだそうだ。

一体彼は店をやっている間にどれだけの量のパスタを食べたのだろう。

アモーレ時代の澤口のとんがりようは、リリー・フランキーさんとの共著『架空の料理　空想の食卓』によく現れている。

この本は『料理王国』の連載を一冊にまとめているのだが、毎回リリーさんがこんな料理が食べたいとリクエストを出し、澤口がそれに応えて料理を作る。

最初は「失恋レストランで食べさせてくれる料理」に「パルマ風リゾット」と、テーマも料理も穏健だったが、回が進むにつれ、「宇宙で食べたい料理」「嘘のような食べ物」「不死の料理」とテーマがエスカレートしていき、料理、とくに料理のビジュアルが狂っていった。後半になると、料理だか死体だか分からないような写真が掲載されている。

月曜日から土曜日まで一人で店をやりながら、これだけテンションの高い連載を続けるという、超人的エネルギーの横溢を傍で見ていた私は大いに発奮させられ、食事にも飲酒にも原稿にも拍車がかかったのだった。

リリーさんが上げたリクエストの一つに「煙草に合う料理」というのがあって、それに合わせて澤口が作ったのが「レット・イット・ブリード」と名付けた松阪牛の特製ハンバーガーだった。

『Ｌｅｔ　Ｉｔ　Ｂｌｅｅｄ』はローリング・ストーンズがオリジナルメンバーで製作した最後のアルバムのタイトルである。一九六九年にリリースされる直前にリーダーのブライアン・ジョーンズが脱退、その後間もなく自宅のプールで死んだ。

同じタイトルの楽曲がアルバムに収録されているが、これはミック・ジャガーとキース・リチャーズの共作で、ブライアンの死を乗り越えるように発表された。

「Ｌｅｔ　Ｉｔ　Ｂｌｅｅｄ」の意味は「血の流れるまま」。

澤口は血の滴るレアなハンバーグをはさんだバーガーにこの名前をつけたのだが、澤口の料理そのものに通じる言葉でもある。

澤口が体調を崩し、アモーレを閉めたのは二〇一二年だった。

長年の飲酒がたたり、肝臓をやられたのだ。腹水がたまり、それを抜くために入退院を繰り返すようになった。

時期を同じくして、私も筆が振るわなくなった。それよりも前に、物が食えなくなった。病気というわけではなく、体と精神のバランスの崩れによるものだったのだが、私の中で、食って飲むことと書くことは直結していたので、その循環が断たれたのは致命的だった。

これについては「食うことと書くこと」（本書収録）で書いたので詳細は省くが、いちばん心配してくれたのが澤口だった。自分の体調が悪いにもかかわらず、「酒と言葉で福田を元気づける」と、わざわざ私の仕事場の近くまで来ては一緒に飲んでくれた。

書くためのヒントになりそうなメモや励ましの手紙もがんがん送ってきてくれた。それがあったからこそ、「食うことと書くこと」も書けたのだ。

けれど、澤口の体調はよくならなかった。これから一生酒を飲まなくても回復できないほど、彼の肝臓は大きなダメージを受けていた。

「癌じゃねえから、死にゃあしないよ」と言っていたが、一緒に飲んでも体力が続かず、一時間もすると帰ってしまうようになり、そのうちに飲みながらうたた寝をするようになった。そして、とうとう飲みに出てこなくなった。

澤口に最後に会ったのは今年（二〇一七年）の二月二十七日だった。ラ・ゴーラのスタッフだった吉澤さんの店で、澤口が料理を作るというので、櫻木さんをはじめ仲間が集まることになった。事前に連絡があって、「何が食べたい？」と聞かれたので、「牛肉のタリアータ」と答えた。

その前日まで澤口は入院していたのだが、当日は、白アスパラガス黒トリュフがけに始まり、トマトソースとイイダコのスパゲティーニ、トリッパのグラタン、牛肉のタリアータを作ってくれた。うまかった。

塩味もアルデンテも健在で、紛れもない澤口の料理だった。

料理を終えた澤口が席にやってきて、ワインを飲み、煙草を吸いながら、話をした。腹はへこんでいて、元気そうだった。

こんなに元気なら、また店を始められるかもしれない。

誰もがそんな希望を持った。

∴

葬儀の後、上野の伊豆栄に行き四人で食事をした。

お母さんが予約してくださった六階の個室からはすぐ横の不忍の池が見渡せた。

今頃、澤口は三途の川を渡っているんだろうか。あいつのことだから、きっと渡るときも揉めてるんだろうなあ。

そんなことを思いながら、すぐ横に置かれた澤口の写真を眺めた。葬儀の折に使われた写真で、めずらしく穏やかな顔で笑っている。

Hさんと二人で上野動物園にパンダを見に行ったときに撮った写真だということだった。

私は澤口は病院で亡くなったのだと思っていたのだが、そうではなかった。

検査と治療を終えて退院した五日後九月十八日の夜、澤口はいつものように寝床に入った。すぐ眠りについたのだが、夜中の二時過ぎ、Hさんが何となく異変を感じて目を覚まし、澤口の様子を窺ったところ、すでに息をしていなかったという。直接の死因は食道静脈瘤の破裂だった。

そうか。澤口は自分が死ぬなんてことは全く思わずに逝ったのか。そうだろうな。もし死ぬと分かっていたら、呼んでくれただろうし、最期の別れもさせてくれただろう。

勝手に一人で逝くなよな。

「やい、知之、うらやましいだろう」

鰻を食べながら、お母さんが写真の澤口に話しかけている、頭の中で『Let It Bleed』の曲が流れ始めた。

Well, we all need someone we can lean on
And if you want it, you can lean on me
Yeah, we all need someone we can lean on
And if you want it, you can lean on me……

誰もがみな頼りにする人が必要で、
君にもそんな人が必要ならば、
俺を頼りにしなよ……

声
――フランスと日本と

一

最近、フランスに回帰している。

と言うと大げさだが、仕事の合間の時間など、読みたい本は山ほどあるのに、手が伸びるのは、アポリネール、ヴァレリィ、フロベール、あるいは、私の処女作のテーマとなったコラボ作家、ロベール・ブラジャック、ピエール・ドリュ・ラ・ロシェル、リュシアン・ルバテなどで、ソファに座ってフランス語を読み始めると、頭の中を、声をともなったフランス語が流れていく。

その声は何処かで聞いたことのある男性の声なのだが、誰の声なのか思い出すことができない。ただフランス人ではない。日本人がフランス語を朗読している声なのだった。

私がフランス語を学び始めたのは、高校生の時である。

お茶の水の日仏会館に通い始めたのは、別段高い志があってのことではない。ただ何となくかっこいいから、という理由にもならない理由からだった。

これまで何度も書いてきたけれど、大学でフランス文学を選んだのも、それがいちばん惰弱で遊芸に近いと思われたからである。サルトルなどの参加の文学は、まったく念頭になかった。

とはいえ遊芸なりに真剣でもあった。

ある日、ドゥルーズ＝ガタリの『アンティ・エディップ』を手に取った。それは私が大学時代に受けていた講義のテキストなのだが、ある頁を開いたところで、思わず笑ってしまった。頁いっぱいに単語の意味が書き込まれていたのだ。

例えば、「nucléaire」＝「原子」、「pathologique」＝「病理学的」、「forclusion」＝「喪失」など。字が今よりよほどうまいように思えるのは、それだけ真剣だったからだろう。

その講義を担当されていたのは、市倉宏祐先生だった。当時先生は専修大学文学部の教授でいらっしゃったが、週に一コマだけ、慶應大学で倫理学を教えていらした。

文学部の学生も受講できるということで、友人に誘われて授業を履修した。たしか水曜日の四限だったと記憶している。

最初の授業に行って、驚いた。学部生は私と友人の二人だけで、他は倫理の院生、それもオーバー・ドクターの強者ばかり。

フランス文学の講読は、ただ横のものを縦にするだけだったが、市倉先生の授業では、一語一語を徹底的に解釈していく。前に定冠詞だった言葉が、次に不定冠詞で出てくるのは何故か、というだけで議論する。授業は一時間半だったが、三時間、四時間に及ぶこともあった。

その頃は今のように大学のカリキュラムがぎちぎちではなく、余裕があったのだろう。『アンティ・エディップ』は始めの五ページだけでも、フロイト、レンツ、ベケット、バタイユ、アルトー、ロレンス、マルクス、ミラー、ミショー、レヴィ＝ストロース、ヤスパースが出てくるので、そうした関連書も読んでおかなくてはならない。

読むだけでなく自分なりに解釈しておかないと、議論のときに半端な発言しかできず、徹底的に追及される。

生意気なわりに表面的な理解で済ませてしまう私はぼこぼこにされてしまった。

悔しくて、毎週授業には哲学、倫理、精神分析など関係ありそうな本は全部ボストンバッグに詰め込んで持ち込んだ。

『アンティ・エディップ』は実に荒々しい本だ。

個人を否定し、主体を否定し、時間を否定し、世界を否定する。物質と観念、自然と人工、といったあらゆるカテゴリーを否定する。とてつもなく混沌とした欲望だけが渦巻く世界を創り出している。

市倉先生は昭和十七年東京帝国大学文学部倫理学科に入学したが、翌年、学徒出陣で横須賀第二海兵団に入団され、土浦海軍航空隊に入隊。神風特別攻撃隊昭和隊の待機要員だった二十年八月、終戦を迎えた。同年十二月に大学に復学され、卒業後は二十四年より専修大学で教鞭をとられることになった。

何度か酒席につき合ってくださった折、先生は航空隊の厳しい訓練について話してくださった。

「あれは、おかしなものでね、あんまり厳しいこと、不自然なことを毎日やっていると、だんだん気持ちよくなってくるんですよ。なんともいえない快感を覚えるようになる。何かが分泌されるのでしょうね。ドゥルーズ＝ガタリは、そういうことをわかってるんじゃないか。あの欲望論にはそういうところがあります」

先生は、平成二十四年七月、九十一歳でお亡くなりになった。

つい最近、出版社に勤めている大学時代の友人から、先生が特攻について書いた文章をまとめた私家版の書籍『特攻の記録　縁路面に座って』が送られてきた。

「昭和二十年の早春、沖縄を守るための神風特別攻撃隊が発令された。この時のことが思いだされてならない。私は谷田部海軍航空隊でゼロ戦の訓練を受けていた。志願を求める司令の話があり、その場で熱望、望、否の何れかを記入する用紙が配られた。

考える時間は十分ぐらいであったかと思う。これまでの生涯がすべて尽くされたほど、大変長く感じられた。最後に〈熱望〉と書いた。決断は一瞬である。その場で血書して志願した者も（四月に沖縄に突入）、また否と書いた者もいた。」

これは、その本の中に収録されている、『朝日新聞』（平成十年三月十日）掲載の文章の一部である。

特攻は命令ではなく、あくまでも「志願」ということになっている。

何故なら、命令にしてしまうと、究極的にそれは天皇の命令ということになり、天皇の存在を傷つけるおそれがあったからだ。

特攻隊になった兵士は全員、志願書を書いているわけだが、先生の文章を読むと、書かされているといったほうがいいだろう。

「否」と書いた人は一〇〇人のうち一人か二人はいたという。

いちばん多かったのは「望」。

それはそうだろう。「熱望」と書けば、真っ先に特攻隊に送られてしまう。「望」ならば逃げ切れる可能性がある。

先生はご自分が「熱望」と書いた理由を次のように語っている。

「優等生の習いで、子どもの時から、いい格好しようとしているんだね。いい格好してみたいという気持ちが、やっぱりああいうものを書かせるんですね。堂々たる人はみんな、「望」と書いている。」（『特攻の記録　縁路面に座って』）

先生の文章を読みながら、私なら何と書いただろうかと考えた。

血書するほどの意気込みはないし、先生のような優等生意識もなく、かといって「否」と書く勇気もないので、きっと「望」と書いたに違いない。

∴

フランス回帰の気分が昂じて、この九月、久しぶりにパリに行った。雑誌の取材で二〇一〇年に行って以来なので、実に八年ぶりだった。懇意にしている旅行会社に頼んで、オペラ座近くの手頃なホテルに宿をとり、一週間ほど気ままな時間を楽しんだ。

到着したのは金曜日の夕方だった。この時期のパリの日は長い。空港からタクシーで市街地に向かい、ホテルに入ったのは六時過ぎだったが、陽はまだ高く、夏を思わせる強い日差しが降り注いでいた。

いてもたってもいられず、荷物を置くと、外に飛び出した。

パレ・ガルニエからまっすぐ延びるオペラ大通りを、ルーヴル美術館目指して歩いていった。

パリの街が今のパリの街になったのは、十九世紀の半ばだ。

セーヌ県知事のオスマンは、狭い街路と古い建物が密集していて貧民窟と化していたパリ中心部を、人と物、水と空気の流れのいい構造に大改造した。大通りを建設し、随所に公園や広場を配し、大きな広場から道を放射線状に延ばした。同時に、民衆蜂起を容易にしていた入り組んだ路地を下層民ごと排除した。

かくして、近代都市の構造を備えたパリが誕生した。

日本人で初めてパリを見たのは、恐らく文久元（一八六二）年、江戸幕府が送った遣欧使節団の一行だろう。彼らの任務は、一八五八年の修好通商条約で交わされた、新潟・兵庫と江戸・大坂の開港、開市の延期交渉であった。

彼らが見たパリは、まさに近代都市へと変貌を遂げた直後のパリだったということになる。この一行には福沢諭吉が通訳として加わっており、彼が持ち帰った当時のパリの地図が慶應義塾図書館に所蔵されているが、使節団が訪れた場所の多くは今でも建物がそのまま残されている。

主要な建物と広場は大通りで結ばれているので、分かりやすいといえば分かりやすいが、京都のように南北と東西の道が垂直に交わる碁盤の目の構造ではないので、細い道を一本間違えると、とんでもないところに出てしまう。

八年ぶりの勘を取り戻すため、間違えようのないオペラ大通りを選んだわけだ。道沿いのカフェのテラス席はすでにいっぱいで、皆楽し気にワインやビールを飲んでいた。

金曜日なのでルーヴル美術館は夜の九時過ぎまで開館しているのだが、後日ゆっくり行くことにして、チュイルリー公園の広い散歩道を歩いてコンコルド広場に出た。

この広場に面して、かつて私が定宿にしていたオテル・ド・クリヨンがある。

クリヨンは十八世紀半ば、ルイ十五世の命によって建てられた宮殿を改装し、一九〇九年からホテルの営業を始めた。

私が利用していた頃は、パリ市内の一流ホテルが全て海外資本に置かれるなか、唯一のフランス資本を誇っていて、マネージメントからサービスまでフランス流が貫徹され、誇り高いフランス人の面子の最後の橋頭堡として格式を保持していた。

シャンゼリゼからルーヴルに及ぶ、パリの中心線の、ちょうど真ん中に位置していて、エリゼ宮にも近いため、治安がいい。さらに、レストラン、劇場はもちろんのこと、画商、骨董屋、野天のチーズ売りにまで通じた頼りになるコンシェルジュ軍団がいるので、パリを豪奢と享楽の都市として経験するには、恰好のホテルであった。

これはもう十五年も前のことだが、某雑誌で「三泊十七ツ星の旅」、つまりパリに三泊してミシュランの星付きレストラン六店（星の合計十七ツ星）で食事をするという暴挙を敢行した。その時はクリヨンに泊まり、レストランの予約において、コンシェルジュの多大なる恩恵を受けたのだった。

外観は以前と全く変わっていなかったが、実はこのホテルは二〇一三年から四年間も改装のために休業していて、二〇一七年七月、オテル・ド・クリヨン・ローズウッドホテルとして再オープンしたのだ。

ホテルが四年間も休業するなど信じ難い話だが、フォーシーズンズ、シャングリ・ラなど外国資本の新しいホテルが次々にオープンするなか、歴史とクラシックを売りにするだけでは生き残りが厳しいと考えたのだろう。改装されたホテルには新たにスパも備えられているという。

一体中はどう変わったのだろうと、ホテルの規模にしては小さなエントランスを入ると、すぐ右手にあったレストラン「レザンバサドゥール」はバーに変わっていた。しかし、そのバーも、奥のロビーも、中庭に面したダイニングもモダンに洗練されていながら、歴史的遺産が持つ格調という骨格は変わっていない。単に豪華というのではなく、重層的に贅沢な空間になっていた。

現在、オーナーはサウジアラビアの王家のプリンスに代わっているという。二百五十億円といわれる改装費もオイルマネーという盤石の支えがあってこそ、捻出できたのかもしれない。

サウジアラビアといえば、トルコのサウジアラビア総領事館で、サウジ人記者のジャマル・カショギ氏が殺害された事件は衝撃的だった。

トルコ当局の情報によると、カショギ氏はテーブルの上で生きたまま体を切断され、遺体は酸で処理されたという。

カショギ氏はサウジアラビア出身のジャーナリストで、アメリカの大学で学んだ後、サウジの新聞の編集長、政府高官の広報担当としてキャリアを積んできた人物である。

サウジアラビアでは王家を批判することはタブーであり、発言に制限があるうえ、悪くすると逮捕されるおそれもあったため、二〇一七年に彼はアメリカに移住した。

その後は、サウジアラビア王家や政府について自由に発言していたわけだが、政府の内部情報にも通じている彼をこのまま放置しておくことはできないと考えたのだろう。カショギ氏はトルコ人の女性と結婚することになり、サウジアラビア人の妻との離婚証明書をとるため、トルコのサウジアラビア総領事館を訪れたところを殺害されたのだ。

カショギ氏の殺害を指示したのはムハンマド皇太子であり、殺害のため、十五人の暗殺団をトルコに送ったといわれている。彼は高齢のサルマン国王に代わって現在、政治、経済から国防まで、国の一切のかじ取りを任されている。サウジアラビアの石油依存の体質からの脱却、社会、経済改革を推し進める先駆的なリーダーだが、やり方はかなり強引だ。二〇一七年十一月には、王位継承権を持つ王族十一人をはじめ、閣僚、著名ビジネスマン、資産家ら三八一人が彼の命により、汚職のかどで拘束されてしまった。いわゆる粛清である。

新しい国を目指すサウジアラビアの中で起こった暗殺事件は世界に衝撃を与えた。フランスのマクロン大統領は公の場で皇太子を批判する態度を見せてはいるが、ドイツのように武器の売却を停止してはいない。フランスのサウジアラビアへの武器輸出量は全体の五・五パーセントにあたる。大切な国の収入源を手放せないということなのだろう。

私がパリに行ったのは九月であり、事件が起きたのは十月だが、ニュースの報に接する度に、あのどこまでも優雅なクリヨンの空間を思い出すことになった。

さて、そのクリヨン。せっかくなのでそこに泊まることも考えたのだが、旅行会社に問い合わせたところ、いちばん安い部屋でも一泊十万円。七泊する予定だったので、ランドリーやルームサービス、スパなどを利用すれば宿泊代だけで百万円を超えてしまう。

以前に泊まったときも安くはなかったが、デラックスルームで八万円くらいだったと記憶している。

再オープンしたクリヨンだから特別なのかと思ったら、パリの最高級ホテル、というよりヨーロッパの同レベルのホテルはだいたいみな同じだという。

日本のホテルの宿泊料も上がっているとはいえ、ヨーロッパに比べたら、据え置かれているといっていい。

ホテルを出て、シャンゼリゼ大通りに向かった。

当然のことながら、通りは人で溢れかえっていた。人の波に乗って進み、ジョルジュ・サンク大通りと交差したところにある、カフェ・フーケッツに入った。

一八九九年創業の老舗で、赤い庇はその頃から変わっていない。シャンゼリゼに面したテラスに席を取り、グラスのシャンパンを注文した。

混んでいるわりにはそれほど待たせることなく、シャンパンが運ばれてきた。酒で客を待たせてはならないという鉄則は健在のようだ。

シャンパンを飲み道行く人を眺めながら、一体これまで何度、こうやってシャンゼリゼのカフェでシャンパンを飲んだだろうと考えた。

私が初めてパリを訪れたのは、大学二年のときだから、今から四十年前ということになる。何か正式な資格を持っていたわけではなく、フランス語の修業もまだ不十分で、短期間の語学留学程度のものだった。

それでもパリは十分に魅力的であり、毎日の生活は、その七十年前に永井荷風を祝福したのと同様の、「生きて居る肉の上にしみ〴〵と譬へば手で触つて見る事が出来るやうな」気分に包まれていた。

日本では表立って口に出すのも恥ずかしい、「エクリチュール」や「エピステーメー」といった言葉も違和感なく舌になじむように思われた。デリダも、フーコーも、クリステヴァも、ここでは大学の教員に過ぎず、東京では「聖典」だった彼らの著作の隠された典拠をあげつらい、嘲笑し、冗談の種にすることもできた。

生活が快適だったのは、今よりもずっと多くの使える金があったからだ。もっとも私の金ではなく、父親の金なのだが。

私は父親に渡されたヴィザとダイナースの家族カードを使いまくった。本を買い、絵を買い、靴を買い、服を買い、うまいフランス料理を食べ、酒を飲んだ。

カードの請求額の合計が三百万円を超えてしまい、父親が驚いていたのを覚えている。それは驚くだろう。

けれど、怒られはしなかった。

学者志望だったが、家業の製麵機工場を継がなければならなかった父は私の勉学にはかなり寛容だった。

その父も今年（二〇一八年）の三月に亡くなった。八十五歳だった。

亡くなったとき、父には財産と呼べるものは何一つなかった。父名義の家も別荘もクルーザーも人手に渡っており、貯金はゼロだった。

残ったのは、公共料金やクレジットカードの未払金、百数十万円。

父の財政には関与してこなかったので、どうしてこんなに金がなくなってしまったのかはよく分からない、今さら追及するつもりもない。ただ感謝するのみだ。

とにかく、子供の頃から三十歳過ぎまで厚い庇護を与えてくれた父はなく、五十七歳の私はあまり金の使えない状況下でパリに来て、一人でカフェでシャンパンを飲んでいる。

しかし、それでもパリにいることはうれしい。他の街では味わえない高揚感がある。

十三時間に及ぶフライトで疲れたのか、それほど空腹ではなかったので、夕食はこの店ですませることにして、クラブハウスサンドと赤ワインをグラスで注文した。

以前は必ず日本から予約をして、どんなに遅く到着しても星つきのレストランで食事をしていた。サンドイッチで夕食を済ませるなど有り得なかったが、過去は過去、状況は変わるのだ。

サンドイッチは日本で出される一・五倍くらいの分量で、サラダもついていたので、その日の夕食には十分だった。

勘定書を見ると、シャンパン十八ユーロ（約二三〇四円）、赤ワイン十六ユーロ（約二〇四八円）、エビアン八ユーロ（約一〇二四円）、クラブハウスサンドイッチ二十五ユーロ（約三二〇〇円）と、ある。日本に比べるとやや割高だと思ったが、それにさらに酒は二十パーセント、料理と水には十パーセントの税金がかかり、合計は七十七ユーロ（約九八五六円）。

東京のカフェ、例えばオーバカナルで同じ物を食べたら、もちろんシャンパンとワインの銘柄にもよるが、半分の五千円以内でおさまるだろう。

どうやら高いのはホテル代だけではないようだ。

小熊英二氏が『朝日新聞』の論壇時評で書いていた、「『安くておいしい国』の限界」を思い出した。

この二十年で世界の大都市の物価は上がっているが、日本は上がっておらず、欧米ではサンドイッチとコーヒーで千円、香港やバンコクではランチ千円になるところを、日本ではその三分の一で牛丼が食べられる。

一九九〇年代の日本は物価の高い国だったが、今では「安くておいしい国」に変わった。ここに、最近とみに観光客が増えた理由がある。しかし、安くてうまいもの、安くて良質なサービスを支えているのは、安くて長時間の勤務を強いられている労働者である。このままの状態では、ブラック企業の問題も外国人人権侵害の問題も解決しないし、デフレからの脱却もできず、出生率も上がらない。牛丼を千円で売り、最低賃金は時給千五百円以上にするような大改革をしない限り、世界から取り残される。

おおよそこういった内容だったが、パリに来てみると、そのことが実感として分かった。私も含め、日本人は自分たちの生活がどういうサイクルで成り立っているのかについて、もっと意識的にならなければならない。

しかし、パリではかつて払っていたのに、今は払わなくていいものがあった。チップである。

八年前に来たときには、たとえばカフェで食事をした場合、給仕してくれたギャルソンに直接チップを渡す、お釣りをテーブルに置いてチップにすることが普通だった。

ところが今回パリに来る際、旅行会社の担当者から、パリのホテル代や食事代にはサービス料が含まれているので、チップは必要ないと言われていた。

本当だろうかと、フーケッツでサンドイッチを食べながら周囲を窺ってみると、確かに誰もチップを渡していないし、お釣りは自分の財布におさめている。

大学生で初めてパリに来たとき、カフェのギャルソンに一生懸命フランス語で話しかけるのに、分からないふりをされて困ったことがあった。ところが、チップをつかませると、途端に言葉が通じるようになって、それまでトイレのすぐ横の席だったのだが、窓際の眺めのいい席に移らせてくれた。

そうした経験から、私はチップとは重要なコミュニケーションツールなのだと理解したのだった。皆がそうしているので、私もお釣りを財布の中にしまい、本当にいいのだろうかと訝りながら席を立つと、チップも上げていないギャルソンが私に笑いかけながら、「アリガトゴザイマス」と日本語で挨拶してきた。

ホテルへは歩いて帰った。

陽は傾きつつあり、気温はぐっと低くなっていた。

ひんやりとした風に吹かれながら、四十年前、友人と二人で意気揚々とシャンゼリゼを歩いたときのことを思い出した。

あの時の私に今遭ったら、言ってやりたい。

「大いに楽しめ。人生は楽しんだ者勝ちだ」

ホテルのすぐ近くの、ハリーズ・ニューヨーク・バーに入った。一九二三年に、初代オーナーのハリー・マッケルホーンがアメリカ人旅行者のためにパリに開いたバーだ。話には聞いていたが、入ったのは初めてだった。

一階の立ち呑みのカウンターはいっぱいだったので、階段横の二人掛けのテーブル席について、マティーニを注文した。

ジンの切れ味のいいマティーニだった。周囲はフランス語と英語とスペイン語が飛び交っていた。

急激に酔いが回ってくるのを感じながら、ぼんやりと考えた。

自分がこの国を通して文学の道に入ったのは単なる偶然だったのだろうか、あるいは、何か意味があったのだろうか……。

ホテルに戻ったのが何時だったのか覚えていない。スーツケースを開けて荷物の整理をすることもできず、ベッドに倒れこんで眠ってしまった。

夜中に嬌声で目が覚めた。ホテルのすぐ横にバーがあって、そこの客が騒いでいるようだった。週末の夜なのだから仕方がない。騒ぎは明け方まで続いていたようだが、それが私の眠りを妨げることはなかった。

∴

翌朝目覚めると、九時過ぎだった。

部屋の窓から外を見ると、密集する建物の上にはすっきりとした青空が広がり、一本の飛行機雲が横切っていた。

とりあえずシャワーを浴びた。高級ホテルではないので、部屋の設備には期待していなかったのだが、バスルームは白いバスタブが備えられていて、湯をためて体を温めることができた。シャワーの出もよかった。

スーツケースを開けて中身を整理し、着替えて一階にある食堂に向かった。

行ってみると、インテリアをモノトーンにまとめたシックな空間で、ビュッフェは数種類のハムとチーズ、卵料理、ソーセージ、クロワッサン、ペストリー、ハードブレッド、ジュース、コーヒー、紅茶、果物と充実していた。

朝食は十時半までで、すでに十時を過ぎていたが、結構混んでいた。皆昨夜は遅くまで活動していたのだろう。二人掛けの席に座り、皿に積み上げたクロワッサンとハムとチーズを食べていると、黒人の女性が来て、部屋番号をチェックしていった。

今日一日、何の予定もない。何処に行ってもいいし、何をしてもいいのだ。

十一時過ぎにホテルを出た。日差しは強いが空気はひんやりしている。

昨日とは違う道にしようと、ラ・ペ通りを歩くことにした。ほどなくヴァンドーム広場に出た。この広場に面して、オテル・リッツがある。

クリヨンと並ぶパリの老舗の高級ホテルで、創業は一八九八年であるから、ホテルとしての歴史はクリヨンよりも長い。

昔から世界中のセレブリティが利用することで知られるホテルだが、第二次大戦のドイツ占領時代にはドイツ空軍のパリ司令部が置かれていた。ヘルマン・ゲーリングはリッツが気に入り、スィートルームに陣取ると、宝石や香水、美術品を略奪したという。

ホテルの前を通ると、アメリカ人とおぼしき（英語を話していた）、いかにも裕福そうな家族がいて、白いワンピースを着た少女が両親の前で踊っていた。

サントノレ通りとリヴォリ通りにはさまれた、モン・タボール通りに入ってすぐ、J・M・ウエストンの店を見つけてしまった。

J・M・ウエストンは一八九一年、リモージュに設立されたフランスのシューズ会社である。同地に工場が建てられたのは、第一次世界大戦さなかの一九一七年。ドイツとの血みどろの戦いを演じている中、靴の工場を建てようという発想がいかにもフランス人らしい。

私が初めてこのブランドの靴を買ったのは、初めてパリに来たときで、シャンゼリゼ店でローファーを買った。色はマロン、値段は覚えていないが、靴にこんなに金を遣っていいものだろうかと、ひるんだことは覚えている。

けれど、当時はまだJ・M・ウエストンの店は日本にはなく、「このローファーはパリでしか買えないのだ」という自分への言い訳ができた。父親がダイナースを持たせてくれたことも、分不相応な背伸びを助長することになった。

その買い物は痛いものだった。

「痛い」というのは比喩ではない。

買った人は分かるだろうが、ウエストンの靴は、念入りに採寸をしてもらっているにもかかわらず、始めはとんでもなく痛いのだ。

ところが、それを乗り越えると、まるで靴を履いているという自覚がないくらい軽くなる。その後、ジョン・ロブやベルルッティの靴も履いてみたが、これほどの快感を味わうことができなかった。

一年がかりでつくられるというソールは軽いのにもかかわらず堅牢で、張り替えれば、何十年でも履き続けられる。木型、皮の切り抜き、穴かがり、縫製まですべてを伝統的製法で行っている靴の形は美しく、あらゆる意味でゆるぎがない。

ウエストンの靴を履くようになって、私の靴に対する意識は変わった。靴は歩くための道具でもなければファッションでもなく、自分の存在を支えるものである。

今では、私の所持するウエストンの靴は二十足を超えている。と言うより、ウエストン以外の靴を履くことがなくなった。どんなときでも、私の足元は、このゆるぎのないフランスの靴に支えられているのである。

店を見つければ、当然入ることになる。店に入れば、当然ほしい靴がある。その日履いていた黒のゴルフを誉められたのに気をよくして、ダークブラウンのローファーを試しに履いた。気に入ったので値段を聞くと、一六〇〇ユーロ（約二十万四八〇〇円）。買えないことはないけれど、先はまだ長い。

「一週間滞在するので、その間に決心がついたら買いに来る」と言うと、あっさり承諾してくれた。明らかにフランス人は親切になっている。

チュイルリー公園を横切り、セーヌ河を越えた。

旅行会社から送られてきた案内に、セーヌ川クルーズのチケットがついていた。「バトー」と呼ばれる遊覧船だ。これまで一度も乗ったことがないので、乗ってみようという気になった。

乗り場はエッフェル塔の足元である。歩いていこうかと思ったが、途中で挫折してタクシーに乗った。

土曜日の昼時である。エッフェル塔の周辺は当然のことながら観光客でごったがえしていた。

一八八九年、フランス革命百周年を記念して建てられたこの塔は地上三〇〇メートル。一九五八年に完成した三三三メートルの東京タワーとさほど変わらないのだから、当時の人にはどれほど巨大に見えたことだろう。

一九〇三年よりアメリカに遊学していた永井荷風は、〇七年、横浜正金銀行リヨン支店に職を得て、ニューヨークからフランスに渡った。ル・アーブル港に到着し、そこから汽車に乗ってパリに入ったときの様子はこう書いている。

「遥か空のはづれ、白い夏雲の動くあたりに突然エイフヱル塔が見えた。汽車の窓の下には青い一帯の河水が如何にも静に流れて居る。その岸辺には繁つた木葉の重さに疲れたと云はぬばかり、夏の木立が黙然と水の上に枝を垂れて居る。人が幾人も釣をして居る。鳥が鳴いて居る。流れは木の繁つた浮洲のやうな島に幾度か分れては又合する——自分は車中に掲示してある地図によつて、これがセイヌ河であると想像した。」(『ふらんす物語』)

異郷の美しさに陶酔している荷風の様子が窺える。

荷風はリヨンの銀行で八か月働いて退職した後、パリに出てヨーロッパ最大の芸術の首都での生活を楽しんだ。

「あゝ巴里よ、自分は如何なる感に打たれたであらう。有名なコンコルドの広場から並木の大通シヤンゼリゼー、凱旋門、ブーロンユの森は云ふに及ばず、リボリ街の賑ひ、イタリヤ広小路の雑沓から、さてはセインの河岸通り、又は名も知れぬ細い路地の様に至るまで、自分は見る処到る処に、つく〴〵これまで読んだ仏蘭西写実派の小説と、パルナッス派の詩篇とが、如何に忠実に如何に精細にこの大都の生活を写して居るか、と云う事を感じ入るのであつた。」(同前)

暁星中学でフランス語を学び、ゾラに傾倒した荷風にとって、パリは青春の夢と重なる特別な街であった。

その街で暮らす悦びが『ふらんす物語』からはダイレクトに伝わってくる。

いよいよ明日はパリをたって東京に帰らなければならないという日、荷風は寝台の上で天井を見つめながら、「何故仏蘭西に生れなかったのであらう」と真剣に悩むのだった。

ふらんすへ行きたしと思へども
ふらんすはあまりに遠し
せめては新しき背広をきて
きままなる旅にいでてみん。
汽車が山道をゆくとき
みづいろの窓によりかかりて
われひとりうれしきことをおもはむ
五月の朝のしののめ

うら若草のもえいづる心まかせに。

荷風よりも七歳若い萩原朔太郎の詩「旅上」である。

かくもフランスは昔から日本人にとって憧れの国だったのかといえば、実はそうでもない。

「僕の少年のころは、洋行といえば、同盟国の英京ロンドン、学術の都ベルリン、それからアメリカ諸方の都市で、フランスのパリを志すものは少かったものだ。その頃は、まだ日露戦争のほとぼりがほかほかしている時分で敵国ロシアの同盟国というので、子供ごころにも、フランスをばかにしていたほどで、人気のないフランスへ洋行するものは、腰ぬけか助平ときめこまれていた。フランスなどを志望するのは、軟文学者の、特に破廉恥な、口にすべきでないようなことを恬然と筆にして、したり顔の所謂自然主義小説家などには、なるほどふさわしいことだと思われたものである。」(「瘴癘蛮雨」『ねむれ巴里』金子光晴)

金子光晴の少年の頃といえば、ちょうど荷風がフランスに行った頃である。荷風は自他ともに認める助平であったし、ゾラへの傾倒も強かったので、世間の評判など関係なかったのだろう。

とはいえ金子は一九二〇(大正九)年に数か月、一九三〇(昭和五)年から足掛け二年をパリで過ごしている。

二回目は夫人の三千代と一緒であり、その様子は『ねむれ巴里』に詳細に綴られている。

島崎藤村は荷風に遅れること六年、一九一三（大正二）年、四十一歳で渡仏している。

この頃も洋行先といえばイギリスが主流であったようで、藤村がフランスを選んだ理由については、河盛好蔵が次のように書いている。

「……彼が小諸義塾で教鞭を取っていた時代の同僚だった三宅克己、丸山晩霞の両画家がいずれもパリで修業しているので、藤村は彼らからパリにおける画家たちの自由で楽しく、またあまり金のかからない生活の話を聞かされて、それに一種のあこがれを抱いていたからではあるまいか。藤村自身も非常な美術の愛好家であったこともフランスを選ばせた理由の一つであったであろうが。」

（『藤村のパリ』）

つまり文学ではなく美術を理由にパリを選んだということだ。

藤村はパリ十四区ブルヴァール・ド・ポール・ロワイヤル八十六番地のマダム・シモネエの下宿に身を寄せ、三年という長い期間を過ごした。

自由きままにパリの生活を楽しんだ荷風に比べ、パリの藤村は孤独で、異郷の寂しさに震えている。

パリに一人も日本人の友人がいなかったわけではなく、小山内薫や郡虎彦、正宗得三郎などと行動をともにしているのだが、それでも日本を離れている寂しさを慰めることはできなかったようだ。

性格もあるかもしれないが、藤村は姪を孕ませ、その事実を周囲に隠してパリに逃げてきたという事情があったので、そうそう楽しい気分にはなれなかったのだろう。
とくに冬は辛かったようだ。
私は冬のパリで暮らしたことはないのでよく分からないが、重苦しい曇天と底冷えのする寒さは体にも心にもさぞこたえたことだろう。

「もし私に仏蘭西語を修める楽みもなく、日に〳〵延びて行く言葉の芽をつけて行くやうな楽みもなかつたなら、其の年のやうな冬の無聊には私は耐へられなかつたかも知れない。」

（『エトランゼエ』島崎藤村）

長く辛いパリの冬に耐えながら藤村はフランス語の勉強に没頭し、はるか遠い日本を思い、亡き父を思い、やがてその思いは近代に直面した日本人の姿につながっていった。
藤村が『夜明け前』の構想を得たのは、パリの冬の生活の中だったといわれる。

∴

バトーの二階は満席だったが、一階はすいていて、窓際の席を確保できた。船はアレクサンドル三世橋、コンコルド橋、ポン・ヌフなど、いくつもの橋をくぐり抜け、ブルボン宮殿、オルセー、ルーヴル両美術館、ノートルダム大聖堂などの景観を観光客に楽しませ、サン・ルイ島を越えたところで折り返した。

天気がいいこともあり、セーヌ河畔も観光客でいっぱいだった。船に向かって手を振る人たちの歓声が窓を通して私の耳にまで届いた。

藤村は『エトランゼエ』の中で、「巴里の町には響がある。東京の町には声がある。」と書いた。鰯売り、花売り、辻占売りの声、車夫の声、広告の口上や流行唄など、声に溢れる東京に比べ、パリの町にはそれほど声はなく、その代わりに器械や馬の働く響きがあるというのだ。

けれど、今回私がパリを訪れて聞こえてくるのは、声なのであった。

ささやき、どよめき、笑い声や歓声……そしてそこに、父や市倉先生の過去からの声が重なってくる。

その声を聞きながら私は、いつの間にか自分が自意識という重い甲冑を脱いでいたことに気づいたのだった。

遮るものがなくなった私の耳に、声はとめどなく入り込んでくる。声は私を何処かへ導こうとしている。

それは何処なのか――。

しばらくこのまま声が導く方向に進んでみようと思う。

二

パリ三日目は午前中からオルセー美術館に行った。

日曜日であったが、十時前という早い時間のせいか、思いのほかすいていて、空港のようにものものしい荷物チェックを受けると、すぐにチケットを買って、館内に入ることができた。チケットは十四ユーロ（約一七九二円）。

地上階の絵画室でいきなり、クールベの『オルナンの埋葬』に出くわし、改めてその大きさに驚く。

タテ三メートル超、ヨコ六メートル超。かくも巨大なカンヴァスに描かれているのは、墓穴の前で祈りを捧げる黒衣の司祭、赤い帽子と衣の教会小使、合唱隊の少年、喪服をまとった弔問の女性……モデルは全てクールベの隣近所の人たちだという。

この絵が描かれた十九世紀の半ばの画壇では、これほど大きな絵の場合、神話画、宗教画、戦争画といった歴史画に限られ、描かれるのは当然、神であり、天使であり、英雄たちでなければならなかった。

クールベは、この大作を一八五五年に開催されたパリ万博の美術展に出品するも、審査員たちから拒否されてしまう。

普通の人間をこんなに大きく描いてどうする、馬鹿かお前は、というわけだ。

怒ったクールベは、展覧会に出品した作品全てを引き上げ、万国博の会場のすぐ近くに自らバラックを建てると、大がかりの個展を開いた。しかも、万国博と同じ一フランの入場料を取ったというのだから、強気だ。

この年、クールベは三十六歳。無名の新人というわけではないが、ごく限られた人たちに知られていたに過ぎなかった彼を有名にしたのが、個展のパンフレットに掲載された次の言葉だった。

「自分の時代の風俗、観念、展望を、自分の見方によって表現し、画家であるだけでなく人間であること、一言で言えば生きた芸術をつくること、それが自分の目的である」

「レアリスム（写実主義）宣言」である。

十七・八世紀に起こった啓蒙思想は人々の関心を宗教から自然科学へと移し、さらには政治・社会理論と結実して、アメリカの独立やフランス革命へと展開していった。

結果、それまで絶対とされてきたキリスト教の秩序が大きく揺らぐこととなった。

クールベが生まれたのは、一八一九年。

フランス革命によって世界で初めて絶対王政が倒れ、近代ブルジョア社会が実現した。しかしながらその後、フランスは王政が復活。ナポレオン三世の第二帝政の後、普仏戦争が起こり、帝政フランスは終焉する。さらにパリ・コミューン結成、第三共和政フランス新制という、国家的大激動期をクールベは経験している。

キリスト教の権威が大きく失墜した時代でもあり、人々は、本当にこの世界は神がつくったのであろうかという根本的な疑問を抱くようになっていた。

にもかかわらず、美術の世界では相も変わらず、神々や天使たちが主役の座に居座っている。クールべは、「羽のはえた天使なんか見たことがない」「女神がいるなら連れてきてほしい」という言葉を吐いたというが、そうした思いがこの絵に結実している。

目の前の合唱隊の少年の、いかにも所在なさげな顔を見ているうちに、笑いが込み上げてきた。もの言わぬ神や女神や英雄の絵と違い、『オルナンの埋葬』からは、司祭の祈り、女たちのすすり泣き、男の陰口、子供のあくびなど、日常の声が聞こえてくる。

その後、ミレー、アングル、ドラクロワ、ルドン、モローと逍遥し、五階に移動して、マネ、モネ、ルノワール、ドガ、シスレー、セザンヌなど印象派に堪能した。

オルセー美術館は、フランスに二月革命が起きた一八四八年から第一次世界大戦が勃発した一九一四年までの絵画、彫刻、建築などの芸術作品を展示している。作品はルーヴル美術館、かつての印象派美術館、装飾美術館などから集められ、一九八六年、オルレアン鉄道の駅舎をそのまま利用して開館した。

私が初めてパリに来たときはまだ開館しておらず、印象派の主だった作品はルーヴル美術館で見たのだった。

日本の美術館の企画展とほぼ同じ料金で、ルーヴルやオルセーに入ることができるのだから、フランス旅行の目的の第一位が美術鑑賞となるのも当然だろう。

館内には、幾組もの団体旅行客がいて、ガイドたちはそれぞれの国の言語で絵を解説していた。もともと近代の美術館制度というのは、大衆を主眼としてつくられた。フランス大革命以降、ルーヴル宮殿で王家のコレクションを開放したことがルーヴル美術館の始まりだったことに示されているように、王侯貴族が独占していた美術品を、一般市民に公開するということが出発点となっている。つまり、より多くの人々が芸術の魅力に触れて、教養を高め、精神を豊かにすべきだという考え方である。

ゾラの『居酒屋』の舞台は一九世紀後半のパリだが、洗濯女のジェルヴェーズがブリキ職人のクーポーと再婚した結婚式で、招待客たちとともにルーヴル美術館を見学する場面が描かれている。

一行は額縁の黄金に目を見はりながらも立ちどまりもせずにひとつづきの小陳列室を通った。つぎつぎに飾られている絵をながめてゆくのだが、なにぶん数が多すぎて丹念に見るわけにはゆかない。理解したいと思うなら一枚の絵に一時間はかかることだろう。こん畜生め！　なんてばかだくさんな絵だ！　まったくきりがないぜ。金に見積ったらさぞやたいした額になることだろうなあ。やがて画廊のはずれへ来るとふいに、マディニエ氏が一行を『メデューサ号の筏』の前で引きとめた。そして絵の主題を説明した。みんなは感動して、身動きもせずに黙りこくっていた。ふたたび歩きだすと、ボッシュが一同の気持を要約して言った。――こりゃあ、まいったな。

（『居酒屋』古賀照一訳）

こうした大衆の精神を芸術によって豊かにしようという考え方は基本的に正しく、誰も否定することはできない。けれど、同時にこの正義のために美術鑑賞のあり方は大きく変わった。貴族たちの館に飾られていた絵画作品はとりはずされ、美術館の収納庫にしまわれた。名だたる名流が画家に依頼したり、あるいは買ったり、戦利品として奪ったりという経緯で集められてきた作品は、それぞれの時代や画家の流派などによって学術的に分類された。

芸術品が一部の人々の独占物から国民の、あるいは人類の共有財産になったことはいいことではあるが、それによって明らかに失われたものもある。それは個々の美術作品の質とは別の、より包括的な喪失である。

今日はすんなり入ることができたけれど、料金が無料になる第一日曜日は、オルセー美術館の前には長蛇の列ができるという。

長時間並んだ末に、ガイドの案内によって確認するように名画を見るという状況は人を個人から群れに、塊としての存在に貶めてしまうことにほかならないように思える。

つまりそこには美術と対するという本質的なものはどこにもなく、ただその美術館に行く、名画を確認することだけが目的化された、ある種のイベントになってしまっている。ディズニーランドに行くのと変わりがなくなってしまっているのだ。

こうしたことが起こる背景には、美術を見ることにかかわる作法や身構えといったものが消滅してしまった、意識されなくなってしまったことがある。

美しいものと対する時には、ある程度の静けさと孤独が必要であるという基本が、より多くの人々がよりよいものと接するべき文化国家のスローガンの下で空転している。

まずは芸術を鑑賞する基本姿勢から学ばなければ、いくら芸術に接しても精神の向上などあり得ないのではないだろうか。

　名画を見続けることに疲れたので、二階の「レストラン・ミュゼ・ドルセー」で食事をすることにした。

　このレストランはかつてオルセーが駅だったとき、併設されたホテルのダイニングだった場所にある。天井画に彩られた空間は広々として優雅であった。

　ちょうど昼時で店内はほぼ満席に近い状態だったが、窓際の席を確保することができた。

　昨夜の夕食もワインバーで軽くすませてしまったので、少しきちんとした食事をしようと、昼のムニュを注文した。

　前菜のポーチドエッグはフランス料理とは思えないほど塩味が薄かった。ほとんど味がしないといっていい。主菜の豚肉のソテーは卵ほどではないが、やはり薄味だった。周囲を見ると、ムニュをとっている客は少なく、多くは魚料理か肉料理を一品注文して、酒ではなくエビアンを飲んでいる。

　自分も含め、健康志向への傾きにため息が漏れた。かつての、胃がきりきり痛くなるほどの強烈なフランスの塩味をなつかしく思いながら外を眺めると、飛行機雲が見えた。パリに来てから、飛行機雲を見ない日はない。

　考えてみたら、東京二十三区の約六分の一しか面積のないパリに、シャルル・ド・ゴール空港、オルリー空港、ル・ブルジェ空港と、三つも空港があるのだ。単純に上空を飛ぶ飛行機の数が多いということなのだろう。

　中でもシャルル・ド・ゴール空港は飛行機の発着数がヨーロッパでは第一位という世界でも屈指

の国際空港である。

この空港の名前は周知の通り、フランスの軍人であり、大統領であるシャルル・ド・ゴールの名にちなんでいる。

彼は第二次世界大戦においてフランスを勝利に導いた指導者であるが、チャーチルやルーズヴェルトのようなデモクラシィや議会政治の指導者ではない。

一九四〇年五月にベルギィに侵攻し、北部フランスになだれ込んだドイツ機甲部隊に対して、フランス軍は後退を続けた。前線で戦車部隊を組織していたド・ゴール臨時准将は、瓦解する前線の中で唯一ドイツ側に強力な反撃を試み、大量の捕虜と戦車を捕獲した。

六月六日、政府の中では少数となっていた継戦派のポール・レイノーは、厭戦気分が漲っていた陸軍内部で唯一人反転攻勢を企てているこの臨時准将を陸軍次官に任命した。

ロンドンと、パリから逃げ出してトゥール、ボルドーと刻々と所在を変えるフランス政府の間を行き来しながら、ド・ゴールはチャーチルと共同歩調を取り、休戦案を必死に抑えた。だが、政府が休戦派のペタン元帥の手に渡った時点でロンドンに亡命した。

ペタン元帥が国民に平和を告げた六月十八日、ド・ゴールはBBCのマイクから国民に呼びかけた。

長年にわたってフランス国軍の指揮にあたっていた将官たちが政府をつくりあげました。

この政府は、わが国軍の敗北を口実に、戦闘を終了させるために敵と接触をもつにいたりました。

たしかにわれわれは、敵の地上軍および空軍の機械力によって押し流されたのであり、またげんに押し流されています。(中略)
だが、もはや万事が終ったのでしょうか。希望は消えさらねばならないのでしょうか。敗北は決定的なのでしょうか。いな!
私の言うことを信じていただきたい。私は、熟慮の上、フランスにとって何ものも失なわれてはいない、と諸君に告げるのであります。
(『ド・ゴール大戦回顧録Ⅲ』資料、村上光彦、山崎庸一郎訳)

そして翌十九日には次のように演説した。


今やすべてのフランス国民は、通常の権力形態が消滅したことを理解しています。

フランス国民の困惑を前にして、敵の軛の下に落ちこんだ政府の瓦解を前にして、わが国の諸機関の運営が不可能になった現状を前にして、フランスの軍人であり将官である私、ド・ゴール将軍は、敢えてフランスの名において語ります。

フランスの名において、私は以下のことを明瞭に宣言します。

フランス人にして、今なお武器を保持している者はすべて、抵抗を継続すべき絶対の義務をもつ。

武器を投げ棄て、軍事拠点を明け渡し、あるいは、どんな小部分であれフランスの土地を敵の

支配に委ねるのに同意することは、祖国に対する犯罪となるであろう。（中略）
立て、フランスの兵士らよ、諸君がどこにいようとも！（同前）

フランス政府がドイツに休戦を申し入れようとしているときに、前陸軍次官が国家の名において、イギリスから「立て！」と命令しているのである。

このド・ゴールの声は本国のフランス人たちの耳にどう響いたのだろう。恐らく多くのフランス人には、異常者のたわごととしか思えなかったのではないだろうか。

しかし、ド・ゴールは自分を信じて疑わなかった。

フランスではその後、ナチスの支配下となるヴィシー政権が成立し、国際社会は公式のフランス政府として認めた。

一方ド・ゴールはイギリスにおいて「自由フランス」を結成した。しかもイギリス政府に保護を求めた身であるにもかかわらず、フランス国家の代表として対等の立場で交渉することを要求した。

実際ド・ゴールは、マダガスカル島のドイツ軍を駆逐したイギリスが仮の行政府を置こうとしたことに怒って事態を紛糾させ、アメリカとカナダが企てているニューファンドランド島南のフランス領の小島サンピエールの占領計画はフランスの主権侵害だとルーズヴェルトに抗議した。

チャーチルとルーズヴェルトにしてみたら、不条理このうえないことであったろうが、ヴィシー政権下のフランスとは同盟国たりえない以上、ド・ゴールとの交渉が必要となり、結局二人とも彼を正式なフランス代表と認めざるをえなかった。

ド・ゴールはたった一人で「自由フランス」という、現実の敗北した国家とは別の国を作り上げ、それを連合国に承認させ、結果、最終的にフランスを戦勝国の一員としたのである。

彼が成し遂げたことは奇跡と言っても過言ではない。

ド・ゴールがいなければ、今のフランスはない。というより、ド・ゴールがフランス人でなかったならば、今のフランスはない、と言ったほうがいいかもしれない。

ブルゴーニュ出身のフランスの小貴族の家に生まれたド・ゴールは、敬虔なカトリック信者であり教育者であった父の元で育ち、軍人となり、第一次世界大戦でドイツ軍の捕虜になるという経験を経て、国民国家的な民主主義を超え、直接民衆を導く指導者になるという意志を持つに至った。

そのフランス人としての彼の意志がフランスの運命を転回させたのだ。

YouTubeで、ナチスから解放されたパリで、ド・ゴールが集まった民衆とともに国歌「ラ・マルセイエーズ」を歌う映像を見つけた。

柔らかいけれど、勁い声だった。

この声で彼は国民に訴えたのだ。

「フランスは負けていない。立て！」

時々、自分が日本人であるという事が、不可思議な謎のように思われる時がある。

自分が日本という国に生まれ、日本の言葉で考え、話し、その領域と持続の中で生きている、その意味は何だろうと考える。

なぜ生まれたのかも知らず、あるいは日本人であることを選べたわけでもないのに、日本人であるという事に囚われ、その歴史に感応し、現在に屈託している。

このような不充足が私を文芸に向かわせているように思う。

∴

これまでパリを訪れた時は、ほとんどの時間を食事をすることに費していた。一週間の滞在であるならば、いつ、どの店に行くか綿密な予定を組み、到着前に予約を済ませていた。

夜の七時にホテルに到着した二時間後には、三ツ星の店でカスピ海のキャビアと巨大なフォアグラを食べ、ワインを一本あけ、翌日の昼もまた星付きの店で食事をし、一日明けて、その次の夜はまた三ツ星といった具合である。

食事をして消化して、また食事の繰り返し。

その食事の時間がなくなって、今回は何と自由な時間がたくさんあることだろう。

オルセーからホテルに戻って、整えられたベッドの上に寝転がり、さてこれから何をしようかという余裕のあることが新鮮であった。

ドアの外からはまだ他の部屋を掃除しているらしい掃除機の音や、従業員同士の会話も聞こえてくる。

ベッドは酔いつぶれて眠る場所だったので、以前はこんな音や声に気づくこともなかった。

本を買いに行こう！

そう思い立って、ホテルを出た。

フランスの書店事情はどうなっているのだろうと、サン＝ラザール駅近くのフナックに行ってみることにした。

フナックはフランス全土に店を持つブックチェーンだが、本ばかりでなく、ＣＤやＤＶＤ、ゲーム、電化製品なども取り扱っている。

オペラ座の脇を抜けオスマン大通りに出て、そこからコーマルタン通りに入った。

このあたりの様子は、山田稔氏の『コーマルタン界隈』に詳しい。


マドレーヌ寺院からオペラ座の前を通って東へ延びる大きな通りが、いわゆるグラン・ブルヴァールで、そのマドレーヌとオペラのほぼ中間、正確にいうなら、日本でもシャンソンで名高いオランピア劇場の角から始まり北へ、オスマン大通りを横切ってサン＝ラザール通りに達するかなり長い通り、それがコーマルタンである。

　通りはオスマンによって南北にほぼ二等分されている。南は店はあるが人通りはあまりなく、一方通行の道を車が走る以外は活気に乏しい。それに反し、北半分は近くに国鉄のサン＝ラザール駅をひかえ、またパリの代表的な百貨店が二つも隣り合わせに建っているので、朝夕は通勤者、日中は買物客で混み合っている。京都でいえば四条寺町下ルあたりにでも相当するのだろうかと、あまり詳しくもない京の街並を思い描いたものだが、適切な比較であるかどうか。

（『コーマルタン界隈』）

『コーマルタン界隈』は山田氏がパリ大学で日本語を教えていた一年間、コーマルタンのアパートに下宿していた経験をもとに書かれた短編小説集である。

本が刊行されたのは一九八一年なので、実際に氏がパリにいたのは今から四十年近く前ということになるが、コーマルタンの様子は今も氏が書いたのとそう変わりがない。

もちろん新しい建物も建っていて、北側の、氏がいた頃には衣類や靴を専門とする小さな店が軒を並べていたというパサージュにはビルが建ち、「パサージュ・デュ・アーヴル」というショッピングモールになっていた。

フナックはその数フロアを占めているのだが、とにかく広い。本は分野別に分けられていて、中でも世界の文学のスペースは広く、まだまだ文学は必要とされているのだと、少しほっとした。

日本のコーナーはやはり、村上春樹の本が突出して多く、次いで小川洋子、それ以外では、吉本ばなな、川上弘美、柴崎友香といった現代作家と井上靖、吉川英治らの作品が混ざって置かれていた。

とにかく広く、ゲームや雑貨と一緒に置かれているからなのだろう、本が本のように見えず、買う気にならなかった。何も買わず、早々に店を出た。

再びコーマルタン通りに戻って、パン屋を探した。

『コーマルタン界隈』に「メルシー」という短編がある。

主人公はコーマルタンに一軒だけあるパン屋で毎日バゲット半分を買っているのだが、ここの女主人は、けして「メルシー」と言わない。
「私」はその理由を、彼女の性格、土地柄、フランスの消費社会、東洋人への偏見など、いろいろこじつけて自分を納得させようとするのだが、うまくいかず、「メルシー」を言わない女主人の存在は次第に精神的な重荷になってくる。店を変えればいいのだろうが、近くにあるパン屋はそこ一軒で、毎日のことなので、どうしてもその店で買うことになってしまう。

そうこうするうちに「私」は下宿を変わることになった。しかし、何も言わずに引っ越すのもしゃくである。「私」は最後にバゲットを買うときに女主人に言う嫌味なセリフを考えつく。
Merci de votre pain sans merci.（慈悲《メルシー》なき汝のパンに感謝《メルシー》す）
最後の朝、「私」は店に行き、バケットを買い、握りしめ汗に濡れた硬貨を勘定台の上に投げ出した。

するとそのとき、女の口がわずかに開き、そこから「メルシー」という言葉が洩れた。それはメの音をやや引っぱって発音したため、「メールシ」といかにも皮肉たっぷりに私の耳にひびいたのである。

「メルシー、マダム」

困惑したはずみに私の口から、今日だけはいってはならぬ文句が出た。しまった、と思ったが手遅れだった。私は這々の体で店を出た。こうして、苦心の挙句に考え出した「名科白」を吐く機会は、永久に失われてしまったのである。（同前）

恐らく山田氏はコーマルタンのパン屋で同じような体験をしたに違いないと思い、パン屋を探してみたのだが、それらしき店は見つからなかった。

もっとも店が見つかったとしても、当時四十歳くらいだったという女主人は八十歳を超えているので、店に立っているはずもないのだが。

私は無愛想な女主人の「メルシー」という声を想像しながら、コーマルタンを後にした。

∴

セーヌ川まで行って、ブキニストを見て回った。

ブキニストはシテ島を挟んだ河岸に立つ古本屋である。屋台のような小さな店に、店主の趣向で、本や土産物が並べられている。

こうした形態の古本屋は十六世紀から始まったといわれていて、オスマンのパリ改造の後も生き残り、一八五九年に決められた場所での営業が正式に許可された。今では世界遺産に指定されている。

これまでパリに来る度にブキニストで本を買ってきたが、八年前に比べると、本よりも土産物を主体にした店が増えたようだ。

何軒かひやかした後、文芸書をそろえている店で、一冊を買った。

『Sous le soleil de Satan』

フランスの作家、ジョルジュ・ベルナノスの小説で、邦題は『悪魔の陽のもとに』。Gallimard社から出ている軽装本は五ユーロ（約六四〇円）だった。

とりたてて理由はない。日本ではほとんど目にしなくなった著者の名前を見て、なつかしくなったのだ。

ベルナノスは私がテーマにしていたコラボラトゥールの作家たちとほぼ同時期に活躍した作家なので、関連書として大学時代によく読んだ。彼はカトリック作家である。

一八八八年二月二十日、パリに生まれたベルナノスは神学校で学び、パリ大学を卒業した後、ジャーナリストとして活躍したが、第一次世界大戦従軍後は生活のため保険会社に就職した。出張先のホテルや汽車の中で小説を執筆し、完成させた作品が「悪魔の陽のもとに」であり、彼の処女作となった。

この本は初版の六千部が即日完売となり、四か月で五万八千部という、当時としてはベストセラーになった。その後も長く読み継がれて映画化もされ、一九八七年のカンヌ映画祭でグランプリを受賞している。

私が最初に読んだ彼の本も『悪魔の陽のもとに』であったが、何故この聖職者を主人公にした怪奇小説といってもいい作品がフランスで高い評価を受けるのか、よく分からなかった。

これに関しては、遠藤周作が次のようなことを書いている。

こういう論があります。「西欧の文学は、基督教、特にカトリシスムがわからなければ、根本的に理解できない」

その論議がただしいか、否かは別としまして、こう言う事はいえると思います。われわれは基督教的な地盤や伝統のなかで育っていないために、カトリック作家は勿論、時によると非基督教の西欧作家の作品をも、しばしば誤読したり、あるいは、自分流に屈折したりする危険があると言うことです。(中略)

従って、ぼく等がカトリック文学を読む時、一番大切な事の一つは、これ等異質の作品がぼく等に当然あたえてくる「距離感」というものを決して敬遠しない事、むしろ逆にそれを意識し、それに抵抗する事からはじめることでしょう。(『カトリック作家の問題』)

遠藤周作は子供の頃、カトリックの洗礼を受け、二十七歳から三年間、フランスのリヨン大学に留学してカトリック文学を学んだ。

彼がフランスに留学していた年、一九五一年にリヨンでベルナノスの『田舎司祭の日記』を原作にした映画が公開された。

この作品はタイトルの通り、田舎の司祭の日常を描いているが、司祭は立派な人格というよりは、みじめで心優しい人間である。そうした作品であるにもかかわらず、映画は大盛況で、熱気の中で上映が終わると、監督のロベール・ブレッソンが現れ、観客たちと白熱した議論を繰り広げた。

実際その場にいた遠藤は、会場のあまりの熱気に驚いたという。

本を買ったブキニストの近くのカフェに入り、本を開いた。

ペルノーを飲みながら読んでいると、昔読んだ感覚がよみがえってきた。

この小説は、序曲「ムーシェットの物語」、第一部「絶望の誘惑」、第二部「ランブルの聖者」という構成になっている。

「ムーシェットの物語」は、ジェルメーヌという少女が主人公である。彼女は四十過ぎのカディニャンという侯爵と通じて妊娠する。

心理的葛藤の後に少女は侯爵を猟銃で撃ち殺すが、至近距離であったため、検死した医者は「自殺」と診断する。この医者もまた少女に魅せられていて、少女は罪を犯した土地から逃げようと、医者の愛人となってパリに住むが、やがて死産する。

「絶望の誘惑」の主人公は田舎の教区で聖務に励むドニサン神父である。彼はいつも司祭館で暮らしているのだが、ある日仕事でエタープルという町に行くことになり、町に向かう途中で悪魔に遭遇する。

連日の苦悩と過度の労働や苦行や祈りに疲れ果てていた神父は意識を失い、悪魔の手に陥ってしまう。意識を回復して再び歩き出した神父は序曲の主人公であるジェルメーヌと出会う。彼女も悪魔の苦悩にとりつかれていて、二人はお互いの悪魔をもって対峙するが、その後一人家に戻ったジェルメーヌは内に巣くった悪魔を葬るため、頸動脈を切って、自殺する。

「ランブルの聖者」では後年になってからのドニサン神父が主人公となる。ここでは老いた神父の悲しみと苦悩に満ちた内面が描かれるが、結局老神父は告解室で心臓発作により死んでしまう。

この作品の中でとくに印象的なのは、ドニサン神父が悪魔と出会う場面である。

最後の溝を越えると、こんどは、畠の真中にかろうじてできた、きわめて細い小径に出た。彼は、一時間か二時間まえ——たぶんそこを通ったはずだということを思い出した。しかしそのときは、自分ひとりだけだったはずである……

というのは、しばらくまえから（どうしてもそれを認めざるをえなかったのだが）、もはや彼は自分ひとりだけではなかったからである。だれかが彼のそばを歩いているのだ。おそらくはとても敏捷な小男で、あるときは右に、あるときは左に、また、まえやうしろに現われるのだが、その影は見分けにくかった。——そのうえ、最初は言葉ひとつささやかずに、ちょこまか歩いているだけなのである。こんなに暗いなかで援け合わずにいられるものだろうか？　ふつう、こんなに真っ暗で淋しいところを歩いていれば、道連れになろうと声をかけたくなるものではないだろうか？

「ひどく暗いじゃないですか？　ねえ？　と、突然その小男は言った。

——そうですね、とドニサン神父は答えた。まだ夜明けまでは間がありますよ。」

（『悪魔の陽のもとに』山崎庸一郎訳）

悪魔は黒衣など着ていない。カマも持っていない。恐ろしい顔をしているわけでもない。変哲もない馬商人の小男なのである。

これはカトリックの考え方の一つを表している。

悪魔は神や天使と同じく、身近な実在であるということだ。

クールベは神も天使も存在しないと、絵に描くことを拒否したが、ベルナノスは悪魔を生きた存在として小説に描きだした。

それがカトリック信者にとっての真実だからだ。

カトリシスムについて、遠藤周作はこう説明している。

　人間は人間しかなりえぬ孤独な存在条件を課せられております。したがって、神でもない、天使でもない彼は、その意味で神や天使に対立しているわけです。たえず神を選ぶか、拒絶するかの自由があるわけです。つまり神との闘いなしに神の御手に還るという事は、カトリシスムではありません。ここにカトリック者にたいする大きな誤解の一つ「君は信仰をもち救われたから、もはやくるしみがない」は粉砕されるわけです。カトリック者はたえず、闘わねばならない、自己にたいして、罪にたいして、彼を死にみちびく悪魔にたいして、そして神に対して。

（『カトリック作家の問題』）

ドニサン神父は悪魔と闘う。彼が信じる神と、信仰心をもって。

ところが闘いの中、悪魔の陽のもとにあってこそ、神の陽のもとにある自分の姿が明らかになるということを認識する。

蒼ざめた顔、泥まみれの司祭服、まなざしの中の恐怖、意志のおののき……。

このときから、悪魔は神父の中に棲みつき、神父は内に悪魔を抱えたまま、司祭の仕事を続けていく。

後年、「ランブルの聖者」となり年老いた神父は疲れ果てている。

毎日、毎日、告解室で信者たちの告白を聴き、信者の心に平安を与え続けることに。

何故なら、人間とは悪徳と倦怠に満ちた大きな子供に他ならないからであり、彼らが求める平安とは、せいぜい日々の仕事や生活の中での休息に過ぎないからである。

彼が何度も慰めを与えてやった人々は、彼の顔さえ覚えていないのだった。

ベルナノスは第二部の「ランブルの聖者」を「作品の中心であり頂点である」と考え、この部分から書き始めたという。

翳る気配のない、白昼の陽が差すカフェのテラスで第二部を読んでいて、気づいたことがあった。

人間の愚かさを見続けること——これこそが、カトリック者の神との闘いなのだ。

この闘いにおいて、雄々しい勇者など一人もいない。偉大な神の前で人間は、ただ愚かでみじめな存在でしかない。その現実を見続け、その苦しみを乗り越えた人間だけが、「神の御手に還る」ことができるのだ。

みじめで無力な司祭を主人公にしたベルナノスの小説がフランスで受け入れられる理由はここにあったのだ。

しかし、同時に思った。

果たしてそれは本来の人間の姿なのだろうか。

三

ホテルのベッドの上でアイフォンをいじっていたら、昔の留守番電話が残っていることに気づいた。

中に、二〇一七年九月に亡くなった、友人でイタリアンシェフの澤口からの留守電があった。

「今、白山で、これからそっちに向かいます。五時半くらいから飲み始めようぜ」

二〇一六年五月十二日十六時五十七分に録音されている。

そうだ。このときはまだ澤口は酒が呑めたのだった。以前のように物が食べられなくなった私を心配して、ちょくちょく酒に誘ってくれていたのだ。

父親の留守電もあった。

「あっ、お父さんです。ええと、また電話します」

二〇一六年十二月十二日十四時二十三分。

車の走っている音が聞こえるので、外からかけたのだろう。ひどく慌てている様子が声から窺える。その後、多分電話がかかってきたのだろうが、何の用件だったのか覚えていない。

この二週間後に父は倒れ、病院や施設を転々とした後、亡くなった。

声というのは不思議だ。

写真はかつてそこにあった姿として距離を置いて眺めることができるけれど、声は妙な生々しさをもって迫ってくる。

声だけ聞いていると、まだ二人とも生きているようだ。

映像のほうがより生々しいかといえば、実はそうでもない。故人が動き、話をしてはいるが、やはり、過去の姿として距離を置いて眺めることができる。声だけのほうが映像よりも生々しくリアルだ。

もう一度、澤口の留守電を再生して聞いてみた。

今にも部屋のドアが開いて、「おう、福田」と、入ってきそうな気がした。


遅い朝食をとった後、部屋で書き物をし、午後一時過ぎにホテルを出た。

パリも四日目だが、ずっと天気のいい日が続いている。今日はサンジェルマン・デ・プレ界隈でも歩こうと、チュイルリー公園をそぞろ歩いてから、左岸に渡った。

セーヌ川沿いの、ロワイヤル橋とカルーゼル橋の中間あたりのところに、ヴォルテールホテルがある。

外観は何ということもないごく普通のホテルだが、ここは、ピエール・ドリュ・ラ・ロシェルの小説『ゆらめく炎』をルイ・マルが映画化した『鬼火』のロケで使われている。

『鬼火』の主人公のアランは若い頃、社交界の寵児だったが、三十歳となった今では、アルコール中毒の治療のため入院している。

アメリカ人の妻はニューヨーク、両親は田舎にいて、どちらとも全く行き来はない。病気は治っているので、そろそろ退院しなければならないのだが、自分が生きている意味を見出せないアランは七月二十三日に自殺をすることを決め、その前にパリの友人たちのもとを訪れる。

ヴォルテールホテルは、アランが入院する前、放蕩生活の拠点にしていたホテルという設定になっていて、アランは病院から抜け出すと、まずこのホテルのバーに立ち寄り、そこの電話を借りて友人たちの近況を確認するのだ。

ホテルの入り口は、一九六三年公開の映画とほとんど変わりがなかったが、入ってすぐ左にあるバーは人気が全くなかった。夕方から開くのだろうかと、フロントで開店時間を尋ねると、「バーは閉めたので、営業していません」という答えが返ってきた。

落ち着いた雰囲気ではあるが、古びた感じはいなめないので、今風のカフェにでも変えるのだろう。

もう一度、誰もいないバーに入った。映画そのままのカウンターがあり、棚にはまだ酒の瓶が並んでいるので、閉めてからまだそう日は経っていないのかもしれない。

映画ではモーリス・ロネ演じるアランがこのカウンターで電話をかけていると、バーテンが現れ、再会を悦んだ後、こう言うのだ。

「皆さん、落ち着かれて、疎遠になってしまわれました」

『ゆらめく炎』の主人公のモデルはドリュの友人のダダイスト作家、ジャック・リゴーであるが、ドリュ自身もまたリゴーに負けない放蕩者であった。

彼は第一次世界大戦の兵役とドイツ占領時代の「ＮＲＦ」誌編集長をのぞいて一度も正業に就か

ず、その一生を、女性のベッドを渡り歩き、あるいは女性を自分のベッドに誘うことで過ごした。

ドリュの収入のほとんどは、彼を愛した女性に由来するものであり、二度の離婚に際して前夫人からおくられた莫大な資産は彼に恒産をもたらしたが、ごく短期間のうちに彼はその全てを浪費してしまった。

代表作『ジル』の中でドリュは主人公に、婚約者に向かってこう言わせている。

「(……)きみを愛していないのじゃないかと心配なのだ。きみのお金を愛しているのじゃないかと……心配なのだ」

(『ジル』若林真訳)

この言葉の中には、放蕩者の持つ誘惑と金銭に対する弱さ、あるいは節操のなさと、汚辱と打算と、常識から見れば最も軽蔑に値するような場面でのみ発揮される真実の結びつきへの絶望的な、しかし絶えることのない希求がこめられている。

ドリュは一八九三年パリに生まれた。父親は手のつけられない放蕩者であり、母は常に父の遊蕩のために心休まず悲嘆にくれていた。地道に築きあげた母方の祖父母の財産も父によって食いつぶされ一家が貧窮へと緩慢に沈んでゆくのを目の当たりにしながら育ったドリュは、ごく幼い頃から父親を憎み、その乱行を軽蔑し続けた。

財産を失い没落した祖父母の期待を一身に集めて政治学院に入学し、最初は優秀な成績をおさめたが、だんだん学業に集中しなくなり、卒業試験に失敗し、外交官の道が閉ざされて自殺を考える。

そんな彼にとって第一次世界大戦の勃発とそれによる召集はむしろ救いのように思われた。しかし、実際従軍してみると開戦時の解放感や、愛国的な思い込み、ヒロイズムは、あとかたもなく吹き飛んでしまった。
　大戦を通じてフランスだけで約一五〇万人の死者と約四三〇万人の負傷者を出したという過酷な環境下、ドリュは戦闘への恐怖から再び自殺を考えるが、一九一四年の第一次世界大戦有数の激戦、シャルルロワ会戦での白兵戦のさなか、突然自分が指導者であるという高揚感を覚え、それが詩作へとつながる。

戦争よ、愛のような幻よ
敵はおまえの目前にあらわれた神だ
いくつもの密集した群れのまわりに愛が渦巻き
平原のなかにあつまってくる
そして突然に
隊列と階級の秩序が
震えながらはやりたつ突撃が
敵をかこむ軍隊を恐怖させる欲望があらわれたのだ
（「平和への審問」）

　この戦中の詩作がドリュの文学者としての第一歩となるのだが、戦場から戻った彼は詩ではなく小説を書き始めた。
　彼の書く小説は、自らの卑しさの自覚のために、他者の卑しさや弱さへの鋭い観察と、自己へのいわれのない酷さや厚顔な自己弁護と、一片の気高さへの執拗な追求に特徴づけられる、放蕩者の小説であった。

そして、彼自身傍から見たら、父親とたいして変わらない放蕩者となっていた。

∴

サンジェルマン・デ・プレに向かう途中、ヴェルニュイユ通りにある、セルジュ・ゲンスブールの家に立ち寄った。

ゲンスブールは一九九一年に亡くなるまでこの家で暮らしていたが、今は誰も住んでいない。娘のシャルロットが当時のままの状態で保存しているのだ。

すぐにそれと分かったのは壁中に落書きがされていたからだ。ゲンスブールとジェーン・バーキンの巨大な顔の絵もあって、なかなかうまかった。

ファンが描いたのだろうが、死んだ後の家がこういう形になるところが、いかにもゲンスブールらしい。

彼は一九二八年四月二日、パリに生まれた。両親ともロシヤ系ユダヤ人で、父親はクラシックのピアニストだったが、キャバレーやバーでピアノを弾いて生計を立てていた。もともとの名前はルシアン・ギンスブルク。彼はこのユダヤ風の名前を嫌い、最初の結婚後、勝手に「セルジュ・ゲンスブール」に変えてしまった。

「セルジュ」は思いつきで、「ゲンスブール」は「ギンスブルク」にaとoを付け加え、高校の教師の間違った綴りを採用したという。

両親は息子が医者か弁護士になることを期待していたが、セルジュは画家を志し、生活のために父親と同じようにバーでピアノの弾き語りを始め、結局絵の道をあきらめ歌手としてデビューした。デビュー曲は「リラの門の切符切り」。一日中地下鉄の改札に立って、切符に穴を開け続けている切符切りを歌ったシャンソンだ。

私の洋楽事始めはフランスのポップ・ミュージシャン、ミッシェル・ポルナレフだったので、中学の頃からフレンチ・ポップスはよく聞いていたが、ゲンスブールは全く引っかからなかった。大学のときに存在を知ったものの、「ジェーン・バーキンの亭主の助平なおやじ」という認識しかなかった。

ところがある日、「リラの門の切符切り」を聴いて、驚いた。呟くように歌っているにもかかわらず、言葉がはっきりと耳に届いてくる。というより、一つ一つの言葉が小さな矢になって、頭につきささってくる感じがあった。

Des p'tits trous, des p'tits trous, toujours des p'tits trous
ちっちゃな穴、ちっちゃな穴、いつもちっちゃな穴

彼独特の呟くような唱法はバーで弾き語りをした頃から始められていたというから、恐らく自分の声質に合った歌い方を自分で考え出したのだろう。

ゲンスブールといえば、女だ。

最初の結婚は一九五一年、相手は美術学校で一緒だったエリザベット・ルヴィッツキーだが、五七年に離婚。彼の言葉によれば、彼女との結婚は「若さゆえの過ち」であったという。六四年に再婚した相手は、フランソワーズ＝アントワネット・パンクラツィ、通称ベアトリスである。彼女は大柄の美人で、ロシヤ貴族の元プリンセスであり、実家は不動産で財を築いていた。ベアトリスはゲンスブールに、マドレーヌ広場の裏にある高級マンションと贅沢な生活を与えた。彼女との間には二人の子供をもうけたが、夫の周囲に群がる女たちにベアトリスが嫉妬をし、破局。ゲンスブールがテレビ・ショーの共演をきっかけにブリジット・バルドーと出会い、激しい恋に落ちたのが一九六七年十月。幕が下りたのは翌年の一月。世紀の大恋愛はたった三か月間のことだった。

当時バルドーはドイツ人の資産家と三度目の結婚をしたばかりだったが、家には帰らず、パリのアパルトマンでゲンスブールとの情事に耽った。

激しい情事の日々にインスパイヤーされ、ゲンスブールはバルドーのために、かの『ジュ・テーム・モワ・ノン・プリュ』を作曲、作詞する。

二人のデュエットは録音まで進んだ。バルドーの悶え声とため息の入った曲はバルドーの夫の嫉妬によって発売は中止され、夫に説得されたバルドーは夫の元に戻ってしまった。

バルドーと別れた四か月後、学生たちによる五月革命の騒ぎの中、ゲンスブールは映画の共演者としてジェーン・バーキンを紹介された。バーキンは一目でゲンスブールに魅了され、二人はすぐに親密な関係になる。当時、バーキンは二十歳、ゲンスブールは四十歳だった。宙に浮いていた『ジュ・テーム・モワ・ノン・プリュ』はバーキンとのデュエットで発売され、ヨーロッパ全土で大ヒットとなる。

Je vais je vais et je viens　俺は行きつ戻りつ
Entre tes reins　お前の腰の間で
Et je Me re-Tiens　そして、こらえる

Tu vas et tu viens　あなたは行きつ戻りつ
Entre mes reins　私の腰の間で
Et je Te re-joins　そしてあなたは私とつながる

こうした歌詞に、バーキンの悶え声が混じる。今聞いたら、たいしたことはないが、その頃は相当ショッキングだったのだろう。

ゲンスブールの歌は性的内容を語った歌詞が多い。社会への挑発もあるのだろうが、基本的に女性との性行為への興味が深いのだろう。

バーキンに結婚を申し込むも断られたゲンスブールはバーキンと事実婚状態を続け、一九七一年には娘のシャルロットが生まれた。

ゲンスブールはバーキンの連れ子であるケイトもかわいがり家族四人、あのヴェルニュイユ通りの家で風変わりながらも仲睦まじく暮らした。

しかし、飲酒と喫煙のためゲンスブールは心筋梗塞で倒れ、退院した後も生活を改めようとせず、それを諫めるバーキンに暴力をふるうようになった。

バーキンは映画監督のジャック・ドワイヨンという新しい恋人ができたこともあり、一九八〇年七月、二人の子供を連れて家を出てしまった。

ゲンスブールは絶望にうちひしがれながらも、また新しい恋人を見つける。モデルのバンブーである。彼女ともまた事実婚状態を続け、一九八六年には息子のルルが生まれた。彼が五十八歳のときである。

ここに挙げた以外にもゲンスブールは生涯を通じ数限りない女たちと関係を持った。彼は一見放蕩者のようであるが、そうではない。何故ならゲンスブールは、部分的に女性に頼ってはいたけれど、基本的には自分の稼ぎで生計を立てていたからだ。

仕事をせずに酒色に耽っていたわけではなく、酒色に耽ることを仕事にして真面目に稼いでいたのである。

また単なる女好きでもない。

バーキンとの出会いのきっかけとなった映画『スローガン』の監督、ピエール・グランブラはゲンスブールについてこう言っている。

「正確に言うと、セルジュは女好きではなく多妻主義者なんだ。その方が明らかに、もっと真面目だろう！」

多くの女性との深い関わりの中から言葉が生まれた。その言葉に曲を溶け込ませ、歌ができた。

その歌をゲンスブールは自分の声で、死ぬまで世界に向けて発していたのだ。


（『ゲンスブールまたは出口なしの愛』）

∴

サンジェルマン・デ・プレのカフェ・ド・フロールでコーヒーを飲んだ。

ここはサルトルが社交場としていたカフェで、今では観光名所の一つになっているので、店内は私も含め観光客でいっぱいだった。

窓が開放されていて、一階の席から真向かいのブラッスリー・リップが見えた。

この店は、若きヘミングウェイが原稿料が入る度に、食事に訪れたレストランである。このシチュエーションで読むために私は一冊の本を持ってきていた。

もちろん、『移動祝祭日』である。


リップは歩いてすぐだった。目や鼻に劣らず素早く、胃袋がそれと気づく飲食店の前を通りすぎるたびに、歩くのが一段と楽しくなった。ブラスリーのリップに着くと、客は数えるほどしかいなかった。テーブルを前に、鏡のかかった壁を背にした長椅子にすわると、ウェイターがやってきて、ビールになさいますか、と訊く。私は一リットル入りの大ジョッキ、ディスタンゲと、ポテトサラダを頼んだ。

ビールはよく冷えていて、喉ごしの素晴らしさといったらなかった。オリーヴ・オイル《ポム・ア・リュイル》をかけたポテトは形がくずれないままにマリネされており、オリーヴ・オイルも美味だった。私は黒胡椒をポテトの上で粉に挽き、パンをオリーヴ・オイルにつけた。最初にぐっとビールをあおってからは、飲むほうも食べるほうも時間をかけた。ポム・ア・リュイルをたいらげてしまうと、もう一皿お代わりし、セルヴラも併せて注文した。これはずっしりとした太いフランクフルト・ソーセージを両断したようなソーセージに、特別なマスタード・ソースをかけたものである。

（『移動祝祭日』高見浩訳）

料理や酒が実に美味そうに描写され、食事をしているヘミングウェイの悦びが伝わってくる。『移動祝祭日』はヘミングウェイが晩年、若き日のパリでの修業時代を書き留めた印象記である。別の稿で詳しく書いたが、私は、物書きに進もうかどうしようか迷っている二十代の頃、この作品から勇気を得た。

『移動祝祭日』を書いたとき、ヘミングウェイはノーベル文学賞を受賞し、作家として栄達を極めていたけれど、その生活はけして幸せなものではなかった。作家としてはスランプに陥り、マスコミの対応に疲れ果て、激しい飲酒を重ねていた。

この作品は、こうした暗澹とした境涯から、かつての単純で充実した生活の悦びを呼び起こし、取り戻すために書かれた、復活の祈りのような書なのである。

私に勇気を与えてくれたのは次の、ヘミングウェイが自分自身を励ます言葉だ。

「心配しなさんな。おまえはこれまでちゃんと書き継いできたんだ。こんどだって書けるさ。やるべきことは決まっている、ただ一つの真実の文章を書くこと、それだけでいい。自分の知っているいちばん嘘のない文章を書いてみろ」（同前）

この言葉は私の心に突きささり、私は、真実の文章を書くことに対して、前向きに、単純に生きるべきだと思ったのだった。

今、まがりなりにも物書きとなり、五十八歳という年齢になって『移動祝祭日』を読むと、若い頃には見えなかった、この作品のもう一つの顔が見えてきた。

『移動祝祭日』を書き出してから二年たった一九五九年、精神を病んだヘミングウェイは二十年近く生活をしたハバナ近郊のフィンカ・ビヒアを離れた。

アメリカに戻った彼はミネソタ州の精神病院に偽名で入院し、電気ショックなどの治療を受けるが、病状は好転しなかった。一九六一年四月、自殺を試みたが、夫人に発見されて未遂に終わり、その後また病院で治療を受けるが、同年七月二日、散弾銃の銃口を咥えて引き金を引いた。

『移動祝祭日』はヘミングウェイの死の三年後に刊行された。

結末が自殺という形で終わった以上、晩年のヘミングウェイの足掻きは敗北だったのだろうか――。

作家自身の意識に誠実に対面したならば、そう考えざるを得ない。宿命と懸命に闘ったと評価するのであれば、その苦闘が正真正銘の真剣勝負であったと考えるのであれば、敗北だと認めなければならないだろう。認めないことのほうが、真剣に闘った者に対する侮辱になるからだ。

ヘミングウェイは負けたのだ。『不敗の男』の老闘牛士マニュエルのように。

しかし、負けたからといって、彼の闘いが無意味であったわけではない。彼は、旺盛に、最大限の勇気をもって果敢に闘った。

『移動祝祭日』は、勝ち目を見出せない、必敗の闘いにおける、まことにスマートな一撃だった。

かつての単純で充実した日々を思い返しながら、ヘミングウェイは、現代生活の厄介さ、複雑さに耐えようとし、耐えることを教えてくれていた。

今となっては、この索漠さに対する闘争心こそが最も敬意に値するもののように思われる。

∴

今回の旅行で驚いたのは、パリの街を歩いていて、誰も紙の地図を見ていないということだ。

考えてみたら、東京を歩いている外国人観光客で紙の地図を見ている人などほとんどいないわけで、世界的にスマホが当たり前なのだ。

地図はまだいいとして、本を読んでいる人がいない。カフェや公園のベンチに座っている人たちが見ているのは、スマホである。

リュクサンブール公園を歩いていて、ベンチで本を読んでいる人がほとんどいないというのは、驚きを通り越して、奇異であった。

もちろん、スマホで小説を読んでいるのかもしれないが、佇まいが違う。紙の本を広げてそれを読んでいる姿には、独特の情趣があるのだ。

私の好きな写真集に、アンドレ・ケルテスの『読む時間』がある。

この写真集には世界中の本を読む人々の姿が集まっている。

パリのセーヌ河畔で、ハンガリーのエステルゴムの路上で、トラピスト修道院で、ボーヌのホスピスのベッドの上で、ヴェニスの運河の横で、ワシントンスクエアの芝生の上で、ニューヨークのグリニッジビレッジで、東京の書店で、マニラの市場で、少年が、少女が、紳士が、婦人が、老女が本を読んでいる。

本には大きさがあり、厚さがあり、表紙がある。

大きな本は写真集など、ビジュアルのものだろう。分厚い本は専門書の類かもしれない。表紙にはそれぞれの国の言葉でタイトルが付せられている。

本を読むときは皆一人である。一冊の本と向き合い、活字を目で追い、没入していく。いつもと同じ場所にいながら、心は別の世界にトリップしている。

アンドレ・ケルテスは一八九四年、ハンガリーのブダペストに生まれた。

父親は書店を営んでいて、彼の本を読む人々への共感と興味はここに端を発していると思われる。

ケルテスは証券取引所の帳簿係をしていた十八歳のとき、小型カメラを買い、写真を撮り始めた。

第一次世界大戦でオーストリア・ハンガリー陸軍に召集されたときには、写真による戦争日記を綴った。

一九二五年パリに渡り、本格的に写真家としての活動を始める。プロとして写真の仕事を始めても、ケルテスは小型カメラを使い続けた。当時、小型カメラは、「こんな小さなカメラではプロの要求に応える写真を撮ることはできない」と言われていた。プロの写真家は大型カメラを使い、距離や被写体のポーズをしっかりと決めた計画的な写真を撮っていたからである。

ところがケルテスは小型カメラで、思いがけない一瞬、二度と再現されることのない瞬間を撮ることに執着し、世界初の35ミリの小型カメラ「ライカ」が発売されると、すぐにそれを使い始めた。『読む時間』には、ケルテスが写真家として活動を始めて間もない頃の作品が何点もおさめられているので、すでにその頃から「読む時間」のテーマは彼の頭の中にあったのだろう。その後、ニューヨークに移り住んでも、世界各地を旅していても、このテーマは彼を魅了し続けた。

「あらゆるものがテーマです。あらゆるテーマにはリズムがあります。それを感じることが存在理由です。写真とはそうした存在理由のある一瞬を切り取ったものです。そしてそれは写真のなかで生き続けます」

ケルテス自身の言葉である。

『読む時間』の写真は、あらゆる暮らしぶりの人々が本を読むときに見せる、きわめて個人的でありながら普遍的でもある瞬間をとらえ、その写真は私たちに自分たちが生きている世界の美しさを感じさせてくれる。

∴

天気がいいこともあって、リュクサンブール公園は人が多かった。

この公園には百体もの彫像がある。中央の緑地の周囲を歩くと、ブランシュ・ド・カスティーユ、マリー・ド・メディシス、アンヌ・ドートリッシュといったフランスの王妃たちが白く気高い顔で見下ろしてきた。

この公園もまた、『鬼火』のロケで使われている。

アランが旧友とともに公園を歩きながら、語り合うのだ。酒と薔薇の日々をともに過ごした旧友は結婚してすっかり落ち着いている。エジプト学の本を書くために研究を続けながら、パリのアパルトマンで妻と二人の娘と一緒に暮らし、その生活に満足している。

旧友はアランに、「君は大人になることをこばんで、青春にしがみついている」と言う。そして、自分の家に一緒に住んで、生活を立て直そうと提案する。

アランは死ぬことを決めてはいるものの、誰かに助けを求めたいという気持ちもある。けれど、旧友の誘いを受け入れることはせず、こう返答する。

「平凡が嫌いなんだ」

『ゆらめく炎』のモデルは前述したとおり、作家のジャック・リゴーである。リゴーはジゴロ的な生活を送り、戦争中に覚えた麻薬と手を切ることができず、無頼な生活がもたらすゆきづまりにたどりつき、自殺した。

『ゆらめく炎』はリゴーの自殺直前の一週間を題材にしているが、ドリュの処女作である『からっぽのトランク』もまたリゴーをモデルにした小説である。

この小説は、前線から手ぶらで戦後の世界に放り出されてしまった男が、意味ありげなものをすべて放り出そうとしてひたすら放蕩を続ける絶対的な虚しさを描き出している。

この作品によってドリュは一人称で放蕩な生活を書くという基本パターンを確立させた。ドリュは戦争を直接詩作の題材にすることでは表現しようがない、戦場での高揚とそれがもたらした痛手を、戦後の無軌道な生活が秘めている深淵と虚無を通して考察しようと試み、必然的に小説家としての経歴に足を踏み入れることになったのである。

一八九三年に生まれ、第一次世界大戦開戦の前年である一九一三年に二十歳の成年をむかえ、一九四五年三月に死んだピエール・ドリュ・ラ・ロシェルの生涯は、そのまま二十世紀の前半を覆っている二つの戦争の時代にあてはまる。

外は帝国主義政策と植民地獲得をめぐる大国間の争い、内は恐慌と労働争議とナショナリズムをめぐる沈滞と対立に象徴される戦前の時代に子供時代を過ごし、世界の歴史の中でかつてなく大量の人命が失われた第一次世界大戦に従軍、戦争のもたらした多くの絶望と一握りの希望をかかえて復員し、次の戦争までの二十年の待機と不安となけなしの希望の時代に作家、文学者として活動を行い、政治的アンガージュマンに身を投じていくつかの党派に加わりまた脱退し、第二次世界大戦に際して政治家、思想家、文学者としての総決算をしてやぶれ、自死したのである。

とくにドリュの場合は二十世紀の戦場という極度に産業化され合理化された屠殺場での体験に

よって、近代がかかげたいくつもの理想の約束、ヒューマニズムの観念と倫理の崩壊が出発点になっている。

そのため、その前の代の理路整然とした反近代主義や反ヒューマニズムに対しては不信の念を抱き、一方戦場を知らない若い世代の才気や鋭敏さ、未来への信仰、行動、希望に対して懐疑的にならざるをえなかったのだ。

第一次世界大戦の戦線から復員した当初、ドリュの政治的経歴は、左右の党派を問わない様々な政治的人士と交わり、いくつかの政治的エッセーを刊行しながらも、純粋に思想的なものにとどまっていた。

第一次世界大戦によって、フランスの国力の衰退を目の当たりにした彼の政治の理想はフランスという国を超えたヨーロッパの連合だった。

彼はフランスが一国で身を守れないならば、ドイツを敵視する政策は自殺行為であり、真の敵はドイツではなく、物質主義のアメリカであり、ボルシェヴィズムのロシアであり、ヨーロッパの生き残りをかけてドイツと宥和すべきだと考えるようになった。

一九三〇年代の時点でドリュはナチス＝ドイツのフランスに対する脅威を認識できていなかったということであり、それが後の対独協力へとつながっていくのだが、それにはフランスの国のありようが深く関わっている。

近代フランスは常に前の戦争の反動に支配されてきた。

ナポレオン一世の記憶が普仏戦争の前半にはナポレオン三世の、後半にはガンベッタの足を引っ張り、軍事的英雄を生むまいとする内政上の配慮がドイツとの戦争に優先してしまった。

第一次世界大戦ではその反動として、普仏戦争の屈辱を晴らそうとするナショナリズムの勃興を背景として大きな犠牲を払いながら大戦を勝ち抜き、第二次世界大戦では実りの少ない戦いを忌避してナチス＝ドイツによる占領という道を選んだ。

そうした自国の推移の中で、ドリュは、ヨーロッパが再生するための、一国の枠にとらわれないインターナショナルな連合の思想を持つようになった。

ドリュが実際にファシズムによる政治運動に参加するきっかけとなったのは、「一九三四年二月六日の危機」である。アクション・フランセーズをはじめとする右派団体が連携して、ムッソリーニのローマ進軍やナチスのミュンヘン一揆を模して暴動を起こしたのだ。

この時の体験は、自伝的小説『ジル』の中で、こう表現されている。


ジルがコンコルド広場のほうにもどっていこうとしているとき、とつぜん不穏なざわめきがあり、燃える息が彼の顔にかかった。新聞社にいるあいだずっとからっぽと思っていたこの広場から、別の群衆が逆流してきたのだ。（中略）いくつもの手が荒々しくジルの手をにぎりしめた。いくつもの目が情熱にかられた要求をもってジルに問いただしていた。《いっしょに行こう》ジルの若さがもどってきてこの若さに合体した。とすると、彼は考え違いをしていたのだろうか？そう、ちくしょう、考え違いをしていたのだ。一九一四年の彼も戦争をこんなふうには信じていなかった。ひどくぶよぶよしたもののなかにはまりこんでしまっていたために、運命の内にこもった押圧力がもう感じとれなくなっていたのである。ついにフランスは、全ヨーロッパで、世界中で、胎動しつつある力の重さを受けとりつつあった。

一瞬の間にジルは人が変わってしまった。左右を眺めまわしながら、戦争を司っている恐怖と勇気という、迷いからさめた神聖な夫婦に自分がかこまれているのを見てとった。熱烈な鞭はビュンビュンと鳴った。押し返されてくる群衆の流れに逆らって、ジルは猛然と突進した。ある夜シャンパーニュで、第一線の部隊が敗北を喫して後退したときのように、また、あの朝ヴェルダンで、掩護師団が全滅してしまったとき、第二十軍団とともに到着した彼のように。

（『ジル』若林真訳）

暴動の中にかつての情熱と興奮を取り戻したドリュは、この暴動以降、みずからファシストと称し、生命の充実を政治の中に求めるようになった。

二年後には本格的ファシズム政党であるフランス人民党に参加、党首のジャック・ドリオを熱烈に支持した。

フランスがドイツに対して限りない譲歩を続けた結果、ヴィシー政権が成立すると、これこそファシズム政権成立の絶好の機会と捉え、徹底してナチス＝ドイツと共同していくことを決意。ヴィシー政権を支える、ドリオを党首とした第一党の結成に奔走するようになる。

この頃、ドリュが雑誌に発表した「新フランス測定」は、ナチス＝ドイツの賛美に溢れている。

ヒトラーをフランス革命におけるナポレオンになぞらえて、ナポレオンに征服された周辺国がフランス革命の精神を移植されて封建の眠りから覚めたように、現在のフランスもヒトラーによる征服から学ばなければならないと、書いているのである。

ドリュはすすんで人前でナチス＝ドイツへの信頼とファシズムの必要性を口にし、おおっぴらにドイツ大使館に出入りし、フランス人がほとんど出席しないドイツ軍のパーティに参加して、軍政司令部とも顔つなぎをした。

その一方で精力的に小説を発表した。

一九三九年、ガリマール社から刊行された『ジル』は、自身のファシズムへのアンガージュマンの過程を書いた自伝的小説であるが、両大戦間のあらゆる堕落と停滞、幻滅、失望、腐敗を描ききった傑作となった。

しかし結局、ドリオが政権をとることはなく、ドイツが連合国に敗れたため、ドリュのファシズム実現の夢は破れる。

こうした政治的冒険の失敗と破綻を眼前にして、あらゆるさかしらな演出を捨てて虚心に人生の転換点を描いたのが、『ローマ風幕間劇』である。

「幕間劇」の呼称は小説の扱うエピソードが、復員後ドリュが取り組んだ思想と文学、恋愛が挫折によって一段落し、その後の対独協力へといたる旅程が始まる前の、いわば幕間に展開されたことにより、また「ローマ風」はクライマックスがローマで訪れることによる。

この小説はドリュの恋愛におけるリズムや、放蕩の生活とそのうつろいやすい心情を、一つの恋あるいは交情の始めから終わりまでを扱うことでほぼ完全に描き出している。

誘惑にすぐ心をときめかし、小さな倦怠に身も心もおかされ、すぐに乱交にひたり、無関心におちいるかと思うと、次の瞬間には真情に満たされ、愉悦は長持ちせず、機会があれば逃亡し、金銭に屈服しつつ復讐を誓い、真の感動と忘却がいつも隣合わせである、ドリュ・ラ・ロシェルの内面の全体がここにある。

ファシズムの夢が破れたことによって、ドリュは初めて、放蕩の中で自分が求めていた戦慄がはかなさの中でのかけがえのない一瞬と捉えることができ、そう捉えたことで、自分の放蕩の経緯を余すことなく書き上げることができたのだ。

一九四四年六月に連合軍がノルマンディに上陸し、八月八日にル・マンが解放されると、ドリュは自殺の決意を固めた。

八月十二日、致死量の睡眠薬を飲んで自殺を図るが、家政婦に発見されて病院に運ばれ、一命をとりとめる。意識が回復すると、動脈を切ってもう一度自殺を図るが、また失敗する。

自分では望まない生の延長において、ドリュは、自身の生涯の中の妄執としての「自殺」を扱ったエッセー「秘められた物語」を書いた。

ここでドリュが展開している自殺の概念は、ハイデガー的な死の考察に近い。ドリュにとって自殺とは自身の死を自分で見つめ、自ら死を遂行することにほかならない。個人が個人として死ぬことが困難な時代、大戦争とホロコーストの時代において、自らの死を死ぬための行為がドリュにとっての自殺だったのである。

一九四五年三月十五日、ドリュは自宅でガス自殺した。

彼の死は放蕩に対する忠誠の表明である。

ドリュは文学者として文学とその探求に献身することをしなかった。長い作家としての経歴の後にようやくたどりついた手腕と題材の成熟よりも、彼はみずからの放蕩を真剣なものにすることを選び、また危険をかえりみずに身を投じた対独協力の政治的冒険ののちに、その危険を棒引きにして保護されたり、逃亡したりすることをせず、みずからの生命によってその賭金を支払うことを選んだ。

ドリュはフランスと時代と、みずからの資質と能力にふみとどまりながら、そこでなしうる唯一の誠実さへの献身を行ったが、それがつまり放蕩だったのだ。


はるかかなたでは、人生はまだ甘美でありうるだろうか？


『ジル』の結末近くの一節である。

十八歳の時、この一節に出会った私は一つの回答を得たと錯覚した。たとえ非道な放蕩や悪逆な政治に手を染めることになっても陶酔を追求するという覚悟こそが、自分にはふさわしいと思ったのだ。

この三十年間、文芸という仕事によって認識の冒険をし、社会的な通念や至上の倫理を破壊していくとき、私の頭の中では常にこの言葉が響いていたような気がする。

回答は錯覚ではなかったのだ。

小林旭という旅

小林旭が元気だ。

二〇一八年九月から始まった、デビュー六十三周年を記念する「プレミアムコンサート」は富山県から始まって全国各地を巡り、今年の十二月まで続く。

六十三年というのも中途半端なので、恐らく平成から令和への改元を意識してのものなのだろう。

スケジュールを見ると、一か月に十日以上入っている月もある。

八十歳だろ。大丈夫か？

二月十六日、千葉県文化会館で行われたコンサートに行って、それが杞憂であることを知った。

一七〇〇席余の会場は八割がたの入りで、客は七十〜八十代の旭と同じ世代とおぼしき人たちが大半だったが、その観客を前に、白いジャケットを着て登場するや、とにかく歌う、歌う。

あの右手をひらりと上げるしぐさを繰り返しながら、「ダイナマイトが百五十屯」、「ギターを持った渡り鳥」、「自動車ショー歌」、「恋の山手線」、「さすらい」、「北帰行」、「昔の名前で出ています」、「熱き心に」……二十曲以上を二時間ぶっ通しで歌い続けた。

MCも自分で担当し、昔話をたくみに入れて、客を飽きさせない。老齢の衰えなど微塵も感じさせない声量と見事なエンターティナーぶりには、感動を通りこして、戦慄を覚えた。

些末な話で恐縮だが、私のカラオケの持ち歌は小林旭だ。

中でもいちばん好きなのは、「ダイナマイトが百五十屯」(作詞　関沢新一・作曲　船村徹)である。

烏の野郎　どいていな
とんびの間抜けめ　気をつけろ
癪なこの世の　カンシャク玉だ
ダイナマイトがヨ
ダイナマイトが百五十屯
畜生　恋なんて　ぶっとばせ

焼けっぱちな歌詞と鬱屈を吹き飛ばすメロディーが合体したこの歌は爽快感がたまらない。高音を見事に伸ばす旭の声で聴いて、一発でやられてしまった。

つい最近も知人に連れられて行った都内の某スナックでこの歌を歌ったら、私より十歳ほど上の知人も、二十歳ほど上のスナックのママも、「初めて聞いた」と言うので、愕然とした。

考えてみたら、この歌は小林旭のかなり初期の歌であり、『二連銃の鉄』という、彼が主演した中でもマイナーな映画の挿入歌なので、聴いたことがなくても仕方がないのかもしれない。

しかし、「ダイナマイトが百五十屯」は名曲だ。旭の愛称の「マイトガイ」は「ダイナマイトガイ」の略だが、そもそもはこの曲に因んでいる。

二〇一三年に亡くなったミュージシャン、大瀧詠一はこう評価した。

「デビュー曲『女を忘れろ』の発売から約二ヶ月後の33年11月15日、続けざまに発売された日本初の（成功した）ロックンロールのオリジナルである『ダイナマイトが百五十屯』は、詞・曲・歌唱が奇蹟的に融合され爆発している〝土着ロック〟の最高傑作である」（『小林旭読本』）

大瀧詠一は熱烈なアキラ・ファンであった。二〇〇二年には、彼が監修、選曲した、四枚のアルバム『アキラ』が発売された。

この一枚目には、「ダンチョネ節」「アキラのホイホイ節」「ズンドコ節」「アキラのツーレロ節」など、映画の挿入歌として有名な、いわゆる「アキラ節」が収録されている。思い切り声を出して力任せに歌っているように聞こえるのだが、歌ってみるとかなり難しい。力任せの力がないと、歌えない歌だ。

小林旭が歌を歌うことになった経緯は諸説あるが、私が行ったコンサートでは本人が次のように語っていた。

「『孤獨の人』という映画がありましたね。学習院高等科時代の皇太子の孤独な生活を描いた作品なんですが、私は皇太子を遊びに連れ出す御学友の役で出演したんです。学校の教室を掃除するシーンを撮っているとき、黙々と掃除をしているのも陰気だから、誰か何か歌えということになって、私が歌ったんですよ。私の母は小唄の師匠でしたから、小さいころから聞いていた「新相馬節」を歌ったら、それをたまたまコロムビアのディレクターの目黒健太郎さんが見ていて、『高くて面白い声を出すやつがいる。あいつに歌を歌わせよう』ということになって、コロムビアのスタジオに行くことになりました。行ったらそこに船村徹さんがいて、いきなりレッスンが始まったんです」

『孤獨の人』は、平成天皇の御学友、藤島泰輔が書いた小説を西河克己が映画化した作品であるが、この映画の封切は一九五七年一月。その翌年に『女を忘れろ』という映画の主題歌で小林旭は歌手デビューしている。

「大卒の初任給が九千円から一万円の時代、私の日活の給料は七千円で、エキストラ出演の日当と合わせてようやく九千円に届くくらいでした。それがレコード契約料は一曲五万円。しかも当時は現金です。いきなり札束をもらって、舞い上がっちゃって、その金を持って銀座に遊びに行きましたよ」

と、これもまた、コンサートでの本人の言だ。

私がカラオケで小林旭の歌を歌うと、「どうして小林旭なんですか?」と、よく聞かれる。

その度に私は「好きだから」と答える。そうとしか答えようがない。

実のところ、何故好きなのか自分でもよく分からない。分からないまま、ファンでいることに満足してきた。

小林旭は紛れもない日本の大スターである。彼はいまだに現役で活躍しているし、熱烈なファンが多い。にもかかわらず、旭についてきちんと評価した本が出ていない。恐らくみんな、小林旭とは何者なのか分からないのだろう。もしかしたら本人にすら分かっていないのかもしれない。

今回久しぶりにコンサートに行き生の旭を見ながら私は、舞台の上の彼から「そろそろ俺のことを真剣に考えてくれよ」と、促されているような気がした。

∴

私が小林旭のファンになったのは、小林信彦の『われわれはなぜ映画館にいるのか』がきっかけであった。

高校生のときに、この本で『仁義なき戦い』が激賞されているのを読み、友達と一緒に池袋文芸坐のオールナイトでかかっていた『仁義なき戦い』五部作を見に行った。

最初から終わりまで、のべつ拳銃が発射され、血しぶきが飛んでいる、敵も味方もおかまいなく標的になり、狙い、狙われるという暴力の遍在の中で構成された物語は圧倒的だった。

小林旭は第三弾の『代理戦争』から出演している。

広島最大の暴力団「村岡組」の幹部、武田明の役だが、拳銃をぶっぱなし、顔をゆがませ怒号する役者たちの中、頭の切れるクールなヤクザをクールに演じていた。

「わしゃ……持病があるし……人の上に立つ程、勲章も持っとらんしのう……」

村岡組組長の引退にともない、跡目を決めなければならなくなったときのセリフだ。持病とは貧血のことだ。貧血のヤクザというのもめずらしい設定である。貧血持ちの武田は始めこそ謙虚にしていたが、村岡組が山守組と合併し、その若頭に就任すると、腕力ではなく頭脳で組を牛耳っていく。

小林信彦は主役の菅原文太よりも小林旭の演技を高く評価していて、実際に映画を見た私も、旭の演技力とカリスマ性に魅せられてしまった。

さらに『われわれはなぜ映画館にいるのか』には、「日活活劇の盛衰　戦後日本映画史の狂い咲き」も収録されていて、そこには小林旭主演の「渡り鳥」や「銀座旋風児」「東京の暴れん坊」シリーズについて詳述されていたので、そっちの映画も見に行った。

普通『仁義なき戦い』と『ギターを持った渡り鳥』をつなげて見るという発想は湧かないだろうが、そこを小林信彦がつないでくれたのだ。

幸い慶應義塾高校は自由な気風で、というより、私が勝手に自由に振舞っていただけなのだが、朝のホームルームの出席確認が終わるとすぐに学校を抜け出して、映画館に直行した。ビデオなどまだ普及していない時代である。とにかく映画館で見るしかなかった。

つき合ってくれた悪友の一人、伊藤彰彦君は現在、作家、映画史研究家として活躍しており、『仁義なき戦い』の主要メンバーでもある松方弘樹の生涯を描いた『無冠の男　松方弘樹伝』を上梓している。

私がこの稿を書いていることを知った彼は、『仁義なき戦い』が撮影された、京都の太秦にある東映の撮影所を見に行こうと誘ってくれた。

現在そこは「東映太秦映画村」として一部が一般公開され、京都の観光スポットの一つになっているが、もともとは広隆寺所有であった土地を阪東妻三郎が買い取り、一九二六（大正十五）年、自身のプロダクションの撮影所を置いたのが始まりだった。

その後撮影所は、帝国キネマ、新興キネマ、大映、東横映画と所有が移り、一九五一（昭和二十六）年、東横映画、太泉映画、東京映画配給の三社が合併して東映となって以降は、東映京都撮影所となった。

四月十日、京都駅で昼の十二時に落ち合った私たちはタクシーで太秦に向かった。関東甲信越では季節はずれの雪となった寒い日で、京都も冷たい雨が降っていた。

撮影所では東映京都撮影所・俳優部マネージメント室の西嶋勇倫さんが出迎えてくださった。伊藤君が取材のときにお世話になっている人だという。

まずは食堂で、コーヒーを飲みながらお話をうかがった。俳優や撮影関係者が利用するその食堂は二百席以上あって広かったが、その日は撮影がないらしく、台本を持った数組の人たちが食事をしているだけで、閑散としていた。壁には、公開間近の『多十郎殉愛記』（中島貞夫監督）のポスターが貼られてあった。

メニューを見ると、エビフライ定食が二八〇円と安い。そばやうどん類は一五〇円で食べられる。四月十二日が東映の創立記念日だということで、その日の特別メニュー「鰻丼　味噌汁　御菓子付二九〇円」が大書されていた。

昔から、役者や映画関係者たちの腹を満たし、エネルギーを与え続けてきた食堂なのだろう。
東映京都撮影所は蓄積された技術で日本の時代劇を支えてきたが、近年、映画もドラマも時代劇が減り、技術の継承が危ぶまれる状態になってしまった。『多十郎殉愛記』は中島貞夫による二十年ぶりの映画、しかも京都発の本格的チャンバラ映画とあって、東映京都撮影所の技術の粋が結集された。

それについては撮影現場を取材した伊藤君のレポート「中島貞夫と東映京都撮影所の職人たち」(『キネマ旬報』二〇一九年四月下旬号)に詳しい。

現在の殺陣やアクションの話に始まり、やがて話題は小林旭に移った。西嶋さんは小林旭を直接担当してはいないけれど、当時の関係者の話によれば、「仁義なき戦い」シリーズを撮ったときの旭は、日活から来たお客さんという存在だった、という。

小林旭は日活のニューフェイスとして芸能界入りし、「渡り鳥」シリーズで看板スターとなり、その後の日活アクションを牽引する存在となった。ところが一九六〇年代の終わりの頃にはテレビの普及で映画は斜陽化していき、日活アクションは崩壊、新しくロマンポルノ路線を打ち出した。一九七一年、旭は日活を退社し、東映に請われて「仁義なき戦い」シリーズに出演したのである。

この仕事は小林旭の名を高めはしたものの、本人にとっては不本意な仕事であったようだ。主役じゃないので、五分か六分程度の力に抑えなければならず、まどろっこしかったと、自身で語っている。

東映側の役者たちも面白くなかったようだ。

　東映の生え抜きで大部屋出身の岩尾正隆や川谷拓三は当時「ピラニア軍団」と言われ、深作欣二監督にもかわいがられ、羽振りがよかった。ところが、日活からやってきた小林旭が彼らに洟もひっかけないので、飲み会の席で岩尾が旭に喧嘩をふっかけ、出刃包丁まで飛び出す大乱闘になった。

　これは伊藤君が松方弘樹から直接聞いた話である。

　食堂を出た私たちは西嶋さんの案内で所内にある神社に行った。クランクインの前にはここで安全と作品のヒットを祈願するのだという。

　すぐ横に三十体もの地蔵像が並んでいた。撮影所の造成のときに発見されたものだという。古くからの土地だけに、いろいろなものが埋まっているのだろう。

　雨の中を移動していると、道の真ん中に堂々とソメイヨシノの大木が立っていた。関西の開花は三月二十七日だったが、その後寒い日が続いたため、花は木にまだたくさん残っていて、ひらり、ひらりと、花びらが舞っていた。この桜は切ろうとすると必ず所内で事故が起きるので、そのまま残すことにしたのだそうだ。

　そこからスタジオに移動した。「仁義なき戦い」が撮られたのは現代劇用のスタジオだが、私たちが見学したのは時代劇用のスタジオだった。前の日まで撮影されていた、テレビドラマ『大奥』のセットが残っていた。

　十一あるスタジオのうち、六つのスタジオには時代劇のパーマネントセットがあるという。最後に回ったのは俳優会館だった。

そこには演技事務、衣裳部、メイク室、結髪室、俳優控室などがある。俳優が衣装を着たりメイクをする支度場所だが、殺陣の練習場や休憩室もある。

俳優の控室は四階に大部屋が、二階に大御所用の個室がある。上階のほうが格上のように思われるが、エレベーターがないので、階段を上る労力を考えてのことなのだろう。

個室は今、流動的に使われているが、昔は小林旭なら小林旭の部屋と決まっていたのだそうだ。旭の部屋が特定できなかったので、二階のいちばん奥にある211号室を見せてもらった。全体が七畳くらいのスペースで、手前の三和土にソファとテーブルが、奥の畳が敷かれたところには鏡台が置かれてあった。ベッドこそないが、ホテルのシングルルームのようなシンプルな部屋である。つくり自体はどの部屋も変わらないという。

一九五〇年代までは時代劇で売っていた東映だが、六〇年代には時代劇に客が入らなくなり、『人生劇場 飛車角』のヒットから任俠映画を量産するようになる。それも行き詰まったところに登場したのが『仁義なき戦い』だった。

この映画は、親分のだらしなさやチンピラ生活の味気無さを容赦なく描くことで、それまでヤクザを美化してきた任俠映画を清算した。と同時に、階層秩序の美意識がもたらす抑圧によって溜められたエネルギーの爆発を生み出した。

今から四十数年前、「仁義なき戦い」を撮影中の京都撮影所は出演メンバーたちの天下となった。

そのメンバーも、一九九五年に金子信雄、二〇一四年に菅原文太、一七年に松方弘樹と渡瀬恒彦が亡くなり、平成の間に主要人物の多くが逝ってしまった。

一方、小林旭は平成から令和に時代が移っても歌い続けている。ステージに立ち、衰えを知らない声を響かせ続けているのだ。

∴

恐らく、石原裕次郎と小林旭が同時期に日活の二枚看板で活躍したと思っている人も多いのではないだろうか。

しかし、実はそこには微妙にして決定的なズレがある。

小林旭は一九三八年、東京の世田谷に生まれた。父親は科学映画の照明技師で、母親は前述のとおり、小唄の師匠で踊りや三味線も教えていた。

幼稚園の代わりに四歳から児童劇団に入り、終戦間近い四四年、六歳にして三越劇場で初舞台を踏んでいる。

戦後の五四年、高校生のときに見学に行った日活でプロデューサーに声をかけられ、映画のエキストラとして出演するようになる。二年後の五月に日活ニューフェイスに合格し、俳優としての第一歩を踏み出した。

一方石原裕次郎は一九三四年、兵庫県神戸市に生まれ、山下汽船の社員だった父親の仕事の関係で北海道の小樽、神奈川県の逗子で育ち、慶應大学に入学後は放蕩生活に明け暮れる。周知のとおり、裕次郎と友人たちの生活を題材に書かれたのが石原慎太郎の『太陽の季節』であり、この作品の映画化にあたり、裕次郎は端役に採用された。実は裕次郎はこれより前に、東宝、大映、日活のオーディションに落ちている。

ところが五六年五月公開の『太陽の季節』で注目されるや、二か月後の七月には『狂った果実』で主演デビュー。あっという間にスターになってしまった。こうしたことは映画界ではほとんどありえないという。

つまり、小林旭が日活ニューフェイスに合格したまさにその年に、同じ日活から、奇跡のスター石原裕次郎は誕生したのだ。

当時日活は文芸作品を主体にしていたが、興行的にはふるわなかった。それが『太陽の季節』の大ヒットで一気に流れが変わった。

旭はその過渡期に入社しているので、いい時代に入ったともいえるが、裕次郎との差を痛感させられることにもなった。

日活に入社した旭を待っていたのは、大部屋暮らしだった。それは契約で決まっていて、三年間は、たとえ主役に抜擢されても、その部屋から出ることは出来ない。

新人の中でも旭は早くから注目され、川島雄三の『飢える魂』をはじめ、いい役をもらっていたが、いくらいい演技をしても次の日には通行人の役をしなければならない。しかも、先輩と後輩の序列が厳しい。そうした大部屋の状況を旭はこう語っている。


「いい芝居をしてきたよ」

「こんないいシーンが撮れたよ」

なんて、口が裂けても言えない。もし言おうもんなら、即、袋叩きに遭うよ。ただジッと堪えて相手の話を聞き、持ち上げておきながら、最低限の言いたいことだけを申し訳なさそうに話す。まあ、そんな作法も知らず知らずのうちに覚え、狡猾にズル賢く生き延びなきゃならない世界を学んでいく。

（『さすらい』小林旭）

ところが、裕次郎は大部屋など経験していない。

撮影所入りした時期はほとんど変わらないのに、兄の慎太郎の推薦で役をもらったかと思ったら、いきなり看板スターになってしまった。社内での扱いも別格である。

大部屋時代、旭は裕次郎がボクサー役で出演した『勝利者』という作品にエキストラ出演した。北原三枝がステージでバレエを踊るシーンで、客席で裕次郎と並んで拍手をしている。

その後、『錆びたナイフ』では、堂々裕次郎の弟分を演じた。

「彼と二人、映画のスクリーンに出たのはあとにもさきにも、その二本っきりだった」と、旭は『さすらい』に書いているが、それは事実ではない。

裕次郎主演の『今日のいのち』という文芸作品でエキストラ出演し、『幕末太陽傳』、『遊俠三国志・鉄火の花道』でも共演している。

『幕末太陽傳』は川島雄三の代表作であり、日本映画史に残る名作である。それに裕次郎と共演して忘れることなどあるだろうか。

これについては、映画評論家の西脇英夫が次のように指摘している。

……これは日活製作再開三周期記念映画と銘打ち、当時の日活俳優のほとんどが出演していて、旭はクレジットでは二十五番目、金子信雄、小沢昭一、西村晃、殿山泰司といった連中よりも後ろである。ちなみに二谷英明は旭の前の二十四番目、岡田真澄は十一番目、裕次郎は四番目である。一番目は勿論、フランキー堺。この順列では、本人が記憶にとどめておきたくないのも当然だろう。しかも全く髷が似合わず、これまでの俳優人生で、ただ一度の時代劇出演とあっては、スチールさえも見たくないはずだ。

(『小林旭読本』)

大部屋時代の旭が裕次郎に劣等感を抱いていたことは確かだろう。しかし五十年代の終わりになると、早くも裕次郎人気は陰りを見せ始め、旭の時代が到来する。

『南国土佐を後にして』をきっかけに始まった「渡り鳥」シリーズは『ギターを持った渡り鳥』から『渡り鳥北へ帰る』まで八作におよび、平行して「銀座旋風児」シリーズ、「流れ者」シリーズが制作された。

いずれも最初からシリーズ化が決まっていたわけではなく、第一作が好評だったために続編が作られ、それも好評でシリーズになったのだ。

五九年に封切られた旭出演の映画は十三本、六〇年が十二本、六一年が十二本、三年間毎月一本が上映されていたことになる。

旭は当時をこう振り返っている。

当初の俺の作品はやっつけ仕事ばかりで、裕次郎作品のつなぎ役だったんだ。裕次郎のようにきちんとローテーションを組んで狙いを絞って作ってきたんじゃなく、行き当たりばったりで作ったら結構いい結果を出しちゃったみたいなのが俺の作品。だから、一年に十三本なんて正気の沙汰とも思えないスケジュールが押しつけられてきたんだよ。（『さすらい』）

しかし、そのやっつけ仕事の作品が、この稿を書くにあたって久しぶりにDVDで見直してみたら、滅法面白いのだ。

「渡り鳥」シリーズの第一作、『ギターを持った渡り鳥』で、旭は元刑事、滝伸次を演じている。暴力団組織の陰謀で警察をクビになった過去を持つ風来坊という設定である。

函館に流れついた伸次は土地のボスに用心棒として雇われ、悪の片棒を担ぐが、最後には自らボスと拳銃で撃ちあって闘い、相手を倒す。

全八作に及んだこのシリーズは函館から会津、宮崎、長崎、さらに香港、バンコクと舞台は移るものの、基本的なストーリーは変わらない。

伸次はその土地々々で、悪と闘い、悪を制す。しかも二作目以降は、馬に乗って登場するなど、和製西部劇である。さらに、浅丘ルリ子が演じる土地の女性と情を通わせながらも、それを振り切って次の土地へと渡っていくという恋愛譚も盛り込まれている。

ストーリーは荒唐無稽でばかばかしいとも言えるが、当時のおおらかな日本の風景の中、旭が暴れまくる姿は見ていて気持ちがいい。

上映当時も、「率直に言って、バカバカしい」「この映画が大当たりしているのは問題だ」という批判があったようだ。

しかし、リアルタイムでこのシリーズを見ていた小林信彦は徹底して擁護している。

「出来、不出来こそあれ、『渡り鳥』シリーズの面白さは、活動大写真、連続活劇の面白さを思いきりブチまけたところにある。（つまり、他にオモシロイ日本映画がないんだよ。）『大草原の渡り鳥』はスタンドバーやカードの扱い方まで、全く西部劇ソノモノだ。が、それって悪いか？」（『映画評論』一九六〇年十二月）

一九六〇年は私が生まれた年だ。日本は高度経済成長のまっただなか。東海道新幹線、東名高速道路の開通、東京オリンピックの開催などの大事業に経済は活発化し、年平均十パーセントという驚異的な成長を遂げていた。

その勢いは地方にもじわじわと拡がっていき、「渡り鳥」シリーズの現地ロケのシーンに現れている。

成長を続ける日本と並走して旭は突っ走っていたのである。

∴

年間十三本もの映画に出演し、それがことごとく当たっているとあれば、どんな俳優でも天狗になり、驕りが演技の緩みを生むものだが、小林旭にはそれがなかった。

石原裕次郎がいたからだ。

人気が衰えつつあったとはいえ、裕次郎は相変わらず日活のスターとして君臨していた。彼による興行収入減の穴埋めを自分がやらされている、というのが旭の意識であり、またそれが現実でもあった。

人気は鰻上りなのに、心底の満足が得られない。だからさらに仕事をする。それも単にギターを抱えて歌っていればいいというものではない。彼はアクションシーンでスタントマンをつけなかった。丘から転げ落ちたり、ビルの屋上からぶら下がったり、ヘリコプターの縄梯子に捉まって上空を飛んだり、危険な演技に命懸けで挑んだ。そこには、裕次郎を超えるという強固な意志があった。

映画のヒットの一因はその気迫にもあったのではないだろうか。

日本の高度経済成長という時代のうねりと、石原裕次郎という存在によって、「スター　小林旭」は誕生したのである。

ところが裕次郎は自らスターの道をはずれていった。六〇年一月に北原三枝とアメリカに婚約旅行、十二月に結婚、六一年一月にスキーで骨折し、その後七か月も仕事を休んだ。

「俳優は男子一生の仕事にあらず」

常日頃裕次郎はこう言っていたというが、恐らく彼はこの時期、今後自分は何をすべきなのか、何ができるのか、ということを真剣に考えたに違いない。

六三年に石原プロモーションを立ち上げて芸能プロダクションの運営に携わるようになると、七〇年代以降は映画から遠ざかっていった。

一方スター街道を邁進する旭は大スター美空ひばりとの結婚にいきつくが、それは自分から望んだものではなかった。

二人が結婚したのは、一九六二年。旭は二十四歳、ひばりは二十五歳だった。

二人の出会いはそれよりも十数年前にさかのぼる。

旭がＮＨＫの放送劇をやっていた頃、放送局の廊下で、まるで大名行列のように大人の男たちを引き連れたひばりとすれ違った。

「ああ、これがスターさんというものか」と思ったという。

一九六一年九月、雑誌『明星』の対談で二人は顔を合わせた。そのとき、ひばりから「アキラちゃん、恋人はいるの？　いないの？」と聞かれ、「いませんよ」と答えたのが始まりだった。

その後、旭が仕事に行く先々にひばりのマネージャーから電話がかかってきて、「お嬢がレストランで待っている。旭さんが来ないと食べないと言って駄々をこねているから来てください」と言われ、行動はがんじがらめにされていった。

これには事情があった。当時、ひばりは江利チエミ、雪村いづみとともに「三人娘」と称されていた。その仲間のチエミが高倉健と、いづみがアメリカ人のジャック・セラーと結婚してしまった。ひばりをこのまま一人にしておくのは体裁が悪いし、人気にも影響が出るだろうと危機感を募らせた母親や周囲が結婚相手を探していて、白羽の矢が小林旭に立ったというわけだ。

ひばり陣営の押しに抗しきれないまま交際を続けていたある日、等々力にある旭の実家の前に黒塗りのキャデラックが二台止まった。その日、旭は日活の撮影所で徹夜の仕事の後、実家に戻って寝ていた。

最初に取り巻きが挨拶に現われて、そのあとにひばりのお袋さんと田岡さんがいきなりうちに入ってきて丁寧に名乗ったらしいね。

当然うちのお袋もビックリしちゃって、

「なんですか？」

と尋ねたら、

「実はおたくの旭さんと……」

って結婚話を切り出したというんだな。

突然起こされた俺だって訳がわかんないよな。

（『熱き心に』小林旭）

田岡さんとは、〝ひばりの父親代わり〟の山口組三代目組長、田岡一雄のことである。彼は旭に向かって「お嬢がアンタに惚れてる言うとんのや。天下のひばりに惚れられて幸せやろう。男冥利につきるやないか。一緒になったれや」と言った。

ひばり本人不在のまま母親と田岡にプロポーズされた旭は断り切れず、結婚を承諾した。これが一九六一年の暮れで、翌年五月のひばりの誕生日に婚約が発表され、十一月五日に日比谷の日活国際ホテルで式が挙げられた。出席者五百人以上、費用二千五百万円（現在の約三億円）の、「戦後最大の華燭の典」といわれるほど盛大なものだった。

しかし実は、ひばりの母親の反対でひばりは小林の籍には入らなかったので、いわゆる事実婚だった。

ひばりと結婚する前、旭は浅丘ルリ子と同棲していたが、すぐに解消している。その後はとくに決まった相手はいなかった。

自分の女性体験について、旭は、「ドラマを演じているみたいな感じで、自分の意志を持つことなく『男と女』の関係があるだけだった」と語っている。

スター旭は日常生活の中でも、「渡り鳥」の伸次を演じ、女から女へと渡り歩いていたのではないだろうか。

その渡り鳥が、美空ひばりという強烈な存在によって籠の中に入れられてしまった。しかし、籠の中の生活はそれほど不幸なものではなかったようだ。

周囲の強い押しもあったのだろうが、ひばりは本当に旭のことが好きだったから結婚したのだ。実際彼女は忙しい仕事の合間を縫って、旭のために料理を作るなど、良き妻になろうと努力した。

〝天下のひばり〟が一人の女性になろうとし、そのための時間を作ろうと努力する姿を見て、旭は「可愛いやつだなあ」と思うようになった。

もしもこのまま生活が続いていたら、二人は一人の男と一人の女としての幸せを得られたのかもしれないが、現実はそうならなかった。

結婚から一年半たった頃、新宿のコマ劇場の公演が始まると、ひばりは四谷の常宿に泊まり切りになり、旭が日活に借金までして建てた上野毛の家に帰ってこなくなった。

旭はだだっぴろい邸宅で独身生活をしているようなものである。

ひばりの一人の女としての時間は、十のうちせいぜい一か二でしかなかったのだが、その確保すらも難しくなったのだ。

夫を家に一人で置き去りにできるくらい、ひばりにとって仕事が大切だった。自分にはまだまだ芸能界でやらなければならないことがたくさんある、一人の女性としての幸せを求めるよりも、〝天下のひばり〟に戻らなければならない、と考えたのだろう。

このときもまた、組長の田岡がやってきて、「ひばりはどこまで行ってもひばりだ。日本のひばりなんだから、世間の人に返してやれや」と引導を渡され、結局二人は離婚した。

しかし、この短い結婚生活の中で旭が得たものがあった。

「私は美空ひばりと結婚をしなかったら、歌を歌う心がどんなものか分からないままだったと思います」

これもまたコンサートでの言葉だが、私には謙遜にしか聞こえなかった。

小林旭は美空ひばりに引けをとらない歌手だと思っていたのだ。

ところが家に戻り、コンサートの余韻の中、YouTubeで旭の歌を聞いていたら、ひばりの『柔』が流れ出した。

離婚した直後に発売され、半年で一八〇万枚を売り上げる大ヒットとなった、ひばりのシングル曲だ。

私はその圧倒的な上手さに愕然とした。

これは発声や声量、音感などの問題ではない。

戦争で打ちひしがれた日本人の心に、ひばりの歌は希望の灯をともし続けてきた。恐らくひばりの中には、自分が歌うことで日本人を元気づけ、立ち上がらせるのだ、という強い意識があったに違いない。

ひばりの歌には、歌うことが生きることであるという覚悟が響いている。この覚悟が旭の言っていた「歌を歌う心」なのかもしれないと思った。

旭はひばりの歌についてこう語っている。

美空ひばりは不世出の天才であったことは間違いないが、どんなことでも自分が納得いかないと、気のすむまで追求し、答えが出るまではトライし続ける女性だった。

たとえばの話が、一つの曲をもらって自分でレッスンをするという時、小節一つにしても、自分が納得できるまで練習をする。それも自分のプライベートな時間の中でね。（中略）

それは表面こそさりげないものだったけど、彼女の中では「歯を食いしばってでもやり遂げるんだ」という負けず嫌い、男勝りの意地があったんだろうと思う。だからこそ〝天下のひばり〟といわれるほどの位置にまで上りつめた。そしてその結果、身体を支えきれないほどボロボロになっていた……。

（『さすらい』）

昭和末期の一九八七年、美空ひばりは慢性肝炎と大腿骨頭壊死を患い、療養生活に入った。翌年の四月に東京ドームで行われた復活コンサートは大成功をおさめ、その後全国十三か所も公演を行ったが、体調が悪化し、特発性間質性肺炎と診断された。入退院を繰り返し治療に努めたが、回復せず、一九八九（平成元）年六月二十四日、特発性間質性肺炎の悪化から呼吸不全を併発し、五十二歳で死去した。

その二年前の八七年七月十七日には、石原裕次郎が肝細胞癌のため、やはり五十二歳でこの世を去っている。

小林旭が日活を去ったのは一九六七年だが、七〇年代に入ると映画界の斜陽化に拍車がかかっていく。

その要因の一つにはもちろんテレビの普及がある。一九六四年の東京オリンピックによって、テレビは「一家に一台」というくらい日本中に浸透した。映画館で映画を見る代わりに家のテレビでドラマを見る人が増え、娯楽の形が大きく変容したのである。

俳優の生き残る道としては当然、テレビドラマへの出演ということになった。

日本最初のテレビドラマは一九四〇年にＮＨＫが制作した『夕餉前』。まだ日本でテレビ放送が開始されていない時代に実験的に撮影された。母子家庭の娘の縁談が決まったある晩、母と娘とその兄の三人が夕餉の食卓を囲んでこれまでの生活を振り返るというストーリーで、十二分ほどの小編である。

五〇年代には、フランキー堺主演の『私は貝になりたい』など評価の高い作品が出てくるが、制作本数はまだまだ少ない。

それが六〇年代になると一気に増え、七〇年代ともなると、テレビドラマは日本人の生活になくてはならない存在となっていく。

『男はつらいよ』は映画よりもテレビドラマが先であり、一九六八～六九年にフジテレビで制作、放送された。主演はもちろん渥美清である。このドラマが好評だったため、映画がつくられたのだが、彼はこのドラマから始まった映画で国民的スターとなった。

新劇俳優の中村伸郎は渋谷のジァン・ジァンの『授業』を見に行っていたほど私はファンであったが、多くの人は『白い巨塔』（一九七八～七九年）の東教授役で記憶しているだろう。

『太陽にほえろ！』のボス役は石原裕次郎の顔となり、菅原文太は『獅子の時代』の主演をはじめ、『武田信玄』、『徳川慶喜』、『利家とまつ』などNHK大河ドラマの出演で存在感を示し、渡瀬恒彦は朝ドラの『おしん』や『ちりとてちん』でファンを増やした。松方弘樹も『HOTEL』のエリート支配人役で新しい顔を印象づけている。

ところが、小林旭にはそれがない。

何しろ今まで出演したドラマは十数本のみ。映画の多さに比べると、異常な少なさだ。彼ほどの俳優にドラマの出演依頼がないはずがないのだから、自ら拒否していたのだろう。

実際、萩原健一主演の人気ドラマ『前略おふくろ様』に梅宮辰夫が渋い板前頭の役で出演しているが、脚本家の倉本聰は、この役に小林旭を想定していた。ところが旭が断ったため、梅宮に役が回ったのだ。

旭が断った理由は、倉本から自分の脚本を一字も変えずに演じるよう指示されたからだと言われている。

梅宮はこのドラマの出演について、大映が倒産し、東映の本数も減ってどうしようかと思っていたところに声をかけられ救われた、と言っているが、旭も同じ状況だったはずである。にもかかわらず断ったのは、倉本への不満があったのかもしれないが、ドラマ出演に対して積極的な気持ちになれなかったのではないだろうか。

一九六〇年代前半から後半にかけて「三船プロダクション」「石原プロモーション」「中村プロダクション」「勝プロダクション」などのいわゆる「スタープロ」が立ち上げられ、『子連れ狼』、『座頭市』といったテレビドラマを制作、ヒットさせた。

そうした動きに呼応し、小林旭も「アロー・エンタープライズ」を設立し、テレビシリーズ『ターゲットメン』に出資したが、累積損失が膨らんで倒産してしまった。

こうしたことも理由の一つにあったのかもしれない。

もっとも映画出演にこだわった俳優は旭だけではない。高倉健も長い俳優人生で出演したドラマは十作に満たない。映画こそ自分の取り組むべき仕事と思い定めていたのだろう。

高倉健は旭が日活に入ったのとほぼ同時期の一九五五年、第二期ニューフェイスとして東映に入社した。新人の頃は目立つ存在ではなかったが、六三年の『人生劇場　飛車角』に鶴田浩二に次ぐ準主役として出演したところを注目され、その後も「日本俠客伝シリーズ」、「網走番外地シリーズ」などで活躍、東映の看板スターとなった。

しかし、ヤクザ役ばかりやらされることに不満を持ち、七六年に東映を退社、独立した。その後の活躍は周知の通りで、七七年の『八甲田山』と『幸福の黄色いハンカチ』で第一回日本アカデミー賞最優秀主演男優賞を受賞したのをはじめ、『野性の証明』、『動乱』、『駅 STATION』、『南極物語』、『鉄道員《ぽっぽや》』など数多くの話題作に出演し、俳優としての地位を確立するとともに人気を不動のものにした。

自分を自分でプロデュースしてここまで成功した俳優も稀だろう。

東映の専属だった頃、高倉は京都撮影所に専用のトレーニング室を持っていた。京都での撮影のときはホテルに泊まるため、思うようにトレーニングができない。トレーニング室を用意してほしいとリクエストし、東映がそれに応えたのだ。

今でもその部屋はかつての状態のまま残っており、希望者は誰でも利用できるようになっているというので見学させてもらった。十畳くらいの部屋に、ランニングマシン、筋トレマシン、ダンベル、バーベルなどがそろっていて、壁には高倉健の写真が飾られてあった。ここを一人で使っていたというのだから、別格も別格である。

「どんなことでも会社に対してはっきりものをおっしゃる方だった」

撮影所の西嶋さんは、かつて高倉の付き人であった先輩が言うのを聞いたことがあるという。

役柄の多くは、寡黙で不器用な男気のある男。しかし、実際の人物はそうではなかったようだ。『昭和残俠伝 吼えろ唐獅子』に高倉とともに出演した松方弘樹はそのときのことをこう語っている。

「佐伯（清）先生は僕を買ってくれて、『昭和残俠伝　吼えろ唐獅子』ですごくいい役をくださいましてね。僕も意気に感じて頑張ったんです。初号試写（完成後、スタッフが最初に見る上映会）の日、映画が終わって、場内が明るくなるとみんな手を叩いてくれて……ホッとしました。すると健さんが、『弘樹ちゃん、よかったねぇ。女遊びすると、お芝居うまくなるんだね』とこう言ったんです。初号試写ですから撮影所長以下全部いるわけですよ。場内が静まり返りましてね。（中略）鶴田のおっさんはからかいますけどストレート、文ちゃん（引用者注：菅原文太）も芝居にあれこれ言いますが男らしい。でも、健さんはものすごくバリアを張る人で、ぜんぜん男らしくない。〝男高倉健〟はまったくの虚像です」（『無冠の男　松方弘樹伝』松方弘樹　伊藤彰彦）

実際の人物がどうであろうと、スクリーンの高倉がよければそれでいいのだ。

彼の出演作の中では『居酒屋兆治』が好きだが、実直に生きる居酒屋の主人を演じた高倉よりも、主人の昔の恋人を演じた大原麗子のめちゃくちゃさにしびれた。

私自身が享楽的な人間なので、そもそもストイックな人物に共感が持てないし、あくまでも役の上での話だが、かっこのつけ方が鼻につく。

「不器用ですから」

日本生命のＣＭの中で高倉がつぶやくこのセリフは彼の役柄に通じている。自分が不器用であることを恥じているようで、実は開き直っているように思えてならない。

こんなことを言うと、ファンから袋だたきにあいそうだが、本人ではなく役についての話ですから、取り違えのないように。

高倉健が演じると全ての役が高倉健になってしまう。自分の共感できる役を魂を入れ込んで演じているからだろう。このブレのなさが彼の力なのだと思う。

しかし、演技というのは雲をつかむようなものだ。特に映画は舞台と違って、カメラワークなどとの兼ね合いから一層あいまいなものとなる。

小林旭の演技力とは何か？　ということを改めて考えてみた。

それは虚構の世界を創り出す力と言っていいのではないだろうか。

彼が演じると現実の世界が虚構の世界に変わる。というより、彼がいるだけで、そこに虚構の世界が生まれる。

「旭が渋谷の道玄坂を歩くと、渋谷の街が映画のセットに変わる」

誰が言っていたのか失念したが、これこそ旭の本質である。

∴

さて七〇年代以降の小林旭がどうなったかというと、特筆すべきはやはり、「仁義なき戦い」シリーズへの出演だろう。

しかしこのシリーズで新たな道を開いたとはいえ、渡り鳥からいきなりヤクザに転身したわけではなく、前段がある。

日活は東映の『人生劇場 飛車角』と同年の一九六三年に『関東遊俠伝』というヤクザ映画を撮っていて、この主役が旭だった。

「渡り鳥」「流れ者」「賭博師」などのシリーズのネタがつき、迷走のすえいきついたのが任俠映画だったのだ。

『関東遊俠伝』は「渡り鳥」の主人公をそのまま着流しのヤクザに変えただけのつくりで、旭が演じる外岡大作はヤクザから足を洗い、堅気の車夫になったが、恩ある一家のため、また惚れた女のためにサイコロ博打で勝負をしたり、敵対する組に殴り込みをかけたりする。

この路線は、『関東無宿』、『東海遊俠伝』、『新遊俠伝』と続き、いずれも旭が主演である。

東映の任俠ブームに日活が便乗したわけでなく、二つの会社が偶然にも同時期に任俠路線を打ち出したということだ。

ただこの路線は旭が主演してもかつてのような勢いは生まれず、日活は新時代のスター、渡哲也を主役に『無頼より 大幹部』を撮り、六八年に公開した。後に「ニューアクション」と呼ばれるリアルで現実的なアクション映画の始まりである。

この頃、すでに旭は日活をやめていたが、『縄張《しま》はもらった』という日活の現代アクションに主演。野心と冷徹さで二つの組を潰す底知れぬダークさを持つヤクザ役を演じている。

続いて、『広域暴力 流血の縄張』、『鮮血の記録』といった暴力路線ものを演り、その後、東映のプロデューサー俊藤浩滋から声をかけられ、七二年に今東光原作のコメディタッチの任俠アクション『ゾロ目の三兄弟』に主演。旭にとっては初の他社出演であったが、これが翌年からの「仁義なき戦い」シリーズ出演への布石となる。

「仁義なき戦い」で旭が武田明という老獪なヤクザをいかに見事に演じたかについては先に書いたが、あのうまさはこうした前段の積み重ねがあってのことなのだと、今回調べてみて、改めて思った。

小林信彦が主役の菅原文太よりも小林旭のほうがうまいと評価したのも当然だ。それだけのヤクザの修業を旭は積んでいたのだ。

高倉健がヤクザ役から逃げるように東映を辞めたのとは逆に、旭は日活をやめて後、東映のヤクザ映画に積極的に出演していく。

山口組の戦闘部隊「柳川組」と大阪の明友会の抗争を扱った実録もの『日本暴力列島 京阪神殺しの軍団』(一九七五年)、同じ題材を明友会側から描いた『実録外伝 大阪電撃作戦』(一九七六年)、広島のヤクザ組織の内部抗争劇『広島仁義 人質奪回作戦』(一九七六年)、山口組三代目組長狙撃事件に材をとった『制覇』(一九八二年)、勝目梓の原作『掟の伝説』を映画化した『修羅の伝説』(一九九二年)、そして民事介入暴力の実態を描いた『民暴の帝王』(一九九三年)。

こうした作品への出演は旭のヤクザ色を強めていき、それはスクリーンの上だけにとどまらなかった。

一九八〇年代以降の『制覇』、『修羅の伝説』、『民暴の帝王』は全て俊藤浩滋のプロデュースである。俊藤は任侠映画の生みの親とされる人物だが、これらの映画は彼が身近に接した実在のヤクザを理想化して描いたものと言われている。

芸能界とヤクザの関係には深い根がある。

山口組三代目組長田岡一雄は一九五七年神戸芸能社を立ち上げ、美空ひばり、田端義夫、三波春夫、橋幸夫らの興行を手がけた。田岡がひばりの父親代わりとなった所以である。

興行を手掛けていたのは山口組に限らず、昔は芸能プロダクションの幹部やマネージャーと昵懇のヤクザはたくさんいた。しかし一九六四年から、頂上作戦と呼ばれる暴力団壊滅作戦が始まり、暴力団のトップや幹部たちは次々に検挙され、資金源となる組織は潰されていった。

公然と興行ができなくなっても、例えばヤクザが芸能人のタニマチになって援助をしたり、あるいは歌手が地方でコンサートを行うときに、地元のヤクザにカネを包むといった慣例は続けられていたが、一九九二年に暴力団対策法が施行されて後、芸能人はヤクザと一緒にいるだけで咎められるようになった。

『民暴の帝王』は暴対法が施行されて以降の作品であるため、出演に尻込みする俳優が多かった。そこを引き受けたのが小林旭だったのだ。怖いもの知らずのマイトガイの男意気といったところだろうか。

この作品で旭が演じたのは、地上げや不正融資など政財界で経済ヤクザとして力を発揮しつつ暴力の世界をも牛耳る闇世界のドン、江田晋。

原作は溝口敦の同名小説だが、脚本家の高田宏治が銀行の合併劇や金屏風事件など実際に起きた事件の中での人間模様を丁寧に描き、リアルな人間劇に仕立てている。

江田は権謀術策をめぐらし、非情に徹して業界を牛耳りながらも、自分の身代わりになって死んだヤクザの娘を自分の娘のように可愛がるという優しさを見せる。が、その娘が自分を裏切り、敵対する九頭龍組の武闘派組員と通じていることを知るや、鬼と化す。一人の人間の中の諸相をうまく演じていた。

作品自体、複雑な経済問題を背景としながらも、一人ひとりの人間が明確に立ち上がっていて、見ごたえがあった。

しかし、興行としてはうまくいかなかったようで、この後、東映はヤクザ映画制作の見直しを迫られることになった。

旭のほうもこの作品以降映画に出演しなくなり、九年後の二〇〇二年、『修羅の群れ』にゲスト出演したのが最後となった。

∴

「芸は身を助く」という諺があるが、小林旭はまさにそれを体現している。

テレビドラマに活路を見出せなかった旭は新しく事業を手掛けることを決めた。一九七三年、旭日総業を興し、ゴルフ場の経営に乗り出したのである。

旭は日活に入社した頃からゴルフを始めていて、プロにならないかと誘われるほどの腕前だった。

本人もプロゴルファーへの転身を考えたこともあったようだが、ちょうどその頃ジャンボ尾崎が登場し、自分の出る幕はないと断念した。その代わりにジャンボ尾崎のようなプロが苦心惨憺するようなゴルフ場を作ってやろうと考えたのである。

しかしながら、いくら運のいい旭といっても初めての事業、それもゴルフ場を作って経営するという大事業がそうそううまくいくはずもない。


ゴルフ場用地の真ん中から遺跡が出てきて建設中止。第一次、第二次とオイルショックの波をもろに被る。ゴルフ場を造成する前から会員募集をして新聞沙汰になる芸能関係者が現れて、何も関係のない俺まで「だから芸能人のやることは信用できない」と煽りを食う。とまあ、とことん運に見放されていたね。

所詮、こっちはゴルフ場経営のド素人だったから、そこにつけ込んでうまい言葉で利用するだけ利用していった連中もいたよ。

（『さすらい』）


結果、一九七六年、旭日総業は十四億の借金を抱えて倒産した。

ところがその記者会見で旭の放った一言が思わぬ効果を生んだ。

記者に借金の返済方法を尋ねられた旭は、こう答えたのだ。

「『昔の名前』を引っ下げて地方を回るしか手立てはないでしょう」

『昔の名前』とは、その前年にリリースしたシングル曲『昔の名前で出ています』（作詞 星野哲郎 作曲 叶弦大）である。

記者会見翌日の新聞には「小林旭、『昔の名前』を引っ下げて返済を！」の大見出しが躍った。

これをきっかけにレコードが爆発的に売れ出した。二千枚程度だったデイリー枚数が四千枚になり、八千枚になりと倍々で増えていき、その勢いは止まることがなく、さらに日本中のクラブやキャバレーから出演依頼が殺到した。

京都にいるときゃ　忍《しのぶ》と呼ばれたの
神戸じゃ渚《なぎさ》と　名乗ったの
横浜《はま》の酒場に　戻ったその日から
あなたがさがして　くれるの待つわ
昔の名前で　出ています

『昔の名前で出ています』は水商売の女の哀感を歌っている。これがキャバレーのホステスたちに受けた。クラブやキャバレーのゲストはホステスのリクエストによって決まるので、全国のホステスが旭を自分の店に呼びたがったのだ。

旭の全国行脚の旅が始まった。

自分で車を運転して、今日は仙台、東京に戻って、翌日は名古屋、京都、次は広島、また東京に戻ってと、一年のうち二百日以上を全国のクラブやキャバレーやデパートを回り、歌いまくった。

歌い過ぎで血痰が出てきたけれど、それでもかまわず歌っているうちに治ったので、また歌う。一方カラオケブームも後押しして、レコードは売れに売れている。あっという間に二〇〇万枚を突破した。

　空前の大ヒットとなったのはいくつかの偶然が重なったこともあるだろうが、旭の歌に魅力があったからだろう。

　女の哀感を男が歌うのだ。まず声に哀愁がなければならないが、それだけではもちろんだめで、女に対する共感がなくては、人の心に響かない。

　旭にしても初めからそうしたことに気づいていたわけではないようだ。ただ毎日毎日、お客さんやクラブ、キャバレーの女性たちと直接相対して歌っているうちに、歌手である以上はより深く、もっと歌の主人公の気持ちを味わうべきだと思うようになったのだと自身で語っている。


「ああ、歌の中身というのがあるんだな。そこには生活が載るんだわい」

「歌のファンは全部、それを掬いとって聴いているんだわい」

　そういう思いにやっと気づいたのね。

（『熱き心に』）


　クラブやキャバレーの仕事は一回で四、五百万円の現金収入になる。仮に一回五百万円として十回で五千万円、百回で五億円である。

　必死になって歌っているうちに気がつくと、十四億円の借金を返し終わっていただけでなく、貯金までできていた。

　ここまで歌がヒットすれば、歌手としてやっていくことを考えそうなものだが、旭はそうしなかった。

自分は俳優であるという意識が強かったのだ。

前述した東映のヤクザ映画に出演しつつ、自分で監督となって一つの映画を撮った。

『春来る鬼』である。

∴

須知徳平という名前を聞いて反応できる人はよほどの文学通だろう。

昭和の後期から平成にかけて活躍した作家で、児童文学作品が多いが、一九六三年に上梓された『春来る鬼』は毎日新聞主催の第一回吉川英治賞を受賞した。現在講談社が後援している吉川英治文学賞とは別の賞である。

この作品を小林旭は出てすぐ読み、強い印象を受けた。


「……初めて読んだ時の印象から、どこという場所の設定はないけれども、日本古来の自然美というか、大らかな雄大さ、そういうものが頭の中に拡がって、なおかつドラマ設定の一つひとつが画になるという気がしたんですよ」

（「制作ノート　春来る鬼」『イメージフォーラム』一九八九年五月）


旭は『春来る鬼』を自分が主演で映画化してほしいと日活に提案した。ちょうど「渡り鳥」シリーズが終わり、旭が『関東遊俠伝』や『関東無宿』などで着流しヤクザを演じていた頃だが、日活は「金がかかり過ぎる」、「日活の作風じゃない」、「今の小林旭には向かない」とけんもほろろだった。

映画化されないまま年月は経ち、この間、旭は仕事をしながらたくさんの作品を読んだけれど、『春来る鬼』に勝るものはなく、自分が初めて手掛ける映画はこれしかないと思い定めたのだった。

物語の舞台は日本列島のどこかにある鬼の岬。時代は人々が神々の存在を身近に感じていた遠い昔。漁師のさぶろうしは村長の娘、ゆのと駆け落ちして鬼の岬に流れ着く。よそ者ということで裁きにあうことになった二人は岬の浜の長の家に連行される。さぶろうしは岬の突端から荒海に飛び込んで海底から石をとってくる「お石とり」、死体置き場に監禁される「喪屋ごもり」、嵐の中小舟で漁をするなどの試練を与えられるが、全てを見事に切り抜ける。やがて村に「ジャビ」と呼ばれる流行病が蔓延し、二人は鬼の岬が呪われた土地となった所以を知る。

大人のファンタジーといった作品だが、旭は東京生まれの東京育ちなので、地方の土地に神秘性を感じていたのかもしれない。

この映画にかける旭の意気込みは相当なものがあった。

第一に、原作を超えて映像化するための脚本が必要だ。旭の頭の中にあったのは黒澤明監督の『野良犬』でデビューし、その後も黒澤組の共同ライターだった菊島隆三。大御所も大御所だ。だめもとで相談し、原作を読んでもらったら、「できるよ」という話になった。

次に主人公のさぶろうしを誰にやらせるか。

そもそも旭がこの作品に興味を持ったのは、自分がさぶろうしの役を演りたいと思ったからなのだが、当時彼は五十歳。さぶろうしは若い男の原始的な肉体美を持ち、研ぎ澄まされた凄まじさをもって大自然と合体していく役だと主演を断念した。

オーディションで一万四千人を超える候補の中から選ばれたのは、二十五歳の松田勝。ボディビルで鍛え上げられた体は旭が理想とするものだった。

相手役の若山幸子もオーディションで選ばれた新人。この作品における聖なるヒロインにふさわしいと旭が見込んだのだ。

俳優が決まり脚本が仕上がると、今度は撮影する場所探しが始まった。映画『春来る鬼』の時代は古代にすると時代考証などの制約にしばられると、平安から鎌倉とぼかしているが、基本的には人々が神々を身近に感じていた時代である。そうした時代の雰囲気かつ北の厳しさが感じられる場所を探した。

それも車で行って、人間の目の高さから見てはだめだと、ヘリコプターをチャーターし、半島という半島、岬という岬を飛び回った。のべにすると三か月、ヘリコプターのチャーター代だけで数千万円をかけて探し当てたのが、岩手県宮古市のとどヶ崎だった。

このロケハンは作品に生きている。映画のオープニングはこの岬の入り江を鳥瞰した超ロングショットとなっているのだが、神の視点を感じさせる。

二人の新人の周りは、浜の長に滝田栄、長老に三船敏郎、祈禱師の老女に津島恵子とベテランで固めた。

一九八九年の公開時に見る機会を逸した私は今回、DVDで初めて見た。それもVHSをDVDに落として、ようやく見ることができた。

前述した岬の鳥瞰のショットから、いきなり婚礼の場面となる。村長の娘のゆのが外から迎えられた婿と祝言を挙げるのだが、村人たちの奇妙な踊りと歌で観る者は時を超えた世界へと誘われる。婚礼の途中で嵐となり、その混乱の中、ゆのを連れ出したさぶろうしは舟で嵐の海に漕ぎ出して、鬼の岬に漂着。観客は主人公の二人とともにさらなる神秘の世界へと足を踏み入れることになる。

主役の松田は役柄上半裸、ふんどし姿でいることが多いが、旭が惚れ込んだ肉体はさすがの美しさとしなやかさで、この映画の見どころの一つになっている。

ところが、実は松田はカナヅチで撮影に入ってからそれが分かり、特訓で泳げるようにしたという信じ難いエピソードもある。

リアリティにこだわる旭はさぶろうしが浜の長の命令で海の底の石を取りに行くシーンを実写した。

もちろんスタントマンを使ってだが、高さ二十六メートルから飛び込むところを水中に一台、崖下に二台、沖の船に一台のカメラを配して撮ったのだ。このシーンのために支払われたスタント料は日本映画史上最高の三〇〇万円といわれている。

映画では男の足が崖から離れ、体が宙に舞い、水面に消えていく様子をスローモーションでしっかり見せている。

もう一つの見せ場である、さぶろうしがカジキマグロを釣って生きたまま舟につないで浜に持ち帰る場面では、本物のカジキマグロが使われた。

漁協の冷凍庫で眠っていたカジキマグロの口にフックを打ち込んでワイヤーにつなぎ、三十メートル上の滑車を経由して崖の上の引っ張り用のロープにつなげる。そのロープを二十人のスタッフが引っ張って、カジキを水面の上に飛び上がらせるという仕掛けである。

冷凍カジキを生きているように動かそうというのだから、並大抵の苦労ではなかったようだが、その甲斐あって、カジキは見事に飛び上がっている。

旭のなみなみならぬ執念を感じた。

結局小林旭監督作品の映画は『春来る鬼』一本だけとなるのだが、こだわりと執念で作り上げたこの映画で旭が表現したかったのは、人間と自然の一体化だったのではないだろうか。

『鯨神』と比較してみたい。

宇能鴻一郎の小説『鯨神』は一九六一年七月号の『文學界』に掲載された。

舞台は明治時代初めの長崎県の平戸島。島の人々は夏は磯釣り、冬は鯨捕りで暮らしていたが、ある年の冬、島のような巨大鯨が出現し、捕鯨船を転覆させて多くの死人を出した。三年後、再び現れた巨鯨を捕えようとするも失敗しまた多くの漁師が死んだ。

巨鯨は「鯨神」と呼ばれるようになり、鯨神を捕えて血縁の復讐を果たすことが島の伝統的な観念となっていった。

鯨神による大きな被害が出た冬、捕鯨組織の長である鯨名主は、鯨神を倒した者に一人娘と家屋敷田地名主名跡全てを譲る、というお触れを出す。

祖父と父と兄を鯨神に殺されたシャキと紀州からやってきた男が名乗りを上げ、敵対しながら鯨神に闘いを挑んでいく。

土俗的興趣に彩られた物語と登場する人物像の面白さは圧倒的で、宇能はこの小説で一九六一年下半期の芥川賞を受賞した。

官能小説家として名高い宇能であるが、初期の純文学作品に見られる彼の土俗的なものに対する強い関心と洞察が官能小説へとつながっていったと考えられる。

『鯨神』は芥川賞を受賞するとすぐ大映が映画化の権利を獲得し、翌年の六二年にははやくも映画が公開された。

監督は田中徳三、脚本は新藤兼人。配役はシャキに本郷功次郎、紀州男に勝新太郎、鯨名主に志村喬といった顔ぶれである。

原作にのっとり九州の島の風土や島民の生活が丁寧に再現され、その中でシャキと紀州男を中心にした人間ドラマをクライマックスの巨鯨との闘いに収れんさせていく構成は見事だ。巨鯨の撮影には高さ七メートル、重さ三トンの実物大の鯨の頭部模型が使われ、ただならぬ臨場感を生み出している。

壮絶な闘いの末、巨鯨は敗れた。紀州男は死に、シャキは大怪我を負った。シャキは浜に置かれている鯨神の頭の横に自分の体を運んでもらう。

夕陽を浴びながら鯨神と対するシャキは自分に呼びかけてくる声を聞く。

声にひかれ、いつかおれは自分が鯨神そのものに変身するのを感ずる。おれはそのまま目のまえの頭骨になり、おれの肉体は島のような大きさにふくれあがり、おれの皮膚はぶあつい脂肪と黒色の表皮にかわり、波しぶきはおれの鼻さきでたかだかと砕け、そのままおれは夕映えの海を落日へ、落日へとむかって力づよい尾で波をうちながら悠々と泳ぎすすんでゆく。そうだ、おれは鯨神だ。鯨神はおれだ。おれが鯨神だ。鯨神がおれだ。おれこそ鯨……

(『鯨神』)

シャキと鯨神は一体化した。

『春来る鬼』の岬の浜の長がジャビに侵された自分の体を海に投げ込み、海と一体化したように。

自然との一体化は日本人の信仰心の一つの形である。

日本の汎神世界では自然や神は人間の集合や延長にある。このため、人間は自然や神といったものにそのまま還ることができ、それによって永遠なるものに溶け込むことができる。

ヨーロッパのカトリシスムはこの汎神論を拒絶する。神と天使と人間の間には厳然たる存在条件の隔たりがあり、神に近づくためには、自己や罪と闘い続けなければならず、その霊魂を返すときにも神の審判が待っている。

日本の信仰とカトリックの問題は遠藤周作が生涯にわたって追求し続けたテーマである。

『鯨神』と『春来る鬼』は土俗的興趣や日本人の信仰といった大きなテーマなど、共通点が多々ある。原作が出たのもほぼ同時期である。

が、二十七年の時が隔たる映画作品には決定的な違いがある。

『鯨神』が人間の視点で撮られているのに対し、『春来る鬼』が神の視点で撮られているということだ。

オープニングの岬の鳥瞰ショットがそれを象徴している。この映画において人間は常に上から見下ろされている。

この視点によって小林旭は、人間を超える大いなるものの存在を示した。

これこそ、スターとして走り続け、人間として苦悩した旭が映画で描きたかったものなのではないだろうか。

∴

ひばりと離婚した三年後の一九六七年、小林旭は女優の青山京子と結婚した。

青山は一九五二年、東宝制作の『思春期』でデビューし、五四年の『潮騒』で女優としての地位を確立していた。

二人の出会いはスターボウリング大会。そこでペアを組んだことから交際が始まった。イメージと違ってずけずけと物を言い、割り切りもいい青山に旭は惹かれるものを感じ、「こういう女は傍にいて安心感を与えてくれるだろうし、支えにもなってくれるだろう」と結婚を決意したという。

長女・真実、長男・一路という二人の子供にも恵まれ、ようやく旭も自分の家庭を持つことができた。

ゴルフ場経営の失敗で借金取りに追いまくられていたときも、妻の京子は「起きちゃったものはしょうがない」と泰然としていて、そのお蔭で旭は家族を置いて全国行脚に向かうことが出来たのだった。

自分がやりたいことと世間が期待することがズレるというのはままあることだが、旭の場合もそうだった。

映画にこだわり、莫大な制作費をかけて『春来る鬼』を撮ったが、興行としてはふるわなかった。一方歌ではまた大ヒットが生まれた。『熱き心に』である。

この歌はＡＧＦのＣＭソングとして作られているが、企画したのは、当時電通のクリエイティブディレクター、現在ライトパブリシティ社長の杉山恒太郎さんである。

杉山さんとは日ごろから親しくさせていただいているので、直接話を伺うことができた。

「ＡＧＦがフリーズドライのインスタントコーヒー『マキシム』を発売することになって、そのＣＭを任されたんです。当時はネスレのネスカフェの独り勝ち状態で、『違いがわかる男』のＣＭもかなりの強敵でした。それに対抗して『違いがわからない男』を裏コンセプト（笑）に考えたんです。『違いがわからない』というより小さい『違い』なんてどうでもいい、大きな人物ということで小林旭さんが浮かびました。僕は昔から小林さんの大ファンでしたから、一緒に仕事ができる千載一遇のチャンスだと気分は高まるばかり（笑）。頑張りましたよ」

まず作曲を大瀧詠一に依頼。彼は寡作で知られていて、ＣＭソングなど滅多に作らない。しかし、大瀧もまた大の小林旭ファンであり、『ナイアガラソングブック』のビデオをヒットさせた杉山さんの依頼ということもあって、快諾してくれた。

作詞家を阿久悠にしたのは大瀧の指名だった。阿久悠のほうでも人間がどんどん小さくなっている時代、小林旭のようなでかい人物にでかい歌を歌ってほしいという思いで歌詞を考えたという。

こうして旭ファンの連鎖により、名曲『熱き心に』は誕生した。

旭自身はCMに出演しておらず、歌が流れるだけなのだが、CMの放映がはじまるや大きな反響を呼んでレコードが大ヒット、『熱き心に』は一九八六年の日本レコード大賞の金賞、作詞賞、特別選奨を受賞した。

オーロラの空の下　夢追い人　ひとり
風の姿に似て　熱き心　きみに

さすがにオーロラが似合う日本人というのもなかなかいないだろう。

時代が平成に移ってからの小林旭は、一九八九年に『春来る鬼』を撮り、九三年『民暴の帝王』、二〇〇二年『修羅の群れ』と映画に出演、その間NHK大河ドラマ『琉球の風』と『寝たふりしてる男たち』などのテレビドラマや、『首領への道』というビデオ映画に出た後は舞台に活動の場を移し、『無法松の一生』、『熱き心で突っ走れ！』などの座長公演を務めた。

並行してステージで歌を歌い続け、現在にいたっている。

二〇〇四年、芸能生活五十周年を記念して出版した『熱き心に』の中で、旭はこう語っている。

人生は「大学」に喩えるとわかりやすいと俺は思っているんだ。

そう考えると十代の頃は「人生大学」の附属幼稚園に在籍し、二十代はまだほんの小学生に過ぎないよね。

三十代が中学生で、四十代でやっと高校の制服を着られるというわけだ。

五十代でようやく大学生になることができるのだから、六十代はまだまだ学習すべき大学院生の道が残されているんだな。

そしてどうにか元気に生きながらえて、七十代を迎えられたら初めて人は「先生様」と呼ばれる立場になれるのではないだろうか。

ところが人間的にも知識的にも円熟はしたけれども、そのときはもう棺桶に片足が入っている。

それが人生というもの、人間の生涯ではないかと俺は思うんだな。

この本を出したとき、旭は六十六歳。

さすがの旭も八十歳を過ぎた自分がステージで堂々と歌っている姿を想像することはできなかったのだろう。

しかし、旭は歌い続けている。

裕次郎やひばりとともに生きた昭和の岸は遥か向こうに遠ざかり、平成の岸も少しずつ離れていこうとしている今も、旭は日本という国を背負って旅をし続けている。彼の旅はまだ終わっていないのだ。

果たして渡り鳥が最後にたどりつく場所は何処なのか、私はこの目で見届けたいと思っている。

世紀末ウィーンをめぐる考察
——技術、耽美、人道

東京都中央卸売市場で魚の仲卸業を営んでいる芝山孝さんという友人がいる。十五年ほど前に銀座のバーテンダーを介して知り合い、親しくなった。彼の自宅は門前仲町にあり、年に何度か招かれては魚料理をご馳走になっているのだが、この魚が半端なくうまい。ネタが新鮮なのは言うまでもないが、ただ新鮮なだけではない。例えば鯛と鮪の刺身は口に入れると、ねっとりとして味が濃い。

芝山さん曰く、「よくテレビのグルメ番組で、レポーターが刺身を食べて、『コリコリして美味しい』なんて言うでしょう。新鮮だって言いたいんだろうけど、コリコリした刺身なんて、うまくもなんともない。魚は脂がのってねっとりしているくらいのほうがうまいの」。

驚嘆したのが鰆のフライだ。

「まあ食べてみて」と勧められ、皿に山盛りのフライを一口食べたとき、あまりのうまさに何の魚なのか分からなかった。

鰆は京都の割烹料亭でよく食べるが、たいてい刺身か焼き魚だ。安い魚ではないので、料理屋ではフライにするのはもったいないという意識があるのだろう。

ところが芝山さんは刺身にできるほど新鮮な鰆を惜しげもなくフライにする。

「フライもうまいんだから、フライが食べたいときはフライにすればいいんだよ」

長年、自分の目で魚を選び、捌いてきた人の言葉だけに説得力があった。

市場が築地から豊洲に移るに際し、芝山さんの築地での経験を本にまとめるという話が持ち上がり、私も協力することになった。

取材の初日、芝山さん宅に行くと、テーブルの上に細長い白い箱がのっていた。

「福田さん、芝山細工って知ってますか」

言いながら芝山さんは箱のふたを開けた。入っていたのは、象牙の台に鼈甲や貝をはめこんで桐の紋を描いた帯留めだった。

このとき初めて私は、丁稚から身を起こして仲卸の鮮魚商「芝専」を起こした芝山さんの祖父が芝山細工の頭の家の出身であり、本来家を継ぐべき人であったことを知った。

芝山細工は、象牙や漆の下地に、鼈甲、彩漆、珊瑚、染象牙、琥珀、貴石、ガラス、貝などをはめ込んで絵柄や模様を描き出す伝統工芸で、江戸時代後期に上総国芝山村の大野木専蔵（後に芝山専蔵と改名）によって考案されたといわれる。

明治六年のウィーン万博に出品されると人気を呼び、主要な輸出工芸品の一つとなった。

ウィーン万博は明治政府が初めて公式に参加した大規模な海外の博覧会である。明治二年の日墺修好通商航海条約によって国交が結ばれたオーストリアから万博への参加を要請された日本は、世界に対して自国をアピールする好機と参加を決定した。

推進メンバーは大隈重信、井上馨、寺島宗則ら外務省や大蔵省の官僚たち。そこに当時日本に滞在して日本工芸史を研究していたワグネルら外国人も加わった。まずは全国から出品物が集められ、選定が行われた。湯島聖堂で開催された内覧会は、連日、三〇〇〇人が押し寄せる盛況ぶりだったという。

明治六年一月、フランス船でウィーンへと運ばれた日本の出品物は浮世絵、錦などの染織品、漆器、櫛、人形などの工芸品をはじめ、仏像、楽器、刀剣、甲冑、伊万里、瀬戸、薩摩焼などの陶磁器に至る美術用品、さらに一般庶民が日常使用している生活雑器、家具、道具、農耕具、漁具、仏具にいたる生活用品まで多岐にわたっていた。

それとは別に万博の会場となったプラーター公園には、鳥居、神殿、神楽堂、反り橋などを配した日本庭園も造成された。

日本の展示はいずれも大人気だった。伝統工芸品も庭園の展示物も飛ぶように売れ、庭造りの現場を見学したエリザベト皇妃は木材を削ったかんな屑に興味を持ち、女官に持ち帰らせた。

政府がこの万博に参加したのには、世界に日本の存在をアピールするとともに欧米でどのような商品が好まれるかを知る市場調査の目的もあったのだが、工芸品の人気に注目し、以後、重要な輸出品と定めた。

芝山さんが見せてくれた帯留めは現在芝山細工の技術を継承して制作を続けている現代作家の作品であった。

しかしながら、私の知っている芝山細工はこのような清楚で上品な小品ではなく、悪趣味なまでに装飾が施されたオブジェである。

その一つに「象牙飾付金蒔絵象置物」がある。

象の置物の上に象牙を直立させ、その象牙に貴石や螺鈿をはめ込んで絵柄を描いている。片面が玄宗皇帝と楊貴妃、もう一面は猿を襲う鷲。玄宗皇帝と楊貴妃の衣装、鷲の羽、猿の毛、花の階調などに芝山細工の技術が遺憾なく発揮されているのだが、その精密でこてこての細工たるや、ここまでやるかといった徹底ぶりだ。

芝山細工に限らず、明治時代に作られた輸出工芸品は金工にしろ、漆芸にしろ、七宝にしろ、陶磁器にしろ、装飾が過剰である。

これには政府の思惑が関わっている。

日本の工芸品を世界に売るべく、ウィーン万博の翌年、東京に「起立工商会社」が設立された。この会社は日本画家の渡辺省亭や山本光一をはじめ、鋳金の鈴木長吉、蒔絵の白山松哉、陶磁器の宮川香山、彫金の塚田秀鏡、芝山細工の砥山光民ら名だたる職人たちに制作を依頼し、作品を作らせては海外に売りさばいていった。

輸出向け商品となった工芸品は当然のことながら西洋人が好むようにアレンジされていった。図柄が分かりやすい花鳥図や歴史上の有名な人物になってしまったため、作品の価値を高めるには細工を過剰にせざるをえなかったのだ。

かくして全身を蒔絵や牙彫りの装飾で覆い尽くされた「三国志」の英雄「関羽」、エナメルの卵の中から飛び出すブロンズの烏天狗、大名行列の一人一人を細密に描いて絵付けし、金彩をほどこした大花瓶などが生まれた。

そんな物は日本の美術館で一度も見たことがないと思われても当然である。こうした工芸品は全て海外に輸出されてしまい、現在日本にはほとんど残っていないのだ。

海外には明治期に作られた日本の工芸品のコレクターがいて、ナセル・D・ハリリ氏はその一人である。

ユダヤ系イラン人の古美術商である彼は、一九七〇年代初めにニューヨークのサザビーズで七宝とブロンズの花瓶を見て、その美しさと精緻な技法に魅せられて以来、明治の工芸品の蒐集を始め、九〇〇〇点にも及ぶ一大コレクションをつくりあげた。

その一部が一九九四年九月からロンドンの大英博物館の「日本の帝室技芸員——ハリリ・コレクションの明治美術」展で公開され、注目を集めた。破天荒な造形に驚いたのは外国人ではなく、日本人であったといわれている。何しろそれまでそんなものを目にしたこともなかったのだから。『芸術新潮』がその翌年にハリリ・コレクションをはじめとする明治の輸出工芸を特集し、それによって初めて私もその存在を知ったのだった。

ちなみに芝山細工の「象牙飾付金蒔絵象置物」もハリリ・コレクションの一つである。

こうした明治期の工芸品は日本近代美術史の中では全く評価されてこなかった。政府に踊らされ、職人たちがいっとき咲かせたあだ花と見なされていたのだ。

輸出品としての隆盛も長くは続かなかった。

起立工商会社は経営が悪化し、明治二十四年に解散している。

芝山さんの祖父の専蔵さんはその三年後の二十七年、上野の黒門町に生まれた。当時はまだ家に多くの職人を抱え、専蔵さんは、彼らの働く姿を見ながら育った。芝山家では跡取りの長男には専蔵という名前をつけており、専蔵さんは当然自分が芝山細工の継承者になるものと信じていた。

ところが、高等小学校に入った頃から家業が傾き、専蔵さんは十三歳で日本橋の魚市場に丁稚に出された。

「それまできれいな細工物に囲まれて、毎日絵を描いて暮らしてたんですよ。それがいきなり魚河岸だ。褌一丁で男たちが働いている中に放り込まれて、じいちゃんはショックだったと思いますよ。俺だったら絶対逃げ出してたね」

芝山さんは言った。

芝山さんの話を聞きながら私は、黒門町の家で職人たちが一心に、貴石や鼈甲をはめこんで玄宗皇帝や楊貴妃を描いている姿を想像した。

職人たちは当然自分が身につけた伝統的技術に誇りをもっていただろうし、その技術で世界を驚嘆させてやろうという気概もあったに違いない。明治工芸品の異形は彼らの気概の現れなのだ。

近代国家建立のため、日本政府が世界を相手に闘っていたように、職人たちもまた日本の職人としての矜持を持って闘っていたのである。

ハリリ・コレクションが大英博物館で公開されたことにより、明治の名工たちの作った作品の質の高さが証明された。職人たちの闘いはけして無駄なものではなかったのだ。

専蔵さんは仲卸の鮮魚商に住み込んで働き、二十七歳で分店を任され、三十三歳で独立して「芝専」を持った。以来昭和五十年に引退するまで働き続けた。

自分が魚河岸に奉公に出されたことに対して、専蔵さんがうらみがましいことを言うのを芝山さんは一度も聞いたことがないという。

「奉公に出てから絵筆をとる暇なんてなかったのに、じいちゃんは絵がうまかったんですよ。チラシの裏に魚の絵を描いては『孝、これが鯛だぞ』『これが鮪だぞ』って、教えてくれました。そうだ。じいちゃんの絵が残ってますよ」

芝山さんが出してきたのは扇子だった。開くと白地の扇子の上に墨で描かれた鯛が躍っていた。

∴

昨年（二〇一九年）は日本とオーストリアの国交樹立一五〇周年ということもあって、オーストリアやウィーンに関連した展覧会が目白押しだった。その皮切りに四月から七月にかけては東京都美術館で「クリムト展　ウィーンと日本　１９００」が開催された。

『ユディットI』の美女を彩る黄金、全長三十四メートルの『ベートーヴェン・フリーズ』が放つ退廃美、『女の三世代』や『オイゲニア・プリマフェージの肖像』に溢れる色彩などに接し、改めて感じたのはクリムトの耽美への意志だった。

グスタフ・クリムトは一八六二年、ウィーン近郊のバウムガルテン村に生まれた。父は金工師で庶民階級だった。

ウィーン万博開催のときは十一歳。万博で家の羽振りはさぞよかっただろうと思われるかもしれないが、実は万博は興行としては失敗であり、国中が不況にあえいでいた。

クリムトは手に職をつけるため工芸美術学校に入学して装飾技術を学び、弟のエルンストとともに国内外の劇場や美術館の壁画の仕事を手掛けるようになった。

オーストリア＝ハンガリー帝国のカールスバート、ブダペストの各劇場、ウィーンのブルク劇場や美術史美術館など大きな仕事が次々に舞い込んだのは、当時「画家の王」ともてはやされていたハンス・マカルトが梅毒で急逝したという事情もあった。

マカルト風の古典様式の壁画で着実に実績を積んでいったクリムトだったが、一八九二年にエルンストが死ぬと、壁画の仕事は一切やめてしまい、五年の沈黙の後、一八九七年、分離派を率いて美術界に再登場した。官製のアカデミー派の芸術を拒否して、アール・ヌーボーのグループを結成したのだ。

ここから、正方形のキャンバス、金箔の多用、エジプトの象形文字や渦巻き、花など様々な模様のコラージュといった、我々の知るクリムトの絵が立ち上がってくる。

古典様式の壁画からの飛躍のきっかけとして考えられるものの一つに、ウィーン大学講堂の天井画、「学科絵」がある。

「学科絵」とは中央画「闇に対する光の勝利」の周囲に設置する四学部の寓意画で、そのうち「哲学」「医学」「法学」の三点が一八九四年ころ、クリムトに依頼された。

最初に完成したのが「哲学」で、一九〇〇年三月に分離派の展示館で一般公開された。ところがそこに描かれていたのがやつれた裸体であったため、物議をかもすことになった。その後、「医学」と「法学」も完成し公開されたが、赤裸々な肉体描写が批判の的となり、ウィーン大学の教授たち八十余名が天井画取り下げを要求。一九〇五年クリムトは三点の絵を買い戻し、一度も講堂の天井を飾ることのなかったこれらの絵は第二次世界大戦中の一九四五年、疎開先のニーダーエスターライヒ州インメンドルフ城で戦火にあい、焼失してしまった。

現存しているのは「医学」のスケッチのみだが、絵の写真は三点とも残っている。その写真を見ると、明らかにそれまでの壁画とは違う絵になっている。

焼失前の学科絵について書かれた次のような文章がある。


「『法学』という絵を私がはじめて目にしたのは盛夏だった。場所はヨーゼフシュタットのずっとはずれ、シュミット家具工房の最上階、屋根裏部屋のかなり大きなアトリエ。屋根裏に通ずる鉄製の戸。そこにチョークで、G・Kの文字と「ノックは強く！」と注意書きが記されている。私はなにか死者でも目覚めさせるような具合にドアを両こぶしで叩いたが、巨匠はしかし元気そのもので、すぐさま扉のところに現われた。（中略）『法学』に被告として現われる哀れな罪人のスケッチを、彼はもう何枚も描いていた。頭を深くうなだれ、腰が低く折れまがり、筋肉の束が痙攣的によじれた、あの疲労困憊しきった裸の老人である。この罪人は、見捨てられた人物のプロフィールの中でも一番惨めな姿で描かれているので、それだけで、救いがたい罰を宣告された者だというしるしがはっきりしている。このようにプロフィールが二重、三重に曲った遠近法で描かれたことがいままであったろうか」

（「クリムト展について」ルートヴィヒ・ヘヴェジィ　中居実訳）

ヘヴェジィはクリムトと同時代に活躍した美術批評家であり、作家だ。ハンガリーに生まれ、ブダペストでジャーナリストとしての仕事を始めた。一八八五年ウィーンに移って以降、新聞、雑誌で記事を書いた。「ウィーン分離派」のクリムトらを擁護し、いちはやく二十世紀美術への指針を示したことで知られる。

そのヘヴェジィがクリムトのアトリエを訪れ、制作中の「法学」を目にしていたのである。

彼が書いているように、クリムトは学科絵のためにたくさんのスケッチを描いた。しかしスケッチをそのまま採用するのではなく、描いたスケッチによって構想を重ね、普遍的な人間像を描き出した。

そこからさらにクリムトは美に向かって突き進んでいく。

クリムトの美は女性と深く結びついていた。

『アデーレ・ブロッホ＝バウアーの肖像Ⅰ』（一九〇七年）はオーストリアの実業家の妻でクリムトと愛人関係にあったアデーレを描いているが、彼女が着ているドレスも背景も金で埋め尽くされている。ルネサンス以降の自然主義の流れの中で金の使用は時代錯誤であった。しかしクリムトは金の装飾的効果を重視し、あえて時代錯誤の金によって新しい美を表現しようとしたのである。この黄金様式によって、代表作『接吻』（一九〇七～〇八年）が生まれた。男性から頬にキスされる女性はまばゆい黄金の中で陶酔した表情を見せているが、このモデルもまたアデーレである。

しかし、クリムトはいつまでも金に執着してはいなかった。一九一二年に描いた『アデーレ・ブロッホ＝バウアーの肖像Ⅱ』において金箔は一切使われておらず、中心に立つアデーレも、背景を飾る中国風のモチーフも、金に代わる豊かな色彩に彩られている。

クリムトの絵の中ではアデーレに限らず当時の社交界で活躍した女性たちが性と戯れ、官能を漂わせている。その幻想的な雰囲気はハプスブルク帝国の終焉を予感させる世紀末のウィーンの黄昏の輝きと重なっていた。

クリムトは自画像を描かない画家として知られるが、「自分に絵の題材として関心がない」と言い切っている。

恐らくそれは、ずんぐりした筋肉質な体と小麦色に焼けた肌に加えて禿げ頭と、自分の容姿が自分の描く絵とかけ離れていたからだろう。しかも着ている物はいつも丈の長い暗色の仕事着で、その下には何もつけていなかった。

ヘヴェジィはクリムトの日常についてこう書いている。

「彼は大きなキャンバスを前に暮している。梯子を登ったり降りたり、あちこち歩き回ってはじっと見つめたり構想を暖めたり、無からの創造を果したりしながら、思い切った冒険をする。巨匠のまわりには霧がたちこめているかのようで、そのような漠然とした要素と戦いながら両腕を肩まで使ってこねまわすように霧の中をもがいている」（同前）

アトリエの中で絵を描くことに没頭しているクリムトの様子が窺えるが、ストイックに仕事に打ち込む一方、クリムトはモデルの女性たちとの愛を楽しみ、十四人もの子供をもうけた。が、誰とも結婚しなかった。

若くして死んだ弟エルンストの妻の妹、エミーリエ・フレーゲとは最も親密な関係を持ったが、やはり結婚しなかった。

エミーリエに夫がいたわけでなく、彼女はウィーンで人気のブティックを経営しながら、やはり一生独身を通したのだった。

結婚という形に縛られることなく、クリムトは自由に女性たちと戯れ、自由に彼女たちの姿を描き続けた。彼の描いた女性たちは社会的なしがらみや現実の生活から離れ、花や植物に囲まれた世界で自己を解放している。

これこそ耽美への意志によってクリムトがたどり着いた境地だったのだ。

∴

日本がオーストリアと国交を結ぶ三年前の一八六六年、オーストリアは普墺戦争でプロイセンに敗北した。ドイツ統一の主導権を失ったオーストリアは国力を高めるため、ハンガリー王国の自治権の拡大を許してオーストリアと対等の位置に引き上げ、オーストリアの皇帝がハンガリーの国王も兼ねる、オーストリア＝ハンガリー二重帝国を成立させた。

ときの皇帝はフランツ・ヨーゼフ一世。彼が即位したのは三月革命さなかの一八四八年であり、ウィーン万博は彼の治世二十五年を記念して開催された。

フランツ・ヨーゼフ一世は伝統を重んじ、革新を嫌う皇帝だった。ホーフブルク王宮には一八五〇年代になるまで便所すら設けられていなかった。設置されたのは皇妃エリザベトが強く希望したからだった。電話や汽車、ことに自動車などには価値を認めていなかった。電灯は目に悪いと言ってつけなかった。

そんな皇帝が一八五七年、ウィーンの市街を取り囲んでいた防衛の壁を取り壊すことを裁可した。この頃、ウィーンの城壁外の低地帯にはボヘミアやモラヴィア、ハンガリー、イタリアから職を求めてやってきた人々が住みついていた。こうした地区を市に編入することを拒否し続けてきたウィーンだったが、住宅不足のため城壁の稜堡に小屋を建てて住む者なども出てきて、市内の治安は悪化し、大規模な都市改造が急務となっていた。そんな折、散歩中の皇帝自身がこの稜堡の上で暴漢に襲われる事件が起き、皇帝は城壁の撤去を決めたのだった。

跡地の再利用については、当時美術アカデミーの教授だったルートヴィヒ・フェルスターの案が採用された。彼の案は城壁の跡地にリング状の大通り、リンクシュトラーセを設け、沿道に劇場、美術館など文化の殿堂や公共の建物を建設するというものだった。

かくして、一八六〇年から九〇年にかけて、リンクシュトラーセと十二の建物が建設された。

若きクリムトもこの事業の恩恵を受けた者の一人であるが、首都改造が進むこの時代のウィーンでは知識人、一般市民の別なく、文化と娯楽に興じ、平穏な生活を謳歌していたようである。

この時代、とくに第一次世界大戦前のウィーンを描いた文学作品の一つに、シュテファン・ツヴァイクの『昨日の世界』がある。

ツヴァイクはウィーン生まれの作家である。作品は小説、詩、戯曲、評伝など多岐にわたっているが、まるで本人から聞いたかのような心理を書き込んだ、『ジョセフ・フーシェ』、『マリー・アントワネット』、『エラスムスの勝利と悲劇』などの伝記小説は大衆の人気を呼び世界で愛読されている。ちなみに『マリー・アントワネット』は池田理代子の漫画『ベルサイユのばら』の元本になっているので、間接的にツヴァイク作品に触れている日本人も多いことだろう。

『昨日の世界』はナチスの台頭でザルツブルクを去り、イギリス、アメリカを経てブラジルに亡命したツヴァイクがそこで自分の記憶だけを頼りに書いた自伝的回想記である。

それは次のような文章で始まっている。

私が育った第一次大戦以前の時代を言い表わすべき手ごろな公式を見つけようとするならば、それを安定の黄金時代であったと呼べば、おそらくいちばん的確ではあるまいか。ほとんど千年におよぶわれわれのオーストリア君主国では、すべてが持続のうえに築かれているように見え、国家自体がこの持続力の最上の保証人であった。国家がその市民たちに与えた諸権利は、自由に選挙された国民の代表である議会によって確認され、どんな義務も厳密に限定されていた。われわれの通貨であるオーストリア・クローネは、純金貨で流通し、それによってその不動なことを保証していた。誰もが、自分はどれだけを所有し、どれだけが自分に入ってくるかを知り、何が許され、何が禁じられているかをわきまえていた。（中略）戦争とか革命とか顚覆とかがあろうなどとは、何びとも信じなかった。過激なもの、暴力的なものはすべて、理性の時代においては、すでにありうべからざることのように思われていた。

（原田義人訳）

池内紀氏は自著『ウィーンの世紀末』の中で、このツヴァイクの記述に対し、数字を上げて疑問を呈している。

一八七五年、ウィーン市に一区が加わり、それまでの全市九区が十区になった。
一八九〇年、ドナウ川南方の町々が編入され、ウィーンは一挙に十九区となった。市の面積は三倍に広がり、人口は約一三〇万を数える。
一九〇〇年、さらに一区が加わる。
一九〇五年、ドナウ北部が編入され、計二十一区となる。三十年前とくらべ、面積は五倍、総人口は一九〇万に及ぶ。

池内氏は、こうした数字だけでも、この時代に、いかにウィーンが急速に膨張していたかが分かり、「『安定の黄金時代』どころではなかっただろう。おりしもウィーンは不安定の渦中にあったというべきだ」と主張している。

とはいえ、ツヴァイクが嘘を書いていたわけではない。

シュテファン・ツヴァイクの父、モーリッツはチェコのメーレン地方出身のユダヤ系ドイツ人で、ボヘミア地方に多数の紡績工場を経営する、莫大な資産を持った実業家だった。一方母、イダもユダヤ系ドイツ人で、全ヨーロッパに拡がっている大銀行を持つブレタウアー家の娘だった。

彼らはウィーンに家を持っていたが、一八八〇年代のウィーンの知的職業の半分以上はユダヤ人によってしめられ、ツヴァイク家のような豊かなユダヤ系上流階級の家は安定と社会信用、未来に向けた配慮が家族の徳目となっていた。しかもウィーンでは階級で区分されたグループができていて、他のグループと交じり合う機会がほとんどなかった。

ツヴァイクが回顧するかつての世界は紛れもない「安定の黄金時代」だったのだ。

彼の小説「異常な一夜」の主人公の「私」は、まさにこの時代のウィーンの上流階層の人士である。両親は彼が成人に達する少し前に亡くなり、彼が一生働かなくても裕福な生活をしていけるだけの財産を残した。

あくせく働いて生活費を稼ぐことも、立身を考える必要もなくなった私が、カルタ遊び、狩猟、旅行、音楽鑑賞、美術鑑賞、骨董集め、女遊びと、「伊達で貴族的な、財産があって美しく、しかも野心のない若い男のするようなたのしみ」をやりつくした後にいきついたのが、「精神的インポテンツ」だった。どんなことに対しても、わくわくしたり感動したり、悦びを感じることがなくなってしまったのである。

自分の感情は全て死滅してしまったと信じる私はある日、暇つぶしのためプラーターで行われた競馬を見に行く。そこで自分とぶつかって馬券をまき散らした男の馬券を一枚足の下に隠して自分のものにする。するとその馬券が当たり、思わぬ賞金を手にすることになった。こんな金など持っていてもしょうがないと、賞金全額を人気のないいかれ馬の「テディ」にかけたところ、それが一着に来て、私は自分の意志に反しとんでもない大金を手にしてしまう。

この体験が私の感情を呼び覚ました。

とつぜん私は力強くうしろに身をひいた。あそこでどなっているのはだれだ？「テディ、テディ」とわめいているのはだれだ？　いや、どなっているのは私だった。そして興奮のさなかに、私は自分自身に愕然とした。

（「異常な一夜」関楠生訳）

私はテディが今まさに一番人気の馬を追い抜こうとするとき、自分が「テディ、テディ、テディ！」と大声で叫んでいることに気づく。さらにテディが勝つと、狂喜して窓口に走り賞金をひったくるようにつかみとる。

興奮状態のまま私は一晩中ウィーンの街をさまよい歩き、屋外の食堂でビールを飲んでいる小市民と同席したり、メリーゴーランドの前で乗りたそうにしている男の子に声をかけたり、いかがわしい娼婦の誘いに乗ったりする。そうするうちに私の中にかつてあった感情が甦り、世の中が昨日までとはまるで違う親密なものに思えてくる。

甦った感情はその後も失われることはなく、それどころか私はあらゆる生命を熱烈に愛するようになるのだが、翌年に起こった第一次世界大戦に従軍し、戦死してしまう。

この小説は不変で不動の安定を前提としなければ理解できない、まさに「安定の黄金時代」を象徴する小説といっていいだろう。

しかし、この安定の世界は第一次世界大戦によって夢幻の城と化してしまう。

一九一四年に始まり、四年三か月という、それまでの常識では考えられない長期にわたった大戦は国の成り立ちそのものを変えてしまう決定的な戦争だった。巻き込まれた国を含め三十六か国が参戦し、毒ガス、戦車、航空機などの新兵器が投入され、結果一〇〇〇万人に近い戦死者を出した。イギリスは第二次世界大戦の死者の三倍、フランスは一・四倍といわれている。

この戦争に勝利するためには、物的資源から人的資源まで、戦場での戦いだけでなく、国力のすべてをかけなければならなかった。「総力戦」の時代が幕を開けたのだ。

強い愛国心を持つツヴァイクは自ら志願して軍務につき、四年ほどウィーンの兵舎内で戦時宣伝活動を行ったが、世界市民としてヨーロッパを信奉するもう一人の自分との葛藤から、次第に平和主義、人道主義を打ち出していった。

一九一七年には旧約聖書の預言者を主人公に、戦争の混沌を反映させた詩劇『エレミヤ』を書きあげて上演し、その後は中立国スイスにおいて、ロマン・ロランらと平和運動に携わった。

彼の活動を支えているのは世界市民という強い意識であり、それは『昨日の世界』のウィーンによって形成されたものだった。

ところでヨーロッパの都市でウィーンほど、文化的なものへの欲求を情熱的に持っているところはなかった。その君主国が、オーストリアが、何世紀このかた政治的に野心を抱きもしなかったし、その軍事的活動で特に成果を収めもしなかったゆえにこそ、郷土の誇りは芸術的な優越を得ようとする願望に最も強く向けられた。（中略）ここにおいて音楽の不死の七星、グルック、ハイドン、モーツァルト、ベートーヴェン、シューベルト、ブラームス、ヨハン・シュトラウスが世界を照らし、ここにヨーロッパ文化のあらゆる流れが合流した。宮廷にあって、貴族において、民衆のなかで、ドイツ的なものは、スラヴ的、ハンガリー的、スペイン的、イタリー的、フランス的、フランドル的なものと血で結びつき、これらすべての対立をひとつの新しい独自のもの、オーストリア的なもの、ウィーン的なものへと調和せしめて解消することが、この音楽の町の本来の天才性というものであった。文化摂取の意欲を強く持ち、受容力に対する特別な感覚に恵まれて、この町は異質な諸力を自己に集め、それらの緊張を解き、弛め、和解させた。ここのこの精神的な宥和の雰囲気のうちに生きることは平穏なことであった。そして知らず知らずのうちにこの都市の市民の一人一人が、超国民的なもの、コスモポリタンなもの、世界市民へと育てあげられていった。

（『昨日の世界』原田義人訳）

ヨーロッパの統合と諸国民の友愛を求めるツヴァイクは第一次世界大戦後、ザルツブルクに邸宅を建て、そこは戦後処理をめぐり対立しているヨーロッパ知識人たちの交流の場となった。

作家ではトーマス・マン、ロマン・ロラン、H・G・ウェルズ、ホーフマンスタール、ジョイス、ヴァレリー、シュニッツラーらが訪問し、音楽家ではラヴェル、リヒャルト・シュトラウス、バルトーク、トスカニーニらが訪れ、交際を結んだのだった。

家に人を招くばかりでなく、ツヴァイクは自らライプツィヒ、フランクフルト、シュトゥットガルト、ヴィースバーデン、ハイデルベルクなどドイツの諸都市に足を運び、戦後強力になりつつあった反動的ナショナリストたちに向かって、ヨーロッパの文化統一について語った。戦争で失われてしまった「世界市民」のヴィジョンを復活させようとしたのだ。

さらに彼は反戦、平和主義を打ち出した小説を書いた。

「レマン湖の悲劇」の主人公ボリスは善良なロシヤの農民で、よくわからないまま兵隊にとられ、フランス戦線に送られるが、故郷に帰りたい一心で脱走する。レマン湖を渡ろうとするところをスイスの漁民に助けられ、人々に親切にされるが、故郷に帰れないことを知って絶望し湖に投身自殺する。

「書痴メンデル」の主人公はウィーンに住むユダヤ人。本に関しては図書館の司書も及ばない知識を持っているが世情にうとく、戦争中に敵国の書店に手紙を出したためにスパイと疑われ、収容所に送られてしまう。

「目に見えないコレクション」の舞台は、大戦後のインフレが進むドイツである。生活のため、自分のコレクションが妻と娘によって信じがたいはした金で売られているのも知らず、複製のコレクションに日々触れることを生きがいにしている盲目の骨董商が描かれている。

こうした無辜の民の悲劇を小説に書くことでツヴァイクは間接的に平和への希求を訴えたのだった。

しかし、世界の潮流は再び戦争へと向かっていった。

一九三二年、ドイツでナチスが権力を掌握すると、オーストリアでも反ユダヤ主義が拡がり、三三年五月十日、ツヴァイクの書物はザルツブルクの彼の邸宅でナチスの手によって公然と焚書されてしまった。

それでも三四年の初めまではザルツブルクにとどまったが、二月に家宅捜索をされるやただちにイギリスへの亡命を決意する。

第二次世界大戦が勃発した翌年の一九四〇年、ツヴァイクは二番目の妻、ロッテをともない南米を旅行しその途上、ニューヨークに立ち寄った。その後、ブラジル、アルゼンチン、ウルグアイで講演を行ったが、結局ブラジルに亡命することになった。彼らはイギリスで「敵性外国人」に指定され、警察による厳しい監視のもと、不自由な生活を強いられるようになっていたため、第二の亡命先が必要になったのだ。

ツヴァイクが初めてブラジルを訪れたのは一九三五年十一月。政府から招かれ、有名作家として歓迎された。そうした経緯もあり、ブラジル定住のヴィザも手に入れた彼はリオの近くのペトロポリスに庭付きの小邸宅を借り、ロッテと二人、世間から引きこもった生活を始めた。

このときの気持ちをツヴァイクは友人のフェリックス・ブラウン宛ての手紙にこう書いている。

「私は今ブラジルの山中の小都市にあと数ケ月の予定で暮らしている。昔の私とのアイデンティティはもう見出せない。何処にも属さず、遊牧の民でありながら不自由な暮らし。私の仕事、私の書物は海の向こう。数年来私はトランクと荷物をさげて暮らしている。今後長らく戻ることは考えられない。もう本当に家に帰ることなどありえないだろう」

（『シュテファン・ツヴァイク』河原忠彦）

『昨日の世界』はこうした中、周囲に何の資料もない状況のもと書かれたのだった。ヨーロッパの統一を目指すがゆえに戦争から逃れ、そのために故郷を失ったツヴァイクを戦争は何処までも追ってきた。

一九四一年十二月の真珠湾攻撃を機にブラジルはアメリカ支持に傾き、国内では戦争の機運が高まっていった。

四二年二月十七日、リオのカーニバルを見物していたツヴァイクは新聞でシンガポール陥落の報に接すると見物を中止してペトロポリスの自宅に戻った。二十二日、妻と二人で睡眠薬「ヴェロナール」を飲み、自殺した。

同じ亡命作家であるトーマス・マンはツヴァイクの死後、前夫人のフリーデリケに送った手紙の中で次のように書いている。

「故人は無条件かつ根本的に平和主義的な素質とその確信をもった人でした。……現在の戦争に流血の惨事と自己の存在の抹殺以外のものを見ませんでした。彼は、フランスが戦おうとは欲せず、それによってパリを救ったといってフランスを讃えました。彼は戦争遂行のいかなる国にも生きることを望まず、イギリス市民として英国を去り、アメリカ合衆国へおもむき、そこからブラジルへ行き、ここできわめて高く尊敬をうけました。この国もまた戦争に引き込まれると分かったとき、彼は生命を断ちました。これはいかなる批判からも逸する、首尾一貫性です。私たちは彼の本性と確信を死をもって封印することしかできません。死はあらゆる反論をうち砕く論拠です。これに対してはただひとつ、畏敬の念をもって沈黙することしかありません。……」（同前）

この手紙だけを見るとツヴァイクの死に共感しているようだが、死の直後にニューヨークの雑誌に寄せた追悼文ではツヴァイクの心理的、芸術的才能について述べた後に、こう結んでいる。「……これらの特質が暗黒の時代を生き抜いて明るい日を目にする力となれるくらいに逞しいものでなかったことは、一層悲しい」（『闘う文豪とナチス・ドイツ』池内紀）

哀悼の気持ちを示しつつも、どうして今ここでお前は死ぬんだという厳しい批判が窺える。マンはナチスによって祖国ドイツを追われ、アメリカに亡命した。一九三八年にプリンストン大学の客員教授となると、教鞭をとる傍らアメリカ各地で講演を行いヒトラー打倒を訴えた。

全財産を没収されて祖国を追われ、アメリカで闘い続けているマンの目に、ツヴァイクは何と意気地なしに映ったことだろう。

マンは戦後も大作『ファウスト博士』を刊行するなど旺盛な執筆活動を続け、一九五二年にはヨーロッパに戻ってスイスのチューリヒ近郊に住み、五五年、当地の病院で永眠した、八十歳だった。

何故ツヴァイクはマンのように最後まで闘い続けることができなかったのだろう。

それは単にマンがノーベル賞作家であったとか、運がよかったとか、精神的に強かったといった理由で片付けられるものではない。

トーマス・マンは、代々市の参議官や領事を輩出した由緒あるマン商会の後嗣として生まれながら、実家を衰勢から救うどころか、この実直なプロテスタントの街の価値観からすれば許しがたいことに実業を嫌って享楽的な南へと移り住んだ、笑うべき敗北者だった。

家業の衰退と没落、一族の移転、家業からの離脱とその上に母親の不品行までが、狭く因襲的な街で、いかに語られているか。そのような想念が常にマンを苛み、故にこそ彼は、『ブデンブローク家の人々』を書かなければならなかった。

この小説の成功は、一家の没落を、リューベックの殷賑そのものの、現代的なもの、実務的なものによる破壊と重ねて描く、郷愁の甘やかさの、そのイロニーの勝利にほかならない。反時代的なものの、敗北における凱歌であった。

ドイツが国民国家として統合され、鉄道が全面的に配備されていく過程で、リューベック式の商売が商業資本と金融資本と手を携えた商社によって敗北したのだとすれば、一家の没落は、けして汚名ではなく、むしろ優れた者たちの受ける宿命ではないか。

保険会社や商事会社で数字に取り組むことでは発見し得ないこの真実を、マンは小説に書くことで発見したのだ。

以来、マンは死ぬまで「文学者」であり続けた。

文学者というのは市民からしてみれば無能力者ということだ。市民の意識と文学者の意識は常に対立し、相いれることはない。マンは文学者としてナチスと闘いながら、自分の中の市民とも闘っていた。

しかし、ツヴァイクの中にはブルジョア的な贅沢や裕福を好む傾向があって、それが彼の精神的、芸術的なものの中にも深く食い入っていた。彼の平和主義、人道主義は彼の文学者の意識ではなく市民の意識と結びついていた。

そもそも文学が人道と結びつくはずがない。およそ倫理や社会道徳に迎合することのない、人間主義、平和主義、人道主義といった美辞麗句を唾棄する精神が文学の本質にはあるのだから。

ツヴァイクが敗北したのは戦争やナチスではなく、自分の中の市民だったのだ。

獅子文六の内なる日本

終息の見通しのつかない新型コロナウィルスの感染拡大のため、家の中で長い時間を過ごしていると、外の明るさがいっそう強く感じられる。

陽気は次第に初夏の様相を帯びてきた。気晴らしに散歩に出ると、外は驚くほど人がいない。家から少し離れたところにある川沿いを歩くと、人影のない遊歩道に蝶が舞い、川にはカイツブリが泳いでいた。子供の頃に住んでいた場所と今住んでいる場所は違うけれど、似たような風景を見た気がする。

人影のない道、蝶、カイツブリ、風が木や草を揺らす音、それらを包む静けさ……。

まるで半世紀前に逆戻りしたかのように思えるこの世界は、事態が落ち着きをみせ、人々が再び外を出歩くようになったとき、一体どうなっているのだろう。

私の父の世代までは誰しも戦争を経験してきた。一九三九年のドイツによるポーランドへの侵攻に始まり、世界中を巻き込んで拡大した第二次世界大戦は、未曾有の被害をおよぼした。

この戦争によって世界秩序は崩壊し、社会構造そのものが大転換した。とくに連合国に占領された敗戦国では、昨日までの正義が悪として否定され、新しい価値観を強要され、その価値観のもと、国が、人間が再形成されていった。

私は、昭和三十五年十月九日に生まれた。

経済白書はその四年前に、「もはや戦後ではない」と宣言していた。のちに高度経済成長と呼ばれる長い好況はすでに始まっていて、岩戸景気は二年前から拡大を続けていた。

その年の五月には、衆議院で改定日米安保条約が可決され、六月十九日に参議院の審議を経ず自動承認された。

私が生まれる前にはすでに、新しい、「豊か」で「平和」な日本は出来上がっていたのである。

中学生のとき、焼け野原の東京で祖父の復員を待ちながら、祖母と自分の口を養わなければならなかった父は私に厚い庇護を与えた。父が用意してくれた機会と支援を当たり前のものとして享受して育ち、今の私がある。

第二次世界大戦による日本の、世界の大転換がいかなるものだったかについて、過去の資料にあたっていくら勉強してみたところで、真実分かるものではないだろう。

もしかしたら自分が生きている間に新しい大転換が起こるかもしれない、と考えたことはあった。それは、テロ、クーデター、戦争といったものによって引き起こされると思っていた。

ところが、今、世界は新型コロナウィルスのパンデミックによって、私の目の前で大きく変わろうとしている。

人々が外出自粛の中、感染拡大の状況を伝えるニュースを見入っているのは、自身や家族の感染を心配しているためばかりではないだろう。世界中から送られてくる、ロックダウンされたパリやニューヨーク、重症患者で混乱するイタリアやスペインの病院、配給のパンのために暴動が起きたアフリカの農村、そして大きなパニックこそ起こってはいないものの、自粛という我慢を強いられるなか、着実に日常生活の基盤の崩壊が進んでいる日本の様子を見ながら、こんなことを考えているのではないだろうか。

私たちは何処で生き、何のために働き、何を貴び、何を信じるのか、子供に何を語り、友人や朋輩と何を分かつのか――。

これらは全て、「日本人であるとはどういうことか」という大きな問いへとつながっているのである。

∴

二十代の終わりの頃、フランスの対独協力作家――コラボラトゥール――についての本を書き終えたとき、私は次回作として獅子文六をテーマに書くことを考えていた。

獅子文六の戦争中の態度と、戦後において変わったものと変わらないものについて、深い関心を持っていたのだ。

しかしそれは実現することなく、今日にいたってしまった。

私の怠慢ということもあるのだが、平成が始まったばかりのその頃、獅子文六がすっかり忘れられた作家になっていたということも大きな要因だった。

獅子文六は戦前から多くの小説を書いた。

「悦ちゃん」「胡椒息子」「おばあさん」「てんやわんや」「自由学校」「大番」「娘と私」「父の乳」……新聞や雑誌で連載されたこれらの小説は本になって出版されるやベストセラーとなり、多くは映画化された。

ちなみに五月の「ゴールデンウィーク」という名称は、一九五一年五月に大映と松竹が「自由学校」を競作、同時上映して大当たりとなり、正月や盆を超える興行収入を得たことから作成された宣伝用語である。

これだけもてはやされた作家が亡くなってたった二十年ほどで忘れられてしまうという現実は私に、作家と作品の持つ生命力について考えさせた。

しかし、平成の世になって四半世紀が過ぎた二〇一四年前後に、筑摩書房が「コーヒーと恋愛」「七時間半」「てんやわんや」など、獅子の作品を文庫で復刊すると、若い世代を中心に静かなブームが起きた。獅子文六という存在が再び注目され始めたのである。それは小さな動きであったかもしれないけれど、重要なことだった。

獅子の作品が受け入れられたのは、彼の洒脱さやユーモアが今の時代にも通用したというだけではないだろう。恐らく読者は彼の作品の中に、自分の知る、けれど現代作家が描かない日本人の姿を見つけたのではないだろうか。

獅子が小説の中で描き続けた日本人の姿――そこには、「日本人であるとはどういうことか」という問いに対する一つの答えがある。

昨年（令和元年）は獅子が亡くなって五十年だった。神奈川近代文学館では十二月七日から今年の三月三日まで「没後五〇年　獅子文六展」が開催されたので、二月の終わりに、展覧会に足を運んだ。この文学館は港の見える丘公園の中にある。昨年六月に「江藤淳展」で来た際は薔薇が見ごろで、たくさんの人が訪れていたけれど、今回は冬枯れの上に自粛要請も重なって、人影はほとんど見られなかった。

それでも文学館は私以外に三組ほどの見学者があった。内一組は大学生と思しき男女で熱心にメモをとっていた。

展示は「序章　生い立ち――渡仏まで」に始まり、「第一章　演劇人・岩田豊雄」、「第二章　作家・獅子文六の足跡」と展開されていた。岩田豊雄は獅子の本名である。彼には「岩田豊雄」と「獅子文六」という二つの顔があった。

獅子は明治二十六年、横浜市弁天通で父・岩田茂穂、母・アサジの長男として生まれた。父の茂穂は元中津藩の藩士であり、同郷の福澤諭吉に傾倒して慶應義塾に学び、横浜の外国人居留地で絹物貿易商を営んでいた。店は栄え、父親は横浜の名士となり、獅子はプチ・ブルジョワジィの家庭の子供として育った。

このプチ・ブルは現代の中流とは異なり、今では同じ階層を見出すのは難しくなっているが、獅子は終生、プチ・ブルとしての生き方を崩さなかった。

獅子は初めから小説家を目指していたわけではなかった。

地元の老松小学校に通っていた九歳のときに父が病死。母が家業を切りもりし、獅子は慶應の幼稚舎に転校して、そのまま大学まで慶應で学んだ。大学では初め母の希望もあって理財科に進んだ。中学の頃から文学に親しんではいたが、文士になる決心がつかず、当時三田で教鞭をとっていた永井荷風が主宰する『三田文学』に執筆する文科生の多くが荷風を模倣していることに反発を感じたと自身で語っている。

ところが、大学に嫌気がさして登校しなくなり、母親が「文科に移っていいから、大学に通ってくれ」と折れてくれたので、文科に転部した。それでも大学に行く気になれず、文学書を読んだり、新聞の懸賞小説に応募したりして過ごした。

留年するなどして長らく文科に居すわっているうちに母が脳出血で倒れ、家事の一切を任されることになり、文学どころではなくなった。一年後に母は他界し、自由の身となった獅子は、日本の文壇に近づく気になれず、フランスへの留学を決意する。

　私は、僅かな父の遺産で、無為徒食の文学青年の生活を、続けてきたが、それも、十年になると、ほんとに、飽き飽きしてしまった。誰よりも、自分が、堪えられなくなってきた。それで、フランスに滞在してる間に、父の遺産を、残らず使い果せば、私は嫌でも、働いて食わねばならなくなるだろう。フランスで、働く道がなければ、日本へ帰って、赤新聞の記者にでもなればいい。それも、ダメなら、自殺してしまえばいい。もう、母もいない。私は、いつ死んだって、かまわない人間だった――　（「父の乳」）

やけっぱちともいえる気持ちで、獅子はフランスに留学した。

それでもパリでしばらく生活をするうちに欲が出てきた。日本に知られていないフランス演劇の先進性を身につけて帰国してからは演劇で身を立てようと考え、劇場通いが始まった。

文学館には、留学当時の獅子の「観劇ノート」が展示されていた。そこには舞台装置のスケッチや作品の感想などが記されており、克明な記録から獅子の熱心さが窺えた。

大正十四年六月、獅子は妻のマリー・ショウミイをともなって帰国し、東京杉並に所帯を構えた。八月には長女・巴絵が生まれた。

パリで決意した通り、獅子はヴィルドラックの「貧者」やジュール・ロマンの「クノック」などフランスの戯曲を翻訳出版した。さらに岸田國士の誘いで新劇協会に入り、自訳の「クノック」を演出するなど、演劇人としての活動を始めた。しかし、獅子の稼ぎだけではとても生活できなかったので、妻のマリーはフランス語の出張教授をして家計を支えた。

そのマリーが病に倒れたため、獅子は朝鮮にいる姉夫婦に巴絵を預け、妻を療養させるため二人でパリに戻った。この二度目の渡仏で西洋演劇の知見を深めた獅子は半年後に単身帰国。その翌年に妻がフランスで死去すると、異文化理解の難しさという、妻の悲劇を主題にした初の戯曲「東は東」を発表した。

しかしこの戯曲は難解だと不評で上演がかなわず、戦後の昭和二十七年にようやく武智鉄二の演出で上演された。

獅子が書いた戯曲は「東は東」と「朝日屋絹物店」の二作のみだが、岸田國士、久保田万太郎の三人で幹事になり、劇団「文学座」を立ち上げ、戦後も演出や顧問を務めるなど、生涯、演劇人であり続けた。「文学座」という名称も、フランス語の「Littérature」と「Théâtre」を合わせたロゴも獅子の発案であった。

演劇では食えないと分かった獅子は、身過ぎ世過ぎのつもりで小説を書き始めた。

演劇の仕事では「岩田豊雄」を用いたが、小説を書く際には「獅子文六」を名乗った。

このペンネームの由来は、「獅子」が「百獣の王」、「ブン六」は「ブンゴー」より一枚上という洒落で、小説は演劇の片手間ぐらいにしか考えていなかったようだが、この小説があたってしまった。

昭和九年、獅子文六という名前で初めて「金色青春譜」を『新青年』に発表すると、これが好評で、翌年には同誌で「浮世酒場」の連載が始まり、「遊覧列車」が直木賞候補に上がった。

『報知新聞』に連載された「悦ちゃん」と『主婦之友』に連載された「胡椒息子」は大好評で二作とも映画化され、昭和十一、二年頃には「獅子文六」の文名はとみに高くなり、印税だけで生活していけるようになった。

獅子文六は人気作家となり、それは戦後も続き、昭和四十四年に七十六歳で亡くなるまで、小説を書き続けた。

演劇関係は本名の「岩田豊雄」、小説はペンネームの「獅子文六」ときっちり分けていた獅子だったが、岩田豊雄という本名で書いた小説が一作だけある。

「海軍」である。

∴

「海軍」が『朝日新聞』に連載されたのは、昭和十七年七月から十二月にかけてであった。

その前の年の十二月八日、日本軍が真珠湾のアメリカ太平洋艦隊を奇襲攻撃し、日米戦争が始まっていた。

「海軍」は真珠湾攻撃で特殊潜航艇に搭乗し戦死した横山正治を題材にして書いた小説である。

そもそも獅子は軍部が嫌いだった。軍部が幅をきかす時勢には背を向け、「——なアに、こんなことは、一時だ。今に、世の中が、変ってくる」と、新体制運動や国家総動員というものをバカにしていた。

もちろん林芙美子や石川達三、丹羽文雄らのように「ペン部隊」として従軍などしなかったし、岸田國士が大政翼賛会の文化部長に就任したときには、本気で驚愕している。

隣組の当番をサボり、防空演習には仕方なくノソノソ参加し、日米戦争なんて夢物語だ、支那事変すら打開できないではないか、と嗤っていた獅子が豹変したのは日米開戦の報を聞いたときだった。

そのとき獅子は、もうすぐ刊行される「南の風」という小説のゲラを自室で眺めていた。十二月というのに、火鉢がいらないくらいの暖かい日だったという。そこへ、後妻のシヅ子（作中・千鶴子）が声をかけてきた。

「あなた、あなた……なんだか、ヘンですよ」と、声が、タダならない。

「なにが？」

「戦争が、始まったらしいですよ。今、ラジオかけていますけど……」

私は、ギョッとなったが、半信半疑で、階段を、駆け降りた。

茶の間の茶箪笥の上で、ラジオが鳴っていた。

——帝国海軍は、今八日未明、西太平洋に於て、米英軍と戦争状態に入れり。

それが、何遍も、繰り返された。

「ほんとに、戦争、始めたんでしょうか」

千鶴子が、訊いたが、私は、答える気にならぬほど、大きな衝動で、空中を見つめていた。

——えらいことになった。もう、仕様がない。

私は、瞼を閉じると、涙が流れ出したのを、覚えている。

（「娘と私」）


同じ放送を繰り返すラジオに飽き足らなくなった獅子は家を出た。事実を知りたいと思ったが、交番側の掲示板には、ラジオの発表と同じことが書かれているだけだった。それでも、交番の巡査や道ゆく人たちが落ち着いていることに頼もしさを感じる。帰り道、八幡宮の鳥居前を通りかかったとき、突然祈願がしたくなった。

――えらいことになりました。是非、日本を勝たして下さい。

私は、一心に、そう願った。

歩き出してから、自分でも、その所業に、驚きを感じた。神に祈る心になったのも、不思議であるが、大暴挙と考えていた対米開戦に、何の躊躇なく、既に参加している自分の心に、奇異を感じずにいられなかった。何か、幅広い溝を、一足跳びに、跳び越してしまった気持がした。国民という意識を、この時ほど、強く感じたことは、なかった。（同前）

開戦の日、それまで軍部に対して嫌悪を持っていた人物が、一転して大きな感銘を受けたという事実はいくつもある。モダニストの伊藤整、中国を愛し、日本の対中政策を批判し続けてきた竹内好のような知識人もまた、獅子同様に開戦の報を、感動とともに聞き、大戦の大義を信じたのである。

こうした、ナショナルな、集団的な感情の間歇を、以前にも獅子は体験していた。

明治四十五年七月二十日、明治天皇の御不例が報じられると、宮城前広場には、数万人の群衆がつめかけた。

獅子はさほど強い関心を持たなかったが、周囲の昂ぶりに接し、群衆を観察するため宮城に行ってみることにした。

馬場先門から広場に入った途端、人いきれに打たれた。行者や僧侶、神官、それに無慮数万の民衆が声を上げ、天を仰いでいた。

人波を縫って二重橋に近づいていくにつれ、次第に込み合い前に進めなくなっていった。人々はみな座っていて、立っていることが許されないような気分になり、獅子は袴を砂について座った。


最初、私は、異様な周囲の中に、孤立してたが、人々と同じように、両手をついて、跪坐の姿勢をとってると、だんだん、感情が動いてきた。何か、悲愴なような、感激的な、抵抗できない気持に揺られ、

「陛下よ、どうか、癒って下さい」

という言葉が、胸の中に、湧いてきた。

（「父の乳」）


二つの経験は、ともに国家の危機にさいして自覚せずに抱いていた、原初的な、ナショナルな感情が噴出してくる、という形態において通じている。

宮城の体験が、場所と群衆によって醸成されたのにたいして――つまり死に瀕した天皇の傍で同朋とともに祈るという経験――、開戦の報は、ラジオの報道を通してもたらされた衝撃であり、直接的な場所や人々との接触は存在しない。

それゆえに、その感情は、個人的なものとして溢れている。それはむろん、明治と昭和のメディア環境の変化がもたらした差異であるし、もとより獅子自身の年齢と生活環境の大きな変化も伏在しており、さらに云うまでもないことだが、偉大な天皇の死と、国力において二十倍近い差のある

国との開戦という危機の性格の違いがある。

にもかかわらず、この二つの体験は、すぐれて散文的、現実的な認識を抱いているやや先進的な市民の心情の底のマグマを掘り当てた体験として通底している。

戦後、六十歳を過ぎてから書かれた「娘と私」と「父の乳」は獅子文六の自伝小説として対になるものだが、ほぼ自叙伝といっていい。

獅子は戦前から人気作家として活躍しながら、自分のことについて書かなかったので、読者は長い間、獅子がどんな家に生まれ、どんな育ち方をしたのかということを全く知らなかった。この二つの小説が出て初めて彼の来し方が明らかになったのである。

私には、妙な、中流階級魂があった。父も、母も、日本の中流階級（下級武士）の家に生まれ、私も、今日まで、その階級的な考え方や、暮し方で、生きてきてる。中流階級人の臭いが、私の骨髄まで、浸み込んでるにちがいなく、それ以外の生き方を、知らないのである。好きだとか、嫌いだとか、そんな程度のことではなく、私の甘受してる、運命なのである。恐らく、私の書いてるものも、中流階級文学を出ないだろうし、それを反省して、別な文学に走る気もしなかった。

（同前）

自身が言うように、獅子文六が戦前から戦後にわたって書いた数多くのユーモア小説は全てプチ・ブルジョワジィの視点から書かれたものであるが、「海軍」もまた例外ではなかった。

「海軍」は戦争小説としては特異な事に、戦闘の場面が全くない。全編を通し、市民社会の散文的な視野から描かれている。だからと言って、安全だということではない。むしろ、市民生活の範囲の中で戦時を描くことで、人々に押し付けることなく動員をなしとげたということでは、勇ましく劇的な戦争小説よりも悪質であるかもしれない。

そもそも獅子はどうして「海軍」を書いたのだろう。

まず、日米開戦に際しナショナルな感情が喚起されたということがある。さらに、獅子は特殊潜航艇の乗組員の青年将校たちに深い感銘を受けた。彼らは後の特攻とは違い、帰還用の燃料は備えていた。しかし、敵陣地に深く入り込み、至近距離から魚雷を撃つのだから、生還は期しがたい。

わけても、私は、死ぬことがわかりきってるのに、小さな潜航艇に乗って、真珠湾へ入って行った、若い士官たちの行動に、深く、感動した。私は、自分が利己主義者だから、そういう自己犠牲の美しさに、人一倍、感じてしまうのである。新聞記事を読んでるうちに、ポロポロ、涙をこぼした。その連中が、二十ソコソコの若者で、発表された写真を見ると、皆、優しい、素直な人相をしてるので、一層、堪らなかった。

「あなた、そんな人情家だとは、知らなかったわ」

そういう私を見て、千鶴子が、ヒヤかした。

「いや、人情ではない。ほんとに、偉いと、思ってるんだ。偉いよ、偉いよ、この連中は……」

（「娘と私」）

一方で、獅子は、九人の乗組員たちを、「軍神」と奉る事に強い抵抗を感じた。

何よりも、彼等を神格化することが、五人の若い士官と、四人の下士官に対する、人間的尊敬や、親愛感を妨げた。（中略）ことに、五人の若い士官たちは、豪傑型でも、秀才型でもなく、平凡な青年であり、そういう人たちが、あれだけの犠牲的行為をしたことが、私の心を、動かしたのだった。それも、一人だけの例外的な所業でなく、九人も揃って――〝軍神〟の場合と反対に、彼等が大勢であることが、私の尊敬と感動を、大きくした。

――青年とは、こんなものなのか。

私は、彼等を、青年として以外に、見ることができなかった。（同前）

獅子はそれまで、日本の若者に対して、いい感情を持っていなかった。小癪で、小生意気で、つき合うのはまっぴらごめんと、他の文士のように文学青年を周囲に集めるようなことはしなかった。ところが、青年将校たちの壮挙を知ってから、街で若者を見かけると、頼もしいと思うようになった。

そんなときに、『朝日新聞』から連載小説の依頼がきたのである。

開戦とともに、多くの文士が報道班員として徴用され、前線に送り込まれていた。当時獅子は四十九歳だったが、同年輩で徴用された作家もいた。

国のために力を尽くしたいとは思ったが、徴用文士になるのは嫌だった。市民生活を基盤とする自分の筆が、戦場向きでない事を獅子はよく弁えていた。

当時、新聞に小説を連載している間は徴用を免れることができたので、獅子にとっては好都合だった。

とはいえ状況が状況なので、今までのようなユーモア小説を書くわけにもいかない。戦争にかかわる題材、ということで書かれたのが、「海軍」だった。

潜航艇乗組員九人全員について書きたいと思ったが、一巻の小説としてそれは無理だとあきらめ、主人公を一人に絞ることにした。それもその人物の伝記を書くのではなく、そういう人間を生んだ海軍をテーマに書こうと思った。

九人のうちの誰にしようかと彼らについて調べてみると、一人の青年将校の生地が最も海軍に縁故が深いように思われた。彼が生まれ育った鹿児島市下荒田町は大きな水軍を持った大藩があり、多くの帝国海軍の名将が出た土地でもあった。獅子はこの将校をモデルに小説を書くことを決めた。その将校が横山正治だった。

では何故、獅子はこの小説を本名の岩田豊雄で書いたのだろうか。

「獅子文六」といういかにもふざけたペンネームが表しているように、獅子にとって小説は戯作に過ぎなかった。

しかし、「海軍」は獅子にとって戯作ではなかった。

私は、この作品に限って、本名を用いた。それは、私の従来の作品とちがって、事実を主としたものであり、また、書こうとする気持も、日本の勝利を希う一国民のそれであった。それを、私は区別したかった。（同前）

この一作は本名で書く、戯作者の仮面を脱ぐという決意は、開戦以来の高揚とともにそれと裏腹の危機感故であろう。獅子にとって、「海軍」はそういう性格の仕事だった。

愛国心もまた、近代文学の正統である。フランスでもシャトーブリアン、アルフレッド・ド・ヴィニー、シャルル・ペギーなどの詩人が祖国の危機に際して、軍隊の偉大さを詠い、また自ら戦陣に赴いた。

獅子にとっての文学、その小市民的な文学の本領はカトリック左派の愛国詩人ペギーと通底するべきものだった。

∴

ヴェルサイユ条約が成立したのが、大正八年で巴里の市民は、ありとあらゆる窓から、ありとあらゆる紙片を裂いて、コンフェッチの雪を降らせた。勝利の歓びよりも、平和の到来に感極まったらしいのだが、同じ年の十一月十八日に、鹿児島市下荒田町の精米商谷真吉方で、一人の男の子が生まれた。（「海軍」）

「海軍」は、こうして主人公の谷真人の誕生から始まる。

さらに獅子は「普通の小説なら、こういうことをせぬのだが、今度の場合は、その必要がある」とわざわざことわって、真人を生んだ下荒田という土地について詳述する。

下荒田の海岸には御船手址の史跡がある。御船手とは、旧藩時代の海軍工廠であり、海兵団であり、船渠を中心に、船頭、水手、船大工などが集団生活をしていた場所である。幕末に蒸気式軍艦が採用されても、乗組員は御船手組の者が採用されたため、海軍と薩摩水軍との繋がりは深い。

こうした土地で真人は生まれ、五人の兄と五人の姉と一人の弟とともに育った。九歳のときに父が亡くなり、その後は母が精米店の主人となって働き、生計を立てたものの貧しい暮らしだった。それでも成績優秀で、体力も充実している真人は県立第二中学に進学し、母と兄の理解を得て海軍兵学校を目指すことになった。

戦前、海軍兵学校は最難関であった。しかし、山本権兵衛、東郷平八郎を生んだこの土地の秀才は、総じて海軍兵学校を目指した。

真人の受験勉強、試験の経緯から、兵学校での生活、初めての遠洋航海などが克明に描かれる。それはまず、読者の、いかにして海軍士官が作られるか、という興味に応えるものであり、同時に真人の成長を通して、帝国海軍がどのような組織なのか、という著者なりの解釈を示し、伝える過程になっている。

獅子は真人の友人として、牟田口隆夫という副主人公を創造した。

隆夫は真人の同級生であるが、父親は市役所に勤めていて、暮らしぶりはよかった。家は新興住宅街にあり、家の建築も生活も全てインテリだった。兄妹は妹のエダが一人いるだけで、いつ遊びにいっても、家の中はきちんと片付いていて、真人の家の混雑ぶりとは雲泥の差だった。

幼少の頃から海軍軍人になりたいと強い希望を持っている隆夫は、真人とともに軍人組で机を並べ勉強するが、体格検査で、海兵学校を落第し、ついで受験した海軍経理学校も不合格となる。

（よし。それほど、おれを嫌うなら……）

彼は〝海軍〟から、嫌われたと思った。子供の時から、あれほど慕った〝海軍〟から絶縁状をつきつけられたように思った。そして、〝海軍〟に対する彼の愛慕と同じ強さと大きさをもって、怒りの火が燃え立ったのである。彼は、自分の方でも、〝海軍〟を嫌いになろうと努めた。

（おれは、〝海軍〟に一番縁の遠い人間に、なってやる……）　（同前）

隆夫は家出をして上京し、画家修業を始め、同郷の先輩画家の書生となる。流行に流される事なく、オーソドックスな手法を学んだ隆夫は次第に腕を上げていくが、獅子はそこで、隆夫の画業を支那事変以来、隆盛を極めた、戦争画と一線を画すことを忘れない。

大きな疑惑が、墨を流したように、隆夫の胸に広がってきた。

北支や上海の戦場に取材した画が、展覧会によく現われたが、どれも、ガサツな、間に合わせの作品で、彼は少しも感心しなかった。

（あんな絵は、駄目だ）

そうは思っても、その隣りに、とり澄ました構図や色で、一つの壺と果物が描いてあったりすると、彼は、腹立たしかった。

（こんな画も、いけない）

（同前）


時流に迎合した戦争画を否定するのと同時に、時局を全く視野に入れない作品も否定する、というところに、中道中流こそが戦争を担うという、獅子の認識が端的に示されている。

画業に疲れた隆夫はある日、湘南電車に乗って久里浜に静養に行き、横須賀の軍港で「高雄」級の軍艦を見て感動する。

自分の中に海軍への強い思いが残っていることを知った隆夫はそれから、軍艦の絵に取り組む。今風の戦争画ではなく、「三笠艦橋の図」の作者、東城鉦太郎のような、古典的な海洋画家の技法に則って描かれた隆夫の作品は高い評価を受けて、海軍省の嘱託画家に採用される。

隆夫という人物は、一般市民の代表として配されている。

海軍兵学校という超難関校に合格し、将校となり、果敢な死を遂げる谷真人のような存在は、普通の人々には縁遠い。けれど、その道を目指しながら、挫折した人間を登場させた事で、その間口は広げられた。別にエリートでなくてもいい、軍神でなくてもいい、国民は自分のできる事で、国に奉仕すればいいのだ、というメッセージそのものとして、隆夫は創り出されたのだ。

その企図は、云うまでもなく、小説による総動員に他ならない。

最初の軍艦の絵を完成し、先輩画家の家に見せにいったその日、隆夫は銀座で偶然真人と再会する。

真人は少尉になっていて、「五十鈴」という軍艦に乗っており、母港の横須賀に入ったので、東京に遊びに来たのだという。

蟠りよりも懐かしさが勝り、隆夫は自分のアパートに真人を招き、一晩語り明かす。二人の友情は復活し、その後、隆夫は真人の招きで横須賀に行って「五十鈴」に乗せてもらう。

真人が希望する潜水母艦の乗組を命ぜられ、艦が母港の呉に入ると、隆夫は呉まで真人を訪ねて行く。真人は隆夫を潜水学校に案内し、そこで隆夫は大佐から、帝国潜水艦の歴史について説明を受ける。

大洋を潜航して敵に近づき、至近距離から魚雷を放って敵艦を撃沈させる潜水艦乗りの苦闘と猛特訓は言語を絶するものがあり、明治四十三年の佐久間大尉の六号艇をはじめとして、大正十三年の四十三潜水艦、昭和十四年の伊号六十三潜水艦、十五年の伊号六十七潜水艦、十六年の伊号六十一潜水艦などの遭難事件は全て猛特訓中に起きた。ある艦は水上艦と衝突し、ある艦は冒険的な実験のために、沈没した。こうした悲劇が繰り返されながら、帝国潜水艦はまだ一度も実戦に用いられたことがなかったが、この戦争でいよいよ出番がくると、大佐は語った。

隆夫は呉から故郷の鹿児島に帰り、東京に戻る途中、もう一度呉に寄る。真人に会いたかったからだ。しかし、真人は急な任務のため出港した後だった。

隆夫と真人が銀座で再会したのが昭和十五年の秋、隆夫が呉に行ったのは十六年の初夏である。十六年十月には近衛第三次内閣が辞職し、東条内閣が成立した。十一月十四日、アメリカのルーズヴェルト大統領が記者団との会見で、太平洋の危機が重大であることを言明した。大統領とハル国務長官と、野村吉三郎・来栖三郎両大使の会談が続けられたが、アメリカは日本軍の中国と仏印からの全面撤兵を要求し、交渉は停滞した。

そして十二月八日の朝がきた。

真珠湾攻撃の報に触れた隆夫は衝撃に体を震わせ、涙を流す。そして、今ごろ真人は何処にいるのだろう、さぞ喜んでいるだろうと思う。

十二月十八日に真珠湾攻撃の詳報が発表された。主に航空兵力の大壮挙が書かれていたが、最後に「我方損害」として、「未帰還特殊潜航艇五隻」とあった。

それを読んだ隆夫は（特殊潜航艇——なんだろう？　どんな、艦だろう？）と首をかしげる。

翌年の三月、真人が何処にいるのか気にしつつ仕事を続けていた隆夫は、真珠湾攻撃の特別攻撃隊の発表のための絵を描くことになる。発表の草案を読んで初めて隆夫は、特殊潜航艇で真珠湾に進入した特別攻撃隊が敵艦を撃沈させ、隊員は全員、艇と運命をともにしたことを知る。しかし、草案には隊員の名前までは書かれていなかった。

潜水艦の絵を描き上げた隆夫は海軍省で正式の発表を聞いた。

「……特別攻撃隊員中の戦死者に対し、昭和十六年十二月八日付特に左の通り、二階級を進級せしめられたり」

（え、二階級進級？）

隆夫の驚きと共に、記者達の嘆声も、幽かに聴えた。進級制度が改正されて、初の二段跳びだったからである。隆夫は、大きな喜びをもって、それを頷いた。

「任海軍中佐湯浅尚士……任海軍少佐谷真人……」

隆夫は、呆然として、わが耳を疑った。（同前）

真人が呉を出港した後、遠洋航海で如何なる艦上生活をし、如何にして、真珠湾であのような戦死を成し遂げたかについて、小説には全く書かれていない。

隆夫が新聞や海軍省の発表によって、その壮挙を知るという形で示される。

その理由として獅子は、「現在がまだ戦争遂行中であり、機密に触れることが許されなかったからである」（「小説『海軍』を書いた動機」）と言っているが、この描き方は、小説による総動員の効果をいっそう上げることになった。

従軍せず、ペン部隊に入ることも潔しとしなかった獅子は戦場を見ることも、戦争を体験することもなかった。それでも「海軍」を書いて、戦争に協力した。

隆夫は一般市民の代表であると同時に、獅子の分身でもあった。戦争画家と一線を画す隆夫の姿勢は獅子のそれであり、真珠湾攻撃の報に際しての衝撃や、特別攻撃隊の真実を知ったときの驚き、感動は獅子自身が経験したものであった。

「海軍」が戦争中に異例の説得力を持ったのは、彼自身が、小市民たる自己のただ中にナショナルな感情の源泉を掘り当てたことに他ならない。

「海軍」は大ベストセラーになった。

即座に映画化され、日劇始まって以来というほどの大ヒットを記録した。

本を読み、映画を見て、海軍を志願する者も多かった。

海軍の覚えめでたくなった獅子は、徴用に怯えることなく、戦中を過ごした。そして、自分が戦争に協力したことについて、戦後になっても反省しなかった。

昭和二十三年三月、獅子は戦争協力の廉で、ＧＨＱから追放仮指定を受けた。主要な原因はもちろん、「海軍」である。

『朝日新聞』と、新しく連載することになっている『毎日新聞』が連携して追放仮指定を解除してもらえるよう奔走した。獅子自身もＧＨＱへの異議申し立ての書類を準備した。

　異議申立書には、自分は、戦争に協力しなかったということを、書かねばならない。ところが、私は、協力しているのである。私が、『海軍』という小説を書いたのは、国への忠義のために若い生命をささげた一士官に対する、感動からであるが、そんなものを、戦時中に書くということは、戦争に協力してるのである。そして、もっと困ることは、その士官に感動したことも、そんな風に戦争協力をしたことも、腹の底で、悪いことをしたと、思っていないのである。四国にいた頃にも、いろいろ反省をしてみたが、どうしても、悪かったとは思えないのである。（「娘と私」）

獅子は軍国主義者や超国家主義者ではなかったけれど、戦争が始まってから、日本が勝たなければならぬと思ったことも、それを行動に表したことも事実だったので、それを取り消すことなく申立書を書いた。ところが検分した通信社の社員が、こんなことを書いたら、仮指定解除はかなわないと、書き直してくれた。

それは、獅子は絶対平和論者で、日本が負ければいいと思っていたが、軍部の脅迫によって、やむを得ず「海軍」を書いた、という内容になっていた。

「いくらなんでも、こりゃ、ひどい」と、獅子は滑稽すら感じたが、どの申立書も誇張や割り引きが常套になっていることを知り、「海軍」を書いた動機を、新聞社と海軍報道部の薦めであったと必要以上に強調して書いた。

獅子は仮指定を解除された。

当時、丹羽文雄や石川達三など一線級の作家の多くが仮指定を受けている。ほとんどの作家は、獅子と同様の処置をとり、追放を逃れたとおぼしいが、その事実を書いているのは、獅子だけである。この違いは大きい。

獅子は占領軍に屈した。とはいえ、反省もしなかった。生活の便法と云えば、都合がよすぎるが、小市民としての融通とけじめはあった。確信犯だから書けたともいえる。

こうして、獅子の戦後は始まった。

『味な旅 舌の旅』
――宇能鴻一郎

官能小説家の宇能鴻一郎さんは食通としても知られている。昭和四十三年に日本交通公社から刊行され、後に中公文庫に入った本書は、宇能さんが日本全国を旅しながら土地土地で堪能した百味を艶やかな文章で綴った、優れた味覚風土記だ。

その中で、佐賀・唐津の老舗旅館「洋々閣」を訪れる「玄海の海賊の宴」が私は好きだ。

宿に着いた宇能さんは、「何でもいいからこの土地で採れる、うまいものを喰わしてくれ」と頼む。

出てきたのは鰯の刺身だった。よっぽど貧乏に見られたのかと服装を反省しながら口に運ぶと……。

「はじめは一切れ喰っては唸り、もう一片口に入れては噛みしめ、物思いにふけったりして喰っていたのだが、箸の動きのほうにひとりでに加速度がつきはじめ、唸ったり考えたりする余裕はなくなった。地酒の『太閤』は、秀吉がこの地から朝鮮に軍を送ったとき以来の由緒がある、といい、上質の佐賀米を使っているだけあって辛口の、なかなかうまい酒だがそれさえ間にはさむ余裕がなく、コップ酒でなければ間に合わない」

この刺身は採れたてのカタクチイワシを包丁を使わずにヒザライた――指ではさんで頭をねじ切り、内臓をこそぎ捨て肉をしごいて取った――ものだという。

宇能さん曰く、「イワシが下品な魚である、という理由を、ぼくはこのとき初めて知ったように思うのだが、それはあまり美味すぎるので、喰いかたがこのように、どうしても下品になってしまうせいではあるまいか」。

この文章を読んで以来、あちこちで鰯の刺身を試したが、未だにこれだという鰯に出会っていない。

数年前に洋々閣を訪れたときは鰯がなくて、残念だった。今度は、鰯のためだけに佐賀まで足を運んで、太閤のコップ酒とともに味わってみようと思う。

最近は情けなくも休肝日をもうけるようになったが、飲む日はワイン一本、日本酒四、五合くらいは飲む。

酒はワインと日本酒が主だが、最後は必ずウィスキーで締める。

「目玉だけになるのが難しいのよ」——白洲正子

初めて白洲正子さんにお会いしたのは、『新潮』の対談です。

場所は銀座の「きよ田」。先代のご主人、新津武昭さんが目の前で寿司を握ってくださるという、何とも贅沢な対談でした。

内容は主に骨董の話だったのですが、対談の冒頭で私は「目玉」の話をさせていただきました。

私の最初の文芸評論の本は『日本の家郷』ですが、それはもう批評とは何かということも分からないまま、当時『新潮』の編集長だった坂本忠雄さんの指導のもと、無我夢中で書き上げたものでした。

それが世に出て評価されて初めて批評について考え始めた私は、近代日本の批評の本を書こうと思いました。ところが、何をどう書いていいのか、とっかかりがつかめません。

単に文芸評論家たちのことを語って日本の批評を論じきれるとは到底思えず、行き詰まっていたときに読んだのが、白洲さんと赤瀬川原平さんの対談「目玉論」でした。対談の中でお二人は「目の力」について語っていました。

白洲さんが夕顔の花が咲くところを見たいと思って夕方から一つの蕾をずっと見ていたら、他の蕾は開くのに、その蕾だけ開かずにしぼんでしまった。赤瀬川さんが目覚まし時計に目をやると秒針が止まってしまった。それは目の力が働いたのだという話を読んで、私は、「そうか。批評というのは目の力を働かすことなんだ」と、思ったのです。

さらに白洲さんは物ごとを頭ではなく、目玉だけで見ることの難しさをおっしゃっていて、これこそ批評が目指すものではないかと考えました。

それが今回取り上げた言葉です。

平成七年一月号の『新潮』で始まった評論連載に、私は「日本人の目玉」というタイトルをつけました。

足掛け三年、六回続いた連載では、虚子と放哉の間で理論を、西田と九鬼の間で思考を、青山と洲之内の間で美を、安吾と三島の間で構成を、川端において散文について問い、最後は小林秀雄にたどり着きました。

ちょうどこの連載が単行本にまとまるという時に、白洲さんと対談をすることになったので、私はお礼の意味を込めて、その話をしたのでした。

すると、白洲さんは「いや、そんな大それたことはございませんよ」と言って、お笑いになった。初めて食べた新津さんの寿司は、白身も貝も味が濃く、それが酢飯とのバランスで深い味わいを形成していました。

担当編集者が新津さんと懇意にしていて、お酒の持ち込みもできるというので、私は白洲さんのために白ワインを一本用意しました。ドメーヌ・ラモネのバタール・モンラシェです。パワーとエレガンスを併せ持つこのワインは、いかにも白洲さんにふさわしい気がしたのです。

幸い、白洲さんはワインを気に入ってくださり、話も弾みました。

ところが、これからいよいよ、「きよ田」の寿司の真骨頂といわれる鮪というところで、白ワインがなくなってしまい、どうしようかと編集者と顔を見合わせていると、寿司を握りながら新津さんが「赤ワインなら、うちにも少しありますよ。気に入るものがありましたら、どうぞ」と、目の前に三本のワインを並べてくださいました。

ロマネ・コンティ、ラ・ターシュ、ロマネ・サンヴィヴァン。

三本のDRCを前に、白洲さんがこともなげにおっしゃいました。

「あら、いいじゃない。福田さん、あなた選んでちょうだい」

白洲さんと新津さんに凝視され、ワインに伸ばした私の手が一瞬固まったように動かなくなったのを今でも覚えています。

文学という器
——坪内祐三

令和四年坪内さんと私は『週刊ＳＰＡ！』で「文壇アウトローズの世相放談　これでいいのだ！」を二〇〇二年から一八年まで十六年間、担当した。毎回二人で文学、政治、スポーツ、芸能など多岐にわたるテーマで言いたい放題話し世相を切るという内容。よく続いたと自分でも驚いている。

はっきり言って、私たちは反りが合わなかった。

対談に際し、坪内さんは何週間も前に日程を出し、その日話すテーマについて周到な準備をしてくる。一方私はぎりぎりまで日程を出さずに自分の都合を押しつけ、話もいきあたりばったり。そうしたいい加減さが坪内さんは我慢ならなかったようだ。

私は私で坪内さんの怒りっぽいところが苦手だった。対談場所に選んだ店の場所が分かりにくいとか、自分の好きな酒が置いていないといったことで本気で怒る。そんな小さなことにいちいち腹を立てることはないじゃないかと辟易することもしばしばだった。

　にもかかわらず対談が十六年も続いたのは、お互い根本のところで共感があったからではないだろうか。

　坪内さんは一九五八年生まれ。私は一九六〇年生まれ。ほぼ同世代である。

ただし、坪内さんの著書『昭和の子供だ君たちも』によると、この二年の差は決定的で、五八年生まれの彼は「旧人類」、私は「新人類」に属するという。

　この本で彼は六十四年続いた昭和という時代を世代によって微分し、昭和の精神史を描き出そうとしている。

　例えば昭和五年と六年生まれの人たち。彼らは、旧制から新制に変わった学校制度に振り回され、それが後の人生や思想にまで大きな影響を及ぼした。

　例えば昭和十二年と十三年生まれの人たち。彼らは六〇年安保の中心世代だが、「六全協」を知らず、だからこそ六〇年安保はあれだけ巨大なものとなった。

　その世代、世代の傾きが、関数のグラフの一部分を拡大して見るように明らかにされ、やがて昭和という時代の全容が見えてくる。実にスリリングな本だ。

「新人類」という言葉を生んだのは、筑紫哲也編集の『朝日ジャーナル』であり、具体的には一九八五年四月に始まった連載「筑紫哲也の若者探検〈新人類の旗手たち〉」である。そこで「新人類」の中心人物とされていたのが、一九六〇年生まれの中森明夫氏、六一年生まれの野々村文宏氏と田口賢司氏の三人だった。

しかしながら私は彼らの仲間だと思ったことは一度もない。それは恐らく彼らが活躍した八〇年代の半ば、私はまだ表現者として表舞台に立っていなかったからだろう。

坪内さんも同じだ。彼は八六年に早稲田大学の大学院を卒業後、八七年に『東京人』の編集者となった。自分の名前でものを書き始めたのは一九九一年からだ。

私たちは二十九歳まで親がかりの生活をし、その間古今東西の文芸や音楽、美術を渉猟したということでも共通している。

こうした共通点は生まれ年の二年の違いよりも大きく、私は新人類よりも坪内さんに近しいものを感じていた。

だから坪内さんが培ってきた土壌がいかに豊かなものであるかということが分かった。

彼の初期の著作『慶応三年生まれ七人の旋毛曲り　漱石・外骨・熊楠・露伴・子規・紅葉・緑雨とその時代』はタイトルの通り、明治に改元される前年、慶応三年に生まれた七人それぞれの人生と交流を追いながら、明治という時代の空気を描き出しているが、抽出されたエピソードの量と質に圧倒された。

坪内さんの本について、明瞭な答えがないことを批判する人がいるが、それこそ彼の意図するところなのだ。自身でも、正解を出すよりも文脈が大切だと言っている。がむしゃらにゴールを目指すのではなく、途中の寄り道を楽しむのが坪内さんの本の醍醐味である。また答えがないからこそ、読者に考えさせるということもある。

二〇〇三年に創刊された文芸誌『en-taxi』の編集人は、坪内さん、柳美里さん、リリー・フランキーさんと私の四人だが、坪内さんにお願いしたのは私だ。この雑誌には彼の土壌が必要だと考えたからだ。

坪内さんはこちらが期待する以上の力を発揮してくれた。編集会議をしているとどんどんアイデアが出てくる。巻頭の「作家の遺影を撮る」（まだ生きている作家の遺影を撮影する）や、編集人の四人が匿名で書くコラムなど、すべて彼のアイデアだ。そもそも「en-taxi」というタイトル自体、彼の案なのだ。「雑多な人間が乗り合わせるタクシーのような雑誌」という意味がかかっている。

一緒に文芸誌を作りながら坪内さんと私は、「文学は世の中の全ての問題を包括する器である」ということを再認識していった。

『SPA!』の対談で染井霊園に行ったことがあった。二葉亭四迷や水原秋櫻子の墓を巡りながら、「この中でいちばん誰が長生きするか」という話になった。全員、「坪内さん」で一致した。

坪内さんは言った。「僕が長生きして、文壇について語ると、それが全て事実になる。文壇史を捏造しよう」。

もし彼が長生きをしていたら、どんな捏造文壇史が成されたのだろう。

最後の冒険
――石原慎太郎

令和四年二月一日、日本のメディアは石原慎太郎氏の「死」を大きく報じた。冒頭の言葉はおしなべて、次のようなものだった。

「元東京都知事で、環境庁長官や運輸相、旧日本維新の会共同代表を歴任した作家の石原慎太郎さんが死去した」

昭和三十一年、二十三歳の時に『太陽の季節』で芥川賞を受賞し世に出て以来、行動の作家と呼ばれ続けてきた石原さんだが、彼の政治活動は、いわゆる文学者の現実参加とは違うし、といって彼の文業は、文人政治家の余技に到底おさまるものではない。石原さんにおいては、文学と政治は二つながら、さらに大きい何ものかへと向かう旅程の一部だったのではないかと私は考えている。

初めて石原さんとお会いしたのは、平成六年の早春だった。『わが人生の時の時』の文庫の解説を書かせていただいたのが機縁となった。

その頃私は文字通り、駆け出しの批評家だったが、ご本人の「誰か若い人に頼んで欲しい」という要望もあって、指名されたのだった。破格の舞台を与えられ、苦心して解説を書いたところ、幸いにも面白いと思ってくれたようで、一度会いたいと、永田町の料亭にお招きいただいた。以来、親しいというのはおこがましいが、私と同年の物書きの中では関係が深いほうだと思っている。私は文芸評論家として、文学者、石原慎太郎を尊敬しているし、その文明論、社会観にも共鳴するところが少なくない。

平成十二年、私は『作家の値うち』という、純文学、エンターテイメント双方の現役作家の主要作品を一〇〇点満点で採点し、序列化するという、暴挙ともいえるブックガイドを出した。

その中で最高得点の九六点をつけた作品が三作ある。古井由吉氏の『仮往生伝試文』、村上春樹氏の『ねじまき鳥クロニクル』、そして石原氏の『わが人生の時の時』である。

このブックガイドは毀誉褒貶が激しかったが、最も強い批判の一つが「何故村上春樹の小説と石原慎太郎の小説が同点なのか！」だった。追従と断じる者も少なくなかった。

九六点をつけた理由として、私は『わが人生の時の時』をこう評した。

「数世紀後に、20世紀日本文学をふり返った時に名前が挙がるのはこの作品ではないだろうか。生涯のさまざまなエピソードを約十枚程度の小品として集めた作品であるが、形式の古典性と感覚の確かさ、そして何よりも情景の鮮烈さによって、汲めども尽きぬ魅力を湛えている。後世は本作から20世紀日本人の意識と、生活、社会、思惟などを回想することだろう」

今でもこの評価は正当なものであったと信じている。

石原さんが亡くなった日、もう一つの訃報に接した。元『新潮』編集長の坂本忠雄氏が一月二十九日に亡くなられたというのだ。

坂本さんは文芸編集者として、川端康成、三島由紀夫、小林秀雄など多くの作家を担当し、昭和五十六年から平成七年まで十四年間、『新潮』の編集長を務められた。私に初めて文芸評論を書かせてくださったのも、坂本さんだった。

ほぼ同年輩の石原さんと坂本さんは仲がよく、『昔は面白かったな　回想の文壇交友録』という共著もある。この本は、かつて活気にあふれていた文壇における交友を中心に、戦前から戦後の忘れがたい情景や文学と政治の問題など、様々なテーマが語られている。本が出てすぐ坂本さんが送ってくださったが、ほとんどのページに坂本さんによる書き込みがあった。すでに出来上がっている本にもかかわらず、不要な言葉を線で消し、必要な言葉を補ったりされているページを見ながら私は、かつて私のゲラに書き入れられた、一つの言葉もおろそかにできない、坂本さんによる厳しいチェックを思い出した。

昨年三月、初めての選集である『福田和也コレクション1』が出たので、石原さんと坂本さんにお送りしたところ、たいそう悦んでくださり、久しぶりに雑誌で石原さんと対談をするという話が持ち上がったが、私の体調不良でかなわなかった。その時は、八十歳を過ぎても元気なお二人に比べて自分の不甲斐なさを深く恥じ入ったのだったが……。

平成十五年、季刊文芸誌『エンタクシー』が創刊された折、編集人の一人であった私は、坂本さんに協力をお願いし、「文学の器」という連載が始まった。故人となった文学者の文庫で手に入る作品を、現在活躍中の作家とともに読み直し、作家と坂本さんと編集人で、その評価を検証するというものだった。

石原さんは二回参加してくださり、三人で伊藤整の『変容』、『発掘』、『氾濫』、三島由紀夫の「豊饒の海」シリーズや、『わが友ヒットラー』、『鏡子の家』について語らった。

今読み返すと、主に「老い」と「死」の話になっている。

当時石原さんは七十代前半。都知事として精力的に活躍されていたが、「歳をとって死の意識が兆してきた」と言い、伊藤整の『氾濫』における、若い頃に比べ、女性をよりいっそう肉体的に見るようになった意識に共感し、「豊饒の海」については、肉体を強化しながらも内部が老衰してだめになっていく三島の無残を嘆いている。

石原さんが死を意識したのは歳をとったからというわけではない。『太陽の季節』、『生還』といった代表作から、石原さんには「生」のイメージが強いが、実は若い頃から「死」について多くのことを書いている。

初期の短編小説「死の博物誌　小さき闘い」（昭和三十八年）などその典型で、死にまつわる人間が次々に登場する。表立って「死」を出していない、それどころか「生」をテーマにした『生還』のような小説も実はそこに描かれているのは「死」なのだ。

江藤淳ははやくからこのことを見抜いていて、「石原の文学には常に死の影が差している」と言っている。

何故かくも石原さんは「死」を意識するのか——。

『昔は面白かったな』の中でそれについて改めて坂本さんから問われた石原さんはこう答えている。

「それはやっぱり、なんていうか、僕は一種の肉体派だから。色んなこと、スポーツも含めてしてきたでしょ。やっぱり、肉体の消耗の裏側には死があるんだよね」

『わが人生の時の時』にも、多くの「死」が描かれている。

「同じ男」「落雷」「ひとだま」「死神」「生死の川」「若い夫婦」「鉄路の上で」「父の死んだ日」……四十編のうち「死」が出てこない話のほうが少ないくらいである。

石原さん自身の言葉によれば、『死』は人生の輝く断片、フラグメント」なのだそうだ。そのことをいちばん印象的に描いているのが「落雷」である。

一九六七年の夏、鳥羽で行われるヨットレースに出場するため、遠州灘を航海していた主人公一行は雷雲につかまってしまう。エンジンが止まり、波間を漂うヨットの上で彼らは「髪の毛ひと筋の際どさ」に落ちた雷を眼前にして、「死というものがこんなに光に溢れたものである」と認識する。

突然襲ってきた危機の中で、人は自分の理解を超えた力に翻弄される。しかし、その体験は、人間に無力さや卑小さを思い知らせるのではない。鉄砲水に襲われた土手から埋もれていた巨石が姿を現すように、恐怖の中で人の存在の根本が露呈する。

石原さんは『太陽の季節』から一貫してこのような恐怖、あるいは戦慄への憧憬を作品の中心に置いてきた。作品の多くは自身の冒険の体験に基づいていた。彼にとって冒険は、人間が限界を尽くした後に、自分を超える存在と出会い、親和する、不思議な営為なのだ。

『文學界』（平成三十年七月号）に石原さんは、「――ある奇妙な小説――老惨」を発表した。

主人公の「俺」は八十五歳で五年前に脳梗塞をやって以来、全身汗をかくようなスポーツが出来なくなってしまった。そんな自分が忌々しく、今いちばん興味があるのが自分の「死」だと公言している。

「俺」は自分の死についてよくよく考え続け、どんな死に方をするのか主治医に尋ねたり、弟のように肝臓癌で苦しみ抜いて死ぬのは嫌だだとか、一人は寂しいから家族に見守られて死にたいだとか、身勝手なことを言う。そしてこう述懐する。

「そして間もなく俺は死ぬ。人間の最後の未知、最後の未来を知ることになるのだが、その時果たしてどんなにそれを意識して味わうことが出来るものかな。最後の未知についてはもの凄く興味はあるが、それについてはその時点ではどう知りつくすことも出来はしまい。それだけは悔しいがね」

「俺」は石原慎太郎その人と思われ、妻の典子、弟の裕次郎、友人の立川談志などが実名で出てくる。

自分の肉体を駆使して様々な冒険をしてきた石原さんが思うように体を動かせなくなり、意識の中で「死」を模索する。これは彼にとっての最後の冒険だったのではないだろうか。しかし、この冒険がこれまでと違うのは、最終的な局面を自分で見届けられないことである。

令和二年一月、石原さんは膵臓癌と診断された。膵臓癌の発見は極めて難しく、見つかったときには手遅れであることが多いのだが、専門外の医師の指摘で見つけることができ、しかもその後、現代医学の最先端技術である重粒子線で治療が成功したというのだから、まるで『わが人生の時の時』のような話だと感動したのだが……。

最期を看取ったご家族の話によると、石原さんは亡くなる間際まで目を開き、天井を見つめていたという。自分に訪れる「死」を見届けようとしていたのだろうか。

冒険の果てに石原さんに訪れた「死」はどのようなものだったのだろう。自身で書かれているように、光に溢れたものだったのだろうか。

第二部
思惟の畔にて

『鎖国』
和辻哲郎

市倉宏祐先生が亡くなった事を教えてくれたのは、『ユリイカ』の明石君だった。七月末だった。

享年九十。

市倉先生は、新潮新書『死ぬことを学ぶ』で、「I先生」として、その思い出、学恩を記させていただいた方である。和辻についてこの項を起こしたのだが、結局、私にとっての和辻は、市倉先生経由のものでしかない。

先生が亡くなられたという、その事態、意味を捉える事が、しばらくの間、出来なかった。

正直に云えば、大学院を出た後は、そんなにお目にかかる機会はなかった。倫理の教授として三田に残った先輩の斎藤慶典さんや、ゼミの後輩でNHK出版に勤めた池上晴之君、富士通に勤めた萩野君などは、緊密に連絡を取っていただろうと思うのだが、私は大学院をずっこけた後、結婚式にお出でいただいたのを最後に、すっかり御無沙汰をしてしまった。

家業に半身を預けながら、何とか物書きになろうと足掻いている内に、先生の謦咳に接する機会、というよりもその余裕を見失ってしまった。

物書きの端くれに引っかかる事が適った後は、書くだけの原稿を書き、道楽に耽り、放埒と耽溺と濫費に嵌り込んでしまった。

とはいえ、私にとって、本来の意味で「先生」と呼べる、呼びたい、呼ばせていただきたいのは、ただ二人、慶應仏文の古屋健三先生と専修大学からわざわざ三田までいらして下さった、市倉先生だけだった。

市倉先生の講読は強烈だった。

異様なまでのテキストに対する肉薄は、今でも生々しい感触を以て、胸に迫ってくる。

もちろん、三田の仏文科でも、また独文科でも、講読の授業はあった。

とはいえ、それは——失礼な話ではあるけれど——、たいがいが横のものを縦にするといった態のものにすぎなかった。

もちろん、縦にするのも大事なのだけれど、そういった操作というか規格にまったく馴染まないのが、市倉先生のテキストに対する姿勢だった。

当時は、浅田彰の登場をもってはじまった、いわゆるニューアカデミズムの全盛時代で、数十人もの学生が教室に押しかけたが、次の講義に顔をだしたのは、五人ほどであった。

『構造と力』は、浅田氏の怜悧かつ軽快な筆致で現代思想のトピックスを網羅したチャーミングな作品だったが、実際にドゥルーズ＝ガタリの原典は、誠に荒々しい、要約も概観も許さない、野蛮かつ奔放な作品で、このテキストに対峙する事は、大袈裟ではなく怪物を素手で拉ぐような腕力を要請する。

この、野蛮な書物に対する市倉先生の姿勢は、徹底していた。一語一句を丹念に解釈し、あらゆる意義の可能性を踏査していく。はじめの一頁を読むのに、三回の講義を費やす態の進み具合で、定冠詞、不定冠詞の用法を数十分にわたって論じていく――当然、授業時間は延長に延長を重ねる事になる。あの頃は三田も、教室が余っていた……――。

市倉先生には、三年間お世話になった。三田での講義が終わった後も、お宅にお邪魔したりといった形で縁は通じていたのだが……ここ十五年ばかりの間、御無沙汰してしまった。

先生の思い出はつきない。

第三高等学校から、予科練に入った頃のお話。特攻隊の飛行士として訓練を受けたが、特殊な体操をしているうちに、ある種の、身体的な快楽を促進する物質が分泌される……。

鹿児島の特攻隊基地に配備された時、昼間、地元の若い女性や子供たちの姿を見ると、彼ら彼女らのために死ぬ、という満足感がある一方で、夜になると一人で死ぬ事が恐くて仕方なくなる……。

「戦中二〇年近く獄中にあった共産党員が何人か釈放されて、天皇制反対を叫んでいた。彼らには、長いこと非転向を貫いた気骨が感じられた。が、東大の法学部の先生が、敗戦の年の秋には声高に日本の侵略行為や戦争犯罪を論じ、そのうち天皇制反対を強く主張しだしたことにはなじめなかった。／私事で恐縮であるが、私は敗戦の時に海軍の戦闘機隊にいて、沖縄を守るために多くの同僚が特攻出撃するのを目の当たりにしてきた。法学部の学生もいくた沖縄に突入したのに、戦時中この教師は何をしていたのであろうか」(『和辻哲郎の視圏　古寺巡礼・倫理学・桂離宮』)

ヒトラー・ユーゲントが、三高を訪れた時のお話も伺った事がある。

「あれ以来、あんなに爽やかな若者と出会った事はありませんね」ともおっしゃっていらした。中国に対する戦争賠償問題が提起された時には、「われわれは国家のために身命を賭して戦ったのだ、賠償なんてとんでもない、賠償したい奴は、勝手にすればいいじゃないか、われわれは中国に負けたのではない」と激して、おっしゃった事もあった。

そして、和辻哲郎についての様々な話と、西田幾多郎に関わる少しの話。

市倉先生は、和辻の弟子だった。第三高等学校で、その謦咳に接している。

その和辻の、大東亜戦争に対する姿勢を、市倉先生は、以下のように要約しておられる。

「日本が米英に宣戦を布告したのは、昭和一六年一二月八日である。和辻はこの年度の学年末試験に『大東亜戦争の世界史的意義について』という問題を出している。授業とは関係のない出題であったので、ノートが十分でなかった学生たちを喜ばせたという笑い話が残っている。彼が昂揚した気持ちを感じていたことは想像にかたくない。／彼は少年の日から、アジアを支配し東洋を植民地化するヨーロッパ列強の勢力には、変わることなく深い関心を抱いていた。彼がこの戦争に反戦的立場を表明したことは一度もない。／昭和一二年七月に支那事変が勃発した時に、彼はこの戦争に対する自分の決意を示している（「文化的創造に携わる者の立場」『思想』一九三七年九月号）。西洋に追いつき、これに拮抗した日本は、世界史の中で特殊な位置に立っている。東洋人の自由を守り、その高貴な文化を通じて人類の文化の正当な発展を保障することは、日本の役割である。／文化的創造に携わるものの任務は重い。日本の発展は当然西洋の反発を呼ぶ。この悲壮な運命を覚悟すべきである。ここに日本の世界史的任務があるのである。／大東亜戦争では、世界史の転換はいっそう『大仕掛け』である。が、我々の覚悟は支那事変の場合に書いた通りでよい（『倫理学』中）。ただ文化に携わるものとして、彼は自分の任務を軍人とは一線を画している。／いずれの文章においても、一貫して彼は国民意識のエネルギーを軍事的政治的にのみに発揚することを求めていない。むしろこの戦争を機縁として、各民族が文化的な次元で世界の交流連帯を目指す事態を願っている。／和辻がこの戦争に全面的に協力したことについては、戦後の研究者たちからは、この戦争が侵略戦争であったとする点から多くの批判がなされている。日本が覇権を求めた面がまったくなかったとはいいがたい。が、この戦争がなければ東洋の植民地の独立も実現しなかったことも事実であろう。／戦争にはさまざまの側面があることを理解すべきであろう。一面的断定によって和辻が戦争に協力したことを裁くことは、必ずしも視野の広い見解といいがたい」（同前）というスタンスで、市倉先生は、和辻の立場、心情を忖度している。

その忖度は、国のために命を捧げる覚悟を握りしめていた、市倉先生の戦後日本に関わる、認識、評価と通底するものであろう。

「ヘーゲルの『精神現象学』に「主人と奴隷」という項がある。生死の戦いで勝った方が主人になり、負けた方が奴隷になる。主人は何でもできる。奴隷は何をされても仕方がない。が、その代わりに命を助けてもらう。敗者は奴隷となることで生き延びることを願ったのである。敗戦によって、この事態がまさに目の当たりに現出したのである。／二〇年の年末には、横浜のBC級戦犯裁判が開始された。新聞記者であった筆者の兄がこの裁判を担当していて、いろいろの話を耳にした。裁判は起訴事実に有罪を認めると、即刻に判決が下る。捕虜を一つ殴ると重労働五年、二つ殴れば一〇年、五つ殴れば二五年。それ以上だと確か絞首刑であったように聞いた。有罪を認めないと、はじめて裁判がはじまる仕組みになっていたとのことであった。兄貴からは米軍と関わると何をされるか分からない。どんなことがあっても、黙って帰ってこいとよく言われていた。／横浜駅でのこと。停車する列車の降り口に、泥水のバケツから水鉄砲の照準がつけられている。列車が着いて人が降りてくると、米兵夫婦の連れていた五、六歳ぐらいの子どもがすかさず次々と発砲する。何人かがびしょ濡れになる。下を向いて誰も何もいわない。同じ目にあって一瞬足をとめた私も兄貴の言葉を思い返して、黙ってその場を離れた。／無事に帰ってくることが最高のこととなり、勝者の言うことを何でも受け入れ、その通りにすることで生命を守る。私自身を含めて日本人全体が人間の誇りをすべて失ってしまっていた。占領下とはこうしたものであった。志賀直哉のような小説家がフランス語を国語にすることを提言している（『改造』二一年四月号）。／論者自身がどう思っていたかは別として、戦後文化人は声高に日本の非道を糾弾し、盛んに民主主義を唱導した。が、米国の無差別爆撃やソ連の満州での婦女暴行にはまったく沈黙していた。何か違和感が感じられてならなかった。／しかし日本人がみなこうであったわけではない。私が中学校で英語を教えていただいた先生は、大変温厚で無駄口も滅多に言わない先生であったが、この先生が進駐軍の学校視察の際に、面前でその教育指導を批判した。ただちに罷免されている」（同前）

市倉先生のみならず、日本人全体が、――ごく一部を除いて――奴隷となって生き延びる道を選んだ。

その頃、和辻は、研究室での座談などで、ユダヤ民族の話をよくしたと言う。戦前には、さして、興味をもっていなかったらしいが、亡国の民でありながら、何千年もの長期にわたって、信仰を守りエートスを守りつづけてきた事を、高く評価していた、と。そして、日本人もまた、自らのエートスを維持する事を祈っていたのである。

さらに和辻は、日本の文化、歴史を研究する学生が少なくなった事についても心を痛めていたと云う。日本が文化的に再起するためには、若い世代の奮起が欠かせない。けれども、敗戦の後、若者の関心は、国外に、つまりアメリカやヨーロッパ、あるいはソ連に移り、自国の歴史と伝統に対する興味は、著しく低減していると考えていた。

和辻は、敗戦後、皇室が危機に立たされた時、皇室を、天皇制の意義を『人倫の世界史的反省序説』などで、継続的に論じ、提起し続けてもいた。

「いままで彼の安らぎの国であった日本も瀕死の状況にある。美しい人倫の崩壊。人間の矜持の喪失。極度の食料不足。物価の急騰。高額なる闇食料のみが潤沢。配給食料の横流し。隠匿物資の横領。凶悪犯罪。利害を巡る骨肉の抗争。道徳の荒廃。常識の壊滅（立錐の余地なき乗換ホームから、電車の窓ガラスを蹴破って乗り込む乗客［まもなく窓は大方は板張りになる］）。他方には、時流に乗って日本批判に狂奔するマスコミ。戦中の軍部に代わって、大衆運動を背にした政治勢力の活動、など」（同前）

市倉先生が列挙されている、戦後世相の荒廃の中で、和辻は、一人、天皇に執着し続けた。和辻は日本の再生を願い、その気骨、痼癪、我執、憂国の念のすべてを動員して、日本民族の再起のためにたちあがった。

『鎖国』は、和辻が日本の人倫的な復活を願って著した作品と、されている。未曾有の、敗戦という経験をへて、何故日本が、かくも悲惨な有様を迎えることになったかを、十七世紀にさかのぼって論じている。

『鎖国』は、前編と後編二部からなっている。前編ではスペイン人による新大陸征服の物語が語られ、後編では、日本におけるキリシタン伝道の歴史が語られる。

日本の信徒たちは、熱狂的にキリスト教を受け入れた。けれども、ほどなく日本の指導者たちは、キリスト教徒たちを排斥し、迫害するに至った。

この経路を、市倉先生は、明治の開国から、昭和二十年の敗戦に至る道筋と重ねて論じている。「この状況は、明治の開国から昭和二〇年の敗戦にいたる歩みと驚くほどよく似ている。キリシタン史の研究は日本人の自己反省に役立つのだ。日本と海外文化との遭遇といえば、キリシタン運動に代表される近世初頭の時代は、上古の飛鳥奈良の時代、近代の明治以降と並ぶ重要な時代である。が、この近世初頭の時代は結局は大量の殉教と文化の閉塞という悲劇的結末に終わった。和辻はこの事態を明治以降の悲劇に重ね合わせている。／慶長から元禄にいたる日本の一七世紀は文化のあらゆる方面において、創造的な活力を示している。当時の日本人には、外に向かう衝動が根強く働いていた。ヨーロッパ文明にひかれてキリスト教を摂取した日本人は、視圏拡大の精神に突き動かされていた。もし彼らが当時のヨーロッパ文化を摂取していたならば、現代の我々を圧倒するような文化を残していたことであろう。／が、この精神は発展しなかった。いや、しかかったとたんに潰された。為政者たちがキリスト教を恐れて、この衝動と活力とを押し殺したのだ。彼らが国を閉じたのは臆病になったからである」（同前）。

市倉先生は、和辻がキリシタン迫害に狂奔する日本人に暗い情念をつかみとっているという。たしかに宗教上の弾圧と抗争は、ヨーロッパにおいても、もっとも野蛮な形で露呈していた。にもかかわらず、ヨーロッパではその深刻な抗争から近代的な合理的思考——航海王ヘンリー王子の精神——が存在していたと、先生は和辻の論旨を踏まえて指摘されている。

「当時の日本でも、新しい芸術文化を生み出す気迫は決してヨーロッパの新時代に劣るものではなかった。能楽は操り浄瑠璃へ、水墨画は障壁画へと発展している。為政者たちの不見識のゆえに、日本人は近代世界の動きから取り残されたのである。／このことは国民の性格や文化にまでさまざまの影響を残しており、その長短を単純に断定することはできない。ただ、今度の戦争の指導者たちが狂信的な閉鎖性に取りつかれていたことは否定できない。優勝劣敗の顕著な作戦活動からいっても、彼らは柔軟な発想を欠き、一時代前の白兵戦や大艦巨砲に執着して、事態の変化に対応しえなかった。現在の我々はその決算表を前にしているわけなのである」（同前）

けれども鎖国時代の日本は、それほどなさけない、閉鎖的で、狭隘な、優美、洗練を欠いた文明だったのだろうか。

和辻哲郎は、明治二十二年、兵庫県仁豊野に生まれた。

姫路中学を卒業し、上京、第一高等学校から東京帝大に入学、谷崎潤一郎らとともに第二次『新思潮』に参加し、漱石山房に出入りしていた。『ニイチェ研究』、『ゼエレン・キェルケゴオル』で、実存主義哲学の開拓者として登場、さらに『偶像再興』、『古寺巡礼』、『日本古代文化』などで古代史と古代建築を論じている。

西田幾多郎の推挽で京都帝大で倫理学を講じ、ドイツ留学中、ハイデッガー哲学に触れた事を契機に「風土」について考えるようになった。

蓑田胸喜や、吉村貞司により不敬思想を広めていると批判されていたが、前述した通り、戦中から戦後に至るまで、最も果敢な皇室擁護論者となった。

私は、皇室にたいする和辻の姿勢を崇敬するとともに、かけがえのない、ありがたさを、覚えている。けれども、どうしても馴染めないのは、「鎖国」の日本が体験した、二百年に及ぶ徳川の平和に対する認識だ。

「一六三七年、西南日本のポルトガルの旧勢力圏内にいたキリスト教徒は、予言にまどわされたのか、一揆に加わり、原城を乗っとり、そこを牙城に立て籠った。反乱軍は多くの鉄砲をもっており、その中には島原の領主松倉重治の兵器廠から奪った鉄砲五百三十挺も含まれていた。／やや対応に遅れをとったかたちで、幕府は島原の乱の鎮圧にのり出した。その結果起こった戦闘で原城にたてこもって生き残ったのはたった一名、残り全員が殺されたが、その前に、征伐軍の兵士の死者は数千名に達していた。（中略）しかし島原の乱後の二百年間、日本人は積極的に鉄砲を使うことはなかった。武士は剣術の修業に再び励むようになり、僧侶は黒羽の矢作りに戻り、日本中の熟練鍛冶は高級な甲冑や刀剣を次から次へと製作した。いかに鉄砲の役割が小さくなったかは、一七二五年の幕府資料からも伺うことができる。その年、朝鮮では英祖が即位した。日朝の友好関係が回復してすでに久しく、将軍は英祖即位を祝う船一艘分の豪華な贈物を届けた。その目録には重装の甲冑五百領、刀剣三百五十振、軽装の甲冑二百領、槍・鉾槍六十七本、そして最後に申しわけ程度に旧式火縄銃二十三挺が含まれていたのである。／英祖に贈られた火縄銃は旧式のものたらざるをえなかった。というのは、日本における鉄砲の研究とその発達は一七二五年のはるか以前に全く停止していて先細りの状態にあったからだ」（『鉄砲を捨てた日本人』ノエル・ペリン、川勝平太訳）。

日本人は、二百年間の平和を享受するという、世界史において稀な幸福な体験をも、していた。支配階級としての武士は、次第に武力、武芸から乖離し、学問を修める事が、出世の条件となった。江戸や大坂といった大都市は、高度の自治をもって運用され、経済活動は活発であり、儒学、国学の華は咲き競い、文楽や歌舞伎といった演劇、大和絵や浮世絵といった絵画はあらゆる意味での多様を呈示していた。

たしかに二百年の太平は、日本人をして内向させ、西洋の機械を中心とした文明に対して遅れを取らせた事は、間違いない。けれども、この二百年の洗練と安定が日本人の美質――正直、謙譲、親切――を磨きあげた。それは開国直後に日本を訪れた外国人たちが、感銘を以て記している。その点からすれば「鎖国」を日本の悲劇とする、和辻の指摘には、大きな疑問を抱かざるをえない。

『開国』
丸山眞男

和辻哲郎は『鎖国』を著した。丸山眞男には『開国』がある。

『丸山眞男集　第八巻』の解題によれば、太平洋戦争末期、丸山は東京大学法学部明治新聞雑誌文庫にいりびたり、幕末開国史の史料を読み漁ったという。その丸山の眼に映った敗戦後の思想状況は、この論文の第六節以下に描かれる明治初年のそれと驚くほど似かよっていた。ここから彼は、幕末開国期における鎖国から開国への推移と、近代天皇制の鎖国から敗戦・占領による開国への激変とを重ねあわせて捉える視点をいだくにいたった。

敗戦の原因を鎖国に遡り、日本の政治文化風土の貧しさ、矮小さを嘆いた和辻哲郎の緒論に対して、丸山はやや楽観的に、敗戦を経て、第二の開国を余儀なくされた祖国の未来を望見しているかに見える。

「明六社のような非政治的な目的をもった自主的結社が、まさにその立地から政治を含めた時代の重要な課題に対して、不断に批判して行く伝統が根付くところに、はじめて政治主義か文化主義かといった二者択一の思考習慣が打破され、非政治的領域から発する政治的発言という近代市民の日常的なモラルが育って行くことが期待される。その意味では、この明六社が誕生わずか一年余りで讒謗律、新聞紙条例といった維新政府の言論弾圧によって解散しなければならなかったということは、近代日本における開いた社会の思考の発展にとって象徴的な出来事であった。これ以後もっとも活発に社会的に活動する自主的結社は、ほとんど政党のような純政治団体に局限されていかざるを得なかったのである。（中略）政治と異なった次元（宗教・学問・芸術・教育等々）に立って組織化される自主的結社の伝統が定着しないところでは、一切の社会的結社は構造の上でも機能の上でも、政治団体をモデルとしてそれに無限に近づこうとする傾向があるし、政党はまた政党で、もともと最大最強の政治団体としての政府の小型版にすぎない。それだけにここでは一切の社会集団がレヴァイアサンとしての国家に併呑され吸収されやすいような磁場が形成されることとなる。

『交詢社』などの使命とした『社交』がその後たどった運命はどうであったか。維新以来のもっとも著名な知日家の一人であるB・チェンバレンは、この国の自然の風景の素晴らしさと対蹠的に『社交』がおそろしく退屈《ダル》なことをのべ、『日本における善美なもののカタログをひろげれば随分沢山ある。けれども諸君の教養ある魂が客間やコンサートホールのよろこびを憧がれはじめたら、諸君はむしろ故国へ帰る切符を買った方がいい』（中略）『日本では、社交界というのはほとんど全く政府筋のものである。イギリスで田舎の名門といえば、官職を引き受けるものも引き受けないものもあるが、引き受けた場合にも、それですこしでも家門の名誉が増すわけではなく、それどころか逆に官位の方に箔が付くのであるが、そういった意味の名門に当るものが日本には皆無である。（中略）日本では皇室が事実上唯一の栄誉の源泉であり、一旦敗れた大義名分《コーズ》にはこの国では誰も味方に付き手がない。（中略）皇室（というより皇室の名において行動する者なら誰でもいいのだが）は古い封建制の廃墟の上に新たな官僚制を築いたが……この官僚制こそ国家そのものでありまた社交界でもあって、いかなるライヴァルの存在をも始めから排除してしまうような、本来の意味での貴族制なのである。……実際日本の社会では官界が圧倒的なエレメントであり、政府の援助なしには何一つできない。（中略）日本はプロシャのように中央集権化を通じて成功した。その四千三百万の国民はあたかも一人の人間のようにうごくのである』

無数の閉じた社会の障壁をとりはらったところに生まれたダイナミックな諸要素をまさに天皇制国家という一つの閉じた社会の集合的なエネルギーに切りかえて行ったところに『万邦無比』の日本帝国が形成される歴史的秘密があった。チェンバレンのいう『反証』がはたして、またどこまで、反証でありえたかを、すでに私達はおびただしい犠牲と痛苦の体験を通じて知っている。しかし、その体験から何をひき出すかはどこまでも『第三の開国』に直面している私達の自由な選択と行動の問題なのである」

丸山は開国以来の日本の社会が、政治に、国家に集約されているがために、自由な言論もなく、利害から離れた社交も存在しなかった事を、バジル・チェンバレンの言葉を借りながら示した。そして第二の開国が訪れた、あるいは訪れたはずの日本で、政治を掌握してきた政府の有様は、変化したのだろうか。

日本開発銀行を経て、ケンウッドの役員を務めた中野雄は、丸山にとってもっとも親しく、また信用のできる、クラシック音楽についての対話相手だった。

中野の『丸山眞男　音楽の対話』は、従来の丸山像を転換した、画期的名著と云っていいだろう。ある日、中野は東大で同期だった国税庁の役人から頼まれ事をしたという。大蔵官僚のトップとして、将来の次官候補と目されている人物に、自分が将来、それなりのポストに就けるかどうか訊いてみて欲しい、と頼まれたという。

オーディオ・メーカーに移籍した人間の気軽さで、次官候補に打診すると、にべもなく、「それは無理です」という答。

「ぼくたちの名簿は省内では官房長が持っている。キャリアの人事は、大臣官房の所管なんだ。入省以来、退官まで。いや正確に言えば、退官後までもと言えるかもしれないけれど。ところが、ノン・キャリアの名簿は人事部長が持っています。その、国税庁の彼の名簿は、国税庁の人事部長が持っているんじゃないかな。だから、彼の名前は官房長の名簿にもないし、本省人事部長の名簿にもありません。お気の毒だけど、名簿にない人間の処遇は不可能ですよ。ぼくが〝物理的〟にと言ったのはそういう意味です」（中野雄『丸山眞男　人生の対話』）。

友人は落胆し、役人をやめ、市中銀行の経済研究所に転職した後、著作をいくつか出して、学者としての人生を歩んだという。

このエピソードに対して、丸山はこう云ったそうな。

「キャリアであることが、不文律であるだけではなく、そんな方法で担保されているんですね。改革は至難の業というべきなんだろうな。／でもね、国のリーダーシップ＝指導者層育成には、同じような問題がつきものなんです。海外の例を見てもね」（同前）

それでは、牢固として健在である官僚制の有様に対して、社交の退屈さ、というより社交という経験そのものが存在しない国家中心の文化、生活とは一体、何なのだろうか。チェンバレンの議論は、国家の存在自体が、自由闊達な社交生活のさまたげとなっている、という事だ。

昭和三十年前後、吉祥寺周辺に住んでいた、丸山眞男夫妻、竹内好夫妻、埴谷雄高夫妻、武田泰淳夫妻の四組は、たびたび行を共にしたという。

「高井戸の公団アパートに居住していたころ、さくら咲く井之頭公園のほとりで、四組の夫婦が会合したことがある。おなじ武蔵野に住む、丸山眞男、竹内好、埴谷雄高の三夫婦とぼくら。この四組は亭主も女房もたえず往来していたが、八人の男女が正面から顔をそろえて向きあったのは、はじめてだった。買いたての八ミリのカラーフィルムで、のどかなる春景色と、好ましき学徒文人の貧乏くさい風流をうつし撮ったりして、けっこう楽しかったにしても、夫婦そろってという集会は、どことなくぎごちなかった。神経のくばりかたが八方にらみになって、少しくこわばってくる。銀紙にくるんで蒸したニワトリの足など、われらにとっては豪華なる料亭の食卓を前にして、私は、その場のわざとらしさを打ちやぶるため『まったく、われわれ夫婦はみんな、うまい具合にひっついたもんだなあ。うまく、くっついたもんだなあ』と発言した。／うまい具合に結合した組合せの妙は、そうやって標本をながめまわしていると、つくづく感じ入るものであった。それに、よく知りあったお互いどうしでなければ、この種の微妙な感慨は生れるものではない。よくも、よくも、くっついたという、その『よくも』の意味は実に複雑をきわめているのであるから。／私の発言をきくと丸山眞男は、いきなりプッと噴き出して笑いころげたのであった。『不思議なご縁』とか『ノミの夫婦』という言葉には、たしかに笑うよりほか仕方のないような、あまりにも神秘にして重大な意味がふくまれている。／丸山氏はハーバード大学に赴任して、今ごろはヨーロッパへまわり、四月にならなければ帰国しないだろうから、そのあいだに語っておくわけではないが、また、若き政治学徒にとっては、ほとんど神様にちかいらしい秀才中の秀才たる彼に、生物学的な泥や、無頼の徒の唾をぬりつけるわけではないが、彼と食事をともにすると、彼の談論はたえまなくほとばしり、彼の箸はしきりに動いているが、はたして彼が真に料理の味がわかっているのか否か、疑問なのである。竹内好の方は、おでんを鍋から皿にうつす前に、皿をあたためておくぐらいで、塩辛でも目刺しでも、野菜でも肉でも酒でも、やかましいぐらい味覚が発達している。丸山の方は『コレハびふてきデアリマス。コレハ天ぷらデアリマス』ぐらいは知覚しているだろうが、しゃべる方に熱中していて、要するに食物がいつのまにか口から胃へ移動してしまえばいいらしいのだ。／彼と親しくなったのは、伊豆山の岩波別荘に、ほとんど毎月自発的に二人ともカンづめになったためである。仕事をしないで、朝から晩までしゃべりつづけているので、ついには岩波の出版部や『世界』の編集部は、二人の滞在する日時を、すれちがいにさせるにいたった。（中略）彼は私を『泰淳氏』『和尚』『色即是空』『魑魅魍魎』などと呼び、昭和文士特有のだらしのなさ、頭のわるさをからかいながら、もっぱら学術ならびに学者について紳士的に論じつづけるから、料理や女性、とりわけ友人の女房について論じているひまはない。／その彼が、若いころ映画女優の水戸光子さんが好きだったと言う。こちらが西洋の新しいタイプの女優さんの話を、これでもか、これでもかともちかけて言うてるうちに、うっかりそうもらしたわけだ。あとになって丸山邸を訪れ、夫人の顔を拝見したとき、私は『ハハア』と思った。夫人の顔は、若き日の水戸光子によく似ているからだ。男性の好みというものは、おそろしいものである」（武田泰淳『日本の夫婦』）

武田泰淳の素描した丸山の横顔は、神話的でもなく、荘重でもない。たしかに才能はあるし、碩学と呼ばれるのも当然ではあるけれど、やはり、どこを押しても凡夫というような、話好きのインテリの肖像……料理を味わうより、弁舌に淫し、熱中し、自らの関心事を述べてあきない男の横顔が見えてくる。

『日本の夫婦』は、朝日ジャーナルでの連載記事「日本の夫婦」を書籍化したものだ。昭和三十八年新年号から約半年、二十五組の夫婦がとりあげられている。

二百組の仲人をした夫婦、柔道選手同士の夫婦、かまぼこ屋の夫婦、国鉄乗客係の夫婦、稼ぎをすべてヨットなどのレジャーで蕩尽してしまう夫婦、警官同士の夫婦、カーマニアの夫婦……。

カーマニア夫妻は、『貴族の階段』のロケの時に、仲間とともに近衛文麿時代を彷彿とさせるべく欧州車を連ねて箱根のロケに応援に行ったのだ、と武田を驚かせている。

「家」という囲いから踏み出した、男と女の関係の多様さは、政治と国家の桎梏から少しずつ離れていると、武田は考えたようだ。

「『夫婦』という路を通って日本社会に近づいて行く、このやり方が、案外に有効な方法であることを、私は痛感しないわけにはいかなかった。夫婦の微妙なおもしろさを理解するにつれ、社会の複雑なおもしろさが増大して行く。もしも体力がつづき、時間のゆとりさえあれば、さらに百組、千組、万組の夫婦を探訪したくなるくらい、これは苦しいが愉快な仕事であった。苦しいというのは、相手を傷つけずに、相手を元気づけるように取材することが、なかなか困難だからである」(同前)

武田の面白いところは、同書の冒頭に、「まず身近から」という章を設けて、自分たちの内情を明かしてしまっていることである。

∴

「丸山ってねえ、ずるかったんですよ」と、丸山の没後、ゆか里夫人は云ったという。

「誰かから電話がかかってくるでしょう。うちでは、私が居るときには、必ず私が電話をとることになっていたんです。存じあげている方なら、すぐ丸山につなぐんですが、知らない人からの『お会いしたい』という電話は、『全部断れ!』って言われていましたよ。だから私は、言われた通りに全部断っていましたよ。ところが私が出かけていて、丸山が独りで家に居るときもあるでしょう。そんなときかかってきた電話に丸山が出ると、彼はすぐに、『どうぞ、どうぞ』なんて言って家に招んじゃうんですよ。どこかでそれがバレたりすると、私一人が〝悪者〟になっちゃうんですね。『迷惑だから、家には招ばない』とか……。ところが丸山は〝自分だけ良い子〟になろうとするんですね」

まあ、丸山の気持ちも分からないではないけれども……。

昭和三十六年九月、丸山眞男夫妻ははじめての外遊に出発した。東京大学から、アメリカ、カナダ、イギリス、スウェーデン、スペイン、フランスへの出張を命じられたのである。

アメリカ滞在が一番長く、翌三十七年六月までハーバード大学に特別客員教授として招聘された。ハーバードをはなれた後、ヨーロッパに赴いた。

そして、丸山はバイロイトで、ワーグナーの楽劇に接した。

『丸山眞男集　別巻』の年譜には、バイロイト音楽祭で、ヴィーラント・ワーグナー演出の「ローエングリン」を鑑賞した丸山は、それまでのオペラ観のすべてを覆されるとともに、「ナチス・ドイツに利用されたことによるワーグナー嫌いも解消する」と、記されているが、事はそんなに簡単なものなのか。

懸命な脱ナチズムの努力にもかかわらず、未だに解きほぐされていない反ユダヤ主義の烙印。ヒトラーが、ワーグナー・マニアだった事は知れわたっているが、日本の右翼や民族主義者とその文化を排する丸山は、なぜナチスとさまざまな葛藤、桎梏があったにもかかわらずドイツを代表する指揮者であり続けたフルトヴェングラーを尊敬する事が出来たのか――。

もちろん、フルトヴェングラーは、好んでナチス・ドイツの「勲章」となったわけではない。楽団員たち、特にユダヤ系楽団員たちの命運、ドイツ音楽の伝統の護持と存続についての責任が彼の両肩に載せられていた事はよく識られている。

一九三七年、フルトヴェングラーは、客演のためにザルツブルグに赴いた。ドイツのマエストロは、同僚であるトスカニーニの『ニュールンベルグのマイスタージンガー』を賞賛した。しかし、トスカニーニの返答は、冷たかった。

「私はあなたの挨拶をそっくりそのままお返し申したいところです。ところで私は、自由な考えをもつすべての人間を迫害する、おそろしいシステムに甘んじられるような者が、ベートーヴェンを正当に演奏できるものではないとつねづね考えています。あなたがたナチスの人々は、精神の自由な表明を全部抑えつけ、許したものはといえば、力のゆがめられたリズムと、これ見よがしのお芝居だけだったではありませんか。あなたが最近行われたベートーヴェンの第九の演奏がまさしくそれだ。この作品に現れるあらゆる高貴なものを、あなたはすっかり抑圧し、あらゆる騒々しいものを必要以上に強調しました。恐らくあなたは、これらの箇所を『ダイナミックな部分』だとおっしゃるでしょう。しかしあなた、第九は同胞愛のシンフォニーである事を考えてください」

このやりとりは、いくつものバージョンがあり、ニュアンスが完全に逆になっているものまである、扱い難い、厄介な挿話だが、しかし、にもかかわらず、芸術と政治の径庭を巡る時、避ける事のできないアポリアでありつづけている。

丸山眞男は、ワーグナーを愛し、フルトヴェングラーを愛した。その愛は、彼にとって、もっとも本質的なものであった、と云えるだろう。彼ほど、ナチズム、全体主義と、音楽、芸術の関わりとアポリアを解くにふさわしい人間は、少くとも日本にはいない。

『私の心の遍歴』清水幾太郎

あらかじめ申し上げておくけれど、私は清水幾太郎という人が好きだ。刻苦勉励の人であることは、間違いないのだろうが、深い含羞を湛えていて、何とも味わい深く、懐かしい。

何しろ清水さんは「インテリになりたい」(『私の心の遍歴』、中央公論社の新書判は、恩地孝四郎の装幀が美しい)と書いたりするのだ。

「インテリになりたい」という言葉は、凡そインテリ稼業を夢疑わず、インテリとして幅を利かし、インテリ面で世間を押し通す輩には、三回生まれ変わっても、口に出来ない言葉ではなかろうか。

「何になりたいのか。何でもよいのです、要するに、インテリでありさえすれば。インテリという言葉は知りませんでしたが、今ならインテリというところです。インテリでありさえすれば、何でもよいのです」(同前)

何という、率直な、正直な告白、吐露だろうか。インテリでありながら、インテリである事について斜に構え、庶民派ぶったりするエセインテリに対して、この深奥から湧き出てきた、渾身の素直さ、率直さだけで、私には十分だ。

そして、インテリである事の特権なり、矜持なりを、清水は誇ることなく、多少とも恥かしい事として捉えている。

昭和三十五年六月十六日の未明、清水は国会正門の前に立っていたという。

樺美智子はすでに死亡していた。

警官隊が、国会構内から催涙弾を発射し、警棒を振り上げ、大学教員たちのグループに突進してきた。

清水らは、南通用門に向けて駆けだしたが、警官隊との距離は縮まるばかり。

ついに、門際に坐り込んでいた大学教授団に迫ってきた。

その時、「僕は大学教授だ」、「ここにいるのは大学、研究所の者です」といった声が、次々に上がったという。すんでの処で、インテリたちは、暴行から逃れたわけだ。

清水は、警官隊の暴力を憎悪した。

しかし、それ以上に大学教授や研究者、つまり、けして殴られる事はない存在として、自分たちをあらかじめ囲い込み、機動隊の暴力を免れる存在として一般大衆とは一線を画した、インテリたちの「余裕」を不思議に思っている。

というのも、岸信介が推進した安保改定を批判し、批判から社会運動へと発展させたのは、そもそも、清水や丸山眞男といったインテリ、知識人であった。

彼らの議論、活動から運動が盛り上がり、国民大衆が、改定反対に立ち上がったのである。つまるところ、インテリは火付け役であり、発起人であり、扇動者であった。

その扇動をした者、つまりは騒擾を膨らませた者たちが、警棒の洗礼を免れ、扇動された人々が、殴られるというのは、どうにも道理が通らないのではないか、と清水は自問する。

「安保改定やその強行採決が国民大衆を敵とするものであることは、インテリが先頭に立って説いて来た筈であるのに、そのインテリ自身が撲られる理由のないものとして国民大衆から自分を区別したのである。それゆえに、私も、私自身を含めてインテリというものを国民大衆から区別して取扱わねばならない」（「安保闘争一年後の思想」『無思想時代の思想——わが精神の放浪記2』）。

大衆を扇動しながら、自らの安全は抜け目なく確保する自らも含めたインテリの「特権意識」の卑怯さを剔抉している、その潔癖さは、例えば丸山眞男とは、対照的なものだ。

「私は五月十九日の強行採決で問題の局面が一変したと思う。五月二十四日に学者、研究者の最初の集会があり、そのときに私も呼びかけたわけだが、その呼びかけの論理というのは、簡単にいうと五月十九日を契機にむしろ問題が単純化したと考える。ある意味では敵が単純化した、ということになる。十九日までの時点では、安保条約には反対であるが、そう無理押しをしなくても、不都合な点を漸次改めていけばいいではないかとか、会期延長をして十分審議すべきだとか、国民に真意を聞くべきだとか、現実の問題としてしようがないではないかとか、かなりニュアンスの違った様々な形で進んできたと思う。ところがああいう無茶苦茶なやり方で安保を通したということで、問題が単純化され、結局安保がああいう強行採決によって通ることを認めるのかどうかということになった」（「安保闘争の教訓と今後の大衆闘争――青年労働者の報告をもとにして」『丸山眞男集第八巻』）。

大衆を指導、扇動しながら、警察官に対しては特権的な保護を受けている、知識人の狡猾、卑怯を清水幾太郎が認識しているのに対して、丸山は一切、大衆と知識人の差異などは認めず、時務論に徹している。丸山の発言は、徹頭徹尾、政治的であり、清水の抱懐しているようなデリカシーは欠片もない。

安保改定は、優れて政治的な問題であった。であるから、人は、特に知識人や運動の指導者は、すべからく最も政治的に振る舞わなければならない。

丸山は、そういう形で、自らの知識人としての責任を果たしている。

一方、清水は、知識人である事の居心地の悪さ、疚しさを、そこから来る揺らぎを、抱きしめ続けているのだ。

その姿は、切なく、滑稽である。

清水は、太平洋戦争はインテリが計画したものではないと云う。

吹けば飛ぶようなインテリをいくらかき集めても、戦争などは出来はしない。

そうして、実際に戦争を行った、実力ある人々――経済人、政治家、官僚――は、その一部が占領軍により処罰されたものの、戦前以来の実力、自負を抱き、着々と国家を運営している。

それにたいして、いわゆる知識人たちは、戦争について――何一つ実際には携わってはいないにもかかわらず——反省し、悔悟する事を続けている。
何ら実力のない知識人たちは、反省を繰り返し、平和と民主主義を擁護する。しかし、実際に平和と民主主義を保ち、切り回していけるのは、実力ある人々である。彼らがいてこそ、軍備などを通じて国際平和を維持し、安定した経済によって民主主義が機能するのだ。であるから、知識人としての姿勢、生き方としては、丸山眞男は正統なのである。彼の発言は、知的魅力に溢れているが、現実に対して責任をもたない。責任をもたないからこそ、過ぐる戦争を、そして戦後政治を、知識人たちは批判し続ける事が出来るのだ。

いくら丸山ら思想家が、安保改定を阻止しようとしても、実力ある人たち、ひたと、広く深く、世間と現実を運転している者たちは、微動だにしない。

と云うのも、安保改定は、既存の安保条約に対して、画期的に、日本にとって有利な内容に改められているからだ。

講和後も続いていた、片務的な、つまりは日本が圧倒的に不利であり、日本中の基地を好き勝手に米軍が使っていた状況を、双務的なもの、米軍側に相応の義務を課する条約にしたという点において、何ら歴史に恥じる事はないと確信していたからこそ、岸信介は、デモ隊に包囲されようが、私邸を襲撃されようが、微塵も動揺しなかったのである。知識人ではなく、責任と実力のある人たちによって、戦後日本の民主主義が樹立され、経済成長が成し遂げられたのである。

その実相に触れずに、政府、与党、財界を批判し続けるのは、容易い事である。

世間を、実際に切り回し、国民の生活を少しでも向上させようとする資本主義下の民主主義においては、経済成長こそが政治安定の基本となるからだ。

こうして戦後日本は、素早く戦禍から立ち直り、国民に平和の分け前をふんだんに提供した。

その実際に起きた、起きてしまった奇跡について、丸山と清水のスタンスは、かなり異なっている。

∴

明治四十年七月九日、清水幾太郎は、東京、日本橋区薬研堀の竹を商う家に生まれた。幕臣だった祖父が、維新に際して下賜された八百円を元手として、両国で竹屋をはじめた。

祖父は、庭いじりが趣味だったが、禄を離れた後に、趣味としていた竹を商売にしたのだった。

生活に窮した蔵書家が古本屋の店を開くのと同様に、趣味と商売をいっしょくたにしたのである。

親たちの口癖は、「世が世なら」だったという。

時に、その言葉は、幾太郎に向けられ、何の事情も弁えない孫に、祖父母は、溜息をつきつつ、「世が世なら」と哀れんだ。

そのため幾太郎は、徳川家を倒した薩長だけでなく、皇室をも憎いものとする、価値観を抱いたという。

「勿論、長ずるに従い、私も、徳川家を倒したから皇室は憎いというような簡単な気持は薄らいで来ましたし、天皇崇拝の学校教育が漸く私を圧倒したということもあるでしょう。しかし、それでも、天皇や皇室に対する真正直な崇拝や尊敬の気持は、私にとって終に縁のないものでした」(「隅田川のほとり」『私の心の遍歴』)。

幾太郎は、身体が弱く、始終伏せっていたという。親類が「この子は育つまい」と呟くのを何度も聴いた。

さまざまな医者にかよったが、快癒せず、最後には大きな灸——「お富士様の灸」——を据えてもらったという。効果はなかった。

はじめて買った本は、立川文庫の『猿飛佐助』だという。ついで『日本少年』を購読するようになった。

嫌だったのは、月末に掛け取りに行かされた事。

子供の使いで、もとより少額の掛けなのだが、なかには級友の家に行かねばならない事があった。女中に玄関から追い出されたり、下男から乞食扱いされたり。

こうした思い出に接してみると、「インテリになりたい」という希望、その情熱の根源を探り当てたような心持ちになる。

小学六年生の時、両国から本所の柳島横川町に引っ越した。

ついに家を手放したのだ。

竹の商売を辞めて、足袋、メリヤス、洋品雑貨の小売商を営む事になった。

父は病を得て、思わしくなく、幾太郎はミシンを踏んだり、買い出しにいったり、店番をしたり

……夜、両親が交わす小声の会話にも、注意深く耳を傾けたという。当時の本所は場末のきわみで、

スラム街があり、ハンセン病の患者もいた。

小学二年生の時、勉強机を買ってもらったが、その使い方が解らない、というぐらいに働いていたのだ。

そして大震災……幾太郎の大震災にかかわる記述は、多くの著作に引用されている（例えば『日本の百年6　震災にゆらぐ』など）。

震災の傷も癒えた頃、人生の転機になる事件が起きた。

近所の紡績工場が火事になったが、会社側では女工たちを鉄門から逃がさなかったのである。年季で雇用した女工が、逃亡すると、会社に損害が出る、というのだ。

この事件について、幾太郎は中学の弁論大会で述べた。「かなり尾鰭をつけた」とは、本人の弁で、幾太郎は、配属将校から取り調べを受けた。

けれども担任の教師が、熱烈に幾太郎を弁護し、処分は保留となった。

それだけではない。教師に礼に行ったところ、その教師——加藤光治——が、「君などは社会学をやった方がいい」と勧めたのである。

神田の書店で『タルドの社会学原理』を買ったが、難しくて解らない。上野公園の自治会館で市民講座が開かれているのを知り、足しげく通った。

当時、中学は五年だったが、優秀な学生は四年で高校受験が許されていた。

中学生活が嫌で仕方のなかった幾太郎は、新設の東京高等学校に願書を出した。

一高の、わざとらしい蛮カラが大嫌いだったからである。

結果として、東京高等学校に、幾太郎は馴染む事が出来なかった。

東京高校は、清水の言葉に拠るならば、出来の悪い学習院であった。

制服は、海軍士官のような蛇腹。校舎に入る時に靴を脱がねばならず、その上、名門の子弟が沢山いる。

下町育ちの幾太郎は、場違いの上にも場違いな存在だった。

家庭教師のバイトや家業の手伝いに心身をすり減らしていた幾太郎にとって、級友たちの優雅な生活は、想像もつかないものだった。

とはいえ、東京高校の鷹揚さは、幾太郎にとって好ましい機会も与えてくれた。

当時、マルクス主義の正統文献とされていたブハーリンの『史的唯物論』の読書会を、学外の人も含めてやりたい、と申し入れたところ、是非にと云って貴賓室を提供してくれたのである。

読書会は、幾太郎にとって、貴重な経験であると同時に焦れったいものだった。

ずっと一人で本を読んできたから、参加者の意見を聴くという経験は新鮮だったが、その議論の手間がもどかしかった。

東京帝国大学に入り、ロシア語を学びはじめた。ドイツ語とフランス語はすでに習得していたが、なぜか英語には触手がうごかない。

ソヴィエト友の会にはいり、湯浅芳子――中条百合子の恋人だった――の指導の下、ロシア語に邁進したのである。

教室ではいつも一番前に陣取り、徹底的にノートをとった。湯浅は「お前さんは本当によく出来るね」と褒めたという。

一時、刑事につきまとわれたりしたというが、ロシア語をとうとうものにした。もっとも、購ったソヴィエトの百科事典が、酷く粗末なもので失望したというが。

高校の時に受けた徴兵検査は、無事、丙種合格。丙種は当時、ほぼ兵役の対象にはならなかった。検査にあたった司令官は、清水に、大学に行ったら何を学ぶつもりか、と問うた。社会学、と素直に答えると、「君はマルクスという人を知っているか」。

社会主義者の疑いを受けるのでは、と危惧し「知らない」と答えると、マルクスはドイツの学者で、ヘーゲルの弟子だ、君もこれからマルクスを大いに勉強しなければならない、と云った。一緒に、検査を受けた、すでに働いている若者たちが、手荒に扱われているのにたいして、高校生である清水は特権的な存在だったのである。

昭和三年、清水は帝大文学部社会学科に入った。主任教授の戸田貞三――社会学者として、日本の家族についての研究の先鞭をつけた事で知られる――は、社会学科には、とんでもない馬鹿がやってくる、社会学を勉強して、社会問題を解決しようというような心得違いをしている、社会学はけして社会に役に立つ学問ではない、と放言したと云う。

清水は、自分が「とんでもない馬鹿」の一人である事を自覚した。

自覚しつつ、マルクス主義の立場から、オーギュスト・コントの学説を検討する立場に至ったのである。

本郷キャンパスでは、大森義太郎助教授の罷免問題、学費値上げの反対運動などに参加し、本所のセツルメントでは、労働学校の講師を務めた。自分より、はるかに年上の「生徒」たちを教えた。テキストは、佐野学の『日本史』だったと云う。

昭和六年三月、帝大を卒業した。本来ならば商店の小僧で生涯を通す事になるかもしれなかったと思うと、感慨深かった、と云う。

文学部副手として、社会学研究室に勤め、五十一円の月給を貰った。

加藤光治先生の紹介で、三井の重役を勤めあげた奥村久郎という老人と、週二回、経済学の原書を読むというアルバイトで月五十円、その縁で『独逸語学雑誌』の編集を手伝って三十円、実科高等女学校の講師で七十円という給金をとっていた。

生活が楽になった、と思った途端、父が四十九歳で死に、社会学研究室と縁が切れ、奥村老人が死去したため、日独書院との繋がりも絶えた。

そういう状況の下で、幾太郎は、足かけ六年交際していた渡辺慶子——父は弁護士の渡辺信吉——と結婚した。

結婚式はしなかった。

女学校は、視学官をしくじったために馘首された。

『思想』に、コントについての論文が掲載された。

谷川徹三、林達夫、羽仁五郎と親しくなった。

三木清から、是非、一度、会いたいという葉書が来た。

中野に三木を訪ねると、ひどく無愛想な人で、積極的に話をしようともしない。馬鹿にされた心持ちになった。

三木との縁はそれだけで、再会したのは三木の告別式でだった。

昭和十七年一月、清水は徴用され、ビルマに派遣された。

∴

清水幾太郎は、基本的に自伝作家、回想録の名手だと思う。

自伝というと、大袈裟だが、自分の身辺や生き方を綴った文章は、常に精彩を放っている。

こまごまとした回想、想起にかかわる文は、どれも魅力的で、気の弱さと些事への拘泥が、なんとも好ましい。

ロンドンで、カレーライスを食べようとして、給仕に摘み出された話。

有色人種が発達させたカレーを、こともあろうに有色人種に食べさせない、という不条理に、憤激するでもなく、ただただカレーを食べ損なった事を嘆いている。気の毒がった友人が、別のカレー屋に連れて行ってくれた。

「ムードは多少インド的なのであろうが、肝腎のカレーライスは、イギリス人の口に合せたのか、あまり辛くもなく、実にまずかった。暗い電燈の下で、インドのメロディを聞きながら、辛くないカレーライスをクチャクチャ食べているうちに、矢も楯も堪らず、私は日本へ帰りたくなった」（「カレー中毒」『この歳月』）。

あるいは、軍歌の話。とは云っても、その歌、『暁に祈る』が、軍歌なのかどうか、清水には判断がつかないのだが。とにかく、清水の知る限りの兵隊は、この歌が一番好きだったという。

「ああ　あの顔で　あの声で／手柄たのむと　妻や子が／ちぎれるほどに　振った旗／遠い雲間にまた浮かぶ」

兵隊たちは、歌いだすといきなり、涙声になり、それが伝染するようになって沢山の兵隊が、一斉に涙ぐみはじめるのだった。「そこには、『暁に祈る』という歌だけがあったのではなく、兵隊の生活の全体があったのだ」(「『有難や節』考」同前)。そうして、生き残った兵隊たちは、今も、戦友たちと別れた後も、「ああ　あの顔で　あの声で」と歌っているのだろう、そしてやはり金縛りになるのだろう、と幾太郎は推測する。だからといって、それは軍国主義の残滓でもなく、平和を貶めるものでもないと。

タカクラ・テルと対談した際、清水がどんな話をもちかけても、「まあ、黙って三月経てば革命が起こって、清水さんの出された問題もみな解決しますから」と云われたり、ロンドンのパブでウィスキーを呑もうとすると、高価だからビールにしろと親爺に云われ、意固地に頑張ってウィスキーを呑んだり、十二ポンドのセーターを買ったと言って、ホテルでさらし者にされたり……。ソルジェニーツィンの翻訳が出て、どうせ身の毛のよだつような本だから、読まないと決めたのに、つい読んで、矢張り滅入ってしまったり。

石油危機にさいして、アラブ諸国の歓心を買おうと、カイロで大相撲の興行が計画されているという話柄に、「角力は、ただ面白いだけのスポーツではない。貴ノ花に夢中になっている子供には判るまいが、角力というものには、或る深い悲しみがある。そういうものとして、古来、私たちは角力を大切にしてきたのだ」(「アラブ場所」同前)と。

あるいは、下町に育った人間特有の、「しこり」のようなもの。しかも下町に生まれて学問を志した者特有の、僻みに似た、何ものか。「私の古い仲間の中には、角帯をしめ、白足袋をはいて、それで江戸っ子を誇っているような友人がいる。それをみると、私は惨めな感じがする。しかし、そういう私自身が取り澄したインテリの間に入ると、忽ちイライラし始め、わざと下品で粗暴な言動に出てしまうのだ。これに似たしこりは、私の父にもあったようである」(「思い出の記」同前)

ビルマに派遣された後、罹病して兵站病院に送りこまれた。病院といっても一日に「わかもと」を三錠くれるだけ、といった案配だったという。

気がつくと、蚊帳のなかに白い着物を着た母親が立っていた。母がいるはずもないのだが、思いをめぐらす余力もない。

団扇をゆっくりと動かしながら、母は「苦しいかい」と問いかけ、幾太郎は、「うん」と応える、ただそれだけの遣り取り。

しばらくして、熱が下がると、読売新聞の記者がやってきた。

母が、幾太郎が重篤だという夢を見て、自分が看病に行く、と言い出したため、懇意な読売の記者がラングーンまで、消息を尋ねてくれたのだった。

∴

昭和五十五年五月、清水幾太郎は、『日本よ　国家たれ――核の選択』と題する、小冊子を出版した。いわゆる自費出版である。雑誌に掲載しなかったのは、いくつかの理由があった。まず雑誌に掲載されると、当然ながら、他の書き手の文章と〝ゴミ〟にされてしまう。雑誌とは異なる、パーソナルな、つまり本気で読んでくれる人に手渡したかった。

それとともに、掲載された場合、一度に不特定多数の手に渡り、不勉強な文筆業者や、憲法九条に凝り固まった学者たちから、袋だたきにされてしまうだろう。

そうした忖度から、清水は自費出版という選択を行ったのである。

とりあえず冊子は、三千部刷った。

おおまかに云って、二つの方面に配布した。

防衛庁長官、政務次官、事務次官、局長、参事官、統合幕僚会議議長、陸海空の幕僚長など、自衛隊関係者に送った。

自衛隊の反響は、かなり好意的だった。申しわけないが、すこし寄贈していただけないか、と云うのだ。

清水は、喜んで寄付をした。

日本青年協議会に、二千部を寄付した。

青年協議会の、元号法制化に際する運動を、清水は高く評価していた。

協議会の若者たちは、もちだしで「キャラバン隊」を結成し、全国を行脚し、地方議会に働きかけ、沖縄県を除く都道府県の市町村議会で元号法制化の法案支持が議決されたのである。

すぐに、文藝春秋から『諸君!』七月号に掲載したいという申し出があり、それを応諾した後、冊子に大幅の加筆をする形で単行本『日本よ　国家たれ』が発売され、一つの社会現象とも云うべき事態が出来したのである。

∴

『日本よ　国家たれ――核の選択』は、一世を風靡した。問題提起という点だけでも、有意義な書物だと思う。

とはいえ、私は、清水の名前が、「核の選択」のみで記憶されるのは、忸怩たるものがある。前述したように、清水の本領は、自伝作家としての面目だと思うのだが。

講談社から十九冊に及ぶ、清水幾太郎の著作集が出ている。

古書価は非常に高く、二万円以上の値がついている巻もある。

とはいえ、この場合、高値がつけられているのは、実際、刊行された部数が少なかったためだろう。

丸山眞男の著作集などは、全十七巻で二万円弱で入手する事が出来るのに対して、今日、清水の著作に触れるためには、高価きわまりない全集を買うか、地道に単行本をあつめるしかない、というのは、何とも割り切れない。

『総統いまだ死せず』
福田恆存

いわゆる論壇にかかわる記事に、はじめて触れたのは、『日本の将来　新聞のすべて』であった。中学三年生の時だったと思う。

ある日、父親が、一冊の本を買ってきた。

高木書房から出版された『新聞のすべて』。

新聞は読んでいたものの、新聞を批判的に読むといった素養はまったくなく――家でとっているのは、毎日新聞と日経新聞だった――新聞社経営の内実や記事、記者の実情といった事は何も知らず、夏休みなどはやる事がないので、二紙をくまなく読み、時によっては配達を玄関で待っている、といった有様。

そこまで新聞に浸っていた私にとって、『新聞のすべて』は、まさしく覚醒の一冊だった。

恆存先生――自分と名字が同じなので、まぎらわしくならないように、以下、こう書かせて戴く

――の「まえがき」からして、いかにも皮肉で、面白かった。

「数年前死去した保守派の旗頭T・S・エリオットでさえ検閲を不可としている。そう言うと、『言論の自由』『知らせる義務』『知る権利』などという言葉を無闇に有りがたがる人達は大いに気を良くするであろう。が、エリオットの検閲反対論は甚だ皮肉なもので、もし検閲を可とすると、検閲者によって許された書物は良書だと思われてしまう、これほど危険な事は無いというのである」

ウォーターゲイト事件を暴露したアメリカの同僚たちに、拍手を送る日本の記者たちに対して、ワシントン・ポストとニューヨーク・タイムズの二紙しか新聞がないかのような状況は、ジャーナリズムにとって危険極まりないことだと、指摘されている。

「知るべき事を、或は真に知りたい事を知ろうという自主の精神を持った読者ばかりであったら、六百万、七百万という発行部数を誇る新聞が出て来る筈が無い。誰も知りたがってなどいない。ただ世間が知っている事を知らずにいるのが不安であったり、恥しいと思ったりしているだけの事である」と、新聞が大量に発行されている背景にある、国民心理を分析してみせる。

畳みかけるようにして、事の核心に踏み込み、つまりは、営利企業としての大手新聞社の、不健全、不可思議な経営実態を抉りだしている。

「新聞は新聞について、新聞社について絶対に情報を提供してくれない。吾々は公共料金値上げがこれこれの理由により不当であり、どの銀行が何某の会社に不良融資をしており、或る大企業がかかる公害を出しているという事を新聞によって知り得ても、新聞代値上げの理由を知らされず、普通の企業なら当然倒産して然るべきものが新聞に限って、しかもそれが大新聞になればなるほど聊かも動揺せぬ事情についても、また『偏向』と称される欠陥新聞がなぜ出来上り、それが欠陥品である事さえ気附かせしめられないでいるからくりについても全く知らされない」(同前)

いかにも恆存先生らしい、論理を畳みかけ相手に反論の隙を与えない文章である。

とは云いながら、『新聞のすべて』において恆存先生自身は、企画・監修という立場であり、三部にわたる議論――「第一部　日本の新聞」、「第二部　新聞の性格」、「第三部　新聞社の内情」――には、まったく参加していない。

もっとも先生はすでに「新聞における『甘えの構造』」、「新聞の思上り」、「新聞への最後通牒――『幾ら言つても言ひ尽せぬ』」など、多くの新聞批判を書いている。

たとえば、七年半に及ぶ長期政権を維持してきた佐藤栄作総理大臣が、退任するにあたって新聞記者よりもテレビ局を優先させた一件について。

佐藤総理はテレビはどこか、テレビにサービスしよう、ぼくは新聞は嫌いだ、新聞は偏向している、と語りながら、新聞記者を排して、テレビカメラを真ん中に入らせた。

内閣記者会の代表が「さっきの言葉は絶対に許せない」と云うと、それなら出てください、と総理は机をたたき、記者たちは、ぞろぞろと出ていった。

「私は当日テレビを見てゐて、正直、胸がすつとした。ただ惜しむらくは、この『事件』が佐藤氏の初めて首相に就任した時に起らなかつた事だ。そして次の首相に福田赳夫氏がなるか田中角栄氏がなるか、いづれにせよ、最初の記者会見で、この前首相最後の記者会見の第二幕を見せて貰ひたいものと思つた」(「新聞の思上り」)。

恆存先生は、手を拍たんばかりに、昂奮し、快哉を叫んでいるようだ。その昂ぶりは、やはり新聞にたいする、強い違和感、反感によるものなのだろうし、さらにいえば、新聞各社の没義道、倫理放擲にたいする嫌悪感の裏返しだったのだろう。

改めて『新聞のすべて』を通読してみると、やはり山本夏彦、屋山太郎、香山健一、小野俊一郎の四人が集った第三部「新聞社の内情」が一番面白い。

山本　今の新聞の多くは反体制ですが、あれは「商売としての反体制」でしょう。商売としてのエロやポルノは子供も大きくなったし、金も儲かったし、ここらでやめたいと思えばやめて、口をぬぐうことができますが、「商売としての反体制」はそうはいかない。幹部は商売のつもりでも、下っ端は本気になって、ここらでやめたいと思っても、やめられなくなります。現にやめられなくなっているのではないか。だから、アメリカに楯突くのはちっともこわくないが、新聞社内のそういう空気に楯突くのは一番こわいことだとみんな思っている、こう考えていいわけですね。

小野　そうです。読者から文句があったところで、電話ではなぐられることはない。しかし社内的に白い目でみられると、自分の年金だとか栄転という身近なところに影響するということですね。

山本　そうすると立身出世主義が悪い意味で出ているんですね。

小野　サラリーマン化しているんですよ。販売関係の人から聞いたことなんですが、十二、三年前、ある新聞社で、公明党が第一期の大進出をとげた時期に漫画を載せたのです。日蓮上人が鎧兜をつけ、軍扇を持っていて、「公明党まかり通る」という説明がついていた。それが非常な侮辱であるというので学会の忌諱に触れて、ある地区でその新聞の不買運動をするということになった。経営者があわを食ってとんで歩いて、学会の上層部の人とどういう渡りをつけたのか、不買運動は中止されたんだそうですが、それ以後学会や公明党批判は、その新聞では全く行なわれなくなってしまった。

こんな具合に新聞の経営者が外の圧力に弱いので、自然社内にもサラリーマン化した空気がみなぎってくる。だから誰も社の内外で憎まれるような記事なんか書こうとしない。

いまとなってみれば、山本、小野、お二方の議論は、誰でも弁えていて知っているような事だけれど、当時としては、すくなくとも中学生の私としては、目から鱗が落ちる思いだった。

新聞社は、社会の木鐸を標榜しつつ、もっとも重視されているのは、収益と部数の拡大であり、社にダメージを与えるような、様々な団体、党派、組合、労働運動、住民運動との摩擦を忌避することに努めている企業体なのだ、と。

報道という、公的な使命を担いながらも、自社の勢力を拡大し、部数をのばし、文化事業やイベント、スポーツなどで収益を上げている、組織なのだと。

その点で、恆存先生の問題提起は、誠に啓蒙的なものだったと思う。

と、同時に、こういった議論を主導せざるを得なくなった――と敢えて云うが――、時代の貧しさを、誰よりも感じとっていらしたのだ、とも思う。

∴

一度だけ、恆存先生のお姿を見たことがある。

私の処女作を読んで下すった江藤淳先生が、当時、『諸君！』の編集長だった白川浩司氏に、私と会うよう、勧めてくださったのだ。

文藝春秋、一階のサロン。

菊池寛の銅像。

白川さんと対座した直後、鶴のようなその人が、痩軀を少し前のめりにしながら、通りすぎた。

恆存先生だ……。

私の表情を把んだ白川さんが、「福田恆存さんです、御紹介しましょうか」と、云ってくれた。

とてもそんな度胸はなく、打ち合わせをすませた。

今となっても、あの時、御挨拶を出来なかった事を、残念だとも、心残りだとも思ってはいない。

何と云うのだろう、自分という人間は、恆存先生と対面したり、話したりするべき人間ではない、というような疼きを伴った諦めがあった。

恆存先生は、正統の命脈を保ち続けた方である。

正統であるという事の、その深さ、広さ、寂しさにおいて、福沢諭吉を除けば、恆存先生に匹敵する者はいないだろう。

そのオーソドキシィの在り方は、たとえば『私の英国史』を紐解けば、即座に了解し得る態のものだろう。

「十九世紀に及んで七つの海に君臨した英帝国も、実はエリザベス朝といふ一つの球根のうちにその芽のすべてが内蔵されてゐたのであり、ブリテン島国家成立といふこの球根に育つまでの歴史こそ、その後の英国を形成する原型と言つて差支へあるまい」

∴

恆存先生とは、ただ一度すれ違っただけだったけれど、『新聞のすべて』の版元、高木書房の高木茂男氏とは、一時期、短い間ながら深くつきあった。

高木さんは、ある編集者によれば、歴代内閣に仕え、表に出せない仕事をしてきた人、という事だったが、私の目では、そのような翳を認める事はできなかった。

神保町の、地下の古風なレストランで、何度か御馳走になった。

郷里が新潟という事で、得がたい銘酒を送っていただいた事もあった。

そして、恆存先生の話。

恆存先生の仕事場に行くと、扉に全裸の女性の写真が貼り付けてあった。

これは、どういう意味なんだろう、誰か女性がいらしているのだろうか……。

とはいえ、女性が来ているからといって、ヌード写真をドアに貼り付けなければならない、というのも、なんだか筋が通らない。

ノックした方がいいのか、帰るべきなのか。

でも、今日、ゲラをいただかないと、直しが間に合わない……。

それでも、やはり帰った方がいいのか。

お人柄通りに、困惑しきった、高木さんの、逡巡という「一人芝居」。

その演技を堪能した恆存先生は、仏頂面でドアを開け、室内に導き、ゲラを渡した後、高木さんを、ちらりと見て、爆笑したという。

恆存先生の、悪戯癖は、かなりのもので、真面目な高木さんは、時に閉口したという。

「でも、高木さんも、楽しかったんじゃないですか」

そんな事はありません、困っただけですよ。どうしてあういう事をなさるんでしょうか。真面目な先生なのに、ね。

∴

福田恆存は、大正元年八月二十五日、福田幸四郎、まさの長男として生まれた。

父は、東京電燈株式会社に勤めていた。

おりしも電化の黎明時代であり、幸四郎の技師としての未来は明るいものだったろう。

父は、後に、書家として名をなした。

七歳で、東京市立錦華小学校に入学、十一歳で関東大震災に遭った。

大正十四年、第二東京市立中学校に入学。

昭和五年、浦和高等学校入学。

二十一歳の時、築地座――築地小劇場の分裂後、友田恭助・田村秋子夫妻を中心にし、久保田万太郎、里見弴、岸田國士を顧問に迎えて旗揚げした――の、脚本募集に『或る街の人』を投稿し、佳作に選ばれている。

昭和八年、東京帝国大学文学部英文学科に入学。

昭和十二年に、『行動文学』の同人になる。

『行動文学』は、紀伊國屋の社長田辺茂一が主宰していた同人誌で、野口冨士男、高橋義孝などが参加していた。

昭和十三年、静岡の掛川中学校に、英語教師として赴任したが、校長と対立したため退職している。

十五年、雑誌『形成』の編集者となり、小林秀雄、岸田國士、白崎秀雄と知りあった。

D・H・ロレンスの『アポカリプス論』を翻訳したが、当時の状況では出版できず、日本語教育振興会に職を得た。振興会での経験が、後の国語問題に対する姿勢を胚胎させた、と云ってもいいだろう。

敗戦後、恆存先生の活躍はめざましかった。

「一匹と九十九匹と」、「近代の宿命」といったエッセイから、文学論、翻訳、劇作と、まさに八面六臂の活躍をしている。

だが、昭和三十年代に入り、高度経済成長の時代に入ると、苦渋というほどではないが、微妙だけれど、しっかり触知されてしまうような、あるズレを、時代、世相にたいして意識的に含もうとしているように見える。

∴

恆存先生の文章のなかで私が好きなのは——いくつもあるのだけれど——のひとつが、『孤獨の人、朴正熙』だ。

今の状況からは、想像出来ない事だけれども、大韓民国は、かつて国内メディアが、最も嫌っている国家であった。

左翼の鼻息があらかった当時、朴正熙大統領と大韓民国の評判は惨憺たるものであった。

一方で、北朝鮮は「この世の楽園」と呼ばれ、国内メディアは、その社会主義を賞賛してやまなかった——というような有様である。

たしかに、朴大統領はクーデタにより権力を握った。

アメリカが反対したにもかかわらず、一九六一年、クーデタを断行し、十八年に及んで政権を担当しつづけた。

日本からの経済援助により五カ年計画を推進し、社会の工業化を進めた。

一九七九年、朴大統領が、側近の金載圭中央情報部長に殺害されたその日、恆存先生は、劇団昴の一行を引きつれて韓国を訪れていた。

世宗文化会館小劇場での初日は、十月二十七日に予定されている。

ところが、二十六日の午後七時五十五分、朴大統領は、宴席で射殺されてしまったのである。

大統領の死は報じられたが、事の真相は長い間あきらかにされなかった。

真相は、側近の金載圭中央情報部長が、そのライバルである車警護室長と口論になり、金部長が車室長を撃ち、ついで大統領を射殺してしまった、というものである。

翌朝、恆存先生は、韓国側責任者と協議し、戒厳司令部の許可の有無にかかわらず、初日公演は故大統領を哀悼するため休演し、出来れば全公演を中止させてほしい、と伝えたという。

けれど韓国側の対応は、予測を裏切るものであった。

九月に先生が青瓦台に大統領を訪ねたところ、初日は必ず見にいく、もしも自分が行けなければ、娘に行かせる、という約束になっていた、というのだ。

大統領の遺志を尊重すべく、三回の公演を行った。

二十七日、恆存先生は日本のテレビ、新聞、週刊誌からの電話に忙殺された。

一国の総理がなくなったと云うのに、記者たちは明るい声で、「ラッキーでしたね」、「いい時にぶつかりましたね」などと云う。

実際のところ、恆存先生は、三回しか、大統領に会っていない。

大統領は、「万一、北が攻めてきたら、私は、ソウルを一歩もひかない、先頭に立って死にます」と、先生に云ったという。

民主主義の名の下に政治も外交もなくしてしまった日本。

ベトナム戦争以来大統領の指導力が弱まり、ソヴィエトの後手にまわるばかりのアメリカ。それにたいして韓国は、南ヴェトナムの崩壊後、アジアの自由陣営の最前線にいる。「その苦悩をアメリカも日本も理解してくれない……」

約束の時間が過ぎ、辞去しようとしたが、一諸に昼飯を食わないか、と云う。

先生はその好意にあずかったが、食事はきわめて粗末なものだった。

オムレツは、これがオムレツか、と確認したくなるような代物だった。

そうだ、大統領は農民の息子だったのだ、と心づいた。

食事が終わり、辞去しようとすると「今日の午後は、予定がほとんど入っていないのですよ」と大統領は云い、先生を暫時ひきとめた。

朴大統領との会話は楽しいもので、古くからの知友のように、衒いも遠慮もない雰囲気を楽しむ事ができた。

恆存先生は、ある椿事について訊ねた。

どこかへの視察の帰路、大統領の車列は、平素と異なる道路に入っていった。

変更について質すと、学生がデモをしているという。

大統領は車を元の道に戻させて、大学の前に来ると、自身で一人、正門に向かって歩きだした。

学生たちは驚き、蜘蛛の子を散らすように逃げ出したという。

大統領は、そのまま大学総長の部屋に向かったが、肝腎の総長がいない。

とうに自宅へ逃げていたのである。

「そんな事もありましたな。それで学生たちが説得されるとは思わなかったが、総長は総長らしく、適切な処理をしようという責任感がほしいものですな」

これを人は独裁者というのだろうか、それなら私は、民主主義より独裁体制をとる……。先生は、そう書いていらっしゃる。

朴大統領の孤独に恆存先生が共感したのは、やはり先生もまた、限りなく孤独だったからではないのだろうか……と私は愚考する。

∴

恆存先生の文藝評論は、小気味いい。

きわめて辛辣でありながらも、ああ、そう云う事なのだと、納得させてくれ、その納得は、よい酒を飲んだように、心地よい余韻を残してくれるのだ。

たとえば、中野重治。

「中野重治の文学は――ふたたび申しますが――徹底的に古くさい。『歌のわかれ』も『五勺の酒』も、その文学概念はあくまで私小説のそれであります（中略）『歌のわかれ』全体を支配するものは、たんなる《気分》にすぎません。時間を失つた一種のムードの連鎖にすぎません。さらに皮肉をいはせてもらへば、今日の観念的な実存主義文学よりもずつとまへに、中野重治の敏感な神経は人間の実存を発見してをります――いふまでもなく、なかなかもつて文学的な実存を」（『中野重治』）

恆存先生は、中野の古めかしさを執拗に批判しながらも、中野における実存の意義と有様を腑分けしてみせる。

「映画的な視覚は中野重治の特徴で、『空想家とシナリオ』のなかでも主人公が書かうとしてゐるシナリオ『本と人生』の腹案にもそれが示されてをりますし、それよりこの作品の焦点ともいふべき新宿駅構内の柱時計の点綴など、まさにカメラのレンズのみがもつとも効果的にとらへうるものでありませう。それらはたしかに名描写にちがひありません。／にもかかはらず、これらの描写の新しさは、すげないいひかたをすると、あまりにも技巧的にすぎるのです（中略）ぼくはいちわうそれを、なにものでもないとして、すげなく神経だけ、あるいは、その機能としての技巧だけだといひきつてみたわけです」（同前）

江藤淳先生は、その晩年、『昭和の文人』のなかで、中野重治を論じたけれど、中野のモダンな面、つまりはロシア・アヴァンギャルドとの通底といった事態について、あまり、というかほとんど関心を持っておられなかったように思う。

一方、『人間』昭和二十三年十月号に掲載された『中野重治』で、恆存先生は「徹底した古くさ」と前衛的な「機能としての技巧」の双方が並立しているのではなく、互いにのりあげずにおられない、不毛な葛藤として中野の小説の構造を提示している。

この一文に触れるだけで、恆存先生の立っている場所が、すぐれて危うい、しかしそこからなら、すべてが見渡せるような場所を選び、精確な見渡しを確保している事に、気づかざるを得ない。

「小林秀雄は――ぼくのことばでいへば――形をもちえぬ批評のうしろめたさから逃れようとして、

作品の完成をこころざしはじめた。偶然性に満ちた日常生活を取るにたらぬと軽蔑して、芸術の必然性に入れあげようといふのだ。／かれの天才主義は、天才を祭壇から引きずりおろして背広を着せようとする近代理智のけちくささを軽蔑してゐる」（『小林秀雄』）

横須賀線で乗り合わせた、谷崎潤一郎とその眷属の傍若無人を通りこした、あたり前のように座席を占めて、はばかる事のない有様。

「なぜいやみにならぬのか。いや、いやみにしようとおもつても、なぜなりえぬのか。いふまでもない、谷崎自身のうちに、さういふ周囲のおもはくにこだはるものがぜんぜんないからである。ひとがうすぎたないづだぶくろを肩にかけてゐようが、首切のために何十万といふ人間が路頭に迷はうが、そんなことはいつさいかれの眼中にない。谷崎潤一郎の文学が近代日本の文学史において孤立してゐるゆゑんである」（『谷崎潤一郎』）

∴

木下順二が、日本の演劇について、興味深い指摘をしている。

ヨーロッパの演劇には、明確なテーマがある。神話、キリスト教、そして政治……。

「日本のことになって、日本の社会の中にはテーマがあるかないか。その有る無しについてはいろいろな意見があることと思うが、少くとも確信をもって云えることは、日本にはヨーロッパのように力強くエネルギッシュなテーマがないということである」（『夕鶴』あとがき「木下順二評論集1」）

木下はヨーロッパの神話の力強さを前にして、日本のむかし話の素朴、矮小、穏和を指摘し、そこから『夕鶴』や『彦市ばなし』が湛える、矮小、素朴の美しさを愛でている。

たしかに、木下の見方は、日本の風土、文化を前提にした場合、頷くことが出来るかもしれない。

とはいえ、素朴と矮小の世界に飽き足らない作家もいる。

その代表が、恆存先生であろう。

もちろん、日本の近代演劇には、真山青果という、押しも押されもせぬ精力あふれる大天才がいるのだが、話がややこしくなるので、青果の事は、忘れることにする。

たとえば三島由紀夫の『わが友ヒットラー』と、恆存先生の『総統いまだ死せず』の間の距離は、かなり遠く、測りがたいほどに離れている。

水巻　いや現在の日本だけではない、ヒトラーのドイツにもさういふ時期があつた、まだ戦争を始める前、ヒトラーは今日の日本と同じ鎖国的平和政策を偽装し……。
アドルフ　（穏かに）ルーズヴェルト閣下、閣下の関心や提案は私のそれより遥かに広範囲に亙るものであります、といふのは、神が私に授け給ひ、その為に私が全力を挙げて尽さねばならぬこの国は、不幸にして閣下の国に較べて遥かに小さい――勿論、この小さな世界はドイツ人だけに許されたものである以上、私にとつては他の何物にもまして大切なものであります。しかしながら、私は、かういふ自分の国の事にだけ関心を持ち、他国に対して余計な口出しをせぬ態度こそ、何より大事な事であり、吾々人間としてすべてが関心を懐いてゐる全人類社会の正義、繁栄、進歩、そして平和の為に最も有用な方法であると固く信じてをります。

昭和四十年代の東京を舞台に、アドルフ・ボルマンと藤井夢子が一緒にくらしており、そこにヘルガ・ナハティガル、ヘルマン・シュミットというドイツ人たちと、水巻彦一、田内平助、加田弘、加田瞳、菱山一という日本人がからむという筋立てである。

一見して顕かなのは、三島の造形したドラマと、恆存先生の芝居は、まったく対極にあるという事だ。

三島の造りあげた、丹精な人工美にたいして、恆存先生の作品は、徹底的に脱神話化されている。なにしろ登場人物が、イギリスの歴史家トレヴァー゠ローパーの著書をとりあげて、「総統」の、遺体の行方について議論したりするのだから。

勿論、『総統いまだ死せず』は、喜劇であるから、三島の行き方と違うのは当然だろうが。

とはいえ、この、執拗な平俗化への情熱は、どこから胚胎したのだろう。

恆存先生の戯曲のなかでは、『解ってたまるか！』が、一番、好きだ。

昭和四十三年におきた、金嬉老事件から発想された作品である。

コメディなのだが、哀しみとペーソスの彩りの深さ。

そして、幕切れの台詞の湛えている孤独、その孤独。

村木　俺を除け者にし、物の数にも入れてゐなかつた世間といふ巨人を叩き殺して、俺の方が奴よりもずつと強いのだといふ事を思ひ知らせてやつた瞬間に、俺は一人ぽつちになつてしまつた、思ひ知らせてやらうにも、その相手が何処にもゐはしない……、はゝゝゝ、これこそ紛れも無い完全犯罪といふやつではないか、巨人を打ち殺した俺の強さを見てゐてくれる者が一人もゐないのだからな……

∴

恆存先生の文章のなかで、一番好きなのは、旅行にかかわる文章だ。

それも、食べ物、飲み物にかかわる話が面白い。

たとえば、ニュー・オリンズについて。

『欲望という名の電車』は、テネシー・ウィリアムズの一世一代の当り狂言だけれど、ニュー・オリンズでは、「欲望」だけでなく、「敬虔」とか「告知」、「受胎」、「ヒューマニティ」、「快楽」、「美徳」などの名前がついている。

恆存先生は、初期のフランスからの移民が、カソリックの文化を温存してきた結果、電車まで神がかっている、と忖度している。

食事がまずいというアメリカで、ニュー・オリンズだけは上手い料理をたべさせるそうじゃないか……。

『ラ・ルイジアンヌ』という地元の名店に行き、ボーイの勧めに従ってシュリンプ・カクテルとレッド・フィッシュを食べたという話。

「欲望といふ町名」

「もつとも旅行中はじめのうちは、うまいものを食ふと、やたらにその製法をききたがつたが、さういふ好奇心もすぐなくなつてしまつた。さうなると主観的な詠歎に託して美味を語るといふことにならう。このばあひ、それを試みるなら、やはり『とろり』とか『陶然』とかいふことばしかおもひつかない。結局、料理の極致は『とろり』につきるやうである」

「主観的な詠歎」という、大袈裟な言葉が、愉快だ。

あるいは、ロックフェラー三世の家で御馳走になった話。

「アメリカの貧しさ」

「強ひてもうひとつ書けば、ロックフェラー三世の家で御馳走になつた牛の料理がうまかつた。奥さんから料理法を教はつたのだが、よくわからなかつた。ニュー・ヨークで食べた唯一の料理らしい料理である。さういへば、この奥さんは、ニュー・ヨークで会つた唯一の女性らしい女性であつた。大岡昇平も同意見である。やはり料理と女性とは雁行するものらしい」

ピカデリー・サーカスの老舗料理屋『スコッツ』で、オイスター・スープと、ロブスター・アメリケーヌと、白葡萄酒を、ずっと注文しつづけたという話も。

「ピカデリーのスコッツ」

「いままでの筆法でいけば、ここに、その二つがいかなる料理であるかを詳細に述べねばならぬわけだが、それがどうしても憶ひだせない。

不思議なこともあるものだ。私はその後、この店には七、八回、足をはこんでゐる。しかも、私の性質として、一度気に入ると、めつたにほかのものを注文する勇気が出ず、その間、ロブスター・ア・ラ・スコッツとロブスター・テルミドールを試食しただけで、そのたびにやはりアメリケインにかぎると思つて、あとはいつもそればかり食べてゐた。それが憶ひだせないのである。知つてゐるひとがゐたら、お教へいただきたい」

「記憶の喪失」に、珍しく狼狽している、先生がおかしい。

『文化防衛論』三島由紀夫

三島由紀夫は、実に可憐だと思う。

悪念などとは一切縁がない——嫉妬とか拮抗といった万人が逃れられぬ瑕疵を除いてだが——人であると思う。破廉恥を若者に勧めながら、けして破廉恥になれない人の可愛らしさ。

『先代幸四郎が或る人に、

「あなたはいつ童貞を失いましたか？」

と訊かれたところ、

「いやァ、どうも、私なんぞは、人様に比べて、まことに遅稲《おくて》で、どうもお恥かしくて」

となかなか答えません。

「遅くてもいいから、いつごろですか？」

ときいても、

「いやァ、あんまり遅いから」

と答をしぶり、とうとう問い詰められて、頭をかきながら、恥かしそうに、

「いや、実は十三の年です」

と答えたそうです。まことに天晴れなものですが、実際そのころの歌舞伎役者は、年上の女性に可愛がられて、もっと早く童貞を失うことが多かったらしい。今時のハイ・ティーンがいくら威張っても、これには敵いません』（「童貞は一刻も早く捨てよ」『不道徳教育講座』）

「不道徳」を掲げる文辞の中に、常識人としての、堅気としての素地が透いて見えてしまう。どうしたって、常識も道徳も放擲できない、堅気であるからこその、無理が好ましい。三島の文章を読む楽しみは、ここにある。

もっとも、才能溢れる常識人というのは、存外恐ろしい存在かもしれないけれど。

川端康成の、何事にも拘泥しない、人が死のうが国が滅びようが、まったく揺るがない魔界の住人ぶりと、実に対照的な場所に三島さんはいたのだ、と思う。

川端は、来客を拒まず、編集者から市議会議員、財界の世話役、美術商、某というコンサルタントなどがやってきても、平気で原稿を書いていたという。

三島は、そんな川端の姿を見て、この人は時間の観念がないのか、と思った、と記している。

この「時間の観念」という云い回しに、三島の面目が籠もっている。

逸脱を念じながら、どうしたって逸脱しきれない、不良に、無頼漢には成りきれない。成れるはずがない。

そこに私は、逆立ちしたトニオ・クレーゲル、つまりは市民社会の一員に成りたい、と念じつづけたトーマス・マンの祈りと逆さまな、ジャン・ジュネに成りたかったが、成れるはずもなかった常識人としての三島由紀夫を見いだす。

三島にとって、石原慎太郎が存在しているという事自体が、辛かったのではないだろうか。

もちろん、二人は親密な関係であった。双方、知己と認めたつきあいをしていたのだけれど。

三島さんがいなくなって、退屈でしょうがない、と石原さんは何度も云ってらしたけれど、石原さんのアウラは、常識人である三島には眩すぎるものではなかったか。

最後の対談となった『守るべきものの価値』(『月刊ペン』)の会場に、三島は居合刀を携えてきたという。

何段ですか、と訊いた石原さんに三島は「三段だ」と応える。

すこし心得のある石原さんが、じゃあ、ずいぶん指を切ったでしょうと云うと、三島は、失礼なことを云うな、と憤慨した。

なら技を見せてください、という石原さんの言葉に応じ、三島は女中に腰に巻く紐をもってこさせて、袋から刀を出して正座すると、真剣を抜き、いくつか型を見せた。

二度三度刀を鞘にしまったけれど、その速度は緩く、これでは指が切れないわけだ、と石原さんは思ったそうな。

笑いを堪えている石原さんに心づいた三島は、脅すつもりで大上段に構え、敷居の手前に坐った石原さんの頭上に刀を振り下ろした。

けれども、刀の切っ先は鴨居に当り刃がくい込んでしまった。

刃は大きく欠けている。

この部屋は居合にはせまかったな、と云う三島に、石原さんは、居合というのは、せまい部屋でやるものでしょう、と云ったそうな。

「三島氏の破綻は彼が望んで剣を手にした時から兆していたと思う。竹刀ならばともかく真剣を振り回すようになれば、ライフルを手がけ出した人間が誰でも一度は人間を撃つことを想像すると同じように人を斬ることを想うに違いない。結果として氏はその剣で自分の腹を斬った訳だが、子供じみたその種の願望は思いがけぬ形で成就されることがままある。いずれにせよ氏が手にした剣はさまざまな形で彼を苛み陥れあの破局に追いこんでいったと思われる」（『三島由紀夫の日蝕』）

∴

三島の名前は、小学校の頃から知っていた。

当時、通っていたお茶の水女子大学附属小学校の二学年下に、三島の長男が居たからだ。

事件の翌日、朝礼に珍しく校長が現れた。

校長は、勝部真長先生だった。

勝海舟の研究家として知られ、本務は倫理学教授、和辻門下である。

前夜からテレビや新聞で事件が報道されていたから、とりあえず動揺をおさえようというような心持ちで、出てらしたのだと思う。

そして、この時に、私は三島由紀夫という作家の名前を知ったのだった。

お茶の水は、小学校としては珍しい程、図書館の蔵書が充実していたが、三島の作品は、『潮騒』と『金閣寺』だけだった。

『金閣寺』を借りて読んだけれど、あまり面白いと思わなかった。

高校に入ってから、芝居を見るようになった。

つかこうへいを手始めに片端から見ていたけれど、そこで三島の芝居に出会ったのだ。

紀伊國屋ホールでの『わが友ヒットラー』。

日時がはっきりしないので、調べてもらったが、松竹の三島由紀夫作品連続公演で昭和五十年六月十三日から二十三日まで。

演出が石沢秀二、平幹二朗のヒットラー、尾上辰之助のレーム、菅野忠彦のシュトラッサー、田中明夫のクルップという顔ぶれ。

その文辞の絢爛はもとより、古典劇を踏襲した形式美は、圧倒的だった。

ルキノ・ヴィスコンティも、同じテーマ——突撃隊粛清事件——を扱った『地獄に堕ちた勇者ども』（酷い邦題ですね）を制作している。

『わが友ヒットラー』が同志愛で固く結ばれてきた二人の男——ヒットラーとレーム——の片割れが現実に目覚め、友情という夢を見続けようとする親友を殺害するというドラマの緊張感と、政治的現実という化物の相貌を目の当たりに見せてしまう、という力量はとてつもないものと思った
——もちろん、その解釈は後付けなのだけれど。

「**ヒットラー**　まるでレームが無実のように仰言いますね。（激昂して）レームは有罪でした。有罪でした。叛逆の証拠はそろっている。あの男はあらゆる点で有罪だった。クルップさん、あの男の罪から目を外らしてはなりません。なるほどあの男は私に友情を持っていた、そのこと自体が罪であるとは気づかずに。その上私からも友情を期待した、それこそもっと重い罪であるとは気づかずに。……あいつはいつも過去を夢みていた。自分を神話の人物にさえなぞらえていた。三度の飯よりも兵隊ごっこが好きで、穴だらけの軍隊毛布をかぶって、星空の下に眠るのが好きだった。台閣の座にありながら、いつも私をその夢へ誘《いざな》った。それが罪だった。（中略）……あいつは人に命令することとしか知らなかった。あいつが忠誠と称する感情にすら、いつもいくらか焦《こげ》くさい命令の匂いがあった。それが罪だった」

二十世紀に書かれた戯曲で上演回数が多いのは、一番がイヨネスコの『授業』、二番目がテネシー・ウィリアムズの『欲望という名の電車』、三番目が『サド侯爵夫人』だそうな。完成度は、『サド』より『ヒットラー』の方が優れていると思うけれども、欧米のナチス・アレルギー（当然の事だが）を勘案すれば、上演機会が少ないのは当然だろう。とはいえ日本語から翻訳された芝居が、何度も上演されて多くの観客を集めているというのは、凄まじい事ではないか。

それは、言語、文化を越えた、普遍性を獲得している証に他ならない。

この一点においてだけでも、三島は日本の文学、文化に大きく貢献した、と断じてよいだろう。

∴

岩下尚史氏の『ヒタメン』は、三島由紀夫の三年に亘る豊田貞子との恋のあらましを描いた作品である（豊田は旧姓で、現在は結婚した御主人の姓となっている）。

「あのくらい純粋で、良い人はなかった。三年のあいだ、わたくしは公威《こうい》さんのやさしさにつゝまれて、毎日ほど会っていながら、たゞの一度だって、可厭《いや》な、不愉快な思いをすることはなかったのだもの」

岩下氏の質問にたいして、貞子はそう応えた。

貞子と三島のはじめての邂逅は、歌舞伎座の楽屋だったと云う。

とはいえ貞子は、三島がそこに居たことは、あまり憶えていない、と云う。

当時、素人の娘が楽屋に入るという事自体が珍しかった。

赤坂の料亭『若林』の娘として生まれた貞子は、白百合に幼稚園から中学まで通った後、慶應女子高校に入り、池田弥三郎に可愛がられたという。

大学に進学するつもりだったが、池田に女が大学に行ったたって仕方がない、と窘められて、進学を断念したと云う女性。

清元の稽古の帰り、友達と三人連れで築地川の河岸から萬年橋をすぎ、歌舞伎座の前まで来た時、一人の男が近づいて来て、

「やあ、先日は、成駒屋の楽屋で……」

と、声をかけてきた。

朋輩は、察して先に歩いていってしまう。

彼は、名刺をとりだし、「四時半、帝國ホテル、グリルバー」と記した。

その名刺を見て、「彼」が三島由紀夫だという事を認識したという。

約束の十分前に、帝国のバーについたが、三島はすでに来ていた。

灰皿には、吸い殻が三本。

その日、貞子は、歌右衛門が扇子に描いてくれた撫子を、呉服屋に見せて染めさせた、塩瀬の夏帯を締めていた。

最初の逢引は、短いものだった。

小一時間、バーで過ごした後、三島はベルボーイを呼び、車に乗せると、名刺に「午後五時、銀座ケテルス」と記して貞子に渡したという。

それから三年の間、頻繁に逢引は行われた。

「しかしね、今になって思いますと、あの名刺での呼び出し方は、わたくしの夕方以降の時間を、ほかの誰にも渡さないようにするための、潔癖な、焼餅やきの彼らしい工夫だったのかも知れません。その当時、わたくしは十九ですからね、生意気そうには見えても、実は何んにも分かってはいなかったんですよ（笑）。／まあ、そんなふうに、毎夕、名刺に指定された場所へ逢いに行きますでしょう、そうしますと、とにかく、『好きだ、全身全霊で君に惚れてるよ』なんてことばかり言うわけですよ（笑）、もう、わたくしのことを誉めて、崇めて、たいへんなの。また、口先ばかりでなく、心《しん》から優しいし、親切でしたからね。ほんとうに大切にして呉れました。ですから、かれと逢っていても、不愉快なことは、三年のあいだ、たゞの一度もなかったんです。／三島由紀夫について、かれを知るほかの人たちは、何んと仰言っているのか知りませんが、わたくしにとっては、誠実で、あんなに良い人ってありませんでした。／もっとも、わたくしは、あくまでも公威さんに逢いに行くわけですからね、かれの作家としての名声——まだ当時はそれほどでもなかったように思いますが——なんて、まったく目ではないのよ。（中略）それで他人に決して可厭なことをしない、無邪気で、何んでも綺麗なものが好きな、気の弱い、臆病な、そして手先が不器用な……どこまでも純粋で、一途なひとでした」（『ヒタメン』）

『鏡子の家』の、鏡子のモデルとされている、湯浅あつ子は、貞子と過ごした三年間が、三島の生涯のなかで、一番良かったと語っている。

「もし、あの三年間がなかったら、三島由紀夫の人生はあまりに寂しいものでした。／だって、それ以前の三島由紀夫には、人生の春と云うものがなかったんですよ。／そして、その三年を過ぎてからは、御存じの通りでしょう?（中略）公ちゃんにとって、〝だこ〟さんと云う女性は、文字通り、有難いひとですよ。ずいぶん、好くして下さいましたもの。／公ちゃんが亡くなったあとには、その年老いた母や、若い長男にも親切にしてくれましたし。／ですから、〝だこ〟さんには、私が弟のように思う公ちゃんに、晴れやかな青春をくださって、ほんとうにありがとうと、こゝろから御礼を申上げたいですね」（同前）

三島由紀夫の読者として、私も貞子さんに、御礼を申し上げたいと思う、ありがとう、と。

福島次郎は、三島由紀夫自決の報を聞いた時、一番最初に、三島の御両親はどうしているだろう、と思った。

∴

昭和二十年代、書生として三島宅に出入りしていた福島にたいして、三島の父、梓氏は何くれとなく面倒を見てくれた。飯の食い方、おかずの味わい方、世間の渡りぶり……。

「君の生い立ちは本当に不幸だね」と何度も云われた。

そう語られて、どうやら自分の境遇は、不幸なものらしい、と意識したのであった。

福島の母には、四人の子供がいたが、みな父が違ったのだ。

奥様の倭文重さんは、優しい人で、「福島さん、これ、召しあがって」などと声をかけてくださる。

豚の角煮などは、皇后陛下から戴く恩賜の御膳と思われたほどだった。

福島は、三島を仰ぎ見ながら、むしろその家庭環境、特に奥様に憧れ、深い憧憬の下で三島先生に嫉妬するという、倒錯を招きかねなかった。

昭和二十二年、東京の大半は焼跡であった。

東洋大学に入ったが、アルバイトに追われる毎日だった。

何とか国漢科を卒業した。

卒業し、熊本に帰省すると、祖父が脳溢血で倒れた。

蒸せかえすような夏の夜、祖父と蚊帳の中で寝る。褥瘡を患っていた祖父の身体をさすってやるためだった。

熊本の書店で、『仮面の告白』を買った。読了して、その主人公と同じものが、自らにあると自覚した。

祖父が亡くなり、上京した福島は、アメリカ軍が接収していた野村證券のビルで、ボーイとして働いた。

昭和二十六年、『群像』で『禁色』の連載がはじまった。『仮面の告白』とは、異なる、男色を肯定した者たちが、陽気に、誰はばかる事なく集っている世界が、そこには描かれていたのだ。

「『禁色』にでてくるルドンという店は、どこにあるのでしょうか」

と、便箋に書き、大学の封筒に入れて、緑が丘まで行った。

先生にお会いできなくても構いません、とにかく、この封筒を、先生に渡してください……。

自分は、ただ『ルドン』という店の場所を知りたかっただけだ、文学青年とは、一線を画しているのだ、という心持ちが強かった。

目の前に現れた三島は、白地の着物に兵児帯を締めていた。

『禁色』に出てくる『ルドン』は、実は銀座五丁目裏の『ブランズウィック』という店だった。

はじめて、ホテルに行ったのは、六回ほど銀座辺を御一緒にしてからだった。

その日、三島は、プラチナ色の手提げラジオを持参していた。

二人とも浴衣姿になった。

「そろそろ休もうか」

先生は、遠慮がちに声を出した。

瞳は、優しくうるんでいる。

∴

本葬は、築地本願寺で行われた。

会葬者の服装が異様だった。

モーニングや、喪服の人はほとんどいない。

ノーネクタイは当たり前で、下駄ばき、サンダルばきという姿の人たちばかり。

一万二千人にのぼった会葬者からは、大衆の匂いが立ち上っていた。

草履を履いて赤ん坊を背負ったおばさんが、目に涙をあふれさせて、熱心に手を合わせている。

賽銭のつもりなのか、中年の男性が、千円札を祭壇に投げ、風に煽られて戻ってきた紙幣を係員が必死においかけている。

三島の義挙を理解し、心動かしてくれたのは、インテリでも政治家でも役人でもなく、市井の、下積みの人々だった。

その事だけでも、三島は報われたろう。

∴

正直に云って三島由紀夫を、思想家として——文学者ではなく——語るという試みは、私にとって愉快な仕事ではない。

もちろん、どんな小説にも、詩歌にも思想はしみつき、貼り付いているだろう。

にもかかわらず、やはりこの文章は、論文ではなく、三島由紀夫の歌でしかない、と感じるのだ。『文化防衛論』は、ある思想の提示というよりも、三島自らの文芸への決別宣言として読まれるべきなのだと思う。

「体を通してきて、行動様式を学んで、そこではじめて自分のオリジナルをつかむという日本人の文化概念、というよりも、文化と行動を一致させる思考形式は、あらゆる政治形態の下で、多少の危険性を孕むものと見られている。政治体制の掣肘の甚だしい例は戦時中の言論統制であるが、源氏を誨淫の書とする儒学者の思想は、江戸幕府からずっとつづいていた。それはいつも文化の全体性と連続性をどこかで絶って工作しようという政策であった。しかし文化自体を日本人の行動様式の集大成と考えれば、それをどこかで絶って、ここから先はいけない、と言うことには無理がある。努力はむしろつねに、全体性と連続性の全的な容認と復活による、文化の回生に向けられるべきなのであるが、現代では、『菊と刀』の『刀』が絶たれた結果、日本文化の特質の一つでもある、際限もないエモーショナルなだらしなさが現われており、(中略)戦時中も現在も変りがない」

こうして眺めてみれば、三島由紀夫、その人こそが、昭和元禄——つまり昭和の忠臣蔵の、大石内蔵助だったのだ。

『私の中の日本軍』山本七平

山本七平に会った事はない。

それでも、ある一つの、ささやかな心持ちを、手応えを持ってはいる。

その当時、私は『諸君！』誌で、若手論客として登場したばかりだった。

父の会社を辞め、なんとか文筆で食べていけるかもしれない、という手応えが把めたような心持ちになっていた頃……毎日のように銀座を歩いていた時期で――今も、それは変わらないのだが――、銀座の路地で立川談志家元を見かけた。

後年、たいそう可愛がっていただいたけれど、その時はもちろん、声をかける事も出来なかった。

つけるようにして、一定の間隔をとりながらその背を追っていくと、家元は銀座教会のギャラリーへと入っていった。

ギャラリーでは、山本七平の回顧展が催されていた。

家元が、西部邁氏や小室直樹氏に私淑している事は知っていたけれど、山本七平もまた、立川談志師匠の私淑する一人である、という事が衝迫を帯びた認識となったのだった。

∴

大正十年十二月十八日、山本七平は、父、文之助、母、八重の長男として生まれた。

七平という名前は、創世記の「七日目の平安」からとったという。

以下、山本の略歴は、稲垣武氏の『怒りを抑えし者〔評伝〕山本七平』の年譜に依っている。

父は、旭川の富士製紙電気事務所、台湾電力で技師として働いた後、第一土地建物に移籍した。

内村鑑三の聖書研究会に出席していたという。

母は日本基督教会品川教会にかよっていた。

昭和三年、七平は東京府立青山師範学校附属小学校の抽選に当った。小学校での評価は「喧嘩が多い」、「読本が読めない」といったもの。

昭和九年、青山学院中学部に入学。

十二年に受洗している。

本が好きで、とくに哲学や基督教、そして共産党にかかわる本、カントやヘーゲルを読み漁っていたという。

昭和十七年、青山学院高等商業学部を繰り上げ卒業。新聞記者希望で、朝日新聞の石井光次郎あての紹介状を書いてもらったが、新規は取らないということだった。大阪商船に入社した。

十八年、甲種幹部候補生となる。

翌年、マニラに上陸し、予備役野砲少尉任官。

昭和二十年八月二十七日、降伏命令を受け、二十一年、最後の帰還船に乗り、佐世保に到着した。

その後、七平は、製材業に従事した後、ブリタニカ百科事典のセールスマンをへて出版に携わった。

二十九年、寶田れい子と結婚。

フリーの編集者として働くなか、ミハイル・イリンの『文明の歴史』などの翻訳をしている。

三十一年に山本書店が発足、そうして四十五年、イザヤ・ベンダサン『日本人とユダヤ人』が発売された。

∴

山本七平の思想とその人生を考えるにあたって、大逆事件を逸することは出来ない。

特に和歌山県出身のプロテスタントたちにとって、「大逆」という言葉、事態は、思いもよらぬ受難であったろう。

この事件において、やや乱暴な裁断になるかもしれないけれど、幸徳秋水や管野スガ、宮下太吉などは、相応の確信、あるいは覚悟を抱いていたと思われるが――もちろん、謀議の内実から見れば死刑に処するのは乱暴に過ぎるけれども――大石誠之助らなどまったく関与の実態がないのに死刑に処された者が少なくない。

大石の長兄である余平は、和歌山県の新宮に教会堂を建て、小説家としても知られる沖野岩三郎を牧師として招聘した。

沖野は大石の一族と親しく、本来ならば大逆事件に連座させられる可能性が高かったが、牧師として禁酒運動を進めていたため、大石らの酒席に立ち会わず、かろうじて検挙をまぬがれた、という人物である。

大石誠之助は、慶応三年生まれ。

明治十七年に大阪の教会で洗礼を受け、同志社に学んだ。

二年間、同志社に通った後に中退、上京した後、神田の共立学校に入学した。下宿で朋輩の洋書を盗み、四円を得たとして窃盗罪に問われ、禁固五十日に処された。

共立学校から退校処分に付されたが、再び兄の余平の援助を受け、アメリカに渡っている。

当時、新宮はアメリカへの移民が盛んであり、また、進取の気分が漲っていた。

新宮という町は他の地方とちがって、新しいものを受けいれる心持の人が多かった。それで表面上はキリスト教信者を迫害するようなことはしなかった。ただキリスト教徒を耶蘇と言って特別の人種のように取り扱った。キリスト信者がいなかでも洋服を着たり——その洋服を着るということは、その当時は官吏か、学者くらいのものであった——あるいは女が結婚しても白い歯をそのままにし、眉毛をはやしたままにして——当時女は結婚すると歯をおはぐろで黒く染め、眉を剃り落とすのが風習であったがキリスト教徒はそれを不自然であるといって、自然のままにしていた――普通の人と変ったことをしているのを見ても、あれは耶蘇だからと言って、ひどく憎むとか、排斥するとかいうような事がなかった。

（『我に益あり』西村伊作）

明治二十三年、アメリカに渡り、医学を修得するとともに、言論の自由を重んじる国柄に強い印象を受けた。

二十八年に帰国し開業したが、四年後、インドに赴き、疫病の研究に携わる一方、汎神論に強い興味を抱いた、という。

当時、インドは大英帝国の頸木にひしがれていた。植民地に対する、甚だしい収奪と差別を目の当りにし、そこから社会主義に開眼したという。

明治三十四年に帰国、再び開業したが、それ以後、薬価無請求を貫いた。

沖野岩三郎の小説『宿命』では、大石をモデルとした、田原という医師の感慨が記されている。

「今僕は薬価無請求主義を執つてゐる。けれども本当に僕の薬のおかげで病気が癒つたと思ふ者は請求しなくても薬価を持つて来る。マダ其上に芋だとか大根だとかをお礼に呉れるよ。仮令病気は癒つても薬価をよう払はない連中は途中で僕の顔を見ると直ぐ横町の方へ隠れてしまつたり、無茶に叮嚀なお辞儀をしたりする。其の心の苦みを見る時、僕は薬価を貰ふ以上に気の毒に思ふよ」

∴

ある日、山本家に、奇矯な客が訪れた。

背が高く、着物を左前にし、たっつけ袴をはき、肩まで届く総髪の下から鋭い目で睨んでいる。

玄関に迎えた七平の妹に、

「憶えておけ、『怒りを抑える者は、城を攻めとる者に勝る』のじゃ」

と云った。

母は驚かず「トリさまがいらしたのね」と云った。

七平が、学校から帰った時には、すでにトリさまはいなかった。

トリさまは、大石誠之助の次兄であり、新宮の教会を建てた人物であった。

大逆事件に際しては、トリさまにも尾行がついたこと、トリさまは神戸のイギリス人からオートバイを手にいれ、刑事たちをまきながら、新宮の町を走りまわったこと、四歳の時に父を失った七平の父親がトリさまの薫陶を受けたということ。

やがて、徴兵検査が近くなると、逆賊の一族ということで、差別を受けても驚かないように、と父君は、七平に語ったという。

∴

そうして、やはり、何よりも重い、山本の日本軍と日本人にたいする認識の深さ、鋭さであろう。

件の百人斬り報道についての怒号のような憤りは、凄まじい。ジャーナリズムの無責任と、兵士の悲しさ、辛さを抱きしめるようにして、前線にいる。明日をも知れぬ兵士の不安とさびしみによりそっている。

「普段はどんな大言壮語をしようと、安全地帯にいる間はどんな立派な人道的な言辞を弄していようと、いざとなれば、そんなものは全部『嘘のかたまり』にすぎず、自己顕示欲と虚栄心の所産にすぎないということは、もう見あきるほど見てきた。立派な人は確かにいる。無名の兵士の中にも下士官の中にもいる。しかしそういう人は例外で、普通の人間は、もちろん私も含めて、いざとなれば恐怖が先に立つし、うっかりかかわりあって、自分も絞首台にひかれていくようなことには、なりたくない。戦犯裁判には実に乱暴な面があって、『証人』に立てば、『ついでにぶら下げてしまおう』とばかりに、次は被告にされるかもしれなかった。そういう危険をおかしても無実の被告のために自分の命をかえりみず証言できる人間は、勇者か聖人、そうでなければ、馬鹿か、頑固者か、世間知らずの間抜けかであって、要領のよいお利口な知識人がそんなことをする気遣いは、はじめからない。従って、もし浅海特派員が証人に立つことによってそうなりそうな懸念が少しでもあったのなら、私は何も言わない。だが氏は非戦闘員ではないか。その心配は全くないはずではないか。それなのに、この証言は一体何だ」

新聞記者が結婚話まで持ちだして、虚報を作りだし、結局、虚報を虚報のまま、戦犯として処刑された人たち。

兵士たちの、可憐な、哀しい「レジスタンス」の実態を、情誼を尽くして、分析してみせる手腕の冴え。

「親孝行という言葉は、兵士の精一杯のレジスタンスなのである。『お母さん』とか『親孝行がしたかった』という、死期近い兵士の言葉には、今の人には考えられないくらい広い広い深い意味があった。それは一言にしていえば、平和がほしい、平和がほしかったということである。私には、戦後の騒々しい『平和』の叫びより、この無名の兵士たちの『親孝行がしたいよナ』『親孝行がしたかった』という言葉の方が、はるかに胸にこたえる。／こういった現象は言葉だけでなく行為や挙止にもある。『無敵皇軍』は『一死報国』だから、決死隊をつのれば全員が手をあげる——という話は必ずしも嘘ではない。しかし、全員が手をあげれば、結果においては、だれも手をあげないに等しいのである。そして古い親切な下士官は、常にこういった種類のことをよく心得て、背後からみなに予め注意してくれたものである。従って、自由意思なき全体主義集団で全員が手をあげる、ということの意味を、今の常識で判断してはならない。しかしそれが今の人にわからなくなってしまったということは、大変にありがたいことだと私は思う。そういう知恵が必要とされる社会には、二度となってほしくない」

隊に、息子を訪ねて来た母親たちの相貌と絶望。

「『母親か！』一瞬足がすくんだ。

思いきってカーテンを手でのけ、中に入り、そこに不動の姿勢で立つ。絶対に椅子にかけてはならない。つとめて冷たい顔をし、軍隊式にまず敬礼をする。相手は驚いてこちらを見る。しかしはじめはだれかが間違って入ってきたのだと思い込んでいる。自分の子がすでに、ここにいない——ことによったらこの世にすらいないなどということは、この瞬間ですら全く念頭に浮んでいない。自分の子が、全く予告なく永久に消えてしまうなどということは、母親には、信じられないことであった。／私はつとめて切り口上でいう。『自分はF見習士官と同室の山本と申します。F見習士官はすでに転属され当隊にはおられません。ご家族の方が面会に来られたらこの私物を手渡してくれと自分に依頼されました』と言ってフロシキ包みを丸テーブルの上におき『自分は勤務がありますので（これは嘘）、これで失礼させていただきます』と言って、敬礼をし、そして、すぐに部屋を出てしまおうとするのだが——そうはいかない。／母親は、一瞬おびえたような顔になり、椅子から少し腰をうかせて『アノ……』という。この『アノ……』を言われると、もう足が動かなくなる。思わず『ハイ』と答える。『アノ……』『ハイ』『ア、アノ……』『ハイ』。相手の顔が驚愕から恐怖に変って行く。事態がのみこめて来たのだ」

そうして、その母親に対する衛兵たちの姿勢と親切の深さ。

「衛兵の老母への態度も、この伝説に通ずるものがあった。彼らは老母には丁重であった。その衛兵の話では、こういう場合、ただひとり面会室に残された母親には、二つのタイプがあったそうである。／一つは、私物のフロシキ包みをわが子のように胸に抱くと、走るようにして外へ出、小走りに営門をかけ出してしまうタイプであった。たいてい、門を出たところで、後ろをふりかえり、しばらく中を眺めていたそうである。彼女がこの営門を入ることはもう二度とないであろう。彼女にとってはこの門は、自分と自分の子をわずかにつないでいた糸のようなものであった。それはもう切れた。そして多くの場合、それで終りだった。／もう一つは、じっと椅子に座り、丸テーブルの上の私物のフロシキ包みに手をふれようとしないタイプであった。それをもって外へ出れば、親子の絆は永久に断ち切られてしまうかのように、手をふれない。そしてポツンと座ったきり、八時になっても動かない。衛兵が『時間ですので』と言いに行くと、フロシキ包みをもってしおしおと立ちあがり、無言でていねいにおじぎをし、うつむきかげんで、肩を落して静かに廊下を去って行ったそうである。／『本当に捧げ銃をしていいものがあるとしたら、あの後ろ姿だけですなあ』とこの兵士はしみじみと言った。そしてそこには、単に、兵士独特の母神崇拝とだけでは言い切れないものも何かあったような気もする」

帰還船で遭遇した、「まともな」食事に、皆で涙する光景。

「平和」とはいかなる事態か、という事を、忘却するどころか、意識することなく、「平和」を呼吸しているという自覚すらない、今日の「異常」を暴く。

「夕食になった。なるほど特別待遇で、タタミの上に、四角いアルミ盆にのった食事が、船のボーイの手で並べられた。一碗の麦飯、味噌汁、野菜と肉の煮つけであった。全部で十数人だったと思う。何年かぶりのタタミの上での『人間らしい』食事であった。／正座して、まず味噌汁をとった。かすかな湯気とともに、味噌と煮干のにおいが鼻孔に入って来た。その瞬間涙が出て、鼻孔を流れ、湯気といりまじった。味噌汁のにおいで涙を流すなどということは、何となく恥ずかしく、照れくさかった。私は歯をくいしばって涙を押えようとした。しかしそうすればするほど涙はあふれ、目にたまり、手がふるえてきた。味噌汁をこぼさないように、私は極力気持を押えてそれを静かにアルミ盆の上におき、両手を握りしめて膝の上におき、うつむいたまま、湧きあがってくる涙を必死で押えた。／私はうつむいていたので、ほかの人に気づかなかったから、こういう状態になったのは自分だけかと思っていた。だが全員が同じだったのである。鼻をすする音がした。やがて一人が耐え切れなくなったように『ムムッ』といってこぶしで涙を拭った。それが合図のようになって、あとは全員が、堰を切ったように同時に声をあげて泣きだした」

結局、山本七平は、「復員」しなかった。出来なかったのだと思う。復員しないことによって「平和」を否認し続けた。

「戦争」という「得がたい経験」を理解するために、山本七平の日本軍についての分析、考察は読みつづけられるべきであろう。

日本人が山本七平を忘れる時、その時にこそ、日本が再び戦争に関与することとなるだろう。私は、それが、恐ろしくてならない。

「雨の降る品川駅」中野重治

中野重治という人物の存在を、強く意識させられたのは、江藤淳先生の『昭和の文人』によってだった。

「それにしても、品川駅ほどいつも荒涼とした気分をかき立てる駅を、私はほかに知らない」という一節から語りだされた文章は、その、「荒涼」の手触りを強度のクレッシェンドで昂進させていく。

「その品川駅を、朝な夕な、私は通勤の途中に通過しなければならないのである。田町寄りの二番線のプラットフォームに立って、外廻りの山ノ手線を待っているときでも、十四番線の事務室の前あたりから、トンネルを出て来る久里浜行きの横須賀線のヘッドライトの光芒を眺めているときでも、私は、身辺に漂っている一種苛烈な雰囲気に、無感覚でいるということができない」

江藤先生が感得されていた「苛烈な雰囲気」を私も少なからず感じていた。横須賀、という軍港に直結しているためなのかどうかは、よく解らないけれども、高校から大学にかけて、横須賀線で通学していた私には、東海道線とは、多少、あるいは大いに異なった、沿線の手触り、とでも云うべき差異があり、その段差を最も顕著に抱えているのが、品川駅の、そのたたずまいだった、と思う。

山手線、京浜東北線、東海道線、横須賀線、東海道・山陽新幹線、京急本線、都営浅草線が乗り入れている。

現在の品川駅は、いわゆる「エキナカ」という店舗形態――全国展開の有名店をあつめて、ターミナルでの消費、購買を推進する――が、花盛りであるけれど、江藤先生が、鎌倉から大岡山の東京工大に通われていた時代は、立ち食い蕎麦と弁当を賄う常盤軒が、プラットホームごとに店を構えていた。

今の、品川駅のみならずあらゆるターミナルが類型化していたのと異なって、当時の品川駅のホームの店は、常盤軒とは云いながら、それぞれの店が微妙だけれど、感得せざるを得ない差異と個性をもっていて、京浜東北線の下りの常盤軒は、汁が辛いとか、横須賀線の上りの天麩羅そばは、掻き揚げが大きい、といった噂とも、能書きともつかない、たわいがないけれども、独特の濃くの如き味わいがあったのである。

今では、常盤軒は、横須賀線の下りに一軒あるだけで、それが残っているのは有り難い事なのだけれど、堅気で真面目な商売を成り立たせる事の難しさを勘定してしまう。

「ときとして、そうして佇んでいる私の眼の前で、どこからやって来るのか鳩が飛んで来て、電車の架線の上に止ることがある。が、普通なら心を慰めそうなこの鳩の出現も、なぜかあたりの空気を少しもやわらげてはくれない。逆に、そんなとき決って私は、中野重治の『雨の降る品川駅』の、『辛よ　さようなら／金よ　さようなら』という、あの哀切な呼び掛けを思い出してしまうのである」

辛《しん》よ　さようなら
金《きん》よ　さようなら
君らは雨の降る品川駅から乗車する

李《り》よ　さようなら
も一人の李よ　さようなら
君らは君らの父母《ちちはは》の国にかえる

君らの国の河はさむい冬に凍る
君らの叛逆する心はわかれの一瞬に凍る

海は夕ぐれのなかに海鳴りの声をたかめる
鳩は雨にぬれて車庫の屋根からまいおりる

君らは雨にぬれて君らを逐《お》う日本天皇をおもい出す
君らは雨にぬれて　髭　眼鏡　猫脊の彼をおもい出す

ふりしぶく雨のなかに緑のシグナルはあがる
ふりしぶく雨のなかに君らの瞳はとがる

（中略）

行ってあのかたい　厚い　なめらかな氷をたたきわれ
ながく堰《せ》かれていた水をしてほとばしらしめよ
日本プロレタリアートの後《うしろ》だて前だて
さようなら
報復の歓喜に泣きわらう日まで

江藤先生は、大学の講義で「雨の降る品川駅」を論じた時、詩を朗読しながら、「ある感動が胸に迫って一瞬読みつづけられなくなり、われながら少からず驚いたこともある」と述懐している。こうした「事故」が、講義において時々起こる。私も、ベルトルト・ブレヒトの「あとから生まれるひとびとに」を朗読している時に、期せずして不意打ちを食らってしまった事がある。

ぼくの時代、行くてはいずこも沼だった。
ことばがぼくに、危ない橋を渡らせた。
ぼくの能力は限られていた。が、支配者どもの
尻のすわりごこちを少しは悪くさせたろう。
こうしてぼくの時が流れた
ぼくにあたえられた時、地上の時。

（野村修訳）


とはいえ、中野の作品とブレヒトの詩を同列に扱う事はできない。

中野は、朝鮮の活動家たちを送り出しながら、彼らを「日本プロレタリアートの後だて前だて」と呼んでいる。

ドイツ人である、ブレヒトの立場は明確だ。彼は自国民として「支配者ども」を糾弾し、その権力を打倒しようとしている。

けれども、中野は、日本人たる自分の立場を巧妙にすりかえ、辛や金を「後だて前だて」にしてしまおうとしているのだ。どうして、辛が、金が、李が、日本プロレタリアートの「後だて前だて」であらねばならないのだろうか。

たしかに当時、朝鮮は日本の版図に組み入れられていた。

その文字は奪われ、姓名は日本風に改められていた。辛も、金も、李も、創氏改名を強いられていただろう。そうした植民地支配を覆そうと、辛や金が闘うのは、ある意味で当然なことだ。にもかかわらず、中野は彼らを「後だて前だて」と呼んでいるのだ。江藤先生は、云う。

これは奇怪ではないか、いや、中野重治らしくもない不正確さというべきではないか。なぜなら、この「日本プロレタリアートの後だて前だて」という一行は、詩人がそれまでに「辛」や「金」や「李」や、「も一人の李」と自分とのあいだに、次々と発見して来た清潔な距離の感覚を、たちまちのうちに崩壊させてしまう一行だからである。（中略）理由は、いうまでもない、「辛」や「金」や「李」や、「も一人の李」が、ことごとく醇乎たる朝鮮人であるのに対して、詩人中野重治は、好むと好まざるとにかかわらず、「日本天皇」の正統的な臣民以外のものではあり得ないからである。

（『昭和の文人』）

∴

中野重治は、明治三十五年一月二十五日、福井県高椋村一本田に生まれた。父藤作は福井で裁判所に勤めた後、台湾総督府、大蔵省煙草専売局、朝鮮総督府、伊藤忠、白山発電所と職場を転々とし、一本田に戻り農業の傍ら保険の代理業を営んでいた。
福井県立福井中学校から第四高等学校に進み、東京帝国大学文学部ドイツ文学科に入学。新人会に入会し、大正十五年には日本プロレタリア芸術連盟の中央委員となり、昭和三年、逮捕された後、ナップの中央委員に任命されている。
五年四月、女優の原泉と結婚した。

中野は泉子の六畳一間のアパートにやってきた。泉子が「家庭の中に閉じ込めるようならば、結婚することはやめたいと思います。結婚しても、演劇運動を続けることを認めてほしいのです」と少し切り口上で言うと、中野はちょっと鼻白んで、「俺がいつそんなこと言った、そんなこと言うはずないじゃないか」と、さも心外だという勢いで言い、泉子の意志は歓迎する、尊重するという。泉子はこれまで中野を信頼するに価いする人、と思ってきてはいたけれど、だからといって、好き、という感情を抱いていたわけではなかった。それでも、この時の話し合いで、この人とならやっていけるかも知れない、という心持になり、結婚を承諾することにした。

（藤森節子『女優　原泉子　中野重治と共に生きて』）

結婚直後に、中野重治は治安維持法違反の廉で逮捕され、七か月に亘り収監された後保釈。六年夏に共産党に入党、七年四月に逮捕され、約二年間豊多摩刑務所に収監された。
「俺たちの独居房の方は聖なる十字架の形に建っているが、そこの構内は親愛なるわがヴィンツェント・ゴッホの画の如くだ。彼がデッサンに残した病院の画を思いだす」「ここへ来た当座は、このいろんな様子を知らせたいと思ったが、馴れてしまうとそんな気もなくなってしまった。部屋の面積は一坪弱（三平方メートル位）だが、そこで営まれる生活も書けばきりがないし、いちいち書く気もしない。ただし、この頃は朝起きる時刻が六時半になった。それから寝てる中は電灯を消すようになった。この電灯は、その下で本を読むには暗すぎその下で寝るためにはマブシすぎる」「外の人たちは中がよほど寒いと思っているらしいが、案外寒くない」

昭和十三年一月、東京市社会局臨時雇となり、中野の云うところの腰弁生活をし、十九年九月武蔵金属研究所圧延工、二十年六月召集されるが、敗戦に伴い解除された。

二十年十一月に共産党に再入党している。

中野は、昭和二十一年前後、志賀直哉となんどか面会し、文通している。

当初は和やかな間柄だったが、中野が天皇について書いた文章が、志賀を怒らせてしまった。

どうして天皇がおどおどせずにいられるということがあろうか。どうして天皇が不安でないことがあり得ようか。国民は飢えていて天皇とその一家とは食いふとっている。国民は日々死人を出す交通地獄のなかにいて、天皇は常習無賃乗車で出あるいている。国民のつとめ人と学生とは食堂から食堂へかけずりまわっていて、天皇は外食券なしで食いあるいている。戦死者と寡婦とは国に充ちていて天皇はまだ法廷に引き出されていない。

（「新人会の思い出」東京新聞、昭和二十一年三月十日）

道徳はおしゃべりではない。もし安倍さんが、内閣からつまみ出されても軍事補償うち切りのために戦ったとでもいうのなら「さん」が生きたでしょう。安倍さんは供出強制令に賛成して農民の敵にまわった。政府のインフレ政策に賛成して財閥の下ばたらきになった。（中略）天皇の元旦詔書が戦死者にも寡婦にもひとことも触れなかったことについて国民にも天皇にも黙っていた。

（「安倍さんの『さん』」読売新聞、昭和二十一年三月十一日）

「安倍さん」は安倍能成。当時、文部大臣であった。

志賀の怒りは、激烈なものだった。

〈前略　今日読売で君の「安倍さんの（さん）」を読み不愉快を感じました　天子様が太つてゐられるといふ文章を見た時も不愉快でした　君が正直に書いてゐるのか或る成心で書いてゐるのかききたいと思ひます　何か復しう心のやうなものも感じられ兎に角甚だ不純な印象を受けました（中略）文学者を全然捨てて書かれるならそれはその人の勝手です　然し文学者の看板をかけながら文字を手段として正直でない事を若し書くならばそれは嘘つきです　日本文学者の会趣意賛成なので入会しましたが退会します　君の会といふのでもないかも知れませんが君が中心なのだらうと思ふので退会します　草々〉

二日後、志賀の元に、中野からの手紙が届いた。

〈私はあれを成心をもつては書きませんでした。（こゝのところは、自分のことを自分で主張するわけですから、主観的といふことになります。）そして印刷になつたのを自分で読んで、自分でも不満を感じました。それは、安倍さんを安倍さんと称びたい気持ちがまだまだ自分のなかにあつて、それにひつかゝつていひ度いことを十二分にいつてゐないことでの不満でした。あなたに成心をもつてと見られたそのものをもつと逐つて行つて、透明になるところまで行けてゐたら、賛否は別として、成心をもつてとは見られずにすんだのではなかつたらうかと、これは今思ひます。同じやうなものをもう一つ私は書きました〉

結局、両者の関係は、修復されなかった。

あとがき

今年の春先に所用で逗子に行った際、ふと思い立って、昔住んでいた家を見に行った。場所は葉山町の北部の町境に位置する住宅地である。二十年以上前に父が借金の形に手放して以来、一度も訪れたことはなかった。

行ってみると、家の近くの交番がやたらにでかく立派になっているのに、驚いた。凶悪犯罪など起きそうにない閑静な住宅街だが、最近強盗事件が増えているし、そうした世相の反映なのかもしれない。

目指す家は、完全に建て替えられたか、一部改築されたかと思ってもいたが、かつての姿のままそこにあった。明るいブラウン色のレンガで組まれた壁、黒い玄関扉、窓にかかる白いドレープカーテンまで同じで、「ただいま」とドアを開けたら、父と母が迎えてくれそうな気がした。

「いい家じゃないですか！　フランク・ロイド・ライト風ですね。屋根も壁も資材がいい。金がかかってるなあ！」

建築ウォッチングが趣味だというタクシー運転手が興奮した声を上げた。

確かに、父はこの家にかなりの金をかけた。建築会社や設計事務所、棟梁、デザイナーといった人たちが入れ替わりに訪れ、父と打ち合わせをしていた様子は今でも記憶に残っている。家が完成したのは私が中学生の時で、初めは別荘として使っていたが、やがて本邸となり、私は高校から結婚するまでの十年余りをこの家で過ごした。

一九七〇年代後半、私はこの家から神奈川県の日吉にある、慶應義塾高校に通った。恐らくこの頃の私は世界でいちばん恵まれた高校生ではなかったかと思う。

勉強をしなくても大学に進める身の上で、ポケットには支払い制限のない親のクレジットカードが入っていて、自分と同様気楽な身分の友人たちがいて、彼らと気楽な遊びを繰り返していた。

絵に描いたような放蕩息子だったわけだが、高校二年の春休みのある日、同級生と奥志賀高原にスキーに訪れていた時のことだった。ホテルのロビーで仲間たちが起きてくるのを待っていた私は突然、憂鬱に襲われた。

昨日まで何の疑いもなく楽しみとしていたことが、急に色を失うのと同時に、こうしたことは祝福ではなく、自分に課せられた責務であり、逃れられない召命なのだという啓示が降ってきたのである。

今日も私は全長二二〇〇メートルのダウンヒルコースを友人たちと滑走した後、初級者コースに移動して女の子を引っかけなければならず、夜はパーティを開かなければならず、酔っぱらって、ホテルの温水プールで泳がなければならない……。

不幸なことにこの啓示は私の中に定着してしまった。

学校が始まっても私は、気休めにラテン語を勉強したり、留学生試験を冷やかしたりしながら、長い夕方と夜を遊び抜かなければならなかった。

以降、責務としての放蕩を続けながら私は、この強制の意味を考え続けた。しかし、歴史や哲学の本をいくら読んでも、答えを見つけることはできなかった。筋道の行き届いた説明に納得することができなかったのだ。やがて私はその解明は恐らく、小説によってしか出来ないのだという考えにいきついた。

私が小説に、文芸に関わりを持つようになった理由はここにある。

フランス文学の研究から批評の世界に入った経緯については、この本に収めた拙作の中でも触れているが、導いてくれたのは、江藤淳先生である。

先生は書く場所を持たない私に書く場所を与えてくださった。研究会のメンバーに加えてくださり、仕事について批評をくださった。かなり厳しく批判されることもあったが、弱気になった時には励ましのお手紙をくださったこともある。

その親切の有り様は先生の、人格というよりも、批評家としての姿勢から発されるものだった。

通常、批評というのは、困っている当人の状況を分析して、忠告や指示をすることだと思われている。けれど、先生にとって、批評とは、実際に場所や金を与えることであった。多少見込みがあるのに不遇をかこっている人間に対して、こいつには金がない、金があればどうにかなるのだ、という認識は、そのまま金を自ら負担することに繋がっていた。認識と行為が、それも自らの負担のうちに発し、相手に直接的に働きかけるような行為が、認識と結びついているということ。それが先生にとっての批評だった。

批評は、一個の独立した作品である。

文芸なり、音楽なり、美術なりの鑑賞を出発としながら、感想が批評になる時、批評は媒体から完全に独立した、文芸、音楽、美術、その物になる。

批評ほど、多くの手法やディスクールを必要とするジャンルはない。これは批評が体験の再現ではなく、体験それ自体であるという本質に由来する。恋愛小説、戦争小説は存在し得ても、恋愛批評や戦争批評は存在しない。批評は恋愛自体であり、戦争自体であるからだ。

ゆえに批評が文芸に持つ力は、啓蒙的な忠告や情報の提供ではなく、作品として発する力である。作品としての性格を持ちながら、批評は最終的に一個の認識である。批評文が様々な様式を消費して世界を作るのは、外部の支えや媒体を用いては届かない認識を求めるからだ。というよりも、この認識への意志によってのみ、批評は作品であることができる。


文芸の世界、批評の世界に深く踏み入っていく過程で多くの人と出会った。

初めて文芸評論を書かせてくれた、当時『新潮』編集長だった坂本忠雄氏、江藤先生の友人である、作家で政治家の石原慎太郎氏、同世代の評論家、坪内祐三氏、料理と酒で私の筆を支えてくれたイタリアンシェフの澤口知之氏……。

彼らはもはやこの世にいない。この本の第一部は逝ってしまった彼らへの私なりの鎮魂歌でもある。

タクシー運転手に頼んで、葉山マリーナに向かってもらった。父がクルーザーを係留していた場所だ。クルーザーもまた家と同じ時期に手放していた。

「つい最近、この近くに豪邸を建てた大物芸能人がいるんですよ。誰だと思います?」

運転手の与太話を軽く受け流して外を眺めると見覚えのある風景が流れていく。高校生の時、父親が運転する車に母と妹と一緒に乗って、よくこの道を走った。やがて右手に海が見えてきた。

葉山マリーナはかつての輝きを失っているように見えた。クラブの会員だけが入ることのできるサロンは閉鎖されていて、土産物を売るスペースがやたらに広くなっていた。一歩中に入った時の特別感は全く感じられなかった。

けれど、建物の向こうには、昔と変わらぬ海が広がっていた。

海を眺めながら私は、遊びほうけていた高校生の時から今日にいたる、自分の来し方を思い返した。今、自分を支えているものは何かと考えた。


本書を上梓するにあたって、草思社の渡邉大介氏にお世話になった。渡邉氏が手掛けてくれた本はこれで五冊目になる。彼はいつも、実にうまく福田和也を編んでくれる。この場を借りて御礼を申し上げたい。

令和五年五月

福田和也

引用文献一覧

第一部　放蕩の果て

『ムーミン谷の仲間たち』ヤンソン／山室静訳（講談社文庫）
『日本史探訪10』角川書店編（角川文庫）
『日本史探訪14』角川書店編（角川文庫）
『江藤淳コレクション1　史論』江藤淳／福田和也編（ちくま学芸文庫）
「小説の現在地とこれから」高村薫（『新潮』二〇一八年六月号）
『江藤淳は甦る』平山周吉（新潮社）
『甘美な人生』福田和也（ちくま学芸文庫）
『星岡』第一号（星岡茶寮）
『三島由紀夫全集　第二十三巻』（新潮社）
『帰りたい風景　気まぐれ美術館』洲之内徹（新潮社）
『パリ・キュリイ病院』野見山暁治（筑摩書房）
『言葉を離れる』横尾忠則（青土社）
『冥府山水図・箱庭』三浦朱門（小学館）
『我が家の内輪話』三浦朱門、曽野綾子（世界文化社）
『夫婦のルール』三浦朱門、曽野綾子（講談社）
『成熟と喪失　〝母〟の崩壊』江藤淳（講談社文芸文庫）
『移動祝祭日』ヘミングウェイ／福田陸太郎訳（土曜社）
『人でなし稼業』福田和也（新潮文庫）
『エンタクシー』第一号、第九号（扶桑社）
『特攻の記録　縁路面に座って』市倉宏祐（共立アイコム）
『荷風全集　第三巻』（岩波書店）
『萩原朔太郎全集　第二巻』（筑摩書房）
『金子光晴全集　第七巻』（中央公論社）
『藤村のパリ』河盛好蔵（新潮社）
『島崎藤村全集　第十巻』（筑摩書房）
『居酒屋』ゾラ／古賀照一訳（新潮文庫）
『ド・ゴール大戦回顧録Ⅲ』村上光彦、山崎庸一郎訳（みすず書房）
『コーマルタン界隈』山田稔（河出書房新社）
『悪魔の陽のもとに』ジョルジュ・ベルナノス／山崎庸一郎訳（春秋社）
『遠藤周作文学全集　第十巻』（新潮社）
『遠藤周作文学全集　第十二巻』（新潮社）

『ゲンスブールまたは出口なしの愛』ジル・ヴェルラン／永瀧達治、鳥取絹子訳（マガジンハウス）
『移動祝祭日』ヘミングウェイ／高見浩訳（新潮文庫）
『ジル　上・下』ドリュ・ラ・ロシェル／若林真訳（国書刊行会）
『小林旭読本』小林信彦、大瀧詠一編（キネマ旬報社）
『さすらい』小林旭（新潮社）
『熱き心に』小林旭（双葉社）
『無冠の男　松方弘樹伝』松方弘樹、伊藤彰彦（講談社）
『イメージフォーラム』一九八九年五月号（ダゲレオ出版）
『芥川賞全集　第六巻』（文藝春秋）
『ドイツの世紀末　第一巻』池内紀編（国書刊行会）
『昨日の世界　Ⅰ・Ⅱ』ツヴァイク／原田義人訳（みすず書房）
『ウィーンの世紀末』池内紀（白水社）
『女の二十四時間』ツヴァイク／関楠生ほか訳（みすず書房）
『シュテファン・ツヴァイク』河原忠彦（中公新書）
『闘う文豪とナチス・ドイツ』池内紀（中公新書）
『獅子文六全集　第六巻』（朝日新聞社）
『獅子文六全集　第十巻』（朝日新聞社）
『獅子文六全集　第十六巻』（朝日新聞社）
『味な旅 舌の旅』宇能鴻一郎（中公文庫）
『作家の値うち』福田和也（飛鳥新社）
『昔は面白かったな　回想の文壇交友録』石原慎太郎、坂本忠雄（新潮新書）
『わが人生の時の時』石原慎太郎（新潮文庫）
『死者との対話』石原慎太郎（文藝春秋）

第二部　思惟の畔にて

『和辻哲郎の視圏　古寺巡礼・倫理学・桂離宮』市倉宏祐（春秋社）
『和辻哲郎全集　第十五巻』（岩波書店）
『丸山眞男集　第八巻』（岩波書店）
『丸山眞男集　別巻』（岩波書店）
『丸山眞男　人生の対話』中野雄（文春新書）
『武田泰淳全集　第十五巻』（筑摩書房）
『清水幾太郎著作集　10』（講談社）
『清水幾太郎著作集　11』（講談社）

『清水幾太郎著作集　15』（講談社）
『新聞のすべて』福田恆存監修（高木書房）
『福田恆存全集　第一巻』（文藝春秋）
『福田恆存全集　第三巻』（文藝春秋）
『福田恆存全集　第六巻』（文藝春秋）
『福田恆存全集　第七巻』（文藝春秋）
『福田恆存全集　第八巻』（文藝春秋）
『木下順二評論集　1』（未来社）
『石原愼太郎の思想と行為　6』（産経新聞出版）
『三島由紀夫全集　第二十九巻』（新潮社）
『三島由紀夫全集　第三十三巻』（新潮社）
『ヒタメン　三島由紀夫が女に逢う時…』岩下尚史（雄山閣）
『三島由紀夫　剣と寒紅』福島次郎（文藝春秋）
『怒りを抑えし者〔評伝〕山本七平』稲垣武（ＰＨＰ研究所）
『我に益あり　西村伊作自伝』西村伊作（紀元社）
『近代日本キリスト教文学全集　5』正宗白鳥、沖野岩三郎（教文館）
『私の中の日本軍　上・下』山本七平（文春文庫）
『昭和の文人』江藤淳（新潮社）
『中野重治全集　第一巻』（筑摩書房）
『ベルトルト・ブレヒトの仕事　3　ブレヒトの詩』野村修編（河出書房新社）
『女優　原泉子　中野重治と共に生きて』藤森節子（新潮社）
『藤枝静男著作集　第一巻』（講談社）

初出一覧

第一部　放蕩の果て

私の独学ことはじめ　『新潮45』二〇一七年八月号、九月号
江藤淳氏の死に際して痛切に感じたこと　『文藝春秋』二〇一八年一月号
妖刀の行方――江藤淳　『新潮』二〇一九年九月号
食うことと書くこと　『新潮』二〇一六年六月号
絵画と言葉　『新潮』二〇一七年二月号
三浦朱門の『箱庭』　『新潮』二〇一七年七月号
Let It Bleed――料理人・澤口知之　『新潮』二〇一七年十二月号
声――フランスと日本と　『新潮』二〇一九年二月号、三月号、四月号
小林旭という旅　『新潮』二〇一九年七月号、八月号
世紀末ウィーンをめぐる考察――技術、耽美、人道　『新潮』二〇二〇年三月号
獅子文六の内なる日本　『新潮』二〇二〇年八月号
『味な旅　舌の旅』――宇能鴻一郎　『文學界』二〇一五年十月号
「目玉だけになるのが難しいのよ」――白洲正子　『文學界』二〇一八年十一月号
文学という器――坪内祐三　『新潮』二〇二〇年三月号
最後の冒険――石原慎太郎　『新潮』二〇二二年四月号

第二部　思惟の畔にて

『鎖国』和辻哲郎　『新潮45』二〇一二年十二月号
『開国』丸山眞男　『新潮45』二〇一三年一月号
『私の心の遍歴』清水幾太郎　『新潮45』二〇一三年二月号
『総統いまだ死せず』福田恆存　『新潮45』二〇一三年三月号
『文化防衛論』三島由紀夫　『新潮45』二〇一三年四月号
『私の中の日本軍』山本七平　『新潮45』二〇一三年五月号
「雨の降る品川駅」中野重治　『新潮45』二〇一三年六月号

福田和也（ふくだ かずや）
一九六〇年、東京都生まれ。批評家。慶應義塾大学名誉教授。著書に『日本の家郷』（三島由紀夫賞）、『甘美な人生』（平林たい子文学賞）、『地ひらく　石原莞爾と昭和の夢』（山本七平賞）、『悪女の美食術』（講談社エッセイ賞）、『福田和也コレクション1　本を読む、乱世を生きる』、『世界大富豪列伝　19-20世紀篇』、『世界大富豪列伝　20-21世紀篇』、『保守とは横丁の蕎麦屋を守ることである』ほか多数。

放《ほう》蕩《とう》の果《は》て　自《じ》叙《じょ》伝《でん》的《てき》批《ひ》評集《ひょうしゅう》

二〇二三年七月五日　第一刷発行

著者　福田和也《ふくだかずや》
装幀者　水戸部功
発行者　碇高明
発行所　株式会社草思社
〒一六〇-〇〇二二　東京都新宿区新宿一-一〇-一
電話　営業　〇三（四五八〇）七六七六
編集　〇三（四五八〇）七六八〇
本文組版　株式会社アジュール
印刷所　中央精版印刷株式会社
製本所　加藤製本株式会社

ISBN978-4-7942-2661-7　Printed in Japan　検印省略